내가 히틀러라니!

글 슈타인호프

3

길찾기

| 목차 |

23장
유라시아에서 가장 위험한 사나이

1

언덕 아래로 보이는 일본군 보급기지는 아비규환에 빠져 있었다. 말 울음소리와 고함소리가 사방을 채우고 있었고 당황한 일본군들이 물이 든 양동이를 들고 우왕좌왕하면서 서로 부딪혔다. 늘어서 있는 보급품 창고들이 지금도 하나씩 폭음과 함께 불타올랐다.

"소령님, 이번 작전도 성공적입니다."

"그러게. 한국인들 솜씨도 만만찮군. 우리 국방군 브란덴부르크 부대원들 못지않아."

위구르 전통의상을 입고 얼굴에 분장까지 한 슈코르체니가 후– 하고 담배연기를 내뿜었다. 옆에는 백두산 특수임무부대 참모장 푈케르삼이 역시 위구르인 옷을 걸치고 서 있었다. 푈케르삼이 주변을 살피며 속삭였다.

"그런데 이거 괜찮겠습니까? 이 내몽골 지역은 위구르족이 별로 살

지도 않는 곳인데, 이런 걸 함부로 입고 돌아다니면…."

"이 동네에는 백계 러시아인이 위구르족보다 더 드물어. 어쩔 수 없지."

슈코르체니는 느긋하게 담배연기를 뿜었다. 손가락을 튕기자 다 피운 꽁초가 바위 밑으로 굴렀다.

"그보다는 오늘 작전에 대한 평가나 하세. 한국군은 이제 제법 우수한 능력을 보여주고 있어. 안 그런가?"

"네, 이번 달 들어서만 세 번째 작전인데 모두 성공입니다. 이젠 우리가 굳이 현장지도를 나설 필요도 없이, 한국인들끼리 작전을 수행하게 놓아둬도 되지 않을까 싶습니다. 우린 어디까지나 고문이니까 말입니다."

"그래. 다음부터는 작전조 하나당 우리 요원 한 명 정도만 따라붙고, 정말 한국인들이 해결하기 힘든 사태가 발생했을 때만 도와주도록 하세. 나머지 인원은 신규 대원을 훈련시키는데 집중하도록 하지."

슈코르체니는 담배를 문 채 콧노래를 불면서 대원들이 돌아오고 있을 집결지를 향해 발걸음을 옮겼다. 위구르인으로 변장해 보니 다른 이들의 눈을 잠시 피하기에는 나쁘지 않았다. 키와 체구는 어떻게 해도 감출 수가 없었지만, 그래도 1회용 변장으로는 써먹을 만했다.

2

"흐흠, 슈코르체니 소령. 그동안 귀관의 훈련 덕분에 우리 광복군 제4지대는 엄청난 성과를 올렸소. 귀관의 노력 뿐 아니라 베를린에 계신 총통께서도 사의를 표하는 바요."

이범석은 만족스러운 얼굴로 슈코르체니를 치하했다. 슈코르체니도 웃으며 답례했다.

"광복군이 거둔 성과는 제 힘이 아니라 민족 독립을 위해 싸우는 한국인들의 용기 덕분입니다. 모든 민족은 마땅히 자기 나라를 가져야 하는 법이지요."

광복군이 가지고 있는 싸우고자 하는 의욕과 독립의지를 칭찬받은 이범석도 흐뭇하게 미소를 지었다. 하지만 입가에 지은 미소도 잠시, 이범석은 슈코르체니가 새로 제출한 작전안을 들고 심각한 표정을 지었다.

"그런데 이 작전, 정말로 필요한 거요? 이제까지 귀관과 4지대가 벌인 작전은 내몽골 및 화북 일대에서 적이 방비를 게을리 한 보급시설이나 철도 연선에 대한 공격이었소. 그만하면 충분한 전과가 아니오? 일본군에게도 충분히 타격을 주었고, 우리 사기도 올랐소. 광복군이 대일투쟁을 벌이고 있다는 상징적인 전과로는 충분하지 싶은데."

"아니, 이 정도로는 턱도 없습니다."

슈코르체니가 뭐라고 대답하기 전에 이우가 먼저 단호하게 고개를 내저었다. 임시정부는 이우에게 부령[1] 계급을 부여하고 광복군 4지대장으로 임명했다. 이우 자신이나 이우를 상대하는 윗사람들이나, 이제는 그를 대한제국 황족 이우공이 아니라 광복군 제4지대장 이우 부령으로 대하는 데 익숙해졌다.

"참모장, 우리 4지대가 간신히 활개를 치기 시작한 작년 12월부터 올해 2월까지, 3개월 동안 벌인 활동이 얼마나 된다고 보십니까? 기껏 해야 일본군 보급기지 4개소 폭파 및 방화, 철도 7개소 폭파, 교량 2개

---

1 광복군은 대한제국군의 계급제도를 따라 장교의 계급을 정-부-참으로 나누었다. 각각 대-중-소에 대응한다. 부령은 중령이다.

폭파에 지나지 않습니다. 이건 국민당 편의대나 팔로군이 벌이는 적 후 방 교란작전에 비하면 새 발의 피라, 이 말입니다."

광복군은 창설 초기부터 손발이 묶인 상태로 움직였다. 자신의 영역에서 다른 나라 군사조직이 활동한다는 사실을 껄끄럽게 여긴 장개석과 국민당은 이른바 〈광복군 9개 행동 준승〉을 제정하여 광복군에게 엄격한 제약을 가했다. 자금과 무기를 대 주는 대신 병력 모집과 초모, 작전 등 모든 활동을 중국군 승인 하에 하라고 강요했고, 심지어는 한국으로 돌아간 뒤에도 중국군사위원회가 내리는 군령을 받아들여야 한다는 조항까지 있었다.

이런 합의는 또다시 나라를 팔아먹는 거나 마찬가지라고 해서 임시정부 내에서도 반발이 심했다. 하지만 임시정부는 명백하게 광복군을 중국 국부군 예하 괴뢰군으로 만드는 이 협약을 거부할 힘조차 없었다. 1941년 11월 18일에 통보된 이 협약은 무려 2년 동안 유지되었고, 그동안 광복군은 국부군을 위해 정보를 수집하고 선전 전단이나 만들며 세월을 보내야 했다.

마침내 이 협약이 파기된 것은 작년 11월이었다. 이 제약이 없어지게 된 배경에는 임시정부가 끈질기게 협상을 시도한 것도 있었지만 뜻밖에도 독일 정부가 임시정부를 지원한 것도 큰 역할을 했다.

먼저 독일 정부는 고문단장인 팔켄하우젠을 통해 장제스에게 임시정부를 속박하지 말아야 할 필요성에 대해 설득했다. 주변국의 자주성을 존중하는 대국으로서의 아량, 중국에 대해 호의를 가진 우방으로서의 한국이 갖는 이점, 자유롭게 전투의지를 가지고 일본군 후방을 헤집는 광복군이 올릴 수 있는 전과, 그리고 이들이 활용할 수 있는 중국 및 만주 후방의 수백만 한국인 등.

결정적으로 각인이 없는 막대한 양의 금괴가 독일에서 항공편으로 비밀리에 전달되었다. 임시정부는 슈코르체니를 통해 전달받은 이 금을 국민당 정부 고위층에게 뿌렸다.

임시정부가 직접 벌인 협상과 항상 옆에서 조언하는 팔켄하우젠의 설득, 그리고 황금이 발휘하는 마력 덕분에 9개 준승은 만 2년 만에 폐지되었다. 그리고 독일은 그동안 비행정 편으로 운반해서 비축해두었던 무기와 장비를 모두 중국 국민당이 아닌 대한민국 임시정부에 제공했다.

"소령, 왜 이 장비들을 모두 우리에게 주는 거요?"

"중국 군대는 이미 미국이 대준 무기를 잔뜩 가지고 있습니다. 게다가 중국군은 숫자가 수백만이나 되니 저희가 한 달에 한 번 가져오는 얼마 안 되는 장비로는 제대로 무장을 시킬 수도 없습니다. 하지만 광복군은 소수이니 이 정도 양으로도 충분하지 않겠습니까?"

사실 현재 광복군이 보유한 병력은 약 300명, 그 중에서 정보 수집이나 선전활동에 참가하고 있는 숫자를 빼면 진짜 전투에 나설 수 있을만한 인원은 40여 명에 불과했다. 이만한 숫자면 독일에서 비행기로 실어오는 적은 양의 무기만 가지고도 넉넉하게 무장을 갖출 수 있었다. 슈코르체니가 한 마디 더 덧붙였다.

"그리고 독일 장비로 무장한 편이 저희가 교육하기에도 편합니다."

슈코르체니는 광복군이 확보하고 있는 대원들 중 적 후방에서 벌이는 특수전에 투입할 수 있을 만한 인원을 모조리 모아서 광복군 제4지대로 재편성했다. 그리고 독일에서 프리덴탈 부대원들을 상대로 했던 것과 같은 수준으로 혹독하게 훈련시켰다.

훈련에 지친 대원들이 자기 부대명을 사(四)지대가 아니라 사(死)지대라고 부를 정도였다. 그래도 도망자는 없었다. 지금 겪는 고된 훈련이 모두 조국을 되찾기 위한 밑바탕이라고 여겼기 때문이다.

자금, 훈련, 장비. 독일이 임시정부를 위해 들이는 노력은 상당했다. 여유가 있을 때의 중국국민당 정권조차도 이렇게 관심을 쏟아 가면서 임시정부를 지원하지는 않았다. 아니, 물자가 남아도는 미국도 총 한 자루, 총알 한 발을 나눠주지 않았다. 독일 말고는 어느 나라도 임시정부를 정말로 도와주지 않았다.

하지만 독일이 임시정부를 일부러 도와주는 이유를 임시정부 구성원 중 누구도 알지 못했다. 고문단장인 슈코르체니는 그에 대한 질문을 받을 때마다 "저는 명령받은 대로 할 뿐입니다"로 일관했다.

총사령관 이청천이 작심하고 슈코르체니보다 상급자인 국민당 쪽 고문단장 팔켄하우젠을 찾아가 어렵사리 물었더니 "한국군은 제 소관이 아닙니다"라는 대답만 돌아왔다.

광복군으로서는 굴러오는 호박을 받아 챙기면서도 어딘가 영 꺼림칙했지만, 결국 이범석이 내놓은 제일 간단한 해석을 다들 따르는 수밖에 없었다. 그래도 임시정부에서 유일하게 히틀러를 직접 만나보고 온 사람이었으니까.

"히틀러 총통이 한국을 몹시도 좋아하는 모양입니다! 그래서 조건 없이 돕는 것 아니겠습니까?"

이우는 일본군에서도 일선 지휘관이라기보다는 후방에서 활동하는 참모장교였다. 하지만 충칭으로 온 뒤 스스로 솔선해서 4지대 소속 장병들과 함께 똑같은 강도로 훈련을 받았다. 그리고 지난달부터는 명

실상부한 4지대장으로서 대원들과 함께 작전을 나서고 있었다. 그만큼 회의에서도 강한 발언권을 가지고 있었다.

"우리 제4지대 장병들은 지난 석 달 동안 상당한 활약을 했습니다. 하지만 그 중에서 장제스 총통, 루즈벨트 대통령이 주목할 만한 작전이 있었나요? 그렇지 않습니다. 전부 소소한 동네 싸움 수준, 특수전이라고 할 수도 없는 아이들 장난에 불과했습니다. 참모장 각하, 장제스 총통이 십여 년 가까이 외면하던 임시정부를 돕게 된 결정적인 계기가 무엇이었습니까?"

이범석은 잠시 대답을 망설였다. 하지만 대답하지 않을 수는 없었다.

"그야 이봉창 군, 윤봉길 군이 벌인 의거가 아니겠소."

"그렇습니다! 세계인이 주목할 수 있는 그런 대사건을 저질렀을 때 우리 임시정부는 주목을 받았고 존재가치를 입증했습니다. 지금 우리가 필요로 하는 건 그런 대사건입니다. 지난 두 달 동안 우리 광복군이 벌인 일들은 절대적인 규모로 보면 극히 미미한 전과일 뿐입니다."

이우가 열변을 토했다. 탁자 주위에 둘러앉은 이들은 긴장한 채 귀를 기울였다.

"우리가 거둔 성과들 중에 국민당군에게, 아니면 미군에게 자랑스럽게 내보일 수 있는 상징적인 전과가 있습니까? 우리에겐 또 하나의 홍코우 공원과 윤봉길, 이봉창이 필요합니다. 전 세계에 한국광복군이 일본과 싸우고 있다고 선언할 수 있는 상징적인 성과 말이지요. 지금 우리가 거두고 있는 전과는 미군에게는 비할 수도 없고, 적 후방에서 세력 확대에만 골몰하고 있는 마오쩌둥의 중국공산당보다 훨씬 못한 규모입니다."

"천벌을 받을 공산당 놈들!"

이우의 입에서 나온 마오쩌둥이라는 이름을 듣고 이범석이 무의식적으로 욕을 퍼부었다.

마오쩌둥이 이끄는 중국공산당은 광복군이 독일 군사고문단을 받아들인 것을 알고부터 마치 원수라도 된 것처럼 공격해 왔다. 공산당 지배지역에서 움직이다가 팔로군에게 피습당하는 광복군 요원이 자꾸만 생겨나고 있었다.

"네, 일본 뿐 아니라 공산당도 우리 적입니다. 하지만 우리는 바로 그 공산당 놈들만큼도 싸우질 못 하고 있습니다. 그래서 온 세계에 우리 대한 임시정부의 이름을 떨칠 수 있는 기회가 필요합니다. 부디 작전을 승인해 주시기 바랍니다. 참모장께서 동의해 주신다면 총사령관과 주석, 두 분 모두 동의하실 겁니다."

생각에 잠긴 이범석을 보면서 슈코르체니는 계면쩍은 표정으로 잠시 창밖으로 시선을 돌렸다.

중국공산당이 독일과 한편이 된 한국 망명정부를 적으로 인식하는 건 필시 독일과 소련이 전쟁 중인 탓이겠지만, 광복군에서는 그 문제로 독일을 원망하거나 지원을 거절하지는 않았다. 슈코르체니도 여기 오고서야 알았지만 한국 망명정부 역시 우파적인 성격이 강했고 사회주의건 공산주의건 좌파라면 모두 혐오하고 있었다.

그렇다 보니 요즘 들어 중국공산당이 부쩍 공격적으로 나오는 것도 굳이 독일 고문단 때문이라고 보지 않았다. 이미 오래 전부터 계속되어 온 대립관계가 워낙 험악하다 보니, 그 연장선상으로만 받아들인 것이다. 슈코르체니로서는 다행스러운 일인 셈이었다.

"4지대장, 분명 귀관이 주장하듯이 우리 광복군에게는 세상을 놀라게 할 수 있는 큰 건이 하나 필요하오. 그리고 귀관이 슈코르체니 소령과 함께 기획한 이 작전은 성공한다면 정말로 세계를 놀라게 할 거요. 하지만 이 작전을 벌이려면 적진으로 너무 깊숙이 들어가야 하오. 게다가 아무리 일본 놈들이라지만, 인두겁을 쓰고 정말 이런 짓을 할 수 있다는 말이오?"

꽤 오래 침묵하던 이범석이 고뇌에 찬 표정으로 입을 열었다. 이우는 이범석을 마주보며 힘차게 고개를 끄덕였다.

"뒤에 하신 질문에 먼저 답하자면, 그 정보는 슈코르체니 소령이 사실이라고 보장한 정보입니다. 저는 소령이 제공한 정보를 믿습니다."

슈코르체니는 두 발을 하나로 모으며 차렷 자세를 취했다. 장화 뒤꿈치가 딱 하고 부딪치는 소리가 사무실을 채웠다.

"그 정보는 총통께서 직접 주신 것입니다. 절대 틀릴 리가 없습니다. 일본군이 악마 같은 행각을 벌이고 있음은 분명합니다. 마땅히 저지해야 합니다."

슈코르체니가 말을 끝내자마자 이우가 뒤를 이었다.

"광복군으로서 뿐만이 아니라 한때 일본군이었던 사람으로서도 저는 이 악마와 같은 짓을 중단시켜야 합니다. 사람을 사람이 아니라 개돼지 취급하는 이런 놈들을 그냥 둘 순 없습니다. 이건 일본군이 가진 명예조차 더럽히는 짓입니다!"

이범석은 한숨을 쉬었다. 이 작전이 필요하다는 쪽으로 마음이 기울고 있기는 했지만, 그래도 아직 꺼려지는 마음이 있었다.

"좋소. 필요성을 인정하오. 하지만 하얼빈이라니, 너무 위험하지 않소? 귀관이 붙잡히기라도 하면, 우리에게는 회복 불가능한 손실이 될 거요."

이범석은 이우가 이 작전에 참여했을 때 초래될 위험성에 우려를 표했다. 이우 역시 자신이 일본군에게 잡혔을 때 어떤 위험에 직면하게 될지는 충분히 알고 있었다. 하지만 그는 감수할 수밖에 없다는 태도를 보였다.

"괜찮습니다. 죽기밖에 더하겠습니까? 일본인들은 소련 간첩이 테러를 벌여 저를 암살했다고 공식 발표했습니다. 그리고 우리 임시정부가 제 이름으로 내보내는 성명, 방송 모두 가짜라고 주장하고 있지요. 이제 와서 제가 실은 살아있었고 광복군에 합류해서 일본군에 맞서 싸우고 있었다고 발표할 배짱은 없을 겁니다. 하하."

이범석은 두 손으로 깍지를 끼고 깊이 생각에 잠겼다. 잠시 후 고개를 들었을 때, 이범석의 두 눈은 청산리에서 일본군과 싸울 때처럼 빛을 내고 있었다.

"좋소! 작전을 승인하겠소. 두 사람 모두 참가해도 좋소. 주석과 총사령관께는 내가 책임지고 허락을 얻으리다."

"감사합니다!"

이우와 슈코르체니는 허리를 숙여 감사를 표했다. 이범석은 손을 내저었다.

"별 말씀을. 하지만 귀관들이 기획한대로 일본군 내에서 협조자를 구하겠다면, 총사령관께 직접 방문하여 협조를 청하는 편이 좋을 것 같소. 홍 소장은 총사령관과 일본 육사 동기시니까 말이오."

"알겠습니다. 그럼 오늘 바로 찾아뵙겠습니다."

"기왕 가는 거, 지금 당장 나랑 같이 갑시다. 그게 나을 거요."

이범석은 곧바로 자리에서 일어나 이청천을 만나러 갈 준비를 했다. 이우와 슈코르체니는 상기된 얼굴로 일어서서 마음을 다잡았다.

3

사이드카 한 대가 헤드라이트를 밝게 컨 채 어둠에 싸인 길을 달려왔다. 먼지를 피우며 달려오던 사이드카는 큼지막한 일본식 가옥 대문 앞에 정지했다. 일본군 장교 한 사람이 사이드카에서 내리더니 대문 앞에서 경비를 서고 있던 초병에게 다가갔다.

"특무에서 나온 마쓰모토 소좌다. 소장 각하께 방문 약속이 되어 있다."

"잠시만 기다려 주십시오. 확인해 보겠습니다."

대문 앞을 지키고 있던 오장[1]은 경례를 하고 나서 곧바로 전화기를 잡았다. 그는 집안에 있는 사람과 몇 마디 대화를 주고받은 후 수화기를 내려놓고 고개를 끄덕였다.

"확인했습니다. 각하께서 서재에서 기다리고 계십니다. 그런데 소좌님, 저기 뒤에 있는 저 거인은 누굽니까? 러시아인인 것 같습니다만…"

오장은 자기보다 머리 하나는 확실히 큰 거인이 오토바이 운전석에서 내리는 모습을 보고 수상해하는 표정을 지었다. 저 덩치에 콧수염을 기른 얼굴, 아무리 봐도 일본인은 아니었다.

"러시아인 맞다. 아사노(淺野) 부대[2] 소속 안토노프 소위야. 자넨 어서 문이나 열어."

뭔가 의심스러웠지만, 소좌의 목소리에서는 힘 있는 사람 특유의 강압적인 어조가 비쳤다. 비루한 일개 사병에 불과한 오장은 더 이상 말 붙일 엄두를 내지 못했다. 대문이 열리자 두 사람이 안으로 들어갔다.

---

1 한국군 계급으로는 하사에 대응한다.
2 백계 러시아인으로 구성된 관동군 예하 특수부대. 소련에 대한 첩보 및 특수작전을 담당하였다.

오장은 툴툴거리며 초병근무를 다시 시작했다.

4

마쓰모토 소좌와 안토노프 소위는 당번병에게 안내를 받아 소장이 기다리고 있다는 서재로 들어갔다. 꽤 깊은 밤인데도 이 서재의 주인인 소장은 군복을 완전히 갖춰 입은 채로 손님이 도착하기를 기다리고 있었다. 창밖을 보고 있어서 얼굴은 보이지 않았다.

"수고했다. 엔도, 자네는 나가 있도록. 뭘 가지고 올 필요는 없어."

"알겠습니다."

당번병이 경례를 하고 나갔다. 소장은 당번병이 나가고 나서야 몸을 뒤로 돌려 방문객들을 마주했다.

"나를 알아보시겠소, 소장?"

'마쓰모토 소좌'가 담담히 말했다. 집주인인 소장은 소리 없이 고개를 끄덕였다. 그리고 조용히 차렷 자세를 취하더니 허리를 숙여 소좌에게 최경례[1]를 했다.

"신, 소장 홍사익, 이우공 전하를 뵈옵니다."

세 사람은 책상을 사이에 두고 머리를 맞댔다. 홍사익이 먼저 입을 열었다.

"지 군[2]이 귀빈이 찾아갈 테니 준비하라는 전갈을 보내긴 했습니다. 하지만 설마 그 귀빈이 전하이실 줄은 전혀 몰랐습니다. 타이위안에서 전사하셨다고 해서 그런 줄로만 알고 있었습니다."

---

1 서서 허리를 90도 가까이 굽히는 절.
2 홍사익과 일본 육군사관학교 동기인 이청천의 본명이 지대형이다.

"그 시신은 내 주변을 감시하던 하인 놈의 것이었소. 그럴 의도는 아니었는데 탈출하려는 참에 그놈이 훼방을 놓으려들기에…"

상석에 앉은 이우는 변명 아닌 변명을 늘어놓았다. 홍사익은 조용히 고개를 끄덕였다.

"어쨌든 현명한 대처셨습니다. 만약 시신이 없었다면 군 당국에서는 전하의 부재를 어떻게 설명해야 할지 곤욕을 치렀을 겁니다만, 시신이 있으니 그냥 공산당 유격대에 암살당하신 것으로 발표하고 끝내버리지 않았겠습니까. 가짜로 판명될 경우 후폭풍을 감당할 수 없어서겠지만 발견된 시신을 부검하지도 않고, 주변 수사도 하지 않았습니다. 여기 안토노프 소위가 혹시 그 슈토크하우젠입니까?"

"오토 슈코르체니 무장친위대 소령입니다. 한국 망명정부군을 지원하는 백두산 특수임무부대 지휘관을 맡고 있습니다."

홍사익과 마주앉아 있던 슈코르체니가 허리를 꼿꼿이 하며 독일어로 자기소개를 했다. 홍사익의 얼굴에 엷은 미소가 어렸다. 홍사익 역시 독일어 구사가 가능했다.

"자기 나라도 아닌데 이렇게 최선을 다해 싸우다니 대단할 따름일세."

"군인으로서 명령에 따를 뿐입니다."

슈코르체니가 당당하게 대답했다. 그 옆에서 이우가 홍사익에게 간곡히 협조를 청했다.

"귀공은 지금 일본군에 속해 그 군복을 입고 있음을 내가 누구보다 잘 알고 있소. 나 역시 작년까지 그랬으니까. 하지만 그대가 애초에 충성을 맹세한 사람이 누구였나 생각해 보시오. 그대에게 군인칙유를 처음 내린 사람이 누구였소? 내 백부이신 융희황제(순종)께서 군인칙유를 하사하지 않으셨소? 귀공은 지금도 그 군복 주머니 속에 융희황제께 받은 군인칙유를 가지고 있을 것이오."

홍사익의 얼굴이 창백해졌다. 홍사익은 아무 말 없이 주먹을 한번 쥐더니 오른손을 군복 가슴주머니에 넣어 자그마한 책을 꺼냈다. 그리고는 책상 위에 조심스레 올려놓았다.

"이것을 어찌 아셨습니까."

홍사익이 입 밖으로 내놓은 목소리는 담담했다. 하지만 경악하며 절규하는 것보다 더 큰 놀라움이 그 안에 있음을, 듣는 이는 알 수가 있었다. 이우가 돌려준 대답은 간단했다.

"귀공을 알고 있으니까."

서재는 다시 침묵 속에 빠져들었다. 잠시 더 시간이 흐르고 나서 홍사익이 무거운 목소리로 입을 열었다.

"소장은 분명 융희황제께 충성을 맹세했습니다. 그 충성을 지켜 지금 전하께서 내리시는 명에 따라야 함도 분명합니다. 하지만 소장은 지금 일본군에 속한 수십만 조선인 중 가장 높은 지위에 있습니다. 만약 제가 전하께서 명하시는 바에 따라 일본군을 배반한다면 수십만 조선인들이 그 앙갚음을 받게 됩니다. 일본군 수뇌부는 '역시 조선 놈들은 할 수 없다' 운운하면서 차별과 탄압을 정당화할 것입니다. 여전히 저는 임시정부로 망명할 수가 없습니다."

"망명? 무슨 소린가. 난 귀공에게 망명을 권유하러 온 것이 아닐세."

예상치 못한 답을 들은 홍사익이 의아한 표정을 지었다.

"그러시다면…, 무슨 일로 소장을 찾아오신 것입니까? 충청에서 공주령까지, 수천 km나 되는 길은 단순히 방문차 찾아오시기엔 너무 먼

길이 아닙니까. 슈코르체니 소령, 도대체 어떻게 전하를 모시고 여기까지 왔소?"

"비행기와 기차와 낙타와 마차와 트럭을 번갈아 타면서 왔습니다. 황야를 밤새도록 걷기도 했지요. 하지만 그 이야기를 늘어놓자면 책한 권을 써도 부족할 테니, 전하께서 하시는 말씀을 들어보시지요."

홍사익이 시선을 다시 이우에게 돌렸다. 이우가 설명했다.

"내가 바라는 건, 귀공이 지휘하고 있는 공주령학교 소속 기갑부대 병력을 동원해서 하얼빈 근교에서 기동훈련을 펼쳐 달라는 것뿐이오. 그리고 30여 명 정도 되는, 누군지 모르는 병력이 그 사이로 숨어드는 것을 못 본 척 해주기만 하면 되오."

"그 일대(一隊)는 어떤 임무를 띠고 있습니까?"

"하얼빈 근교에 있는 관동군 방역급수부를 파괴할 거요. 그리고 가능하면 사령관을 납치할 작정이오."

이우의 설명을 들은 홍사익은 표정을 묘하게 일그러뜨렸다.

"무기고나 비행장을 폭파한다거나, 신징(장춘)에 있는 관동군 사령부를 습격해서 야마다 오토조 사령관을 암살한다면 위험하긴 해도 이해할 수 있습니다. 그런데 방역급수부라니요? 방역급수부장인 기타노 마사지 군의소장[1]이 맡은 역할[2]은 분명 중요하긴 합니다. 하지만 소장으로서는 전하께서 몸소 그 먼 거리를, 고작 방역급수부를 부수러 오셨다고 하니 이해가 가지 않습니다."

"귀공이 비록 일본군에 속해 있다고 하나, 군인으로서의 명예를 소

---

1 한국에서는 731부대 하면 이시이 시로를 곧바로 연상하지만, 1942년 8월 1일부로 731부대 사령관은 이시이 시로에서 기타노 마사지로 바뀌었다. 이시이 시로는 45년 3월 1일에 731부대 사령관으로 다시 복귀했다.

2 방역급수부는 부대 내에 깨끗한 물을 공급하고 전염병이 발생하는 사태를 막는 것이 본래 임무이다

중히 생각한다면 방역급수부를 없애버려야 함에 찬성할 것이오. 이 시이 그 악귀 같은 놈이 만든 방역급수부는, 병을 막는 일이 아니라 산 사람을 모르모트로 삼아 세균무기를 개발하는 일을 하고 있단 말이오!"

"뭐, 뭐라고 하셨습니까!"

5

"마지막으로 장비를 점검하라!"

일본군 특무 복장을 한 특공대원 서른여섯 명은 슈코르체니의 지시에 따라 각자 휴대하고 있는 MP18기관단총과 루거 권총이 확실히 작동하는지 확인했다.

개인별로 소지한 군장에는 예비탄약 300발과 계란형 수류탄 두 발, 테르밋[1] 소이탄 한 발, 1kg짜리 공병용 폭약 두 개, 35년형 대전차지뢰 한 발씩이 들어 있었다. 여기에 더해서 각 작전조 조장들은 영국제 소음권총을 챙겼고, 전원 독일인인 촬영반 4명은 소형 16mm 영화촬영기 한 대와 라이카 카메라 두 대도 장비하고 있었다.

작전에 참가한 독일인은 슈코르체니를 포함해서 여덟 명이었다. 슈코르체니가 다시 한 번 강조했다.

"잊지 않았겠지만 한 번 더 설명한다. 내가 발포할 때까지는 누구도 방아쇠를 당겨서는 안 된다. 계획된 목표를 달성하면 바로 이탈해야 한다. 너무 큰 욕심을 부리지 마라! 이 악마의 소굴에는 일본군 3천 명이 있다. 완전히 날려버리기에는 우리 전력이 부족하다."

---

[1] 알루미늄 분말과 철 등 산화물을 섞어 만든 혼합물. 점화하면 2,400~3,000℃에 달하는 높은 열을 내며 연소한다. 이 열 때문에 군용으로는 소이탄 제작에 쓰인다.

"알겠습니다!"

특공대원들은 짧지만 단호한 목소리로 대답했다. 결의를 마친 대원들은 질서정연하게 일본제 트럭 세 대에 올랐다. 이우와 슈코르체니는 선두 차량 조수석, 운전석에 직접 올랐다. 두 사람 모두 눈이 위험한 빛으로 번쩍이고 있었다.

6

"정지! 어디서 온 차량인가?"

"신징 특무대에서 왔다. 특무의 야나기 소좌다."

관동군 방역급수부, 일명 731부대를 출입하는 정문인 남문 위병소는 엄중한 경계태세를 자랑했다. 초병인 헌병들은 오밤중에 찾아온 낯선 번호판을 보고 다소 경계하는 모습을 보였고 위병사관인 중위도 의혹이 가득한 눈빛을 드러냈다. 뒤따르는 트럭에 대한 검색을 마치고 나서야 야나기 소좌에게 받아둔 신분증을 돌려준 중위가 의심에 찬 태도로 질문했다.

"알겠습니다. 헌데 무장병력 1개 소대? 특무가 병력까지 끌고 오신 건 무슨 이유입니까. 그리고 엔진 발동을 끄십시오."

"토벌작전 지원 나갔다가 돌아오는 길에 들른 거다. 저 녀석들은 금방 복귀할 거라 발동을 켜 둔 거니 신경 쓰지 마. 그보다 우리가 지난주에 하얼빈 헌병대를 거쳐 여기 제공한 인원들 중에 중요 반일행위 혐의자가 있었다. 조선인인데, 추가로 심문을 해야 해. 돌려받고 싶다."

"이곳은 중요 보안 시설입니다. 찾으시는 자가 어떤 자인지는 모르겠으나, 일단 여기 들어오면 어느 누구도 나갈 수 없습니다."

"걱정 마. 심문을 마치면 다시 돌려보내겠다."

"돌려보내고 아니고의 문제가 아닙니다. 소좌께서 진짜 특무라면 여기 한번 들어온 자는 절대로 다시 나갈 수 없다는 정도쯤은 알고 계실 겁니다."

"알기 때문에 전화로 통보하지 않고 직접 찾아온 거다. 그만큼 중요한 자야. 어떻게든 입을 열게 해야 하는데 실무자가 실수로 고문 한 번 제대로 하지 않고 이쪽으로 보내버렸다. 설마 여기 들어온 지 한 주일도 되지 않았는데 벌써 처분해 버린 건 아닐 테지? 중위, 나는 이 시설에서 무슨 일을 하고 있는지 다 알고 있는 사람이다. 이 관동군 방역급수부 감방과 연구실에서, 안다 실험장에서 무슨 일을 하는지 다 알고 있단 말이야."

중위가 움찔했다. 이 시설에서 무슨 일이 벌어지는지, 그 실상을 아는 사람은 부대 바깥에는 사실상 없다고 해도 과언이 아니다. 중위 자신도 뭔가 실험이 이루어진다는 것만 알고 있을 뿐 상세한 실험 내역에 대해서는 모른다. 정말로 방역급수부가 무슨 일을 하는지 알고 있다면 쉽게 대응할 수 없는 사람임이 분명하다. 게다가 특무가 아닌가! 중위가 머뭇거리자 소좌가 은근하게 구슬리기 시작했다.

"중위, 물론 귀관에게는 수용자를 내보낼 권한이 없을 거다. 당연한 일이지. 사령관께 가서 부탁하겠다. 정 돌려주기 곤란하다면 시설 내에서라도 심문을 허락해 달라고 말이야. 사령관께 안내해주는 정도는 할 수 있겠지?"

소좌는 은근하면서도 고압적인 태도로 상대를 위압했다. 중위가 보이는 태도는 처음에 비해 한참 움츠러들었다. 중위는 저도 모르게 굽실거리며 입을 열었다.

"사령관 각하께서는 지금 영내에 계시지 않습니다. 신징 사령부에 가셨습니다."

사령관이 부재중이리라고는 예상하지 못했는지 야나기 소좌가 당황했다. 순간적으로 목소리가 떨렸다.

"뭐? 사령관이 없어? 그렇다면 누구를 만나 부탁해야 하지?"

"각 부 부서장 대부분과 총무부장께서는 모두 퇴근하여 관사에 계실 겁니다. 어느 분 댁으로 안내해드릴까요?"

소위 계급장을 달고 운전석에 앉아 있던 키 큰 거한이 고개를 숙이더니 소좌의 귀에 대고 뭔가 속삭였다. 아무리 특무라지만 머리를 길게 기르고 수염을 잔뜩 길러 얼굴을 도무지 알아볼 수 없는 것이 영 마음에 들지 않는 놈이었다. 소좌가 헛기침을 하더니 다시 위병사관을 돌아보았다.

"총무부장, 나카도메 대좌와 이야기하기로 하지. 일단 내가 찾는 자가 어느 부서로 보내졌는지도 난 모르니까 말이야. 하지만 이 밤중에 관사로 찾아가는 것은 가족들에게도 실례다. 게다가 기밀임무에 대해 가족들이 듣게 되면 나중에 피차 곤란할 수도 있으니, 행정지휘부실에서 만나고 싶은데."

"알겠습니다. 그리 전하겠습니다."

"오래 걸린다면, 기다리는 동안 우리 병력을 하차시켜 쉬게 하고 싶은데 괜찮겠나?"

"물론입니다."

위병사관이 전화통을 붙들고 정말 중요한 사람이 왔으니 들여보내야만 한다고, 그리고 총무부장 댁으로 전화를 연결하라고 떠들고 있는 사이 소좌는 트럭에서 내렸다. 그리고 자기가 타고 온 차를 포함해서 트럭 세 대를 모두 위병소 옆 공터에 정차시켰다.

소좌가 탄 차를 몰고 온 거인은 차에서 내렸지만 뒤쪽 차를 몰고 온 운전병 두 명은 운전석에서 대기하고, 나머지 병사들은 모두 내려서 바닥에 주저앉았다.

특무 전원이 일본군 제식인 아리사카 소총이 아닌 독일제 기관단총으로 무장하고 있는 모습이 신기한지 위병들이 이쪽을 계속 흘깃거렸다. 통화를 끝낸 위병사관이 위병소 밖으로 나왔다.

"총무부장께서 행정지휘부실에서 만나보시겠답니다! 소관이 안내하겠습니다. 이쪽으로 가면 행정지휘부실이 있는 본관입니다."

야나기 소좌가 고개를 끄덕이며 앞으로 나왔다. 소좌와 함께 운전석에 앉아 있던 거인이 당연하다는 듯 앞으로 나서고, 앉아 있던 병사들 중에서 여덟 명이 무장을 한 채 따라 일어섰다. 위병사관이 놀라 발걸음을 멈췄다.

"아니, 병사들은 여기에 머무르게 하십시오."

"귀관도 짐작하겠지만 본관은 매우 중요한 사람이다. 어디에 가든, 내 부관과 호위병들은 내게서 떨어지지 않아. 정 신경이 쓰인다면 호위병들은 행정지휘부실에 들어가지 않고 복도에 있도록 하겠다."

중위가 몸을 떨었다. 자기보다 머리 하나는 큰 거한이 부하들을 거느리고 마치 총무부장을 체포하러 오기라도 한 것처럼 사무실에 난입하는 상상이라도 한 모양이다. 하지만 기왕 여기까지 왔는데 병력을 거느리면 총무부장을 만나러 갈 수 없다는 말을 할 수는 없을 터였다. 중위가 내놓은 대답은 역시 소좌가 기대한 바였다.

"알겠습니다…. 하지만 총무부장실에 들어가실 때는 제발 참아주십시오."

"알겠네."

중위는 앞서서 길을 인도하기 시작했다. 뒤를 따르던 거인이 소좌를 향해 머리를 숙이더니 독일어로 속삭였다.

"침착하셨습니다, 전하. 이런 상황이라면 조급한 마음에 관사에서라도 총무부장을 만나겠다고 대답하기 십상인데요."

"우리 목표가 총무부장 한 사람으로 끝날 게 아니잖나. 관사 주변은 중요 시설이 없다고 자네 스스로 말해주지 않았나? 우리는 놈들이 벌이는 행각에 대한 확증이 필요해. 연구실, 연구원, 연구자료 같은 것 말일세. 부대 운영에 필요한 자료가 있으면 더 좋지. 그런데 집에 그런 자료가 있을 리가 없지 않나."

이우는 잠시 말을 멈추고 앞에서 가는 중위가 이쪽에서 나누는 대화를 눈치 챈 기색이 있는지 살폈다. 별 기미가 없어 보이자 한 마디 더 속삭였다.

"그리고 만약 교전이 벌어진다면 무고한 총무부장 가족들을 말려들게 하고 싶지도 않았고."

"지당하신 말씀입니다. 상관없는 희생자는 적을수록 좋습니다. 그것이 특수작전입니다."

거인이 씩 웃었다. 여기까지는 계획대로 진행되고 있었다.

7

"귀관이 어떻게 이 부대에 대해 알게 되었는가 하는 것은 상관없다. 여기 들어온 자는 누구도 다시 나갈 수 없고, 외부인과 접촉하게 해 줄 수도 없어. 아직 실험을 시작하지 않았어도 마찬가지다. 설사 특무가 요구한다고 해도 안 돼. 애초에 이런 말도 안 되는 요구를 하는 귀관은 누군가? 우리 임무에 대해 어느 정도 아는 하얼빈 헌병대는 단 한 번도 이런 요구를 한 적이 없어. 처음 보낼 때부터 다시는 찾을 필요가 없는 놈들만 보내지."

의혹에 찬 힐난이 이어졌다.

"네놈이 어떻게 이 부대를 알게 되었는지는 모르겠지만, 네놈이 날 바보로 보고 일을 꾸민 건 분명해 보이는군. 체포해! 정체도 모르는 수상한 놈들을 내부 검문소까지 통과해서 데리고 온 저 얼빠진 위병사관 놈도 같이!"

총무부장 나카도메 킨죠 군의대좌가 내뱉은 마지막 문장은 자기 눈앞에 선 특무소좌를 향한 것이 아니었다. 벽장과 옆방에 미리 준비하고 숨어 있던 부대 소속 경비헌병 10여 명이 호령 소리를 듣고 무장한 채 뛰쳐나왔다. 나카도메 대좌 양 옆으로 늘어선 헌병들이 불청객들을 향해 총구를 겨냥했다.

졸지에 위험에 처한 위병사관은 겁에 질려 부들부들 떨었다. 하지만 특무소좌와 머리 하나는 큰 그 부관은 10여 명에 달하는 헌병들이 총을 겨누고 있는데도 전혀 놀라지 않았다. 야나기 소좌는 나카도메 대좌를 향해 침착하게 맞받았다.

"감히 특무에게 총을 겨누다니. 대가를 치르게 될 거요. 소위, 신호하게."

"예, 소좌님. 돌입!"

거인이 호령했다. 마치 곰 같은 그 음성이 울리자마자 밖에서 대기하던 특무대원들이 군홧발로 문을 걷어찼다. 안에 숨어 있느라 복도에 병력이 더 대기하고 있는 줄 몰랐던 헌병들이 움찔하는 사이 나무판자 쪼개지는 소리와 함께 문이 열렸다.

"나카도메 대좌, 귀관을 체포하겠소."

어느새 독일제 기관총으로 무장한 특무대원 8명이 복도에서 뛰어들어와 '야나기 소좌' 뒤에서 헌병들을 향해 기관총을 겨냥했다.

헌병들이 입을 딱 벌린 사이 새로 뛰어 들어온 특무 하나가 거침없이 창문 쪽으로 다가갔다. 그리고는 진짜 부엉이와 똑같은 음색으로 부엉이 소리를 두 번 냈다.

"개, 개수작 말아! 너 이 자식들, 특무 아니지! 그 부엉이 소리는 무슨 신호야!"

나카도메 대좌가 부들부들 떨면서 고함을 질렀지만 야나기 소좌는 대답 없이 차갑게 입술을 일그러뜨렸을 뿐이었다. 사태가 진전되는 모습을 본 헌병들은 주도권이 불청객인 특무대원들 손에 있음을 실감했다. 상황이 뒤집혔음이 확실해진 상황에서 거인이 비아냥거렸다. 어딘가 어눌한 일본어였다.

"아무 놈이나 한 발만 쏴. 두 번째 총 쏠 놈 없을 거야. 기회 있는지 해봐. 모험 싫으면 총 버려. 덤빌 놈 있으면 덤비고."

잠시 머뭇거리던 경비병들은 일제히 나카도메 대좌를 향해 시선을 돌렸다. 대좌를 향해 시선이 쏠리는 의미를 안 거인이 유유히 나카도메 대좌를 압박했다.

"대좌, 두 번째 패 있소? 없으면, 부하들에게 총 놓으라고 명령하시오. 뒤로 물러나라고 하시오. 자리에서 일어서시오. 따라오시오."

"네, 네놈, 러시아 놈이구나! 이놈들 소련 첩자야!"

거인이 말하는 서투른 일본어를 들은 나카도메 대좌가 약점을 잡았다는 듯이 고함을 질렀지만 상대편은 미동도 하지 않았다. 밤중이라 본관 건물에서 근무하는 인원들도 모두 퇴근했고, 본관 내 특설헌병실에서 숙직하던 헌병들도 모두 여기 와 있어서 그 소리를 듣고 달려오는 이도 없었다. 야나기 소좌가 일갈했을 뿐이었다.

"특무에 백계 러시아인도 있는 거 모르나? 특무에게 총을 겨눈 건 반역이다! 네놈들 모두 함께 처형되고 싶으면 계속 덤벼라. 지금 순순히 물러나면, 이놈 하나만 교사범으로 처벌되고 끝날 것이다."

생각해보면 말이 안 되는 일이었다. 특무라고는 해도 일개 소좌가 최고 기밀시설에 느닷없이 들이닥쳐서 느닷없이 횡포를 부리다니 말이다. 게다가 애초에 방문 목적부터가 무슨 혐의가 있어서 온 게 아니지 않았는가.

하지만 분위기가 워낙 험악한데다가 눈앞에 기관총이 들이대져 있는 상황이다. 자기를 똑바로 겨눈 기관총구 앞에서 버틸 수 있는 사람은 드물었다. 서로 눈치를 보던 부대 소속 경비헌병들은 한 사람씩 총을 내려놓고 구석으로 붙어 섰다. 나카도메 대좌가 절규했다.

"이 자식들아! 네놈들은 누구 부하냐!"

병사들은 우물쭈물하며 물러설 뿐이었다. 야나기 소좌가 차갑게 웃었다.

"나카도메 대좌, 감히 특무인 내게 총을 들이대게 한 죗값을 톡톡히 치르게 해주겠소. 아베, 노무라. 이 자식 끌어내."

나카도메 대좌는 상상도 하지 못한 상황에 미처 반항할 생각도 하지 못하고 무력하게 끌려 나갔다. 헌병들이 멍하니 쳐다보는데 눈앞에 다가온 거인이 총을 들이댔다.

"더 물러서. 무릎 꿇어. 야, 이놈들 묶어."

다가온 특무들이 헌병들을 붙잡아 결박했다. 가져온 밧줄로 손발을 묶은 뒤 행정지휘부실 안에 있던 수건, 옷 조각 따위로 재갈까지 물렸다.

"왜, 왜 이러는 겁니까!"

헌병들을 지휘하던 군조[1] 한 사람이 반항하려 했지만 소용없었다. 기관총이 그대로 얼굴을 겨냥했다. 거인이 흉터가 가득한 얼굴로 위협했다.

"죽을래, 닥칠래?"

부들부들 떨던 군조가 고개를 떨어트리자 특무대원들이 다가와 두 손을 뒤로 돌려 묶었다. 특무대원 중 한 명은 어느새 소형 영화촬영기를 꺼내들고 나카도메 대좌가 끌려 나가는 장면부터 지금 이 순간까지 총무부장실 전체를 촬영하고 있었다. 특무소좌가 단호한 목소리로 지시를 내렸다. 승리감이 가득한 어조로 내뱉는 목소리가 군조의 양쪽 귀를 울렸지만 일본말이 아니어서 무슨 의미인지 이해할 수는 없었다.

"이번 단 한 번에 가능한 많은 서류와 자료를 가져가야 한다. 여기 총무부장실 서류부터 싹 털고, 건물 안 어딘가에 있는 표본진열실을 찾아라. 그 안에 있는 표본도 가져갈 수 있는 만큼 가져간다. 그리고 본관 내에서 들어갈 수 있는 방은 모조리 털고, 발견한 서류란 서류는 모조리 현관으로 들어내."

야나기, 아니 특무소좌로 가장한 이유는 잠시 말을 멈추고 시계를 보았다.

"시간은 넉넉하지 않다. 30분 안에 할 수 있는 모든 작업을 마치고 현관에 집결해야 한다. 가능하면 문을 부수지 않고 열면 좋겠지만, 중요해 보이는 방이 잠겨 있으면 가능한 소리를 내지 말고 부숴라. 알겠나?"

"예!"

---

1 한국군에서 중사에 해당하는 계급.

특공대원들이 나지막하게 대답했다. 이우가 힘을 주어 강조했다.

"마지막으로 한 마디만 더 당부한다. 이곳에서 무엇을 보게 되더라도 절대 이성을 잃어서는 안 된다. 알겠나! 우린 돌아가야 한다!"

"알겠습니다. 위병사관 놈은 어떡할까요?"

"길안내를 잘 해줬으니 그놈은 나가는 길에 위병소에 도로 던져두도록 하지."

헌병들을 모두 결박한 특공대원들이 우루루 복도로 쏟아져 나갔다. 아까 부엉이 소리를 냈던 대원이 다시 창가로 가더니 이번에는 부엉이 소리 세 번을 냈다.

8

"서둘러라! 어서 실어!"

특공대원들이 타고 온 트럭이 본관 현관 앞에 주차했다. 이우와 슈코르체니, 그리고 경계병 둘을 제외한 특공대원 열 명이 열심히 현관 앞에 수북하게 쌓인 서류와 유리병을 차에 실었다. 여섯 명은 본관 내에 폭파장치를 하는 중이었다.

"우리가 탈 자리만 남기고 최대한 우겨 넣어! 유리병이 깨지지 않도록, 종이나 옷으로 싸!"

만주에서는 3월에도 얼어 죽을 것처럼 밤이 춥다. 그 덕분인지 본관 주변은 이상할 정도로 조용했다. 순찰을 도는 헌병도 나타나지 않았다.

"우리가 다 묶어놨잖습니까."

"그러고 보니 그렇군."

총무부장이 나름 덫을 놓는답시고 본부구역 내 순찰헌병을 모조리 자기 방에 숨겨놓는 바람에 수고가 줄었다. 이우가 웃으려다 말고 갑자기 이를 악물었다.

"제길, 도저히 참을 수가 없소. 갇혀 있는 이들을 모두 구해내야 하건만. 수백이나 되는 가련한 이들을 놈들의 제물로 놓아두고 이렇게 우리 몸만 빼내야 하다니."

"전하, 어쩔 수 없습니다. 우리 능력으로는 이것도 벅찬 일입니다. 하지만 오늘 우리 작전이 성공하면 놈들은 이 시설을 폐쇄할 수밖에 없을 것이고, 지금 여기 있는 사람보다 더 많은 사람이 여기서 죽어가는 일을 막을 수 있습니다."

슈코르체니는 이우가 이성을 잃지 않도록 달랬다. 일행이 지금 어떤 수를 써도 여기 잡혀 있는 마루타들을 모두 구할 수는 없었다.

"전하께서도 아시지 않습니까? 본부 건물만 날려버려도 부대 운영 자체가 불가능해집니다. 각 실험실에 있는 연구자료야 남아있겠지만 이 731부대 자체는 멈출 수밖에 없습니다. 그리고 주목을 피하기 위해 곧바로 폐쇄하거나 이전할 텐데, 어느 쪽이든 실험은 중단됩니다. 악마들도 멈출 수밖에 없습니다."

"그렇기를 비오. 오직 그 목적 하나만 바라보고 이 작전을 벌인 거니까."

이우는 이를 악문 채 분노를 곱씹었다. 그리고 시계를 본 뒤 시선을 현관 쪽으로 돌렸다.

"30분이다! 이제 다 실었나?"

"아직 덜 실었습니다!"

끌어낸 짐이 너무 많았다. 행정지휘부실과 내설부대장실에서 끌어낸 서류는 겨우 다 실었지만 시위관실이나 특설헌병실, 진료실 따위에 있던 서류는 거의 손도 대지 못했다. 표본진열실에서 끌어낸 인체표본에 이르러서는 1/10도 싣지 못했다.

"제기랄, 표본들 사진은 다 찍었나?"

"들어내기 전에 촬영반이 영화촬영기와 사진기로 촬영부터 했습니다."

잠시 입술을 깨물면서 고심한 이우가 결단을 내렸다.

"이대로 출발한다! 끌어낸 서류와 표본에 기름을 뿌리고 폭파장치를 하라. 본부가 날아갈 때 동시에 터지도록."

마침 건물 안에 있던 폭파조 6명도 설치를 마치고 밖으로 나왔다. 슈코르체니가 서둘러 차에 오르라고 손짓했다. 전원 승차했음을 확인하는 순간 토벽으로 둘러싼 핵심지구 바깥에서 호각소리가 울렸다.

"제기랄, 들켰나? 출발해!"

엔진은 이미 켜져 있었다. 슈코르체니가 첫 번째 트럭에 뛰어오르며 호령하자 운전사가 곧바로 악셀을 밟았다. 번개처럼 튀어나간 트럭이 토벽 사이에 있는 출입문을 통과하여 내부검문소 앞에 정차하자 총성이 울리며 탄환 한 발이 운전석을 스쳤다. 슈코르체니가 욕지거리를 내뱉으며 소음권총으로 응사했다. 저편에는 이미 일본군 두 명이 쓰러져 있었다.

"빨리 타!"

내부검문소를 확보하고 있던 대원 여덟 명이 급히 트럭에 올라탔다. 그 사이 두 번째, 세 번째 차가 검문소를 빠져나가 부대 정문을 향해 먼저 질주했다. 좀 전에 울린 총성 때문에 부대 안에서는 대소동이 시작되고 있었다.

"마인 고트(제기랄)! 이봐, 뒤쪽! 남은 폭약 있으면 시한장치 붙여서 되는대로 뒤로 던져!"

날아드는 탄환 속에서도 슈코르체니는 냉정을 유지했다. 엔진이나 타이어에 맞지만 않으면 도망칠 수 있다. 기지 내에서 폭발이 마구 일어나면 일본군은 당황해서 추격을 멈출지도 몰랐다. 차고를 파괴할 수 있었다면 좋았겠지만 그럴 시간이 없었다.

전조등도 켜지 않은 채 정문을 향해 질주하는 와중에도 사방에서 사이렌이 울렸다. 날아드는 탄환이 늘어났다.

"응사할 여유가 없다! 그냥 계속 달려!"

아까 위병사관을 속이고 들어온 정문이 코앞에 있었다. 먼저 달려나간 2호차와 3호차는 이미 정문 밖으로 나가 정문 위병소를 확보하고 있던 나머지 대원 여덟 명을 태우고 있었다. 2호차 뒤에 서 있던 푈케르삼이 도로로 곧바로 달리지 말고 종이 표식이 있는 바깥으로 우회하라고 크게 손짓하는 모습이 보였다.

"이봐, 장 참위! 저기, 종이 보고 위병소 쪽으로 한껏 붙어! 길 밖으로 나가!"

표식을 따라 도로를 벗어난 트럭은 크게 덜컹거리다가 위병조장이 근무를 서는 근무대를 부수면서 기지 밖으로 튀어나갔다. 안전한 길을 표시한 종이 표지가 사방으로 흩날려 떨어졌다. 1호차가 빠져나오는 모습을 확인한 푈케르삼이 막 달리기 시작한 2호차 적재함에 급히 뛰어올랐다. 포로를 실은 3호차는 이미 저만치 질주하고 있었다.

"전속력으로 달려라! 4지점으로 간다!"

슈코르체니가 고함을 지르자 운전대를 잡고 있던 장 참위가 한껏 고함을 지르며 악셀을 밟았다. 이때 뒤쪽, 731부대 안쪽에서 연달아 폭음이 들리자 슈코르체니는 차창 밖으로 고개를 내밀고 뒤를 돌아보았다. 기지 안쪽, 본관 건물이 있을 위치에서 불꽃과 연기가 치솟고 있었다. 슈코르체니는 물론 적재함에 타고 있던 특공대원들도 환호성을 터트렸다.

"폭약이 너무 적어서 건물을 박살내지는 못 하겠지만, 내부는 모조리 타버릴 거다. 기껏 가져온 테르밋 소이탄을 저런 데 쓰기는 아깝지만 할 수 없지!"

슈코르체니가 주먹을 움켜쥐고 쾌재를 부르고 있는데 갑자기 폭음이 또다시 울렸다. 기지 정문에서 불꽃과 함께 연기가 피어오르고, 정문을 막 빠져나오려던 트럭 전반부가 하늘로 솟구쳐 올랐다. 운전실과 적재함이 허공에서 뒤틀린 트럭은 그대로 땅바닥에 내팽개쳐졌다. 타고 있었을 사람이 지르는 비명소리 같은 건 들리지 않았다. 적재함에서 특공대원들이 질러대는 함성 소리만이 들릴 뿐이었다. 곧바로 또 한 차례 폭음이 울리더니 두 번째 트럭이 하늘로 솟구쳤다.

9

"훌륭해! 훌륭해! 슈코르체니에게 기사십자장을 수여하라! 그동안 중국에서 활약하면서 세운 공적에, 이번 작전을 성공시킨 공을 감안하면 기사십자장은 충분히 수여하고도 남는다. 그리고 이우 대공에게도 기사십자장을 수여하고, 작전에 참가한 백두산 특전부대원 전원에게 1급 철십자장을, 한국 망명정부군 전원에게 2급 철십자장을 수여하라!"

1944년 4월 1일, 작전 성공 및 무사 철수를 알리는 보고가 충칭에서 날아왔다. 731부대 심장부를 묵사발로 만들고 빠져나온 슈코르체니와 특수작전부대는 약 2주일에 걸쳐 무사히 충칭으로 복귀할 수 있었다. 탈출 및 복귀 과정에서 광복군 소속 요원 세 사람이 전사하기는 했으나 거둔 전과를 생각하면 그 정도 피해는 충분히 감수할 수 있었다.

《총통께서 알려주신 바에 따라 본부건물을 수색, 막대한 양의 문서를 노획하였고 혐오감을 자아내는 인체 표본 다수를 입수하였습니다. 현재 한국 망명정부가 동원할 수 있는 전 인력과 국민당으로부터 지원받은 인력을 총동원하여 노획한 서류를 분류, 정리하고 있습니다. 개중 정리가 완료된 일부 문서를 먼저 발송하니, 확인하시기 바랍니다.》

마이크로필름으로 제작한 731부대 문서는 내가 1차로 수령한 것만 400페이지 이상에 달했다. 동일한 사본이 장제스에게도 2벌 넘어갔고, 아마 미국 정부로도 보내졌으리라.

"총통! 일본인들은 정말 야만적인 인종들입니다. 만주를 정복하여 만주에 거주하는 모든 민족을 화합하여 다스린다고 자화자찬하더니, 바로 그 만주인들을 잡아다 인체실험을 하다니요. 그것도 무슨 사형수도 아니고 무고한 사람들을 말입니다."

나와 함께 독일어로 번역된 문서를 보던 셸렌베르크가 치를 떨었다. 하지만 나는 셸렌베르크가 아무 생각 없이 뱉어놓은 말에 소름이 끼쳤다. '사형수도 아니고'라니, 그럼 사형수는 산 채로 배를 가르거나 질병에 감염시켜도 된다는 소리냐!

…물론 소리 내서 말하지는 않았다.

"우리로서야 이런 사건이 폭로되었으니 그만큼 도덕적으로 유리한 입장이 되었지. 미국 정부가 이 사실을 곧바로 대중에게 폭로할지 안 할지는 알 수 없지만, 우리는 할 거니까. 선전장관이 작업에 들어가 있지 않나?"

내 질문을 받은 셸렌베르크가 고개를 끄덕였다.

"예, 신문과 방송으로 내보낼 준비를 하느라 바쁩니다. 함께 도착한 영화 필름을 가지고 뉴스 영화도 제작하고 있습니다."

만족스럽다. 괴벨스가 솜씨를 발휘한다면, 자칭 〈대일본제국〉이 얼마나 쓰레기 같은 악마들이 모인 집단인지 만천하에 공개하는 것은 일도 아니리라.

"그나저나 총통께서는 어떻게 일본이 인체실험으로 세균무기를 개발하고 있다는 사실까지 알고 계셨습니까? 저희로서는 그저 경탄할 뿐입니다."

"사방에서 모을 수 있는 정보라면 모두 모아야 해. 그러다 보면 알게 되지."

이것뿐이랴. 내가 너한테 알려줬지만 아무도 내게 말해주지 않은 정보가 한둘이 아니다. 그 모든 정보가 내 뇌 속에서 나왔다고 까놓고 말할 수는 절대로 없지. 그랬다간 곧바로 미친놈 취급을 받을 테니까. 입을 꾹 다문 채 고개만 끄덕이고 있으려니 갑자기 욱하고 서러운 생각이 북받쳤다.

아, 외롭다. 내가 예전 세계에서 본 영화나 소설 중에도 주인공이 과거 시간대에 떨어지는 경우가 왕왕 있었다. 리플레이[1]라거나, 타임라인[2]이라거나, 파이널 카운트다운[3]이라거나…. 하여튼 이런 부류의 작품을 보면 주인공만 떨어지는 경우는 좀처럼 없었다. 혼자 가서 마찬가지로 혼자 온 사람을 만나든지, 아니면 처음부터 일행이 있었든지 하여튼 주인공 외에 다른 시간여행자가 있었다. 시간을 거슬러 오른 사람

---

1   주인공 남녀가 타임리프를 통해 인생을 여러 차례 반복하면서 사랑을 키우고, 결국 지금 현재가 가장 중요하다고 깨닫게 되는 켄 그림우드의 소설.
2   타임머신을 타고 1357년 중세 프랑스로 간 역사학자 일단의 모험을 그린 마이클 크라이튼의 소설.
3   진주만 공격 시점으로 타임워프했다가 현대로 복귀한 미 핵항모를 묘사한 돈 테일러 감독의 영화.

들끼리 만나 외로움을 서로 나누고 기댈 수 있게 해 주는 그런 작품들이 참 많았다.

그런데 왜 나는 그런 사람이 하나도 없는 걸까? 옛날에 인터넷에서 본 어떤 짧은 소설에서는 히틀러와 스탈린이 모두 타임리프를 반복하다가 마지막 순간에 자신이 혼자가 아님을 깨닫게 되던데, 나는 그런 경우도 아닌 것 같다. 왜냐 하면 내가 패하지 않고 있으니까 말이지.

만약에, 정말 만약에 스탈린도 나같이 타임슬립을 한 밀덕으로 바뀌어 있다면, 그것도 소련군 덕후라면, 동부전선에서 벌이는 싸움이 지금보다 훨씬 어려울 게 당연하지 않나? 하지만 지금 심정 같아서는 차라리 상대가 스탈린이라도 좋으니 미래인이었으면 좋겠다는 생각이 들었다. 상대가 진짜 스탈린이 아닌 미래인이라면 타협해서 전쟁도 끝낼 수 있을 테니까.

망상이 삼천포로 빠지는 중임을 깨달은 나는 무겁게 한숨을 쉬었다. 제기랄, 역시 현실은 현실이지 소설이 아니다. 현실은 쓰디쓰고, 용서도 자비도 없다. 내 눈앞에는 아직도 한참 남은 2차 세계대전과 수백만 구가 넘는 시체가 깔려 있다.

"그럼 총통, 슈코르체니 소령에게 더 이상 내릴 조치는 없으십니까?"

셸렌베르크가 조심스럽게 던진 질문에 문득 정신을 차렸다. 젠장, 또 넋이 나가 있었군.

"아, 잊을 뻔했네. 훈장 수여에 더해서 슈코르체니 무장친위대 소령을 중령으로 진급시키도록. 그리고 한국 망명정부를 한국민을 대표하는 정식 정부로 인정할까 하는데 어떻게 생각하는가, 외무장관?"

꿔다 놓은 보릿자루처럼 앉아서 나와 셸렌베르크가 나누는 이야기를 듣고 있던 리벤트로프가 깜짝 놀랐다.

"총통, 제가 판단하기에 한국 망명정부는 정식 정부가 아닙니다. 군사고문단을 파견하는 정도야 말 그대로 군사적인 고려에 따른 조치였으니 별 의견을 말씀드리지 않았습니다만, 정치적으로 그 망명정부가 한국을 대표하는 대표성이 있는가는 생각해 볼 문제입니다. 한국을 대표하는 마지막 합법 정부는 대한제국인데, 망명정부는 대한제국 황제가 참여하지도 않았고 황제로부터 공식적으로 승인을 받지도 않았습니다."

"군주제를 폐지하고 공화국을 새로 수립할 작정이라면 그런 승인이 필요 없지 않은가."

"현 망명정부가 한국인들이 선거를 통해 성립시킨 정권이라면 말씀하신 것처럼 생각할 수 있겠으나, 그것도 아닙니다. 일부 망명정객들이 자기들끼리 수군거려 만들었을 뿐이니, 한국인들이 그 정부를 지지한다고, 혹은 지지했다고 볼 수 없습니다. 게다가 국제적으로도 어느 국가도 망명정부를 정식 한국 정부로 인정하지 않습니다. 장제스 총통조차도 말입니다."

아 이 까다로운 술장사 새끼. 대한민국 임시정부가 한국 역사에서 어떤 의미인지 모르니까 저딴 개소리를 하지. 그래, 그 장제스도 해주지 않은 정식 인정을 내가 먼저 하겠다는 거다. 그렇게라도 해야 우리 임시정부가 국제적으로 조금이라도 정당성을 인정받을 수 있지 않겠냐. 그리고 이 세계에서는 나치가 원래 세계만큼 악마는 아니니까. 욕을 한 바가지 해주고 싶었지만 참았다. 아직 전쟁도 오래 남았는데.

"그래, 알겠네. 그렇지만 대한제국 황실에서 상당히 높은 황위 계승권을 가진 이우 대공이 지금 그 망명정부에 참가하고 있지 않나. 귀관은 황제가 승인하지 않아서 정당성을 인정할 수 없다고 했는데, 제위 계승 순위 4위에 있는 이우 대공이 참여할 정도라면 황실이 망명정부를 인정했다고 볼 수 있지 않겠나?"

"그, 그렇기는 합니다."

리벤트로프가 어떻게든 임시정부를 인정해야겠다는 내 뜻을 깨달은 모양이다. 슬그머니 꼬리를 말고 주저앉는 그 모습을 보자 기분이 좀 후련해졌다.

"한국 망명정부를 한국민을 대표하는 정부로서 공식적으로 인정하고, 주중공사로 하여금 한국과 진행할 외교도 겸임하도록 지시하라. 장 총통이 그 정도를 가지고 유감을 품거나 하지는 않을 거야. 그리고 장 총통에게도 한국 망명정부를 정식으로 인정하고 좋은 관계를 다지는 편이 망명정부가 한반도로 복귀한 뒤에도 계속 우호관계를 유지할 수 있는 길이라고 계속 설득하도록 하게."

"알겠습니다, 총통."

셸렌베르크와 리벤트로프를 모두 내보내고 나서 나는 유유히 창밖에 비치는 저녁노을을 즐겼다.

아, 악마의 소굴 731부대를 날려버리고 나니 이렇게 상쾌할 수가 없다. 생각 같아서야 중무장한 구출부대를 1개 대대쯤 파견해서 모든 시설을 파괴하고 수용자들을 구출하고 싶지만 그건 좀 불가능에 가까운 일이다.

대신 일본이 중국인, 미국인, 소련인들을 잡아다가 인체실험을 하고 있다고 만천하에 공개하면 이시이, 그리고 기타노가 아무리 간이 큰 놈이라고 해도 작전을 계속할 수 없을 거다. 731부대 이외에 100부대, 526부대, 큐슈제국대학 등등 내가 기억하는 다른 부대들도 함께 묶어서 말이지. 아무 근거도 없이 내 머릿속에 있는 정보만 발표하면 공신력이 없겠지만, 731부대 본부에서 탈취한 서류에 기반한 발표라면 누가 의심하겠나?

그리고 좀 빠진 부분이 있으면 내가 아는 걸 섞으면 된다. 어차피 쪽발이 새끼들도 무슨 서류가 탈취되고 무슨 서류가 불타 없어졌는지 다 알지도 못할 걸? 물론 이렇게 전쟁 중에 까발려버리면 놈들이 곧바로 증거 인멸 작업에 들어갈 테니, 이 악마들이 저지른 짓에 대한 세부정보가 후세에 밝혀지지 않고 사라져버릴 위험성이 있긴 하다. 하지만 그렇다고 해서 지금 당장 수천 명이 실험동물 취급을 받으며 죽고 있는데 방관할 수도 없지 않은가.

이 가공할 악행에 대한 자료와 증인이 공개되면 전 세계는 일본이 저지른 만행에 분개하리라. 그리고 나면 문명인들, 백인들끼리 전쟁을 할 게 아니라(진심으로 이런 소리를 하는 놈이 있다면 똥이나 처먹으라고 하고 싶다만) 야만적인 행동을 일삼는 일본을 다함께 공격해야 한다는 공감대가 더 쉽게 결성될 수 있겠지. 그렇게 되면 소련과도 종전할 수 있고, 일본도 멸망시킬 수 있다. 아아, 마침내 돌아올 세계 평화!

공상을 즐기다 보니 기분이 좋아졌다. 나는 유유히 콜라 한 병을 따서 석양을 보며 들이켰다. 어서 빨리 자유롭게 콜라를 마실 수 있는 날이 돌아오기를!

외전 1
북경반점에서의 하룻밤

1

"베이징의 저녁노을은 처음입니다. 멋지군요."

"예약도 하지 않은 불청객 치고 좋은 방을 받았군."

슈코르체니와 이우는 창가에 서서 이야기를 주고받았다. 이우는 이미 벗었던 일본군복을, 슈코르체니는 신사복을 입고 있었다. 북경반점[1] 서쪽 날개에 위치한 이 방에서는 바로 서쪽에 있는 천안문 광장, 그리고 그 바로 북쪽에 잇닿아 있는 자금성 성벽까지 훤히 보였다.

"여기까지 오는 동안은 고생을 많이 했으니 하루 정도는 고급 숙소에서 푹 쉬어도 되지 않겠습니까."

"물론 맞는 말이네. 하지만 여기에서 쉬게 되리라곤…솔직히 전혀 뜻밖일세."

---

1 北京饭店(베이징 호텔, 중국에서는 호텔을 饭店 이라고 표기한다)은 1900년부터 영업을 시작한 유서 깊은 고급 호텔이다. 중일전쟁으로 베이징이 함락된 1937년부터는 일본군이 관리하고 있었다.

이우가 너털웃음을 웃었다.

"일본군이 관리하는 이 북경반점에서 숙박하다니, 누가 이런 생각을 할 수 있겠나?"

"소령! 귀관이 담대한 줄은 알았지만 그건 너무한 계획 아닌가?"

이우와 슈코르체니는 딱 2명만 거느리고 차편을 갈아타며 만주를 향하고 있었다. 특수임무부대원 전원이 한꺼번에 충칭에서 만주까지 이동하는 건 무리였기 때문이다. 3, 4명씩 나누어서 1개 조를 편성하고, 각 조에 숙련된 안내인이 따라붙었다. 집결 장소는 신징[1]이었다.

"40명은 곤란하지만 4명이면 충분히 가능한 일입니다. 전하께서는 준비해온 가짜 신분증을 사용해 잠시 일본군 고급장교로 위장하시고, 저는 또 백계 러시아인 사업가가 되면 됩니다."

"따라온 두 사람은?"

"그야 전하의 부관과 제 비서가 되면 되지요."

"흠."

귀가 솔깃했다. 사실 지난 2주 동안 충칭에서 베이징 인근까지 오면서 제대로 된 번듯한 숙소에서 자본 적이 없었다. 관헌의 눈에 띄지 않기 위해 늘 허름하고 초라한 숙소에 들지 않으면 야숙을 했다. 눈에 띄기 쉬운 외모인 슈코르체니는 그 고충이 한결 더 막심했다.

"좋아, 한번 해 보세!"

"아아, 그동안 너무 힘들었습니다. 이제 와서 하는 이야기지만, 늘

---

1 신징(新京, 신경)은 만주국의 수도로, 원래 이름은 창춘(長春, 장춘)이다. 만주국 건국과 함께 수도가 되어 신징으로 개명했으나 종전 후 도로 환원되었다.

머리에는 둘레가 큰 모자를 눌러쓰고 얼굴에는 검댕을 처바르고…허리는 구부정하게 숙이고…"

"그러게 귀관은 충청에 남아있으라지 않았나."

그동안 겪은 고생을 가지고 푸념하는 슈코르체니를 향해 이우가 핀잔을 주었다. 이미 수십 번이나 반복된 놀림이라 익숙해진 슈코르체니가 피식 웃으며 반론했다.

"아직은 전하께 제가 필요합니다. 더구나 이런 큰 작전이라면, 제가 있는 편이 전하는 물론 지원차 참가하는 저희 고문단원들에게도 좋습니다."

"물론 그렇지. 하지만 가는 길이 너무 불안하지 않나. 나하고 다른 길로 가라니까 그것도 싫다고 꼭 같이 가자고 따라붙고. 이러다 우리둘 다 한 번에 잡혀서 작전이 아예 수포로 돌아가면 어쩔 셈인가?"

"영웅이 되는 거지요. 뭐 다른 귀결이 있겠습니까?"

뻔뻔한 대답에 이우가 폭소를 터트렸다. 그렇다. 적지 한가운데서 이들이 붙잡힌다면 직면할 운명은 뻔했다. 살아서 세상 빛을 볼 일은 없으리라.

"물론 전하께서 붙잡히도록 제가 그냥 두진 않을 겁니다. 설사 우리둘 다 당한다 해도, 도착한 대원들만으로도 크게 한 건 터뜨릴 수 있습니다. 푈케르삼이 충분한 자료를 가지고 있으니만치, 그 악마의 소굴에 한 방 먹이는 정도는 할 수 있지요."

"그래도 계획한 만큼은 안 되겠지?"

"네. 푈케르삼으로서는 홍 중장과 연결할 방법이 없으니까 말입니다."

"그럼 작전을 제대로 성공시키려면 우리가 여기서 잡히지 말고 신징에 도착해야겠군."

이우가 심각한 표정을 지으며 고개를 끄덕였다. 그때 누가 문을 노크하는 소리가 들렸다.

"들어오게."

들어온 사람은 정장 차림을 한 이화였다. 깔끔한 검은색 양장으로 맵시 나게 치장하고, 진한 화장에 위쪽으로 깔끔하게 틀어 올린 머리를 하고 있었다. 잠시 심호흡을 한 이화가 입을 열더니 서툰 독일어로 용건을 이야기했다.

"전하. 저녁 식사를 하셔야 하시지 않습니까? 호텔 식당에 자리를 예약하시겠습니까? 아니면 객실로 음식을 가져오도록 하시겠습니까?"

억양도 억양이고, 문장 구조도 어설펐다. 슈코르체니는 고개를 돌리고 필사적으로 웃음을 참았고 이화가 성난 눈으로 그 뒤통수를 노려보았다. 이우도 얼굴에 미소를 띠었지만 소리 내서 웃지는 않았다.

"음, 방으로 가져오도록 하게. 식당에서는 아무래도 남의 눈이 많아서 편하게 대화할 수가 없으니까. 게다가 자…네도 힘들 거고. 식단은 자네 좋도록 고르게."

"알겠습니다, 전하. 바로 급사에게 주문하겠습니다."

이화가 샐쭉한 얼굴로 방을 나가자 슈코르체니가 참았던 웃음을 터트렸다. 이우가 핀잔을 주었다.

"이 양은 그래도 작전에 도움이 되고자 가까스로 독일어를 익히지 않았나. 너무 그러지 말게, 소령."

"그렇긴 하지만 이 양의 독일어가 형편없는 것도 사실이란 말입니다. 노력하는 사람 앞에서 웃고 싶지는 않은데, 죽을힘을 다해 독일어를 쓰려는 그 모습을 보면 저도 모르게 웃음이 나와 버립니다."

"그래도 우리 두 사람과 대화하는 자리에 끼려고 죽어라 노력하는 모습이 가상하지 않나? 정 모자라다 싶으면 이따가 밤에 좀 개인교습을 해 주게나."

슈코르체니는 이우를 비롯한 광복군 내 제4지대 일부 요인을 제외한 다른 사람들에게 자신이 한국어를 구사할 줄 안다는 사실을 숨기고 있었다. 이범석이나 이청천을 만나 대화할 때도 꼬박꼬박 임시정부 측에 통역을 요구했다.

표면적인 명분은 있었다. 어설프게 한국어로 대화하다가 오해를 빚을 수 있다는 이유였다.

"중요한 국가대사를 미숙한 어학 능력 때문에 망쳐서야 되겠습니까?"

당연히 핑계였다. 실상은 자신에게 말을 거는 귀찮은 인간들을 피하고 편하게 지내려는 의도였다. 그리고 자신 앞에서 경계심을 풀고 비밀스러운 이야기를 주고받는 이들을 속이기 위한 수단이기도 했다.

한편으로 이우와 그, 두 사람만 비밀을 유지해야 할 대화가 있을 때도 독일어를 사용하는 편이 보다 안전함은 말할 필요도 없었다. 한국어를 엿들을 수 있는 사람에 비하면 독일어를 엿들을 수 있는 사람이 훨씬 적으니까.

다만 두 사람을 따라다니려면 이화도 독일어를 익힐 수밖에 없었다. 남들 보는 앞에서 이우가 이화를 위해 '통역 노릇'을 해줄 수는 없었으니까 말이다. 덕분에 난데없이 독일어를 배워야 하게 된 이화는 죽을 맛이었지만.

"그럼, 자네도 방에 가서 쉬게나. 식사가 오면 유 참위를 시켜 부르지. 유 참위는 주변을 돌아보러 나갔으니 곧 돌아올 거야."

"알겠습니다, 전하."

2

방에 들어선 슈코르체니는 씨익 웃었다. 독이 잔뜩 오른 이화가 소파 옆에 서서 슈코르체니를 노려보고 있었다.

"이, 산적 같은 인간! 이게 뭐죠? 내가 왜 당신과 단 둘이 같은 방을 써야 하는 거죠?"

"그야 플로라, 당신이 백계 러시아인 사업가 '슈토크하우젠'의 '비서'이기 때문이잖소. '아오야기 대좌'의 부관 '사카모토 중위'라면 대좌 나리와 한 방을 써도 되겠지만."

베이징에 도착하기 전날, 슈코르체니는 기가 막힌 사기극을 시작했다. 이우는 알고 있었지만 다른 일행 두 사람은 원래 예정한 안전한 숙소 대신 북경반점에서 하루 자고 가겠다는 소리를 듣고 어안이 벙벙해질 수밖에 없었다.

이우는 충칭에서 준비해 온 조선군[1] 사령부 참모 '아오야기 대좌'의 신분증을 가지고 일본군 장교로 변신했다. 슈코르체니는 또 백계 러시아인 사업가 '슈토크하우젠'이 되었다. 지난번에 써먹은 카바레 대신 이번에는 조선군과 연계된 사업을 하는 사람으로.

"변장도 좋고, 다 좋아요. 그런데 왜 내가 당신 비서가 되어야 했어요? 유성호 참위가 당신 비서가 되고, 내가 전하의 시중을 들어도 되잖아요?"

"그야 어떤 일본군 장교도 여자 부관을 데리고 다니지 않기 때문이

---

[1] 일제강점기에는 식민지 조선을 주둔지로 하는 일본군의 일부를 조선군으로 불렀다. 처음에는 19사단과 20사단, 2개 사단 4만 명가량이었으나 2차 대전이 본격화되면서 급속도로 증강되었다. 종전 직전에는 해군을 합치면 한반도에 주둔한 일본군이 거의 60만에 달했다.

지. 일본군 장교들이 데리고 다니는 여자는 정부 아니면 창녀뿐이라오. 그런 취급을 받고 싶소, 플로라?"

"그 플로라라는 호칭 좀 집어치워요!"

"당신 이름(화花)이 꽃이라는 의미라면서. 그럼 꽃의 여신이라고 불러도 되지 않소? 플로라라고 부르는 게 싫으면 당신 본명을 가르쳐주든가."

유들유들하게 대하는 슈코르체니 때문에 분이 치밀었는지 이화는 두 주먹을 불끈 쥐었다가 내려놓았다. 그리고는 분에 찬 얼굴로 슈코르체니를 노려보았다.

"정말이지 당신 같은 남자는 정말 싫어요. 당신은 분명히 평생 결혼도 못 할 거예요!"

"유감이지만 나는 이미 결혼해서 오스트리아에 아내가 있소만?"

잠시 움찔한 이화는 곧 공격 방법을 바꿨다.

"이미 결혼까지 했으면서 나랑 한 방을 쓰려고 하다니! 어떻게 이리 파렴치할 수가 있죠? 게다가 침대라도 따로 떨어진 것도 아니고, 2인용 침대에 같이 들어가려고 하다니요!"

"그 말인즉슨, 내가 미혼이었다면 기꺼이 나와 한 침대를 썼을 거라는 이야기요?"

"그 이야기가 아니잖아요!"

이화는 화가 머리끝까지 나서 팔짝팔짝 뛸 지경이었다. 자기보다 머리 하나는 작은 이화가 버럭거리며 화를 내는 모습이 귀여웠는지, 슈코르체니가 살살거리며 약을 더 올렸다.

"화를 내니까 당신 독일어가 더 완벽해지는군. 플로라, 아무래도 나는 당신 화를 돋우면서 독일어를 가르쳐야 할 것 같소. 오늘 밤, 둘만의 시간을 한번 즐겁게 지내봅시다."

"닥쳐요!"

3

예정과 달리 네 사람은 식당으로 내려갔다. 일행이 각자 방에서 식사를 하는 것도 아니고, 한 방에 모여서 밥을 먹는다면 더 수상해 보일 거라는 유성호 참위의 제안 때문이었다. 일행은 가능한 낮은 소리로 대화를 나누며 저녁을 먹었다. 물론 주고받는 언어는 독일어였다.

"우리 이야기를 알아들을 사람이 없진 않겠지?"

"이쪽을 유심히 쳐다보는 고급장교들이 몇 있군요. 저들은 아마 우리가 나누는 대화를 알아들을 수 있을 겁니다. 저기까지 들린다면 말이지만요."

"귀관을 보고 러시아인이면서 왜 독일어를 사용하느냐고 할 수도 있겠는데?"

"러시아 귀족들 중에는 독일어, 프랑스어, 영어를 구사할 수 있으면서 정작 러시아어를 제대로 못 하는 경우도 가끔 있지요. 혹시 누가 트집을 잡거든 내가 독일계 귀족이라 독일어랑 프랑스어만 한다고 우겨봅시다."

슈코르체니는 유유히 땅콩에 버무린 돼지고기 볶음을 접시에 덜어 담았다. 전쟁 중이라지만 베이징 최고의 호화호텔이라는 북경반점의 요리는 푸짐했다.

"물론 누가 프랑스어로 말을 걸기라도 하면 한 대 후려치고 냅다 도망쳐야겠지요."

"하지만 귀관은 체구가 너무 커서 도망치기도 쉽지 않을 걸세. 어딜

가든 눈에 확 하고 들어오니 말이야."

이우가 나지막하게 웃었다. 아무 말 않고 밥만 먹고 있던 이화가 슈코르체니를 흘겨보며 한국어로 조그맣게 중얼거렸다.

"이 커다란 산적놈을 잘라서 여행가방에 넣고 다닐 수도 없고…."

"음? 뭐라고 했나?"

"아, 아닙니다."

이우가 돌아보자 이화는 급히 고개를 숙여서 시선을 감췄다. 접시를 향하고 있는 그녀의 얼굴이 삽시간에 붉어졌다. 슈코르체니가 빨개진 그 얼굴을 보고 쿡쿡거리며 웃었다. 이우가 일행의 관심을 다시 자기에게 돌리려는 듯 살짝 헛기침을 했다.

"아무튼, 여기서는 오늘 하룻밤만 보내면 되니까 크게 주의할 필요는 없을 거야. 정보부가 준비한 신분증은 쉽게 판별하기 힘드니까, 하루 정도는 의심받지 않고 버틸 수 있어."

"대령…님을 알아보는 자가 있을지도 모르지 않습니까? 두 분께서 충분히 깊이 생각한 뒤에 내리신 결정이시겠지만, 소관은 아직 불안합니다. 이런 번화한 숙소를 이용한다는 사실이요."

유성호 참위가 걱정스러운 표정을 짓자 이우가 의자 등받이에 몸을 기대며 슬며시 웃었다.

"물론 내 얼굴을 아는 자들이 베이징에 없지는 않을 거야. 하지만 자네들도 알지 않나? 난 저들에게 이미 죽은 사람이야. 게다가 약간 분장도 했으니, 아마 날 보더라도 닮은 사람이겠거니 하고 지나가겠지."

확실히 이들 일행을 눈여겨보는 사람은 없었다. 거대한 체구에다 백인인 슈코르체니가 다소 눈길을 끌기는 했지만, 일본군 장교와 함께 있으니 별 의심은 사지 않았다. 게다가 알아듣지 못할 외국어로 대화 중이니 엿듣기도 쉽지 않을 것이다.

"물론 그동안 우리가 벌인 이런저런 작전들이 내 이름으로 나가긴 했지. 하지만 놈들은 그게 명의도용이라고 주장하고 있어. 내가 이미 죽었다고 발표했으니 죽었다는 논리야."

이우는 유쾌하게 웃으면서 술잔을 기울였다. 독주는 아니었다. 어디까지나 여기는 적지니만큼 약한 술로, 간단한 반주 수준이었다.

"일본군은 적에게 포로가 되었거나, 낙오해서 실종 처리되었다가 돌아온 아군 장병들에게 자살하라고 요구하는 미친놈들이야. 군의 명예를 더럽혔다는 거지. 하지만 실상은 보고자 자신이 제대로 확인하지 않고 보고했다고 질책받기 싫어서라고 난 생각하네."

"설마 그렇겠습니까."

"아니야. 놈들에게는 오직 체면과 위선, 정략밖에 존재하지 않아. 특히 고급 참모들은 더 그래. 아주 치가 떨렸지."

일본군에서 이우가 주로 근무한 곳이 그런 곳들이었다. 게다가 실제 군무에 크게 개입할 수 없었던 이우로서는 그런 면들이 더 크게 눈에 들어온 것도 사실이었다. 이우는 몸서리를 치며 자리에서 일어났다.

"자, 식사도 대충 마쳤으니 이만 방으로 가세. 여기처럼 남들이 볼 수 있는 곳에서 너무 긴 이야기를 할 필요는 없지 않겠나? 뒷이야기는 방에 돌아가서 하자고."

"예, 전하."

일행은 일어섰다. 정중히 절하는 웨이터를 향해 고개를 까딱거린 이우가 앞서서 문을 향했다. 무리지어 움직이는 그들을 저만치 떨어진 자리에 앉아 있던 일본군 장교 한 사람이 유심히 바라보았다. 눈초리에 의혹이 서려 있었다.

4

방에 들어온 슈코르체니가 웃으며 물었다.

"아직 옷도 안 갈아입은 거요?"

소파에 앉아 있던 이화가 퉁명스럽게 대답했다.

"간섭 말아요."

일행은 이우의 방으로 올라온 뒤 작전 계획을 다시 한 번 가다듬었다. 목표인 관동군 방역급수부는 엄중한 방비를 자랑하는 곳이다. 실제 답사를 할 수 없는 이상, 그만큼 도상연습을 반복하며 가능한 상황에 모두 대비할 필요가 있었다.

웬만큼 논의를 마치고 나자 분위기가 남자들끼리 주고받는 잡담 쪽으로 흘렀다. 이화가 흥미를 잃고 지겨워하고 있음을 깨달은 이우는 그녀에게 먼저 가서 쉬라고 지시를 내렸다. 혼자 방으로 온지 1시간 가까이 지나고서야 슈코르체니가 이화를 따라 건너온 것이다.

"설마 그 정장 차림으로 이불 속에 들어가겠다는 건 아닐 테지. 편하지도 않고, 옷도 다 구겨질 텐데."

"당신하고 한 침대에 들어가느니 차라리 의자에 앉아서 밤을 새겠어요."

"그러지 않는 게 좋을 거요. 당신이 제대로 잠을 못 자서 내일 낮에 비틀거리면, 전하께 방해가 될 테니까. 잘 먹고 푹 자야 만주까지 가는 길을 버틸 수 있어요. 오늘이 지나면 언제 또 이런 좋은 잠자리에서 자겠소? 작전 끝나려면 한참 남았소. 고집 부리지 말아요."

뜻밖에 슈코르체니의 어조는 부드럽고 진지했다. 이화도 잠시 쭈뼛

거리더니 생각을 바꾼 모양이었다. 옷이 든 가방을 주저하면서 집어 들더니 경고했다.

"엿보지 말아요. 들여다보면 죽여 버릴 테니까."

"보라고 해도 안 봐요."

이화가 별실로 사라지자 슈코르체니는 휘파람을 불면서 옷을 벗어 침대 옆 탁자 위에 쌓아놓았다. 그리고 속옷 바람으로 침대 속에 들어가 식당에서 가져온 신문을 펼쳐들었다.

확실히 살피지 않고 가져온 신문은 역시나 중국어였다. 알아볼 수 있는 몇 안 되는 글자를 찾아 건너뛰며 숨은그림찾기 놀이를 하고 있으려니, 별실에서 떨리는 목소리가 들려왔다.

"옷…입었죠?"

이화가 나오기를 망설이는 모양이었다. 슈코르체니는 심드렁하게 대꾸했다.

"난 원래 맨몸으로 자는 습관이 있소. 깨끗한 잠자리라면 그 습관을 버릴 이유가 없지."

"색골!"

"편하게 자는 게 여자와의 동침을 즐긴다는 의미는 아닐 텐데. 안심하고 나와요. 평소 벗고 자는 습관이 있다고 했지, 지금 벌거벗고 있지는 않으니까."

이화가 조심스러운 표정으로 고개를 내밀었다. 화장은 지웠고, 틀어 올린 가발도 벗고 귀 언저리까지 내려가는 짧은 단발을 드러내고 있었다. 원피스 잠옷을 입은 그녀가 조심스럽게 침대로 다가왔다.

"정말이죠? 이불 밑에 알몸으로 있으면서 거짓말하는 거 아니죠?"

"원한다면 확인시켜 드리지."

슈코르체니는 신문을 내려놓고 당장이라도 걷어낼 것처럼 두 손으로 시트를 움켜잡았다. 이화가 고개를 돌리며 급히 두 손을 내저었다.

　"돼, 됐어요! 안 봐도 되니까 망측한 짓 하지 말아요."

　슈코르체니는 싱글거리면서 다시 시트 속에 몸을 묻었다. 얼굴이 빨개진 이화는 고개를 돌린 채 급히 침대 안으로 들어왔다. 그리고 아슬아슬하게 떨어지지 않을 정도로 가장자리에 등을 돌린 채 누웠다.

　"이 침대, 충분히 커요. 손대지 않을 테니 편히 누우시오."

　"당신을 어떻게 믿어요! 기왕 호텔에 묵을 거라면, 왜 방을 따로 빌리지 않은 거죠?"

　"주석이 준 공작비가 부족해서 말이오. 쩨쩨한 영감이야."

　"주석님을 흉보지 말아요! 이런 데 피 같은 돈을 쓴 줄 아시면 불호령이 내릴 거예요!"

　"돈을 쓰자는 거요, 말자는 거요?"

　"그야…!"

　할 말이 막힌 이화가 버벅거렸다. 피식 웃은 슈코르체니가 천천히 설명했다.

　"돈은 있소. 다만 만약 무슨 일이 생길 경우, 한 방에 두 명이 있는 편이 더 대응하기 좋을 테니까 2인 1실로 방을 잡았을 뿐이오. 설마 당신이 내 아내나 정부가 아니라 비서라고 하는데도 침대가 하나인 방을 줄줄은 몰랐지만."

　슈코르체니가 설명하는 동안에도 이화는 등을 돌린 채였다. 이야기를 끝낸 슈코르체니가 싱긋 웃으며 말을 건넸다.

　"걱정 말아요. 난 절대 싫다는 여자를 덮치지 않으니까. 이봐요, 플로라. 자는 거요?"

어느새 이화는 쌔근쌔근 코를 골고 있었다. 피식 웃은 슈코르체니가 줄을 당겨 불을 껐다.

5

모처럼 푹신한 침대에서 단잠에 빠져 있는데 누군가가 어깨를 흔들었다. 손을 흔들어 방해꾼을 쳐내려던 이화는 문득 눈을 떴다. 눈앞에 흉터가 잔뜩 아로새겨진 슈코르체니의 얼굴이 있었다.

"…!"

갑작스런 상황에 비명이 나올 뻔 했지만 가까스로 참았다. 여기는 적지였고, 짓궂기는 해도 평소에 비교적 점잖게 굴던 슈코르체니가 하필 여기서 그녀를 덮칠 리도 없었다. 이성을 회복하자 슈코르체니가 한 손에 소음권총을 들고 있는 것도 보였다.

분명 무슨 일이 생겼다. 왜 깨웠냐고 물으려는데 슈코르체니가 먼저 입을 열었다.

"이화, 일어나요. 지금 방 밖에서 사람 소리가 나고 있소."

순간 소름이 끼쳤다. 이화는 곧바로 잠옷 치맛자락을 걷어 올려 허벅지에 붙들어 매 두었던 비수 세 자루를 잡았다. 여차하면 곧바로 던져 침입자를 처치할 참이었다.

"누군지 모르겠는데, 벌써 10분 가까이 복도에서 두런거리며 자기들끼리 이야기를 주고받고 있소. 어쩌면 직원일 수도 있는데, 확실하지가 않소."

"직원이고 우리 방에 용무가 있다면 당당하게 문을 두드렸겠죠. 하지만 밖에서 저러고 있다는 건…"

이화가 말을 끝내기도 전에 밖에 서 있던 사람이 난폭하게 문을 두드리기 시작했다. 거친 목소리가 방을 울렸다. 일본어였다.

"문 열어라, 헌병이다!"

방 안에 있던 두 사람의 눈이 마주쳤다. 눈빛이 오가는 짧은 사이, 두 사람은 각자의 역할을 확실히 분담했다. 슈코르체니는 총을 든 채 곧바로 문 뒤에 몸을 숨겼다. 그리고 이화는 천천히 문 앞으로 걸어가며 졸린 목소리로 응답했다.

"누구예요~이 밤중에. 피곤한데~."

"피곤하건 말건 상관없어! 문 열엇!"

이화가 중국어로 답했지만 상대는 여전히 일본어로 고함을 질렀다. 이번에는 이화도 일본어로 답했다.

"누구라고 하셨죠? 남자한테 함부로 문 열어주면 그이가 싫어한다고요~."

슈코르체니가 처음 들어보는 이화의 일본어 발음은 간드러지면서도 끈적한 것이 착착 감기는 듯했다. 하지만 밖에 있는 헌병들은 그에 아랑곳없이 고함을 질러댈 뿐이었다.

"잔말하지 말고 당장 열어! 안 열면 부수고 들어가겠다!"

확실히 노리고 온 놈들이다. 두 사람은 눈을 마주치고 소리 없이 한숨을 쉬었다. 마음을 굳힌 슈코르체니가 눈짓하자 고개를 끄덕인 이화가 천천히 문을 열었다.

"비켜!"

이화가 자물쇠를 풀자마자 문이 벌컥 열렸다. 예상하고 있던 이화가 얼른 뒤로 물러섰지만 문이 열리는 서슬에 그만 넘어지고 말았다.

"남자는 어디 있나!"

밀고 들어온 헌병은 세 명이었다. 장교 한 명이 양쪽에 부하를 거느리고 있었다. 침대 위를 흘긋 본 장교는 이화를 버려두고 곧바로 시트를 벗겼다. 당연히 침대 위에는 아무도 없었다.

"별실을 뒤져 봐. 서랍 하나까지 샅샅이."

헌병 하나가 복창하더니 곧바로 별실로 달려갔다. 다른 헌병은 이화를 붙잡아 일으켜서는 두 팔을 뒤에서 잡아 움직이지 못하게 했다. 헌병 장교가 이화 앞에 섰다.

"아까 네년이랑 같이 있던 그놈, 아오야기 대좌라는 놈 어디 갔어?"

"무슨 말씀이시죠? 전혀 모르겠어요."

"내 눈은 못 속여. 수염을 붙이고 이런저런 변장으로 꾸미긴 했는데, 그 얼굴은 분명히 이우 공이었어. 어디 갔어, 그놈?"

이화는 아무 말도 하지 않았다. 헌병 장교는 이화의 턱을 붙잡더니 그녀의 고개를 들어 강제로 자기와 눈을 마주치게 했다.

"오호라, 그러고 보니 네년은 그때 이우 공 관사에 있던 그 짱꼴라 계집년이구나. 화장을 지우니 알아보겠군. 네년 일당이 이우 공을 빼돌렸지? 내가 집어넣은 장팔을 대신 죽이고 말이야. 네년이 내응했으니 불령선인 놈들이 그리 쉽게 이우 공을 빼냈지."

장교가 이화의 턱을 놓더니 대신 머리채를 잡아챘다. 갑작스런 고통에 이화가 비명을 질렀다. 장교는 잔인하게 웃으며 이화를 심문했다.

"자, 말해! 그러고 보니 오늘도 덩치 큰 러시아놈 하나가 너희 연놈들과 함께 있었겠지? 그놈이 슈토크하우젠이지? 지금 옆방에 있겠지? 숙박비도 선불했던데, 무슨 수작이지?"

이화는 한사코 머리를 저었다. 하지만 장교는 그에 아랑곳없이 잔인하게 웃었다.

"소용없다. 나 하라다가 너희 연놈들에게 당한 수모를 잊을 줄 아느냐? 당장 쓴맛을 보여주마. 이봐, 사카구치! 당장 내려가서 증원병력을 불러와!"

명령을 받았음에도 헌병은 움직이지 않았다. 복도로 나가기는커녕 이화를 잡고 있던 팔을 축 늘어뜨리더니 그대로 그 자리에 무릎을 꿇고 주저앉았다가 바닥에 쓰러졌다. 깜짝 놀란 하라다가 이화를 내팽개치고 부하를 살폈다.

"이봐, 사카구치! 뭐야! 이, 이건 피?"

부하가 이마에 총을 맞았음을 깨달은 하라다는 황급히 권총을 뽑으면서 몸을 돌렸다. 활짝 열린 방문 옆 어둠 속에서 시커먼 사람 그림자가 보였다. 기다란 원통 같은 형상이 그 몸에서 튀어나와 있었다. 하라다의 눈이 등잔만큼 커지는 순간 원통이 불을 뿜었다.

"대위님, 화장실은 비어 있습니다. 앗!"

마침 화장실을 뒤지고 나온 헌병이 하라다가 슈코르체니가 쏜 소음총에 맞아 쓰러지는 장면을 목격했다. 헌병이 소리를 지를 걸 알면서도 슈코르체니는 대응할 수가 없었다. 이 영국제 소음총[1]은 볼트액션이라 장전이 느렸고, 그렇다고 총을 직접 던질 수도 없었다.

"여기…컥!"

막 소리를 지르려던 헌병은 고함 대신 알 수 없는 신음소리만 토하면서 그 자리에 주저앉았다. 어느새 이화가 던진 비수가 목울대에 꽂혀 있었다. 슈코르체니가 급히 그녀를 일으켰다.

"괜찮소?"

"괜찮아요. 제길, 하라다를 여기서 만날 줄이야."

---

1 웰로드(Welrod). 7.65mm와 9mm 구경의 두 가지 버전이 있다. 소음성능을 극대화하기 위해 자동장전기구를 만들지 않았으므로 수동으로 다음 탄환을 장전해야 했지만, 총성이 73dB로 워낙 작아서 암살용으로 애용되었다.

"아는 자요?"

"타이위안에서 전하를 경호하던 놈이에요. 정확히는 경호를 빙자한 감시죠."

그제야 슈코르체니도 그 얼굴이 기억났다. 타이위안에 처음 도착해서 만났던 헌병, 탈출하던 날 이우의 집 앞에 있던 그자였다. 마지막 순간에 이화를 의심해서 계획을 수포로 몰아갈 뻔 했던 바로 그 헌병 장교 말이다.

"분명히 밖에 한패가 더 있어요. 확인할 셈으로 먼저 혼자 들어온 거예요."

"얼른 탈출해야겠군. 잠깐 기다리시오."

슈코르체니는 그새 장전을 마친 소음총을 들고 살그머니 복도로 머리를 내밀었다. 양측을 모두 둘러보았지만 눈에 보이는 사람은 없었다.

"아래층에 있는 모양이오. 지금 밖에는 없군."

그사이 이화는 허름한 남자 옷으로 갈아입고 있었다. 별실에 갈 틈도 없어 침대 옆에 선 그대로였다. 슈코르체니는 옷자락 펄럭이는 소리가 끝나고서야 뒤를 돌아보았다.

"어서 전하께 가보시오. 이 소란이 벌어지고 있는데 안 깨셨을 리는 없겠지만. 그동안 나도 옷을 입어야겠소."

"알았어요."

이화가 비수를 손에 숨긴 채 조심스럽게 복도로 나갔다. 다만 문을 나서기 전 별실 쪽을 아쉬움에 찬 눈으로 흘끗 바라보았다. 그 눈빛을 본 슈코르체니가 웃음보를 터트렸다.

"플로라도 여자는 여자군. 놓고 가는 저 옷은 어차피 빌린 거니까, 너무 아쉬워하지 말아요. 작전이 끝나면 충칭에서 내가 멋진 옷 한 벌

선물할 테니."

"필요 없어요!"

발끈한 이화가 고개를 홱 돌렸다. 옷을 집어든 슈코르체니는 옆방 문을 살짝 두드리던 그녀가 방문을 열고 들어가는 소리를 들으면서 소리죽여 유쾌하게 웃었다.

"참 귀여운 아가씨란 말이야."

조선 여자가 다 저런지는 모르겠지만, 귀여우면서도 당찬 여자였다. 같이 있으면 참 재미있었다. 상대도 재미있어하는지 여부는 물론 알 수 없었지만.

외전 2
이치가야를 괴롭히는 수수께끼

1

이치가야에 있는 일본 육군성 건물. 지금 그 안에 있는 육군대신 사무실에는 대머리로 보일 만큼 머리를 바짝 깎은 늙은 군인이 머리를 부여잡고 고민하고 있었다.

사무실 안에는 그 혼자뿐이었다. 부관도, 당번병도 없었다. 이 육군성 안에 넘쳐나는 군인과 관리들 중 어느 한 명도 이 집무실 안에 들어오지 않았다. 그 누구도 지금 총리대신이자 육군대신으로서 대일본제국을 움직이고 있는 기둥, 도조 히데키를 방해하지 못하고 있었다.

"왜지? 왜일까? 도무지 알 수가 없어!"

신음소리를 내며 고민하던 도조가 자리에서 벌떡 일어섰다. 그리고 벽에 걸린 세계지도를 바라보았다. 지도 위에는 지금 전쟁에 뛰어든 모든 국가들이 진영별로 다른 색을 칠하고 있었다. 하지만 일본과 같은 색으로 칠해진 나라는 하나도 없었다.

"왜지? 왜냔 말이다! 함께 미국과 싸우지 않은 건 이해할 수 있어. 그런데 왜 중국을 돕고 있냐는 말이다!"

비통한 비명 소리가 야밤을 울렸다. 이 늙은 군인은 이해할 수가 없었다. 왜, 도대체 왜 독일이 지금에 와서 중국을 돕고 있을까?

독일이 1937년 이전에 중국과 매우 가까운 사이였음은 자신도 잘 알았다. 독일은 10여 년 이상 중국군에 군사고문단을 파견했고, 대량으로 무기를 팔았다. 중일전쟁 개전 초기에 일본군은 독일제 무기로 무장하고 독일식 훈련을 받은 장제스 직할 정예부대에게 곤욕을 치렀다.

하지만 히틀러 총통이 일본을 높이 평가하고 동맹으로 삼은 이후, 독일과 중국은 유대를 단절했다. 군사고문도 철수했고 무기도 더 이상 수출하지 않았다. 외교적 지원도 모조리 일본으로 기울어졌다. 하지만 얼마 전부터, 정확히 2년 6개월 전부터 상황이 이상해졌다.

일단 첫 번째 단추는 진주만에서 미국 해군 태평양함대를 괴멸시켰을 때, 일본을 향해 맹비난을 퍼부은 일이다. 명색이 동맹조약을 체결한 우방인데, 대승리에 대해 축하는 못할망정 저주를 퍼붓다니 무슨 망발인가?

물론 일본을 도와 참전하지 않은 건 이해할 수 있었다. 이들이 3년 전 체결한 삼국동맹조약은 방어동맹으로, 누군가로부터 '공격받았을 때' 서로 지원하도록 규정하고 있었다. 하지만 일본은 분명 선제공격을 했다. 따라서 이 전쟁은 조약을 적용할 수 있는 지원 대상이 아니다.

하지만 독일이 가만히 있는 정도가 아니라 일본을 맹비난했다는 사실은 도저히 이해할 수 없는 점이었다. 외교적으로 실례가 될 정도 수준의 표현까지 써 대는 강력한 비난에, 도조를 비롯한 일본 정부 및 군부 수뇌부가 정신적 충격을 받았을 정도였다.

그 뒤로도 독일은 계속해서 일본에 적대적인 행동을 취했다. 정부가 내는 성명마다 일본의 심기를 건드리지 않는 게 없었고, 동남아시아 등 일본 점령지에 있던 독일인들은 꾸준히 중립국 선박을 이용해서 빠져나갔다. 심지어 그들 중 상당수는 다른 나라도 아닌 미국으로 갔다!

그럼에도 불구하고 도조는 독일과 외교 관계를 단절하거나 선전포고를 할 생각까지는 하지 못했다. 민간인이 안전한 나라로 가고 싶어 하는 행동을 이해하지 못할 바도 아니고, 일본과 외교관계를 유지하고 있는 나라가 몇 남지 않은 현실에서 함부로 관계를 끊기도 곤란했다.

결정적인 문제는 작년 초에 터졌다. 충칭에 잠입시킨 정보원으로부터, 독일 군사고문단이 장제스를 도우러 와 있다는 첩보가 들어온 것이다. 미국 고문단보다 영향력은 떨어졌지만, 과거 장제스를 지도했던 바로 그 팔켄하우젠이 돌아왔다는 사실은 충격이었다.

도저히, 도저히 믿을 수가 없었다. 일본 정부에서는 당장 독일에게 선전포고하자는 주장도 나왔지만 그보다는 간접적인 방법으로 보복하자는 반응이 다수였다. 독일에 선전포고를 해 봐야 유럽까지 가서 직접 싸울 수도 없고 관계만 복잡해지니까 말이다.

결국 도고는 소련에 대한 미국의 물자 지원을 적극 방조하는 정도로 분을 풀었다. 독일 정부가 비공개로 항의해 왔지만 그대로 묵살했다. 그 정도로 참고 있던 도고와 일본 수뇌부를 완전히 꼭지가 돌게 만든 건 지난해 3월 31일에 히틀러가 직접 발표한 평화협상 제안이었다.

평화협상을 제안하는 자체야 문제될 게 없었다. 문제는 히틀러가 성명 안에서 일본을 야만적인 범죄국가로 묘사하고, 서구 열강이 단합해서 이를 단죄해야 한다고 주장한 부분이었다. 전 세계에 공개된 이 성명 내용이 일본에 들어오자 당연히 일본 조야가 발칵 뒤집혔다.

당장에 일본이 지배하는 지역 내에 남아 있는 모든 독일인이 체포되었다. 일본 영토 중 가장 추운 곳인 치시마(쿠릴) 열도 최북단, 시무슈섬[1]에 수용소가 설치되고 모든 독일인들이 여기 수용되었다. 외교관이고 일반 민간인이고 모조리 처넣어졌다.

일본에 주재하는 중립국 외교관들이 거세게 항의했지만 모조리 묵살했다. 그리고 수용이 마무리되기도 전에 독일에 대한 선전포고가 대본영 명의로 발표되었다.

공식적인 절차를 거쳐 전쟁을 선포한 유일한 상대가 한때의 동맹국이라니, 기가 막힌 일이었다. 멍하니 서 있던 도조의 얼굴에 자기도 모를 한 줄기 눈물이 흘렀다.

2

"각하, 들어가도 되겠습니까?"

"어, 들어오게."

문가에서 들려온 인기척에 도조는 급히 눈물을 훔쳤다. 문을 열고 들어와 정중히 인사를 올린 상대는, 군사참의관[2] 겸 육군성 병기행정본부장 기무라 헤이타로[3] 중장이었다.

"죄송합니다. 부관에게 말씀을 좀 드려달라고 했는데 부관이 아무

---

1 한자로는 占守島. 현재는 러시아령이다. 태평양전쟁 최후의 대규모 지상전이 벌어진 곳이기도 하며, 상륙을 감행한 소련군이 최대 3천명 가까운 사상자를 낸 것으로 알려져 있다.

2 참의회에서 천황에게 군사적인 의견을 내는 직책. 육군과 해군에 모두 있었다.

3 木村兵太郎(1888~1948). 도조 히데키의 최측근이던 '삼간사우(세 명의 간신배와 네 명의 멍청이)'중 '네 멍청이'에 속하는 한 명이다. 중국, 만주, 버마 등지에서 민간인만 3백만 명 이상을 학살한 것으로 알려져 있는 살인마이기도 하다. 다만 일선에만 있던 건 아니어서 대전 전에도 병기국에 근무한 적이 있었고, 태평양전쟁 개전 이후 이 시점까지는 계속 도쿄에 있었다.

리 문을 두드려도 대답하지 않으셔서 실례인줄 알면서도 소관이 직접 문을 두드렸습니다. 용서를 바랍니다."

"아니, 괜찮네. 다른 데 정신을 팔고 있었던 내 탓이지. 그래, 분석해 보니 어땠는가?"

설마 훌쩍이는 소리를 이놈이 듣지는 않았겠지. 도조는 괜히 켕겼지만 긁어 부스럼이 될 게 빤하기에 이 문제를 기무라에게 솔직히 물어보는 바보짓은 하지 않았다. 기무라 역시 그 문제에 대해서는 가타부타 한 마디도 하지 않고 순순히 자기 용건만 꺼냈다.

"분석 결과가 나왔습니다. 관동군 방역급수부에 침입한 정체불명의 불순분자들이 사용한 무기는 모두 독일제입니다."

"확실한가? 중국에서 만든 현지 생산품이 아닌가?"

도조가 눈을 크게 떴다. 과거 수년간 독일이 무기를 제공한 덕분에 중국에는 독일 규격에 맞는 무기가 잔뜩 널려 있었다. 중국 국민당군이 장비한 제식 소총이 독일제 마우저 소총을 면허생산한 중정식 소총일 정도였다. 당연히 부품과 탄환 모두 중국에서 만들었다.

"틀림없습니다. 목격자의 증언을 종합하면 놈들이 들고 있던 총기는 20발 들이 탄창을 단 독일제 MP18이 분명합니다. 그리고 현장에서 수거한 탄환을 분석한 바, 독일제가 분명합니다. 병기국 전문가들이 확인했습니다. 분명 독일이 후원한 작전입니다."

휘청거리던 도조가 의자 위에 털썩 하고 쓰러졌다. 기무라가 들고 온 보고서 내용을 계속 읽어나가려는데 도조가 제지했다.

"MP18은 중국놈들도 많이 쓰는 총이 아닌가. 장제스가 벌인 작전이고, 그저 독일에서 전쟁 이전에 지원받은 화기를 사용했을 뿐 아닌가?"

기무라는 냉정한 태도로 고개를 가로저었다.

"아닙니다. 탄환 외에 놈들이 부대 입구에 매설한 지뢰 중 터지지 않은 것들도 모두 다시 파내서 가져왔습니다. 조사해 보니 분명 독일제 35형 대전차지뢰입니다. 모두 최근에 독일군용으로 정식 생산된 물건들이었습니다. 각인까지 명확했습니다."

"전쟁 전에…그러니까 아직 독일과 중국이 동맹을 맺고 있던 시절에 반입된 건 아닌가?"

애타는 도조의 질문을 받고도 기무라는 단호하게 머리를 내저었다.

"말씀드리지 않았습니까? 각인까지 명확했다고 말입니다. 총은 한 정도 수거하지 못해 확인할 수 없었지만, 지뢰에 각인된 날짜를 보건대 이번 대전이 발발한 후에 생산된 물품들이 분명했습니다."

기무라는 여기서 잠시 설명을 멈췄다. 도조에게 갈 충격을 완화시키려는지, 증폭시키려는지 그 의도를 확실히 알 수는 없었지만 입가에 비웃는 듯한 미소를 살짝 띤 채였다.

"이는 독일과 중국 사이에 연락로, 아마도 항공로가 존재함을 증명합니다. 독일이 우리 제국에 적극적으로 적대하여 반일분자들에게 무기를 제공하고 있다, 이거지요. 이 문제에 대해서 혹시 헌병대 쪽에서 보고를 받으셨습니까?"

도조가 무겁게 입을 열었다. 이미 체념한 목소리였다.

"그렇지 않아도 헌병대장 시카타 소장도 그 문제를 보고하러 올 참이네. 자네도 들어두면 좋을 것 같군. 여기서 잠시 기다리게나."

"알겠습니다."

잠시 어색한 침묵이 흘렀다. 뭔가 새로운 화제를 꺼내기에는 도조가 너무 지쳐 있었고, 기무라는 도조의 눈치를 보고 있었다. 잠시 망설이던 기무라가 결국 입을 열려던 참에 부관이 문을 두드리는 소리가 들렸다.

"각하, 헌병대장이 왔습니다. 만나시겠습니까?"

"들여보내게."

도조가 얼굴에 서린 피로감을 지우지도 않고 손짓했다. 잠시 후 도쿄헌병대장 시카타 료지[1] 소장이 들어와서 경례했다.

"각하, 조사결과를 가지고 왔습니다."

"알겠네. 이봐, 기무라 소장. 이미 말했지만 귀관도 같이 듣도록 하게. 의견이 필요해."

3

"놈들에게 잡혔다가 탈출해 왔다는 정문 위병사관 나카무라 중위가 자백한 바에 따르면 놈들은 특무인 척 위장하고 있을 때는 일본어를 썼지만 본색을 드러낸 뒤에는 조선말을 사용했다고 합니다. 그리고 놈들은 자기들 수괴를 '전하'라고 불렀다고 했습니다."

시카타 소장에 따르면 나카무라 중위는 불순분자들을 진짜 특무인 줄 알고 731부대 총무부장 앞으로 안내했다. 총무부장은 그 자리에서 납치당했고, 기지 본관 건물이 전소되었으며 본관에 보관했던 모든 문서와 자료가 소실되었다. 지금 731부대는 완전히 기능이 중단되었다.

본래대로라면 나카무라 중위는 변명이고 뭐고, 경계에 실패한데다 적에게 포로로 잡힌 죄로 군사재판에서 사형을 언도받고 총살당해야 마땅했다. 하지만 감히 관동군 최고 기밀 시설을 덮친 간악한 놈들의

---

1 四方諒二(1896~1977). 삼간사우 중 '세 간신배'에 속하는 한 명이다. 도조가 관동군 헌병사령관으로 있을 때 부하가 되어 주로 헌병 계통에서 도조의 수족으로 활동했다.

정체를 밝힐 유일한 증인이라 살아 있었다.

인상을 찌푸린 도조가 중얼거렸다.

"조선인이라. 일단 생각해볼 수 있는 가능성은 팔로군에 속한 조선인 공산주의자들이겠군. 놈들이 활동하는 영역이 만주에 가까우니. 다만 문제는 독일이 돕고 있는 건 빨갱이 진영이 아니라 장제스라는 거, 그리고…"

"맞습니다. 바로 그거지요. 불령선인들이 만주에서 '전하'라고 부르면서 따를 사람은 단 하나밖에 없다는 사실 말입니다."

기무라의 발언을 듣고 잠시 이를 악물었던 도조가 힘겹게 이름 하나를 입 밖에 끄집어냈다.

"그렇지. 운현궁 이우 전하야. 8개월 전에 타이위안에서 실종된."

"맞습니다."

시카타가 얼음장 같은 목소리로 대답했다. 이우가 사라질 당시 세 사람 모두 도쿄에 있었고 그 덕분에 정부 및 군부가 이우 때문에 얼마나 홍역을 치렀는지 잘 알고 있었다.

"이우 공은 죽었어. 죽었어야 해. 천황폐하의 은덕을 입은 모든 신민이 그 은공을 갚아야 할진대, 그 의무를 누구보다 잘 알고 있을 왕공족으로서 적진으로 이탈하여 총구를 돌리다니 그게 말이 되나? 이우 공은 죽은 거야."

도조는 온몸을 떨었다. 작년 가을 타이위안에 있는 이우의 관사에서 화재가 발생했을 때, 불타고 남은 잔해 속에서 불에 탄 사체 한 구가 나왔다. 검시해 보니 남자였고 이우와 체격이 흡사했기에 이우로 판정했다. 장례는 왕실 예법에 따라 정중히 치러졌다.

하지만 이 사건에는 수상한 점이 있었다. 이우에게 딸려 있던 중국인 하인 한 사람과 하녀가 어디로 사라졌는지 보이지 않았다. 게다가 도쿄제국대학병원 소속 검시의는 시신이 칼에 목을 찔려 죽었으며 화재로 인한 열기와 연기를 전혀 흡입한 흔적이 없다고 보고했다.

만약 일반 형사사건이었다면 경찰은 이 시점에서 하인과 하녀가 금품을 노리고 주인을 죽인 뒤 증거를 인멸하기 위해 불을 지르고 도주했다는 결론을 내리고 수사를 종결했을 것이다. 이제까지 나온 증거는 이런 결론을 내리기에 충분했다.

하지만 이우 사건을 수사하던 헌병대에서는 그렇게 간단하게 끝낼 수가 없었다. 일반적으로 진행된 사건이 아님을 입증하는 명백한 상황 증거가 또 있었기 때문이다.

사건 발생 며칠 전, 이우의 거처와 이웃한 관사에 백계 러시아인 사업가가 세를 들었다. 본래대로라면 안 되지만, 잠시만 체류한다는 조건으로 거액을 지불했다. 험악한 인상을 가지고 있던 그 백계 러시아인 역시 화재가 있던 날 사라져 버렸다. 임대기한이 끝나지도 않았는데.

"게다가 놈이 타이위안을 떠날 때 타고 있던 차에는 수상해 보이는 중국인 남녀가 동승하고 있었습니다. 분명 그전에 보지 못한 자들이었기에 이우 공 관사를 경호하던 헌병들이 검색하려고 했지만 하필 그때 화재가 발생하면서 놈들을 자세히 검색하지 못했습니다."

잠자코 시카타가 하는 말을 듣고 있던 기무라가 고개를 주억거렸다.

"저도 기억합니다. 워낙 중대한 일이라 평의회에 안건으로 올라왔었지요. 하지만 그때는 그냥 넘어가지 않았습니까?"

"그때는 죽은 사람이 이우 공이라고만 생각했고, 그 연놈들이 불순분자 패거리가 보낸 암살범이라고 생각했으니까요. 왕공족을 제대로 경호하지 못했다는 문제가 불거질까 봐 실화로 사고가 난 것으로 발표하고 묻어버리긴 했지만, 헌병대에서 수사는 하고 있었습니다."

시카타가 헌병의 치부를 털어놓는 동안 도조는 여전히 우울한 표정으로 책상만 내려다보고 있었다. 기가 막혀 하는 기무라를 향해 시카타가 몇 가지 정보를 더 털어놓았다.

"더구나 타이위안에 나타났던 그 '백계 러시아인'은 자기 이름을 슈토크하우젠이라고 했는데 이건 독일계 이름입니다. 물론 가명일 수도 있겠지요. 헌데 이번 사건에도 '백계 러시아인'이 주동적으로 참여했습니다."

"또?"

뜨악해하는 도조를 향해 시카타가 고개를 끄덕였다. 그리고 보고서를 읽어 내려갔다.

"이번에 나타난 놈은 '아사노 부대 소속 안토노프 소위'라고 자칭했습니다. 그런데 나카무라 중위와 다른 생존 위병들의 증언에 따르면, 이놈 용모가 타이위안에 나타났던 슈토크하우젠이라는 놈과 똑같습니다! 게다가 이놈이 작전 중에 부하와 독일어로 지껄였다고 합니다."

4

도조와 기무라는 할 말을 잃었다. 하지만 시카타에게는 아직도 두 사람에게 충격을 줄 보고내용이 더 남아 있었다.

"상황이 여기까지 오게 되니 헌병대로서는 최악의 가능성을 확인해 보지 않을 수 없었습니다. 이우 공을 본 적이 없는 나카무라 중위에게, 얼굴만 잘라낸 이우 공의 사진을 주고 이 사람이 누구인지 알겠냐고 물었습니다. 그랬더니…"

"그랬더니 뭐라고 했소?"

기무라가 대답을 재촉했다. 도조는 차마 물을 용기가 나지 않는 듯 침만 삼키고 있었다.

"방역급수부를 습격한 폭도들이 '전하'라고 부르던 그자의 얼굴과 같다고 증언했습니다. 약간 변장을 하긴 했지만 똑같은 얼굴이라고 말입니다."

도조는 참담한 표정을 짓더니 두 손으로 자기 얼굴을 움켜잡았다. 기무라도 허망한 감정을 감추지 못하고 신음을 토했다. 시카타는 겉으로는 침착한 것 같았지만 손은 부들거리며 떨고 있었다.

"그렇다면, 타이위안에서…이우 공은 암살된 게 아니라 탈출한 거였단 말입니까? 불령선인 놈들과 손을 잡으려고?!"

잠시 할 말을 찾지 못하던 기무라가 떨리는 목소리로 입을 열었다. 시카타가 하는 말이 암시하는 바를 자신도 깨달았기 때문이다.

"그런 모양일세. 귀관은 신경 쓰지 않아 몰랐겠지만, 충칭에 틀어박힌 불령선인 놈들이 이우 공이 자기들과 합류했다며 나발을 불어 댔었다네. 그때는 이놈들이 이우 공이 죽은 걸 알고서 멋대로 이용하는구나 싶어 무시했는데, 이제 보니 그 발표가 사실이었어."

시카타 대신 도조가 책상을 내려다보며 앉은 채 탄식했다. 그 앞에 선 기무라는 뻣뻣하게 굳어 있는 상태였다.

"이우 공, 충칭, 신품 독일제 무기, 험악한 인상을 한 독일인, 불령선인 놈들의 발표…이걸 다 연결하면 이번 습격은 분명히 장제스 산하에 있는 불령선인 놈들이 독일의 지원을 받아 수행했다는 결론이 나오네. 도대체 무슨 배짱으로 저질렀는지는 모르겠지만 말이야."

세 사람 모두 말을 잇지 못했다. 서로가 알고 있는 부분이 합쳐지면서 나온 이 엄청난 결과를 어떻게 해석해야 할지 알 수가 없었다. 도조가 혼이 나간 것 같은 목소리로 중얼거렸다.

"독일이 우리를 비난하는 이유는 이해할 수 있었어. 받아들일 순 없었지만. 영국과 미국을 설득해서 전쟁을 끝내려면, 그 둘의 전선을 우리에게 돌릴 필요가 있으니까."

비록 전쟁 지도에서 연달아 실패를 맛보고 있지만 도조도 육군대학까지 나온 사람이었다. 그에게도 인간으로서 갖추어야 할 기본적인 상식은 있었다. 하지만 도저히 상식적으로 이해가 가지 않는 부분이 있었다. 도조는 피를 토하는 심정으로 한탄했다.

"하지만 군이 특수요원을 파견해서 이우 공을 빼내고, 그리고 불령선인들을 훈련시키고 무기를 공급해서 우리를 직접 공격하기까지 해야할 이유가 도대체 뭐란 말인가?"

그 이유를 모르기는 기무라와 시카타 역시 도조나 마찬가지였다. 꿀먹은 벙어리처럼 입을 다물고 있는 두 사람 앞에서 도조 홀로 탄식하고 있을 뿐이었다. 한참 동안 눈치를 보던 기무라가 조심스럽게 한 가지 가능성을 제시했다.

"혹시 지난 대전에서 우리가 연합군 편에 선 대 대한 보복은 아닐까요?"

"닥치게! 그런 이유로 히틀러 총통이 편을 골랐다면, 이탈리아가 어떻게 독일 편이 될 수 있었겠나? 독일이 거느린 우방국 중 지난 전쟁에서도 독일 편을 들었던 나라는 헝가리와 불가리아, 둘 뿐이야!"[1]

도조가 빽 하고 고함을 질렀다. 야코가 죽은 기무라가 입을 다물고 급히 고개를 숙이자 도조가 다시금 탄식했다.

---

1 1차 세계대전에서 독일 편에 있던 국가는 오스트리아-헝가리 제국과 불가리아, 터키뿐이었다. 2차 세계대전 때 헝가리, 불가리아는 또 독일 편에 섰으나 터키는 중립을 지켰다. 다른 동맹국인 일본, 이탈리아, 핀란드, 루마니아 등은 모두 2차 세계대전에서 연합국이었다.

"아니, 독일 놈들이 하다못해 남의사[1] 놈들과 손을 잡고 움직였다면 또 모르겠어. 왜 하필 불령선인 놈들이란 말인가? 그것도 이우 공까지?"

"각하, 이우 공이 연관되었다는 사실은 직접 심문에 참여한 심문관과 여기 있는 저희들밖에 모릅니다. 공식적으로 이우 공은 타이위안에서 화재로 사망했음을 잊지 마십시오."

시카타가 나서서 도조를 위로했다. 아니, 위로라기보다는 공식적인 사실을 인식시키려는 것처럼 보였다. 도조도 힘을 얻었는지, 혹은 체념했는지 몰라도 표정을 굳히며 고개를 끄덕였다.

"그래, 귀관이 한 말이 맞네. 이우 공이 살아서 불령선인이 되었다는 사실이 알려지면 폐하께서 혼절하실 지도 몰라. 그리고 조선반도에서는 대대적인 반란이 일어날 수도 있어. 이우 공이 무슨 짓을 하고 다니는지, 절대 알려져서는 안 돼!"

"맞습니다. 저건 가짜인 겁니다. 그렇게 만들어야 합니다."

도조와 시카타가 시선을 마주하고 고개를 끄덕였다. 이때 잠시 말을 멈추고 있던 기무라가 또 나섰다. 기똥찬 아이디어라도 떠올렸는지 눈을 빛내고 있었다.

"각하, 무슨 걱정이십니까. 놈들에게 선동당한 조선인들이 반란이라도 일으킬까봐 그러십니까? 그러면 합당한 응징을 하시면 됩니다. 일단 한 십만 명쯤 시범으로 처형하고, 뭔가 반항하려는 기운이 일어날 때마다 총구를 한 번씩 들이대 주면 금방 잠잠해질 겁니다."

---

[1] 국민당에서 운용하던 특무기관 중 하나. 정식 명칭은 '삼민주의역행사'였으나 일반인이 많이 입는 남색 옷(藍衣)을 상징으로 했기 때문에 남의사라는 별칭이 붙었다. 정보기관이면서 적대세력에 대한 백색테러도 수행하는 비밀조직이었다. 독립운동을 지원하기도 했으며 독립운동가들 중에도 남의사에 소속했거나 여기서 훈련받은 인사들이 상당수 있다.

기무라는 나름 중국 전선에서의 경험과 자신의 평소 주관을 바탕으로 헌책을 내놓았다. 하지만 의기양양하게 내놓은 그 계책을 대하는 도조의 눈길은 마치 미친 사람을 보는 듯했다. 시카타조차 정신병자를 보는 눈으로 기무라를 보았다.

"귀관은 제정신인가? 조선인은 황국신민이다. 그리고 지금 우리 제국에서는 조선 없이는 전쟁을 치를 수 없어. 조선에서 동원하는 물자와 병력은 우리 육군이 기댈 수 있는 사실상 마지막 자원인데 지금 무슨 소리를 하는 겐가!"

도조가 벼락같이 호통을 치자 움찔한 기무라가 뒤로 물러섰다.

"아, 아니, 총리 각하, 저는 조선놈들이 반심을 품지 못하게 할 대안을 드리려고…"

"귀관이 주장하는 대로 했다가는 없던 반심도 생겨날 걸세! 천황폐하의 이름을 내세워 내선일체니, 동조동근이니, 일선융합이니 한껏 형제요 일가라고 떠들어 놓고, 아직 실체도 없는 반란 우려를 잠재우자고 십만 명을 처형해? 귀관, 제정신인가!"

정신이 나간 것 같던 도조였지만 자기보다 더 정신이 나간 소리를 하는 기무라 헤이타로를 견딜 수는 없는 모양이었다. 그동안 독일과 이우와 대한민국임시정부 때문에 쌓인 울분을 모조리 풀어버리려는지, 온갖 욕과 고함을 다 질러 대며 삿대질까지 퍼부었다.

"귀관을 내일부로 현 직책에서 해임한다! 당장 내 눈 앞에서 사라져!"

총리대신에 육군대신, 참모총장까지 겸임하며 정부는 물론 육군 전체를 틀어쥐고 있는 도조였다. 도조가 자른다고 하면 잘리는 것이다. 얼굴이 파랗게 질린 기무라 헤이타로는 변명도 제대로 못 하고 황급히 방을 나갔다.

"쓰레기 같은 자식!"

혼자서 욕지거리를 내뱉던 도조는 쓰러지듯 의자에 몸을 묻었다. 저 인간 백정 같은 놈이 중국에서 수천 명이나 되는 중국 민간인을 도살하듯 학살했다는 사실은 이미 알고 있었다. 하지만 명색이 황국 신민인 조선인도 저런 식으로 취급하려고 들리라곤 상상도 하지 못했다.

"시카타, 자네도 일단 좀 나가주게."

"알겠습니다, 각하."

시카타가 조용히 문을 닫고 나갔다. 혼자 남은 도조는 크게 탄식하더니 다시 벽에 걸린 세계지도를 노려보았다. 두 눈에 시뻘겋게 핏발이 서 있었다.

24장
오버로드는 없다

1

"오오, 베르타. 오늘따라 머릿결이 좋군. 아껴둔 머릿기름이라도 바른 건가? 아니, 아무것도 안 발랐다고? 하지만 오늘 자네 머리의 광택이 정말 환상적이군!"

"엘사, 전시니까 향수는 삼가라고 하지 않았나. 뭐? 향수를 안 뿌렸다고? 그런데 왜 내 코는 귀관에게서 달콤하고 은은한 꽃향기가 풍긴다고 신호를 보내는 거지?"

오늘은 식목일. 물론 여기서는 식목일이 아니다. 아니 이 세계에서는 식목일 자체가 아직 없다. 하지만 20년 넘게 이 날을 식목일로 인식하고 살아온 나로서는 식목일이라고 생각하는 게 편했다. 요즘 좋은 일도 많고, 식목일이라니 공휴일 같은 느낌에 즐거운 기분으로 자리에 앉아서 회의를 시작했다.

"튀니지에 주둔하고 있던 아프리카 군단이 완전히 물러났습니다. 마지막 철수선이 오늘 아침 튀니지를 출발, 시칠리아로 돌아오고 있습니다."

"북아프리카에서 철수하기로 한 결정은 유감일세. 하지만 보급이 너무 힘들었으니 어쩔 수 없는 일이지."

튀니지에서 교두보를 형성하고 버티기를 약 1년, 이 기간 동안 우리가 낸 사상자는 독일군과 이탈리아군을 합쳐 약 10만이었다. 하루에 2개 중대 정도 잃은 셈이다.

전투는 그리 힘들지 않았다. 우리 목표는 영국군을 쳐부수는 게 아니라 놈들을 북아프리카에 붙들어 놓는 거였으니까. 아프리카군단이 펼친 전략은 기본적으로는 방어에 주력하면서 가끔 파쇄공격을 가해 영국군과 자유프랑스군이 공세를 제대로 준비하지 못하도록 사전에 훼방을 놓는 것이었다. 되니츠가 우울한 표정으로 대답했다.

"지중해를 건너 보급을 유지하는 과정이 너무 힘들었습니다. 아무래도 영국, 프랑스 함대를 상대할 수가 없습니다. 너무 강력합니다."

이미 언급한 이야기지만, 원래 역사에서였다면 툴롱에 가라앉아 고철이 되었을 프랑스 군함들이 모조리 적으로 바뀌었다. 전함, 순양함, 구축함 등 수십 척이나 되는 프랑스 군함들이 모조리 영국군 편으로 넘어가버렸다. 우리에게는 이 강력한 연합군 함대에 맞설 전력이 없었다.

우리가 지중해에 확보하고 있는 해군전력은 유보트를 제외하면 이탈리아 해군이 주력이다. 그런데 이탈리아 해군은 비축해 두었던 연료를 몰타 공략 때 거의 다 써 버렸다.

비제르테로 가는 항로는 아프리카군단 및 이탈리아군을 지원하기 위한 생명줄이었지만, 여기 보내는 수송선단에 붙일 수 있는 호위함이

고작해야 구축함 3~4척에 순양함 1~2척밖에 되지 않을 정도로 이탈리아 해군은 연료 사정이 나빴다. 그나마 올해 들어서는 거의 배를 띄우지 못해 항공기를 이용해 최소한으로만 보급을 하는 형편이었다.

"이탈리아 해군이 출격해 일전을 벌이겠다면서 연료 공급을 요청했었습니다만, 저희로서도 응해줄 수가 없었습니다."

"어쩔 수 없지. 앞으로는 항구에 있으면서 현존함대 전략이나 펼치는 수밖에 없지 않겠나. 이번에 철수작전을 엄호한 걸로 충분히 역할을 했어."

리비아 유전을 개발했으면 연료 사정이 훨씬 나아…지지는 않았겠군. 영국 해군이 유조선을 덮칠 테고, 리비아에 정유공장을 세워 봤자 함포사격에 폭격으로 박살을 내 놓았을 테니까. 코만도나 SAS가 들이닥쳤을 수도 있고.

"지금 우리가 제대로 조달할 수 있는 연료는 루마니아에서 제공받는 석유와 독일 내에서 생산하는 합성석유뿐인데, 우리 소요를 충당하고 나면 이탈리아 해군에게까지 넉넉히 나눠줄 양이 없어. 그 정도는 두체도 알고 있을 텐데."

"워낙 연료가 부족하다 보니 혹시나 하고 요청한 것 같습니다."

되니츠가 차분하게 보고했다.

"이탈리아 해군에 있는 우리 전우들도 무력하게 항구에 묶여 썩어가느니 바다에서 일전을 벌이고 싶었을 겁니다. 당당한 해군으로서 말입니다."

되니츠가 하는 말을 듣고 나는 무의식적으로 콧방귀를 뀌었다. 그렇게 해군부심 부리다가 해군이 전멸하면, 해안방어는 누가 하라고? 그이탈리아 해군조차 없어지면 영국 해군이 정말로 아무 장애 없이 지중해를 활개치고 다닐 텐데? 나폴리 앞바다까지 영국 해군이 유유히 들어와도 좋단 말인가?

"어쨌든, 철수작전 엄호를 위해 전력으로 출격한 이탈리아 함대는 충실히 임무를 수행했습니다. 연합군 잠수함 2척을 격침시켰고, 내습한 항공기 7기를 격추했습니다. 그리고 연합군이 우리 후위부대에 다가서지 못하도록 함포사격을 가해 후위부대가 완전히 철수하는데도 크게 공헌했습니다. 다만, 이 철수작전으로 마지막 비축연료를 거의 다 소모해 버려 현재 이탈리아 해군이 비축한 연료는 보유하고 있는 함선 전체가 단 한 번 출격하기에도 모자랄 지경입니다."

"어쩔 수 없지. 이제 이탈리아 함대는 적이 이탈리아 본토를 노릴 때 딱 한 번만 출격하면 되니까 연료 같은 건 넉넉하지 않아도 괜찮아! 이탈리아 육해공군 모두 연합군으로부터 본토를 지키는 것만 최우선으로 생각하라고 하게. 우리를 지원하려고 노력할 필요는 전혀 없다고 말이야. 케셀링 원수가 잘 알아서 하겠지."

"예, 총통."

되니츠가 고개를 숙이고 자리에 앉았다. 나는 만족스러운 기분을 만끽하면서 의자에 몸을 기댔다. 물론 아프리카에서 철수한 건 패배로 인식될 수도 있다. 하지만 실제 역사와 비교해 보면 나는 아프리카 전선을 1년 가까이 더 유지했다. 그리고 연합군에게 포로로 잡힌 병력만 23만 5천 명이나 되는 이 전선에서, 포로도 거의 남기지 않고 무사히 철수했다. 후위를 맡았던 이탈리아군 병력 중 일부가 뒤처져서 배를 타지 못하긴 했지만, 이 문제도 나름 해결책이 있었다.

"작전부장, 영국 측에 협상을 제안하라. 배를 타지 못한 후위부대 소속 이탈리아군 장병들을 무사히 돌려보내 주면, 그 수효만큼 독일

상공에서 격추된 영국 공군 장병들을 돌려주겠다고 말이야. 공군 총 사령관, 지금 우리가 잡아놓고 있는 비행사 포로가 얼마나 되지?"

"3만 명을 조금 넘습니다."

밀히가 잠깐 생각하더니 조심스럽게 대답했다. 아유, 그거 숫자 좀 틀렸다고 내가 화낼 거 아니니까 그렇게 긴장 안 해도 되는데. 헌데 3 만 명이라는 포로 숫자는 뜻밖이었다.

"그거밖에 안 되나? 우리가 지난 1년 동안 격추한 영국 폭격기만 해 도 4천기는 넘는 것 같은데? 전쟁 초부터 잡은 포로들까지 합치면 그 정도 숫자밖에 안 될 리가 없어."

"승무원이 탈출하지 못한 경우도 있고, 탈출했다 해도 낙하 중 사 망하거나 포로가 되지 않으려고 저항하다가 사살되는 경우도 있습니 다. 레지스탕스가 손을 써서 중립국으로 빼돌리거나 영국으로 바로 탈 출시키는 수도 꽤 많아서 격추한 항공기 숫자에 비해서는 포로가 적습 니다."

"흠, 알겠네."

뭐, 그래도 실제 역사에서 독일이 잡은 포로보다는 훨씬 많군. 내가 고개를 끄덕이는데 요들이 고개를 갸웃거리며 제안했다.

"총통, 우리 독일군도 아닌 이탈리아군 따위를 조종사와 1:1로 교환 하는 건 명백히 우리 편에 손해입니다. 놈들은 돌아가자마자 또 폭격 기를 타고 우리 도시를 폭격하러 올 겁니다."

"그러면 또 격추시키면 그만이다. 하지만 튀니지에 남은 이탈리아군 장병들은 우리 아프리카군단을 무사히 철수시키기 위해 스스로 희생 한 전우들이야. 그들을 버린다면, 이탈리아인들도 좋게 생각하지는 않 을 거다. 귀관은 이탈리아군이 독일군 구출에 자기네가 잡은 포로를 내놓지 않겠다고 하면 선뜻 받아들일 수 있겠는가?"

요들은 잠자코 고개를 숙였다. 그래, 다 그런 거야. 서로 좀 돕고 살아야지. 그러고 보니 요즘 항공전 쪽에 신경을 쓰지 못했군.

2

"적기 편대 발견! 방위 3-2-7, 거리 3,400m!"

북해 상공에서 장거리 야간 초계를 돌고 있던 신형 야간전투기, Me262 B-1a/U1[1]이 탑재하고 있는 넵튠 레이더가 영국 폭격기 무리를 선명하게 포착했다. 후방석에 앉아 있던 리하르트 카우프만 중사가 적이 다가오는 방향과 거리를 큰 소리로 외쳤다.

새 비행기를 타고 나선 첫 출격에서 적기를 발견한 야간항공대 에이스, 쿠르트 벨터 상사가 호기롭게 답했다.

"좋아! 고도를 올려서 접근한다. 모스키토는? 없어?"

"판별이 되지 않습니다. 없거나, 폭격기에 바짝 붙었거나 둘 중 하나겠지요."

"좋아. 가보면 알게 되겠지."

Me262가 고도를 올렸다. 출격한지 얼마 안 돼서 연료는 충분했다. 벨터가 조종에 집중하는 사이 카우프만 중사가 지상 관제소에 무전을 보냈다.

"백기사, 여기는 음유시인 7호. 양떼를 발견했다. 들리나?"

- 들린다. 여기서도 포착했다. 숫자는 대략 160기. 지금 중대가 이륙 준비에 들어갔다.

---

1   세계 최초로 실전 투입된 제트전투기 Me262의 야간전투기형. 2인승이고 레이더를 장착했다.

"알겠다. 먼저 몇 대 잡고 있겠다."

카우프만이 무전기 키를 내려놓았다. 충분히 상승했다고 판단한 벨터가 기체를 기울였다. 카우프만이 고개를 돌리자 Me262보다 낮은 고도에서 비행운을 뿜으며 다가오는 자그마한 그림자들이 보였다. 함부르크를 향해 날아오는 랭카스터 편대였다. 엄호를 맡아 주변을 맴돌고 있을 모스키토들은 보이지 않았다. 카우프만이 흥겹게 말을 건넸다.

"상사님, 모스키토는 폭격기 아래쪽에 있는 모양입니다. 쉬운 상대로군요."

"그러게, 놈들이 슈레게 뮤지크에 당한 기억 때문에 아래쪽만 지키는 모양이야. 이대로 치면 지원부대가 오기 전에 두어 대 정도는 잡을 수 있겠는걸."

슈레게 뮤지크는 이제 더 이상 비밀병기가 아니었다. 폭격기 아래쪽을 나는 Bf110들이 기관포를 쏘아 머리 위에 있는 랭카스터를 격추시키는 광경을 폭격기를 호위하던 모스키토들이 목격해버린 것이다.

혹시라도 탄환이 날아가는 궤적을 들키지 않으려고 예광탄 대신 보통탄만 사용했지만 총구화염까지는 감출 수 없었다. 작전이 반복되다 보니 결국 들통이 나고 말았다.

요즘은 독일 야간전투기가 폭격기대를 아래쪽에서 공격하지 못하도록 모스키토가 낮은 고도에서 경계하는 상황이 일반적이었다. 당연히 격추되는 폭격기 숫자가 급감했다.

"우리가 계속 너희 배만 찌를 것 같으냐? 땅바닥만 보고 있으면 올가미에 다리는 걸리지 않을지 몰라도 머리에 제비 똥을 맞게 되는 법이지. 리하르트, 준비해! 간다!"

피식거리고 웃던 벨터 상사가 조종간을 확 꺾었다. 이제 목표를 맨 눈으로 확실히 포착한 만큼 레이더는 필요하지 않았다.

"자, 간다! 슈발베[1]가 올리는 첫 야간전과다!"

벨터가 조종간을 밀면서 스로틀을 열자 Me262가 기수를 숙이며 가속하기 시작했다.

기체에 가해지는 중력가속도와 유모004 제트엔진 2기가 내는 추진력이 합해지면서 비행속도는 점점 빨라졌다. 어느새 전투기는 시속 1천km가 넘는 속도로 내리꽂히고 있었다. 목표로 삼은 랭카스터 폭격기가 순식간에 커지면서 눈앞으로 다가왔다. 손톱만한 크기로 보이던 날개와 동체가 결합하는 기체 상부 십자형 공간이 어느새 포츠담 광장만큼 커졌다.

"등짝! 이제 네놈 등짝을 보자!"

벨터가 얼굴 가득 사악한 미소를 지으며 조준기 안에 목표를 정조준했다. 영국 폭격기들은 이제야 독일 전투기가 상방에서 내리꽂히는 그림자를 발견했는지 기관총으로 탄막을 펼쳤다. 하지만 거의 음속에 근접하는 속도로 접근하는 슈발베는 너무 빨랐다. 목표를 제대로 명중시킨 탄환은 한 발도 없었다.

"느려!"

벨터가 손가락을 움직이자 기수에 장치되어 있던 MK108 30mm 기관포 4문이 한꺼번에 불을 뿜었다. 허공을 가르며 날아간 탄환 삼십여 발은 목표로 삼은 지점을 조금 벗어나 오른쪽 날개 위에 명중했다. 몇 차례 작은 폭발이 일어나나 했더니 비행기 전체를 삼킬만한 큰 불꽃과 함께 대폭발이 일어났다. 오른쪽 날개가 엔진 두 개와 함께 떨어져나가면서 스핀에 빠진 랭카스터가 그대로 지표면으로 추락했다.

---

1 Schwalbe. Me262의 별명. 독일어로 제비(swallow)를 뜻한다.

"아군 지원편대 접근 중! 도착까지 약 5분."

카우프만은 급강하하는 와중에도 레이더 화면에서 눈을 떼지 않았다. 벨터가 입술을 일그러뜨리며 씩 웃었다.

"좋아! 본대가 오기 전에 한 번 더 헤집어놓을 수 있겠는데? 상승한다!"

벨터가 조종간을 한껏 당기자 무서운 속도로 급강하하던 Me262가 그 기세 그대로 기수를 치켜들고 상승하기 시작했다. 뒤를 쫓으려던 모스키토 한 대가 따라오다가 포기하는 모습이 후방 관측용 거울에 비쳤다.

"한 번 더 간다. 미넨게쇼스[1]는 역시 위력이 확실하군? 실컷 먹여주지!"

다시 한 번 Me262를 급강하시킨 벨터는 호위하는 모스키토들로부터 가장 멀리 떨어진 랭카스터 한 대를 조준기 안에 잡았다. 자기가 두 번째 먹이가 된 것을 깨달은 조종사가 회피기동을 시도하는 것 같았지만 속도가 너무 느렸다. 다음 순간 빗발처럼 쏘아진 30mm 기관포탄이 상부기관총좌부터 조종석 캐노피까지, 기체 상면을 골고루 두들겼다.

Me262가 측면을 스치면서 지상으로 내리꽂히자 기관포탄을 뒤집어쓴 두 번째 랭카스터에서 연거푸 폭발이 일어났다. 좌우로 흔들리던 랭카스터는 그대로 지표면을 향해 완만하게 추락했다. 카우프만이 탄성을 올렸다.

"한 번 출격에 2기! 대단하십니다."

"뭐, 한 번 출격에 5기씩 잡는 양반들도 있는데."

---

1 Minengeschoß. 독일군이 20mm, 30mm 기관포에 사용하던 고성능 고폭탄

벨터는 능숙하게 조종간을 움직여 뒤를 쫓으려는 모스키토들로부터 벗어났다. 영국군 호위전투기들은 폭격기 2기를 잃고 나서야 일부가 폭격기 위로 올라가 상방에서 엄호할 태세를 취하고 있었다. 다시 상승하는 중에 무전기가 울렸다.

– 음유시인 2호다. 도착했다. 현재 상황은?

"랭카스터 2기 격추. 현재 이탈하여 재공격을 노리고 있다."

– 알았다. 중대 공격대형에 합류하라.

"알겠다."

무전에 답한 벨터가 고개를 살짝 돌려 아군 전투기들이 와 있는 위치를 확인했다. Me262 10여 기가 각기 목표를 잡고 고고도에서 강하를 시작하는 광경이 눈에 들어왔다. 후방석에 있는 카우프만이 휘파람 소리를 냈다.

"휘유, 이 정도면 이 밤에 나는 제비들이 세운 첫 전적으로는 충분하겠는데요."

"난 그래도 He219가 몰고 싶어. 그 녀석은 확실히 검증된 야간전투기고, 정면 공격과 하방 공격을 선택할 수 있으니까. 속도나 화력은 확실히 이 녀석이 좋긴 하지만…"

벨터 상사는 뭔가 마땅치 않은 듯 입맛을 다셨다. 하늘 저편에서는 영국 폭격기 또 한 대가 불길에 휩싸여 추락하고 있었다. 마지막 순간을 맞아 승무원들이 탈출하는지, 낙하산 몇 개가 연달아 측면에서 떨어지고 있었다.

3

슈페어에게 감사할 일이지만, 군수 생산에서 일찌감치 효율성을 추구한 결과 실제 역사보다 신무기가 몇 달 정도 더 빠르게 나올 수 있었다.

공군 쪽에서는 He219가 그럭저럭 43년도 중반부터 작전에 투입되었고, Me262는 가을부터 실전에 투입되었다. 이쪽 세계에서는 대낮에 몰려드는 B-17을 상대할 일이 없다 보니 주로 영국해협 상공이나 동부전선에서 적 전투기를 상대로 공중전을 펼쳤다. 레이더를 장착한 야간전투기형도 올해 4월부터 실전에 나가 혁혁한 전과를 거두고 있었다.

Bf109나 Fw190같은 기존 항공기들도 꾸준히 성능을 향상시키는 중이었다. 다만 실제 역사와 달리 이 기종들을 위한 개선작업은 폭격기를 잡기 위한 화력보다는 전투기를 상대하는 공중전 성능 개량에 중점을 두고 진행했다. 몇 번이나 말했지만, 이쪽 세계에서는 '낮에 뜨는 양키'[1]가 없으니까.

정찰기인 Ar234는 밤낮을 가리지 않고 영국 상공을 드나들면서 사진을 찍거나 삐라를 뿌리고 있는데, 이 녀석이 워낙 성능이 우수하다 보니 관할권을 놓고 분쟁이 벌어졌다. 이 바람에 잊고 있던 일 하나를 끄집어내게 되었다.

"총통, 저희는 영국 경제를 파괴하기 위해서 베른하르트 작전을 기획했습니다. 다소 오래 시행착오를 거치기는 했습니다만, 이제 준비가 다 갖추어졌습니다. 작전을 개시할 때가 되었기에 영국에 전단을 투하하는 Ar234들을 제 밑으로 돌려 베른하르트 작전에 투입하고자 하는데 공군에서 말을 듣지 않습니다. 공군에 명령을 내려 항공기를 양보

---

1   2차 세계대전 당시 연합군은 주간에는 미군이, 야간에는 영국군이 독일을 폭격했다. 미군은 강력한 방어화력으로 독일군 전투기를 막아내면서 목표를 정확히 명중시키는 정밀폭격을 추구했지만 영국군은 야간에 출격하여 피해를 줄이면서 넓은 구역을 쓸어버려서 확실히 표적을 파괴하는 지역폭격을 추구했기 때문이다. 여기서 '낮에 뜨는 양키(미국인을 가리키는 속어), 밤에 오는 토미(영국군을 가리키는 속어)'라는 표현이 나왔다.

하게 해주십시오."

원래 공군이 관할하는 이 비행기를 빼앗으려고 든 장본인은 힘러였다. 나는 잠시 고민에 빠졌다. 베른하르트 작전, 이 세계에 오고부터 쭉 잊고 있었는데 힘러 이놈은 제 맘대로 이 작전을 계속 진행하고 있었구나. 이거 실행을 시켜야 하나 못 하게 해야 하나.

"현재 준비한 잉글랜드 은행권은 얼마어치나 되나?"

베른하르트 작전이 뭔지 묻지도 않고 태연하게 반문하는 나를 보고 힘러가 순간적으로 움찔했다. 나는 힘러가 어떤 태도를 보이건 아랑곳없이 태연하게 앉아있었다. 잠시 안절부절 못하던 힘러가 무겁게 입을 열었다.

"품질검사를 통과한 3급 지폐[1] 1천만 파운드가 1차로 준비되어 있습니다. 비행기만 준비된다면 곧바로 투하가 가능해집니다."

"음."

힘러 자식, 자기가 극비로 취급하고 한 마디도 보고하지 않은 파운드화 위조작전에 대해 내가 어떻게, 얼마나 알고 있는지 궁금하겠지. 절대 안 가르쳐 줄 테다. 혀라도 내밀어 주고 싶다만 참아야지. 체통이 있으니까.

"지난 1년 동안 영국은 우리 군이 쏘아대는 비행폭탄과 로켓, 유보트가 가하는 해상봉쇄로 상당히 많은 피해를 입었습니다. 영국 경제는 지금 매우 피폐해 있음이 틀림없으며, 이 기회를 노려 위폐를 대량으로 유포시키면 분명히 혼란에 빠질 것입니다."

힘러가 한 말은 사실이지만 위조지폐 살포는 전쟁법규에 어긋나는

---

[1] 힘러가 기획한 베른하르트 작전은 위조지폐로 영국 경제를 괴멸시키는 작전이다. 이 작전에서 생산한 최상급 품질 위조지폐는 중립국과 무역을 할 때, 2급 지폐는 독일 스파이들에게 공작금으로 지급할 때, 3급 지폐는 영국 상공에 마구 뿌리는 용도로 사용하도록 정해져 있었다.

비열한 행위다. 아니, 전쟁이 아니라 그냥 사회질서를 어지럽히는 범죄행위다. 따라서 독일이 위폐작전을 벌인다는 사실이 알려지면 국제적인 비난을 받게 될뿐더러 영국이 같은 방식으로 보복할 우려도 있다. 때문에 이 작전에 대해서는 절대 비밀이 엄수되어야 했고, 지금 이 자리에 배석한 사람은 아무도 없었다. 나는 순전히 혼자서 이 작전을 결행할지 말지 결정을 내려야 했다.

그러고 보니 원래 역사에서는 히틀러는 이 작전을 알지 못했을 거다. 힘러 혼자서 기획하고 실행하려다가 제풀에 흥미를 잃고 자기 손으로 그만뒀으니까. 아마 이쪽 세계에서도 힘러는 내게 베른하르트 작전을 실행하겠다며 허가를 구할 생각 같은 건 없었으리라고 생각한다. 힘러가 가진 권한에 제약을 두어 비행기를 마음대로 조달할 수 없도록 해두지 않았다면 말이다.

"제국지도자, 그 작전이 정말 필요한가? 국제적인 비난과 영국이 같은 방법으로 보복할 위험성을 무릅쓸 만큼?"

"지금 우리는 전쟁을 하는 중입니다, 총통. 전시에는 어떤 일이든 필요하면 해야 합니다. 평화로울 때 적용하는 도덕규범 같은 것은 지금 아무 가치도 없습니다."

야 이 씨발놈아, 아무리 전쟁 중이라도 사람으로서 지켜야할 선은 있는 거다. 그래서 국제법이 있고 조약이 있어! 그리고 위폐 제조는 시대와 장소를 막론하고 범죄라고!

…라고 또 속으로만 생각했다. 이러다 내가 화병이 나지, 제기랄.

아무튼 이건 어려운 문제다. 힘러 저 자식은 자기가 기껏 준비한 계획을 내가 무시하면 분명히 삐질 놈이다. 삐지기만 하면 괜찮은데 삐져서 무슨 음모라도 꾸미기 시작하면 곤란하다. 저놈이 분명 말 잘 듣고 충직한 돌쇠인 건 사실인데, 그런 놈일수록 자칫 비뚤어지면 아주 엉뚱한 길로 나가버리지 않나.

게다가 실제 역사보다도 권한이 상당히 축소된 탓에 불만을 품고 있을 테니, 어느 정도는 칭찬하면서 기획을 채택해 줄 필요도 있다는 생각이 들었다. 뒷감당…은, 영국이 알아채거든 그때 가서 고민하도록 하자.

"좋아, 공군에 명령해서 Ar234 3기를 친위대에 파견하도록 지시하겠다. 하지만 조금씩 뿌려야지, 일시에 대량으로 살포해서 영국 금융당국이 수상하게 여기게 만들어서는 안 된다. 우리가 위조지폐를 만든다는 사실이 들통 나서는 절대 안 돼."

"물론입니다. 절대 발각되지 않도록 하겠습니다."

힘러는 희색이 만면해서 내 집무실을 나갔다. 힘러가 나가자마자 엘사가 냉수를 가지고 들어왔다. 힘러가 왔다가 갈 때마다 늘 그렇게 하는 것이다.

"고맙네, 두고 가도록."

엘사가 문을 닫고 나갔다. 나는 곧바로 병에 든 냉수를 컵에 따르지도 않고 그대로 죽 들이켰다. 힘러를 대면하는 날은 언제나 기분이 더러웠다. 아, 죽여 버리고 싶다. 친위대를 믿고 맡길 수 있는 후임자만 있으면 무슨 수를 써서든 죽여 버릴 텐데, 믿을만한 놈이 없다. 제길, 뭔가 좀 기분이 좋아지는 소식이 없나. 나는 대서양 전투에 대한 해군 쪽 보고서를 하나 집어 들었다. 아마 지금도 어딘가에서 유보트가 어뢰를 쏘고 있겠지?

4

"부상. 잠망경 심도."

"잠망경 심도!"

독일 해군 유보트 U−511호 함장 프리드리히 슈타인호프 대위가 단호한 목소리로 지시를 내렸다. 부함장이 명령을 복창하자 승무원들이 바삐 움직였다. 수십 개나 되는 손이 레버와 톱니바퀴를 조작하자 수심 100미터 깊이에 있던 쇳덩어리가 천천히 떠오르기 시작했다.

여기는 풍랑이 없이 잔잔한 북대서양이다. 너무 급하게 떠올랐다가는 눈에 핏발이 서 있는 적이 펼친 대잠 수색망에 걸릴지도 모른다. 더구나 이곳은 육상에서 출격한 미군 대잠초계기가 마음만 먹으면 언제든 활동할 수 있는 해역이다. 미국인들이 만든 장거리 대잠초계기는 엄청나게 긴 거리를 넘나들며 작전을 펼칠 수 있었다.

잠수함이 해면 바로 아래에서 조용히 멈추자 함장은 천천히 잠망경을 올렸다. 그리고 잠망경을 한 바퀴 빙 돌려 주변을 수색하던 함장이 눈에 기쁜 빛을 띠웠다. 애타게 기다리던 표적이 마침내 다가오고 있었다.

"미국에서 오는 적의 호송선단이다! 거리는 2해리, 회피기동인지 방위 200에서 북서쪽으로 직선 이동하는 중. 즉시 잠항 상태로 전진하라. 놈들이 택한 진로를 가로지르는 쪽으로 간다. 그리고 로리앙에 우리가 있는 현 위치 및 선단 발견 보고를 타전하라."

곧바로 지시에 따라 배가 움직이는데도 기관실에서는 엔진을 가동하는 소리가 나지 않았다. 잠망경 심도이니만큼 슈노켈을 내밀고 디젤 엔진을 가동해도 무방하겠지만, 혹시라도 엔진소리가 적에게 포착될 가능성을 우려한 함장은 이럴 때는 꼭 축전지로 움직이라고 명령했다.

마침 충전해둔 전력이 넉넉했고 이동할 거리도 멀지 않아 큰 문제는 아니었다.

슈타인호프 함장이 내린 지시에 따라 움직인 잠수함이 위치를 잡고, 승무원들이 움켜쥔 손에 땀방울이 흐르는 사이 선단이 시야 안으로 들어와 측면을 드러냈다.

40여 척이나 되는 수송선과 10척 남짓한 호위함으로 된 대규모 선단. 아까 처음 선단을 발견했을 때도 보아두었지만, 시야에 들어오는 호위함은 호위함대 기함으로 추정되는 경순양함 한 척에 원양 항해용인 구축함 세 척, 구잠정 네 척 뿐이었다. 영국 해군이 피폐해지고 있다는 증거였다.

하지만 껄끄러운 상대인 미국 군함이 근처에 따라오고 있을 가능성이 한결 컸다. 태평양에나 갈 것이지 왜 대서양에서 독일과 영국이 싸우는데 끼어드는지 모를 일이다.

뭐, 미국 해군이 가까이 있다고 해도 슈타인호프는 얼마든지 빠져나갈 자신이 있었다. 가장 골치 아픈 상대인 호위항공모함이 있어서 비행기를 날려 추격한다고 해도 상관없었다. 이 U-511은 이제까지 건조된 모든 잠수함을 초월하는 수중운동 성능을 가진 배, 21형 유보트였기 때문이다.

"발사!"

짧은 구령과 함께 함수 쪽 발사관에 장전되어 있던 어뢰 6기가 연달아 발사관을 떠났다. 기회를 잡은 어뢰들은 전방에 있는 적의 선단을 향해 방사형으로 물속을 달렸다. 어뢰실에 있던 승무원들은 명중을 확인할 틈도 없이 급히 예비 어뢰를 재장전하는 작업에 들어갔다. 21형 유보트가 탑재하는 어뢰는 23기, 아직 17기가 남아 있었다.

지시된 방향과 심도로 어뢰를 발사하는 책무는 어뢰반원들이 맡은 일이지만 어뢰가 목표에 맞았는지 확인하는 역할은 잠망경을 붙들고 있는 함장과 그 옆에서 초시계를 들고 있는 부장이 수행할 일이다. 1초, 2초…, 숨 막히는 시간이 흐르자 멀찍이서 울리는 폭음과 진동이 U-511을 뒤흔들었다.

　함장은 재빨리 잠망경을 움직여 연기가 치솟는 지점을 찾았다. 미국제 전시 표준형 리버티 급 수송선 한 척이 물기둥 속에서 옆으로 쓰러지는 광경이 보였다.

　"격침! 리버티 급."

　"꺄호!"

　"만세!"

　함장이 명중을 확인하자 사령실 안에서는 짧고 나지막한 환호성이 올랐다가 곧바로 뚝 그쳤다. 승조원들은 자칫 새어나간 소리가 초래할 수 있는 위험에 대해서 충분히 알고 있었다. 사령실 안에 다시 침묵이 흐르자마자 또 한 번 묵직한 진동이 배를 흔들었다. 여전히 잠망경을 들여다보고 있던 함장 슈타인호프 대위가 유쾌하게 중얼거렸다.

　"오호, 또 하나 명중! 이거 운이 좋은 걸?"

　이번에 잡힌 것은 7천 톤 급 탱커였다. 비교적 큰 선박이어서인지 단박에 두 조각이 나지는 않았다. 선복에서 피어오르는 시커먼 연기 사이로 급히 내려지는 구명정이 보였다. 승무원들은 조용히 세 번째 폭음을 기다렸지만 나머지는 모두 빗나갔는지 더 이상의 폭음은 없었다.

　가격이 비싼 유도어뢰는 꼭 필요할 때가 아니면 함부로 발사할 수 없다. U-511이 이번 공격에 사용한 어뢰는 6발 모두 직주어뢰였다. 그저 사전에 입력한 대로만 달리는 놈들이다 보니 아무래도 명중률이 낮았다. 최고로 적절한 공격 위치를 잡고 선단 측면에서 발사했음에도 명중한 어뢰가 두 발 뿐이었다. 하긴 두 발이면 충분하기는 하지만.

잠망경을 붙잡고 적 함대를 주시하던 함장이 침착하게 지시했다.

"키를 010으로! 지원대가 오기 전까지 우리만이라도 계속 친다."

적 선단은 어뢰 공격을 받은 충격으로 당황해서 혼란에 빠져 있고, 호위함들은 어떻게 대처해야 할지 모르고 우왕좌왕하며 주변 바다에 마구잡이로 폭뢰를 뿌리고 있었다. 어뢰가 발사된 방향으로 달려가는 호위함도 있었지만 이미 U−511은 그 자리에 없었다. 이 21형 유보트는 수중속력 및 기동성을 강화하도록 설계한 걸작 잠수함이었고, 영국이 보유한 어떤 호위함도 이 배를 포착할 수는 없었다. 승무원 전원이 이를 믿었다.

"함장님, 괜찮겠죠?"

"괜찮아, 쟤들은 멍청이들이니까."

질문하는 부함장이나 대답하는 함장이나 목소리에 걱정하는 기색은 없었다. 이들은 이미 몇 차례나 연합군 호위함들이 이 배를 포착하지 못하고 허둥대는 광경을 보아온 터였다.

"이대로 저놈들이 지나갈 예상항로를 가로질러가면서 매복지점을 잡고 경로가 엇갈릴 때마다 어뢰를 한 발씩 먹여 준다. 적어도 하루 안에는 다른 함정들이 합세할 테니, 운 없는 저놈들 생명도 겨우 하루가 남은 셈이지. 이 전쟁을 이기는 건 우리 잠수함대의 힘이야! 성냥개비를 쏘는 것 같은 어리바리한 로켓 따위가 아니라!"

함장이 호쾌하게 웃으며 잠항 지시를 내렸다. 구형 유보트라면 수상에서 디젤 엔진을 가동하여 움직이는 편이 훨씬 빠르겠지만 21형 유보트는 수중에서 배터리로 움직이는 쪽이 더 빠르다. 배터리는 아직 넉넉히 남아 있었고, U-511은 곧바로 다음 매복 지점을 향해 움직였다. 승무원들이 각자 바쁘게 자기 역할을 하는 가운데 부장이 조용히 전과를 기록했다.

　- 1944년 4월 13일, 그리니치 표준시 14시 34분. 북위 41도 32분, 서경 26도 17분에서 40여척의 수송선과 10여 척의 호위함으로 이루어진 선단 발견. 측방에서 직주어뢰 6기 발사, 리버티 급 수송선 1척 및 7천 톤 급 탱커 1척 격침.

5

　"전방에서 소련군 전차연대가 몰려오고 있습니다. 현재 거리 약 8km."

　"지척이군, 지척이야. 각 단차에 전투준비를 서두르라고 전하게. 겨우 8km라니."

　519중구축전차대대 1중대 1소대장 알베르트 에른스트 소위는 적이 몰려오고 있다는 급보를 받고 혀를 찼다. 한 번에 수백km 단위로 움직이기가 예사인 동부전선에서 8km라면 코앞이나 다름없었다. 에른스트 소위가 무전기를 잡았다.

　"이봐, 소련 놈들이 온다. 전투 준비는 모두 완료했나?"

　- 아레스, 완료.

　- 아킬레스, 완료.

　- 아르카디아, 완료. 표적 배분은 어떻게 합니까?

　"적이 나타나면, 무조건 왼쪽에서부터 순서를 세어 발포한다. 자기 단차 순서에 해당하는 적을 쏘는 것으로 하자. 4대 미만이라면 선두부터 단차 순서대로 잡는다."

– 알겠습니다.

소대 무선망은 전투를 앞두고 잠깐 동안 침묵에 빠졌다. 에른스트 소위는 근래에 치른 전투를 잠시 회상했다. 소련군은 한 달 전부터 발작적으로 대공세를 펼쳐 오고 있었고, 독일군도 상당한 손실을 내고 있었다. 하지만 소련군이 치른 희생이 훨씬 컸다. 에른스트 소위가 맹목적으로 작전을 수행하는 소련군을 비웃었다.

"자식들, 그냥 밀어붙이면 되는 줄 아나."

"관측반에서 보고! 적 전차대, 정면 교차로 통과! 접촉 예상시간 2분!"

무전수 오스마이어 하사가 소리쳤다. 에른스트 소위가 호령했다.

"발사 준비!"

519중구축전차대대가 장비한 나스호른이 장착하고 있는 Pak43[1] 주포가 불을 뿜으면 T-34 따위는 4천 미터 거리에서도 박살낼 수 있었다. 게다가 포수인 케른슈타인 중사는 소련군 전차를 잡는 데 도가 튼, 국방군에서 두 번째 가라면 서러울 최고의 사냥꾼이었다.

"보입니다! 스탈린[2]! 거리 3천!"

"발포해!"

꿍음과 함께 88mm 철갑유탄 한 발이 포구를 떠났다. 지표면에 깔린 눈발을 흩트리며 날아간 포탄은 정확하게 표적인 스탈린 전차 포탑 하부를 파고들었다. 거대한 불꽃과 함께 포탑이 들썩였고 폭음이 주변을 진동시켰다.

"탄약고 유폭이다! 좋았어!"

---

1 71구경장 8.8cm 대전차포. 쾨니히스티거와 야크트판터도 이 포를 주포로 사용했다.
2 소련군 신형 전차 IS-2 스탈린. 보병지원용으로 122mm 주포를 탑재했고 중량은 46t이다.

포대경으로 표적을 관측하던 에른스트 소위가 환호성을 올렸다. 뒤이어 나타난 적 전차들이 이쪽으로 마구 포탄을 쏘아대기 시작했다. 흙덩이와 파편이 사방으로 튀었지만 에른스트 소위는 당황하지 않았다. 도리어 비웃었다.

"아무리 쏴 봐라, 우리를 맞힐 수 있나. 5백 미터 앞에 있는 표적도 못 맞히는 놈들이."

소련군 전차포는 독일군에 비해 정밀도가 떨어지고 조준기 성능도 낮다. 게다가 전차병들이 제대로 훈련받을 시간도 없이 전선으로 내몰리기 때문에 숙련도에서도 독일군과 상대가 되지 않는다. 더불어서 지금 소련군 전차병들이 상대하는 나스호른은 아예 제대로 보이지도 않는 적이라는 점이 문제였다.

"우리가 괜히 굴을 파고 들어앉은 게 아니지. 발사!"

에른스트 소위가 탑승하고 있는 '아르고'가 제2탄을 발사했다. 앞서 가던 전차들이 연달아 독일군 포탄에 맞아 파괴되면서 봉쇄된 도로를 벗어나려던 T-34가 표적이었다. 포탑 측면에 탄을 맞은 T-34가 그 자리에서 멈췄다. 포탑 상부에 자리한 전차장용 해치에서 불길이 솟아올랐다.

"저 자식, 85mm 포를 달고 있습니다. 근접하면 위험하겠는데요."

소대장 에른스트 소위에게 주의를 환기시키려는 듯, 케른슈타인 중사가 조준경에 눈을 박은 채 보고했다.

나스호른도 주포와 승무원을 보호하기 위해 장갑판을 두르고 있기는 하다. 하지만 두께가 10mm밖에 되지 않아서 총탄이나 크기가 작은 포탄 파편을 막는 게 고작이다. 이래서야 적 장갑차량과 나스호른이 정면으로 붙게 되면 이쪽은 장갑판이 없는 거나 다름없다. 에른스트 소위 소대가 땅바닥에 호를 파고 사격진지를 만들어놓고 있는 것도 이 방어력 문제 때문이었다. 하지만 에른스트 소위는 여유만만하게 웃을 뿐이었다.

"이봐, 76.2mm건 85mm건 122mm건[1] 우리 입장에서는 맞으면 다 죽어. 그저 가까이 오기 전에 때려잡기나 하자고, 응?"

에른스트 소위가 지휘하는 나스호른 4량은 적이 '가까이 오기 전에' 모조리 때려잡기 위해 쉴 새 없이 포탄을 쏘아댔다. 소련군 전차들은 연달아 터져나가면서도 계속해서 다가왔다. 파괴된 전차에서 뿜어지는 불꽃과 연기 때문에 시야가 가려 조준이 방해를 받을 지경이었다. 에른스트 소위가 욕지거리를 내뱉었다.

"제기랄, 끝이 없네. 얼마나 남은 거야? 관측반에 연락해 봐!"

"아직 더 남았답니다!"

설마 포탄이 떨어져서 당하는 건 아니겠지. 케른슈타인 중사는 백발백중을 자랑하는 명사수였지만 소대 포수 전원이 그만한 솜씨를 가진 건 아니었다. 포탄에 맞을 위험을 무릅쓰더라도 뒤에 대기하고 있는 탄약보급차를 앞으로 불러야 할지, 아니면 당장 화력이 줄어들더라도 탄약이 떨어진 단차를 뒤로 빼야 할지 고민되는 순간이었다.

"놈들이 우측면으로 크게 돌았습니다!"

"뭐? 보병은!"

"짓밟힌 모양입니다!"

"망할! 브륜힐트에게 대응하라고 해!"

나스호른은 포탑이 없는 대전차자주포다. 정면에서 오는 적에게는

---

1 76.2mm는 T-34 초기형, 85mm는 1943년부터 투입된 T-34 후기형, 122mm는 IS-2 스탈린 전차가 장착한 주포 구경이다.

불벼락을 안겨 줄 수 있지만 측면에서 공격을 받으면 답이 없다. 때문에 에른스트 소위가 이끄는 나스호른 소대에도 측면을 지켜줄 전차소대가 배속되어 있었고, 이들이 가진 호출부호가 브륜힐트였다.

문제는 브륜힐트가 장비한 전차는 최신예인 판터나 티거가 아니라 최일선 기갑부대가 퇴출시킨 4호 전차라는 사실이다. 오스마이어가 무전기를 붙잡은 채 숨 가쁘게 외쳤다.

"브륜힐트 소대, 전멸!"

"제기랄! 아레스, 아킬레스! 차 돌려!"

만약의 경우를 대비해서 측면으로도 사격할 수 있도록 진지를 만들어 놓기는 했다. 그리고 보병 1개 소대가 대전차무기로 무장하고 주변을 지키고 있다. 하지만 판처파우스트나 판처쉬렉은 사거리가 짧아 소련군 전차가 코앞까지 다가온 다음에나 쏠 수가 있다. 정면을 향한 화력이 줄어들게 되더라도 포구를 돌려 원거리에서 놈들을 제압해야 했다.

방향전환 명령을 받은 2호차와 3호차가 급히 방향을 바꾸는데 정면과 우측면에서 소련군이 일제히 포탄을 퍼부어댔다. 진지를 구축하고 소대를 엄호하고 있던 보병들이 상당수 쓰러졌다. 오스마이어가 고함을 질렀다.

"아킬레스에서 보고! 아레스 피탄! 생존자 탈출!"

"망할 로스케 놈들!"

5백미터 오른쪽, 아레스가 있던 위치에서 연기와 불꽃이 솟아올랐다. 아르고는 다행히 포탄에 맞지 않았지만 주변에 떨어진 포탄은 여러 발 있었다. 얼굴에 흙탕을 뒤집어쓴 에른스트 소위가 욕지거리를 하면서 급히 소매로 얼굴을 문질렀다.

– 여기는 파르치팔, 여기는 파르치팔. 아들러, 지금 상황은?

징 하는 소리와 함께 갑자기 무전기가 울렸다. 오스마이어가 급히 답신했다.

"여기는 아들러! 지금 이반이 우회하고 있다. 급하다!"

– 알았다. 지금 놈들이 우리 앞에 뒷덜미를 드러내고 있다. 표적 확인. 발포하겠다.

에른스트와 오스마이어 모두 얼굴에 화색이 돌았다. 다음 순간 우측방향, 약 3km 정도에서 10여 개에 달하는 화염이 일시에 뿜어 나왔다. 때마침 방향 전환을 마친 아킬레스도 동시에 포탄을 날렸다. 다음 순간 우측에서 연달아 폭음이 울렸고, 양쪽에서 발사한 포탄 수만큼 불기둥이 치솟았다.

– 아르고! 여기는 아킬레스. 적 우회부대, 전멸!

"좋았어!"

에른스트 소위는 쾌재를 부르며 주먹을 쥔 오른손을 흔들었다. 파르치팔은 근처에 대기하고 있던 503중전차대대 2중대 호출부호였다.

쌍안경을 들어 지원하러 온 파르치팔 쪽을 보자 티거 10여대가 앞을 가로막는 소련군 전차들을 짓뭉개며 힘차게 돌진하는 모습이 보였다. 선두 전차에 초점을 맞추자 큐폴라에서 몸을 내밀고 있는 전차장이 보였다. 대충 풀어헤친 복장에 텁수룩하게 기른 수염이 제법 이색적이었다.

"지난 2월까지 벌어진 비테프스크 전투에서 전선을 돌파한 소련군을 격멸하는데 지대한 공을 세웠기에 그 공적에 대한 보상으로 519중전차구축대대 1중대 알베르트 에른스트 소위에게 중위 진급과 곡엽기

사십자장을, 503중전차대대 2중대 쿠르트 크니스펠 상사에게 소위 진급과 기사십자장을 수여하는 바이다."

4월 15일. 나는 동부전선 총사령부인 볼프스샨췌로 날아가 훈장 수여식을 직접 거행했다.

소련군은 작년 하반기 내내 전력을 모았다가 벨라루스 일대에서 12월부터 사실상 마지막이라고 할 수 있는 대공세를 펼쳤다. 실제 역사에서 코르순—체르카시 전투 정도 위치겠다. 몇 달간 전선이 다소 소강상태로 접어들면서 대비태세가 해이해져 있던 우리 중부집단군은 상당히 고전을 치렀다.

소련군이 공세를 가한다고 하면 소규모 전차가 지원하는 대규모 보병부대가 인해전술을 펼치는 모습을 상상할 사람이 많을 것이다. 하지만 지금 소련군은 저쪽 세계에서보다 병력자원이 훨씬 심각하게 고갈된 상태다. 덕분에(?) 소련군은 지금 독일군을 능가할 만큼 고도로 기계화되어 있다.

화력과 기동력을 갖춘 소련군이 작심하고 가하는 압력은 엄청났다. 자칫 중부집단군 전체를 흔들 수 있었던 이 소련군 공세를 저지한 주역이 바로 이들 두 사람이었다.

에른스트 소위가 이끄는 1개 소대는 20분 동안 소련군 전차 43대를 해치웠다. 이 중에서 18대가 에른스트 본인이 직접 박살낸 숫자였다.

크니스펠 소위는 중전차중대 선두에 서서 전선을 돌파한 소련군 전차여단에 대한 역습을 이끌었다. 직접 파괴한 전차만 11대, 중대 전차가 올린 전체 전과를 합치면 34대였다. 퇴로가 차단당하고 더 이상 싸울 용기를 잃은 나머지 전차 5대는 항복했고, 이들 두 사람이 돌파구 확대를 저지하는 사이 우리 지원부대가 전선을 수복하고 소련군 주력을 격퇴했다.

"귀관들과 같은 용사가 남아 있는 한 우리는 볼셰비키들에게 질 수 없다! 투쟁하자! 독일 민족의 영광을 위하여! 유럽의 평화를 위하여!"

"지크 하일[1]!"

"지크 하일!"

행사장은 함성으로 가득 찼다. 나는 만족스럽게 손을 흔들어 장병들을 격려하면서 생각했다. 이제 베를린으로 돌아가 리벤트로프에게 스톡홀름에서 진행하고 있는 일에 대해 결과보고를 받아야겠다고 말이다.

6

"몰로토프 위원께서 나오시는 줄 알았소만."

"몰로토프 동지는 모스크바를 떠날 수가 없습니다. 영국과 미국 대사가 수시로 면담 신청을 넣는데, 하루 이틀도 아니고 확실히 기간도 정하지 않은 채 자리를 비울 수는 없으니까요."

"나도 바쁘지만 베를린에서 직접 날아왔소. 이거, 양쪽 대표가 격이 너무 안 맞는다고 생각하지 않소? 지난번 귀측이 벌인 대공세도 실패로 끝났잖소. 협상 장소에서 콧대를 세울 처지는 아닐 텐데."

탁자 앞에 앉은 리벤트로프가 가볍게 푸념을 했다. 소련 쪽 대표인 전 독일주재 대사 블라디미르 데카노조프가 잠자코 손수건으로 이마를 닦았다.

"장관께서도 이해해 주시리라 생각합니다. 지금 우리가 회담을 갖는다는 사실을 영국과 미국이 알게 된다면, 즉시 원조를 끊을 겁니다. 물

---

1 Sieg Heil. 독일어로 "승리 만세"를 뜻한다.

론 원조를 받을 수 없게 되면 우리 싸움이 좀 힘겨워지기는 하겠지만 우리는 불리하다고 해서 부당한 조건으로 휴전협정을 체결하지는 않을 겁니다. 독일군이 아무리 진격한다고 해도 우리가 항복하지 않고 계속 싸운다면 전쟁은 끝나지 않겠지요. 그리고 전쟁이 계속되면 영국과 미국은 원조를 재개할 겁니다."

"전쟁이 계속된다고 해서 독일이 크게 불리할 이유가 있소? 우리가 이기고 있는데?"

"있고말고요. 독일군이 계속 이긴다고 치고, 독일군 주력이 소비에트 영토 깊숙이까지 들어왔을 때 영국과 미국이 프랑스에 상륙한다면 독일이 침공에 어떻게 대응할 수 있겠습니까? 처칠은 우리 소련이 계속 싸우는 한 절대 독일과 타협하지 않을 겁니다. 우리 이쯤에서 전쟁을 끝내고 다시 평화로운 관계로 돌아가도록 합시다. 두 나라 모두 휴식이 필요합니다."

데카노조프가 설득을 시도하자 리벤트로프가 고개를 크게 끄덕였다.

"그대도 알겠지만, 나는 애초에 소련과 전쟁을 시작하는 결정 자체를 반대했던 사람이오. 이제라도 적절한 조건 아래 전쟁을 끝내자고 하면 나로서는 적극 찬성이고, 우리 총통께서도 기꺼이 동의하실 거요. 다만 한 가지 걱정이 되는 건 외무인민위원 수석보좌관에 불과한 귀관이 한 약속이 소비에트 정권에게 얼마나 구속력을 가질 수 있겠느냐 하는 거요."

"그 문제는 우리 소련 인민을 돌보는 자애로운 아버지이자 강철 같은 영도자 스탈린 동지의 이름을 걸고 약속드리겠습니다. 이 회담에서 결정되는 내용은 모두 당의 이름으로 승인될 거라고요."

데카노조프는 딱딱하게 굳은 얼굴로 약속했다. 리벤트로프는 상대방이 굳게 다문 입과 힘주어 뜬 눈을 보고 거짓이 숨어 있는 태도는 아니라고 판단했다. 몰로토프가 스톡홀름으로 나올 수 없는 사정도 충분히 이해할 수 있었다.

"좋소. 그럼 양측이 바라는 조건을 비교해 보도록 합시다. 소련 정부가 원하는 휴전 조건을 한번 먼저 제시해 보시오."

잠시 망설이던 데카노조프가 입을 열었다. 어차피 서로 다 들여다보고 있는 처지였다.

"우리 소비에트 연방이 원하는 휴전 조건은 과거와 같습니다. 1941년 6월 21일까지 독일과 소련이 유지하고 있던 국경선으로 두 나라 간 경계선을 확정하고, 배상도 병합도 없는 평화를 이룩하는 겁니다. 여기에 더해서 우리 소비에트 연방은 밀과 석유, 망간, 구리, 크롬 등 독일이 영국과 전쟁을 치르는데 필요한 모든 자원을 제공하겠습니다. 우호관계를 돈독히 하기 위한 선물로 말입니다."

데카노조프가 내놓은 제안을 들은 리벤트로프가 웃었다.

"트로츠키 같은 말씀을 하시는구려. 트로츠키는 독일제국을 상대로 무병합, 무배상을 주장했소. 트로츠키가 최초 협상안을 거부하는 바람에 전투가 재개되면서 소비에트 러시아는 망할 뻔 했고, 결국 브레스트−리토프스크 조약에서 처음에 내놓기로 한 영토보다 다섯 배나 많은 영토를 내놓아야 했지. 배상금으로 금화 50억 마르크가 추가된 데다 군대는 해산되었고."

데카노조프가 얼굴을 굳혔다. 데카노조프는 원래 대학에서 의학을 공부하다가 1918년에 남들이 군대에서 뛰쳐나올 때 적위군에 입대했고, 내전과 대숙청을 헤치고나온 베테랑이었다. 지금 눈앞에 있는 술

장수 따위와는 출신이 달랐다. 독일이 내놓은 무리한 요구를 순순히 받아들일 위인은 아니었다.

"하지만 우리는 살아남았습니다. 무리한 강화조약 체결을 강요한 독일제국이 먼저 붕괴했습니다. 너무 많은 병력을 러시아에 남겨놓았다가 영국, 프랑스, 미국이 서부전선에서 벌인 대공세를 막지 못했으니까요. 독일이 정녕 영국에게 승리하고자 한다면 우리와 강화를 맺어야합니다. 서쪽에서 온 어떤 정복자도 끝내 러시아는 정복하지 못했다는 점을 상기하시기 바랍니다. 튜튼 기사단[1]도, 폴란드[2]도, 칼 12세[3]도, 나폴레옹도 러시아를 정복하지 못했습니다. 약탈자에 불과했던 야만적인 종족들에 이르러서는 말할 필요도 없습니다."

데카노조프가 보이는 팽팽한 응수에 리벤트로프가 움찔했다. 분명 우월한 입장에 있는 토론자는 자신이건만, 상대는 약한 모습을 전혀 보이지 않았다. 리벤트로프는 헛웃음을 흘리면서 분위기를 진정시켰다.

"맞소. 하지만 서부전선에서 독일제국이 패배하지 않았다면 소비에트 러시아는 그대로 붕괴했을 거요. 물론 그때 일은 그때 일이고, 귀하가 방금 언급했듯이 전쟁이 계속된다고 해서 이번에도 소비에트가 스스로 무너지리라고는 나도 생각하지 않소. 다만 아무 것도 내놓지 않고

---

1 중세 시대. 팔레스타인에서 십자군으로 시작했으나 13세기 중반에 활동 영역을 동유럽으로 옮긴 종교 기사단. 아직 기독교를 믿지 않던 동부 유럽에 대한 정복사업을 벌였으나 러시아에 대한 침공은 1242년 페이푸스 호 전투에서 노브고로드 공 알렉산더 네프스키에게 패배하면서 포기했다.

2 오늘날 다수 대중이 가진 인식과 달리 폴란드는 중세~근대 동유럽에서 깡패국가였다. 17세기 중엽까지 폴란드는 지금의 벨라루스와 우크라이나 대부분 지역을 지배하면서 러시아를 위협했다.

3 스웨덴 국왕(1682~1718, 재위 1697~1718). 군사적 천재로 전장에서는 격파하지 못하는 적이 없었으나, 전략적 판단에서 실수를 범하면서 폴타바 전투에서 러시아군에게 패배했다. 이는 스웨덴이 북유럽에서 잡고 있던 패권을 잃는 단초가 되었다.

협상을 할 수는 없다는 말을 해둬야겠소."

"그렇다면 독일은 어느 정도 조건이면 휴전 협정을 맺을 의향이 있습니까? 빌헬름 2세처럼 우크라이나, 벨라루스, 캅카스 전역을 차지하기를 원합니까?"

"그런 말도 안 되는 조건을 요구할 리가. 우리가 바라는 건 안전한 국경이오. 솔직히 말하건대, 귀하는 스탈린 서기장이 휴전 협정을 맺은 뒤 복수를 시도하지 않을 거라고 보시오?"

리벤트로프는 탐색하는 눈빛으로 데카노조프를 살폈다. 하지만 데카노조프는 리벤트로프가 제시한 의혹을 단호하게 부인했다.

"우리 소비에트 연방은 평화를 원합니다. 한 손으로 화해하자고 악수를 하면서 다른 한 손에는 칼을 감추는 그런 짓은 하지 않습니다. 독일이 원한다면 국경 지대를 비무장화하고 감시관을 상주시키거나 자유롭게 항공정찰을 실시해도 무방합니다. 우리 소비에트 연방은 독일이 신의를 지킬 것이라고 믿으므로, 감시관을 파견하지 않겠습니다."

이만하면 사실상 소련이 일방적으로 무장해제를 하겠다는 이야기나 다름없다. 만약 독일이 소련을 재침공한다면 무방비상태인 국경을 간단히 돌파할 수 있기 때문이다. 41년 이상으로 일방적인 전쟁이 벌어지리라. 하지만 리벤트로프는 고개를 내저었다.

"아니, 그 정도로는 안심할 수 없소. 우리가 원하는 건 확실한 완충지대요."

"완충지대? 독일이 스스로 없앤 것 말이군요."

데카노조프는 뼈 있는 말을 내놓았다. 독일과 소련을 갈라놓고 있던 폴란드, 체코슬로바키아, 루마니아 등을 모조리 독일이 차지한 사실을 꼬집은 것이다. 리벤트로프도 상대가 지적한 사실을 부인하지는 않았다.

"우리가 같이 없었지요. 뭐, 과거지사는 그만 거론하도록 합시다. 어쨌든 우리는 독일 본토 이외에, 이번 전쟁에서 같이 싸운 동맹국들도 안심하게 해 줘야 하오. 즉, 독일 뿐 아니라 헝가리와 루마니아를 위한 완충지대도 필요하다, 이 말이지요."

"그렇다면, 독일이 요구하는 완충지대를 어떻게 만들겠다는 겁니까?"

"우크라이나와 벨라루스를 독립시켜 소련과 독일 어느 쪽에도 속하지 않은 중립국으로 놓아둡시다. 우리 모두 두 나라에 대한 간섭을 중단하고, 군대를 빼낸 뒤 알아서 나라를 운영하게 놓아두는 거요. 물론 정상적인 외교나 경제교류는 동등하게 시행해야겠지요. 그 외에 배상금이나 무장해제는 별도로 요구하지 않기로 하겠소."

리벤트로프가 내놓은 역제안을 들은 데카노조프가 자기도 모르게 신음을 토했다.

크다. 아무리 배상금이 별도로 없다고 하지만 너무 큰 대가다. 우크라이나가 소련 경제에서 차지하는 비중은 막대해서 우크라이나를 잃는다면 소련 경제는 회복 불가능한 타격을 받게 될 게 뻔했다. 토지와 인구를 잃는 것도 큰 타격이지만, 우크라이나에는 대규모 탄전과 철광이 있다. 모든 국가에서 산업 역량을 떠받치는 두 가지 자원이 철과 석탄이다.

"만약 터키가 독일 편으로 참전했다면, 캅카스도 독립시키라고 요구했을 겁니까?"

침착한 태도를 위장하는 것도 포기한 듯 데카노조프가 거칠게 질문했다. 리벤트로프가 가볍게 미소를 지었다.

"말씀대로 터키는 참전하지 않았으니, 그쪽 국경은 귀하가 걱정하지 않아도 괜찮소. 그리고 소련은 우크라이나에 있는 철과 석탄을 잃게 되는데 캅카스에 있는 석유까지 잃게 된다면 정말 곤란해지지 않겠소."

얼굴이 새파랗게 질린 데카노조프는 아무 말도 하지 않았다. 리벤트로프는 느긋한 태도로 자기 말을 계속했다.

"아, 발트 3국은 당연히 독립시켜주셔야 하오. 이 나라들은 1939년까지만 해도 독립국이었잖소? 우리 역시 폴란드를 다시 부활시킬 생각이니 너무 억울하게 여기지 마시오."

"폴란드를 독립시킬 생각이라고요?"

문득 정신을 차린 데카노조프가 의아한 표정으로 반문했다. 폴란드 때문에 이번 전쟁이 시작되었는데, 폴란드를 독립시키겠다고? 리벤트로프는 미소를 지으며 고개를 끄덕였다.

"정말이오. 폴란드인들은 지극히 반항적이라 독일이 쉽게 다스를 수 있는 놈들이 아니지. 물론 구 독일제국령인 일부 지역은 독일 본토에 병합할 예정이나, 나머지 지역은 조만간 폴란드인 자치정부를 통해서 천천히 독립시킬 거요. 새 폴란드는 1939년에 우크라이나와 벨라루스로 빼앗긴 동부 영토를 다시 합치게 될 것이고."

"그건…. 아니, 일단 독일령 내에서 진행하는 폴란드 부활 문제는 상관하지 않겠습니다. 하지만 벨로루시와 우크라이나를 중립화하는 문제는 도저히 제가 답을 드릴 수 없는 사항입니다. 제 권한 밖에 있는 일입니다. 크렘린에서 승인을 받아야만 하겠습니다."

데카노조프는 폴란드 영토를 회복시키는 문제에 대해서는 별다른 이의를 제기하지 않았다.

하긴, 지금 발트 3국에다가 벨로루시와 우크라이나 전체를 빼앗길 판에 구 폴란드령 따위가 대수겠는가. 어차피 구 폴란드 영토도 벨로루시와 우크라이나에 포함되어 있다. 리벤트로프가 선선이 고개를 끄덕였다.

"당연한 일이오. 얼마든지 기다리겠소. 크렘린에서 방침이 정해지거든 콜론타이 여사를 통해 연락을 주기 바라오. 협상이 타결되는 날까지 전투는 계속될 테니, 유감이구려."

지금 전황은 확실히 독일이 유리하다. 리벤트로프는 협상을 유리하게 이끌기 위해 군사적 우세를 얼마든지 활용할 의사가 있었다. 데카노조프는 소련 쪽이 불리한 처지라는 사실을 잘 알고 있었으므로 앉은 채 이를 악물었다.

"알겠습니다. 그럼 아까 장관께서 주신 독일 측 제안내용을 몰로토프 동지와 스탈린 동지에게 전하겠습니다. 장관께서도 히틀러 총통께 우리 소비에트 연방이 내놓은 제안을 전해주시기 바랍니다."

"기꺼이 그러리다."

리벤트로프는 승리감을 만끽하며 아까부터 앞에 놓여 있던 보드카 잔을 들어 홀짝거렸다. 혼자 마시는 축배였지만 괜찮은 기분이었다.

"그렇게 회담이 전개되었습니다."

"좋아, 충분해."

리벤트로프에게 보고를 받으니 확실히 소련과 강화를 맺을 수 있다는 확신이 섰다.

강화는 군대가 패했을 때 맺는 것이 아니다. 전쟁을 벌이는 당사자가 더 이상 싸울 의지를 잃었을 때 맺는 것이다. 설사 단 한 사람이 남았다고 해도 싸울 의지가 있다면 계속 싸울 수 있지만, 수백만 대군이 있어도 싸우고자 하는 의지가 없다면 진 것이다. 물론 파라과이[1]처럼 계속 싸워서 국민들이 모두 다 죽어버리는 결과가 바람직하다고 할 수는 없는 일이지만.

"소련은 강화를 확실히 맺겠다는 의지를 보였다. 그럼 확실한 거야. 어차피 협상하는 자리에서 처음 제시하는 조건은 쌍방이 다 크게 지르고 보는 것 아닌가? 나는 놈들과 어느 정도 타협해 줄 의사가 있다. 약간 양보를 하더라도 동부전선에서 일단 강화를 한 후 영국에 집중해야 영국과도 강화할 수 있다. 그렇지 않으면 아무 것도 안 돼."

창문 앞에 서서 팔을 쭉 뻗어 기지개를 켜니 몸에 찌르르한 감각과 함께 적당한 긴장감이 돌아왔다. 창밖을 보니 서쪽 하늘에는 붉은 노을이 진하게 내려앉고 있었다. 문득 궁금해졌다. 저 노을 너머, 바다 너머, 대륙 너머, 또 바다 너머 태평양에서는 지금 어떻게 전황이 진행되고 있을까?

이 세계에서는 1944년 6월 6일에 오버로드 작전이 감행되지 않는다. 영국은 이제 겨우 북아프리카를 장악하고 다음 공세 방향을 고민하고 있다. 미국은 태평양에서 일본을 열심히 쳐부수고 있는 중이다. 하아, 일본을 완전히 쳐바르고 미국이 유럽으로 오기 전에 전쟁을 끝낼 수 있을까?

---

1 파라과이는 아르헨티나-브라질-우루과이 세 나라를 상대로 파라과이 전쟁(1865~1870)을 치렀는데, 최후까지 싸우다가 대통령이 전사하고 남자 인구 90%를 잃고서야 항복했다. 전체 인구는 52만 5천에서 22만으로 감소했고 이중에서 남자는 2만 8천명뿐이었다.

25장
일본어를 듣고 싶다면 지옥행 급행열차를 타라!

1

이지 중대원들은 점령하라고 지시받은 목표를 향해 치열하게 사격을 퍼부으며 진격했다. 중대원들이 점령해야 하는 건물은 포탄과 총탄에 맞아 만신창이였다. 창문에 설치된 일본군 기관총좌가 이쪽을 향해 맹렬하게 불을 뿜었다.

"제기랄, 지독하군! 파워스! 저놈들 좀 어떻게 해봐!"

벽에 달라붙은 2소대장 해리 웰시 소위가 외치자 조금 뒤에서 따라오던 대럴 파워스 하사가 고개를 끄덕이고는 옆에 있는 무너진 주택 지붕 위로 기어 올라가 엎드렸다.

한참 동안 일본군이 쏘아대는 기관총 소리만 들리더니 불현듯 파워스가 올라간 지붕 위에서 총성이 울렸다. 개런드 소총이 불을 뿜는 묵직한 총성이 딱 세 번 울리자 쉴 새 없이 탄환을 토하던 일본군 기관총이 갑자기 멎었다.

"좋았어!"

저 위층에 있을 일본군도 바보는 아니다. 기관총 사수가 피격당한 것을 알면 곧바로 대체인원을 투입하리라. 하지만 인원을 보충하는 그 짧은 간극이 바로 웰시가 원한 기회였다.

"자, 나가자!"

웰시가 달려 나가자 1개 분대 가량 되는 병력이 뒤를 따랐다. 시가 전을 치르다 보니 병력이 좀 뒤섞여서 원래 2소대가 아닌 타 소대 소속 병사들도 일부 섞여 있었다. 일본군 기관총이 다시 불을 뿜기 전에 벽에 달라붙은 웰시 소위가 숨 가쁘게 외쳤다.

"수류탄!"

웰시를 뒤따라 달려와 문 너머 벽에 붙은 도널드 후블러 상병이 허리춤에 차고 있던 수류탄을 뽑아들었다. 나무로 만든 묵직한 문에는 이미 기관총에 맞아 생긴 큼지막한 구멍이 뚫려 있었다. 팅 하는 소리와 함께 안전핀과 안전고리가 떨어져 나가고, 곧바로 후블러가 파인애플처럼 각진 Mk.2수류탄 한 발을 구멍 속으로 밀어 넣었다.

"!"

수류탄이 문에서 떨어져 바닥을 구르자 문 안쪽에서 알아들을 수 없는 일본어 고함 소리가 터져 나왔다. 주워서 밖으로 도로 내던질 생각인지 누군가 후닥닥 달려드는 소리가 났다. 하지만 후블러는 당황하지 않고 싱긋 웃었다. 다음 순간 수류탄이 폭발하면서 파편과 폭풍이 문을 부수고 퍼져 나왔다. 수류탄 터지는 폭음 사이에 비명 소리가 섞여 있었다. 웰시 소위가 인상을 찌푸렸다.

"후블러! 자네, 수류탄 신관 잘랐지? 위험하니까 하지 말라고 했잖아?"

"소대장님! 대신 이렇게 효과를 보지 않았습니까?"

후블러가 어깨를 으쓱이자 웰시 소위는 어쩔 수 없다는 듯 한숨을 쉬었다. 그리고 씩 웃고는 손짓했다.

"알았다. 돌입!"

웰시와 후블러는 수류탄 폭발로 누더기가 된 문을 박차고 안으로 뛰어들었다. 현관 안에 있던 일본군 세 명은 수류탄이 폭발하면서 퍼진 파편세례를 받고 걸레짝이 되어 바닥에 쓰러져 있었다. 두 사람은 잽싸게 건물 안쪽, 복도 입구에서 자세를 잡았다.

수류탄 터지는 소리를 듣고 복도 안쪽에서 뛰어나오는 일본군 두 명을 확인한 웰시는 그대로 톰슨 기관단총으로 제압사격을 퍼부었다. 벌집이 된 일본군이 널브러지고 웰시가 옆으로 잠시 몸을 피하자 후블러가 다시 수류탄 한 발을 전방으로 굴려 보냈다. 곧바로 비명 소리가 섞인 폭음이 한 번 더 울렸다.

"어서 들어와! 놈들이 정신 차릴 틈을 주지 않고 제압한다!"

"예, 들어갑니다!"

선두에서 안으로 뛰어 들어간 웰시 소위가 반격하는 적을 휩쓰는 사이, 찰스 그랜트 중사를 비롯한 분대원들이 그 뒤를 따라 안으로 들어섰다. 수류탄 폭발로 걸레가 된 일본군 시체를 본 그랜트가 인상을 찌푸리며 자기 뒤를 따르던 부하들에게 물었다.

"제기랄, 지저분하군. 어이, 저 지저분한 잽스들이 사방에 박힌 이 지저분한 동네 이름이 뭐라고 했는지 기억하는 사람 있나?"

주변에 있던 병사들이 모조리 분대원 중 한 사람을 향해 시선을 돌렸다. 이지 중대에서 가장 가방끈 길고 유식한 병사, 하버드 대학에 다니다가 입대한 데이빗 웹스터 일병이었다. 웹스터가 한숨을 쉬더니 질문에 답했다.

"스페인 사람들이 필리핀을 식민지로 만들었을 때 지은 구시가지입니다. 인트라무로스(Intramuros)라고 하죠. 알기 쉽게 말하자면 '벽 안'이라는 의미입니다."

웹스터에게 설명을 들은 그랜트가 투덜거렸다.

"제기랄, 스페인 놈들이 지은 도시라서 이렇게 흉악한 성벽을 두르고 있었구만. 난 라틴계 놈들이 싫어. 정말 질색이야."

인트라무로스를 둘러싼 성벽은 두께가 12m에 높이가 5m에 달한다. 이 구시가지에 돌입하기 위해서 미군은 만 1주일 동안 대포와 비행기로 불벼락을 퍼부었다. 그 두꺼운 성벽이 토막 나고 도시가 완전히 박살이 날 만큼 폭탄이 떨어졌는데도 일본군은 아직 수천 명이나 남아 있었다. 명백히 열세인데도 항복하지 않고 끝까지 싸우려고 들었다.

"그럼요. 스페인계 놈들은 어딘가 이상해요. 우리 이탈리아계랑은 다르죠."

일본군 시체에 뭐 전리품이라도 없나 살피던 프랭크 퍼칸테 병장이 고개를 치켜들며 자랑스럽게 이야기했다. 고개를 든 퍼칸테는 옆에 서 있는 웹스터가 묘한 눈빛으로 자신을 빤히 바라보고 있는 것을 깨달았다.

"뭘 그렇게 꼬운 눈으로 보냐? 웹스터, 내 얼굴에 검댕이라도 묻었어?"

"아, 아닙니다."

웹스터가 잠자코 고개를 돌리더니 한숨을 쉬었다. 퍼칸테는 어깨를 한 번 으쓱하더니 콧방귀를 뀌고는 일어서서 총을 들고 안으로 들어갔다. 다른 분대원들도 잽싸게 웰시를 따라 건물 안쪽으로 들어갔다.

"지하실 계단입니다!"

마주치는 일본군을 줄줄이 쓰러트리며 1층을 거의 다 소탕했을 때 큼지막한 철문이 나타났다. 뭐가 숨어 있는지 끌어낼 셈으로 문을 걷어차자 어두운 동굴이 입을 벌렸다. 벽과 지붕이 폭탄 세례로 갈라진 터라 빛이 새어 들어가서 완전히 어둡지는 않았다. 하지만 이지 중대원들은 선뜻 내려가지 못하고 잠시 머뭇거렸다.

저 바닥 아래, 어슴푸레한 어둠 속에 일본군이 몸을 숨기고 있을지도 모른다. 게다가 완전한 암흑은 아니라고 해도, 상당히 어두워서 조명 없이 내려가기는 쉽지 않을 것 같았다. 잠시 망설이다가 마음을 굳힌 웰시 소위가 주위를 둘러보았다.

"누구 손전등 있나?"

"제가 가지고 있습니다."

조지프 리브갓 상병이 나섰다. 리브갓이 가슴에 달고 있던 손전등을 뽑아 왼손에 들고 계단을 내려서려고 하자 웰시가 제지했다.

"아니, 들어가기 전에 수류탄부터 하나 까. 아니, 두 개."

웰시가 손짓으로 지시하자 퍼칸테가 허리에 매달고 있던 수류탄 두 개를 꺼냈다. 진입하면서 수류탄을 다 써 버린 후블러가 매우 유감스러운 표정으로 퍼칸테를 쳐다보았다. 퍼칸테에게 수류탄을 하나 받아든 리브갓이 조심스럽게 안전핀을 뽑았다. 역시 안전핀을 뽑은 수류탄을 든 퍼칸테가 차분하게 숫자를 세었다.

"자, 리브갓. 하나, 둘, 셋, 던져!"

두 사람은 수류탄을 계단으로 던져 넣고 잽싸게 몸을 벽 뒤로 숨겼다. 잠시 후 폭음과 함께 먼지구름이 지하실 입구를 통해 몰아쳐 올라왔지만 비명소리는 들리지 않았다. 입술을 삐죽거린 리브갓이 내려갈 자세를 취했다.

"잠깐. 내가 간다. 자네는 여기서 후방을 엄호해."

어느새 나타난 중대장 로널드 스피어스 중위가 손전등을 낚아챘다. 스피어스는 원래 도그 중대 소속 소대장이었지만 지금은 이지 중대장으로서 임무를 수행하고 있었다.

전임 이지 중대장 노먼 다이크 중위는 곰에서 일본군에게 포위되었을 때 패닉에 빠져 중대 지휘를 제대로 하지 못했다. 분통이 터진 부대대장 윈터스 소령이 다이크를 해임하고 스피어스를 후임으로 임명했다.

왼손에 손전등, 오른손에 콜트45 권총을 든 스피어스가 발밑을 경계하면서 천천히 계단을 내려갔다. 리브갓, 그랜트, 웹스터 등 대원들도 조심스럽게 스피어스가 내딛는 자취를 따라 계단을 내려갔다. 마침내 바닥까지 내려가자 또다시 철문 하나가 대원들 앞에 나타났다.

머리 위, 건물 바깥에서는 여전히 치열한 교전이 벌어지고 있었지만 여기 지하실에는 오직 침묵뿐이었다. 내려오면서 들고 있던 권총을 권총집에 넣은 스피어스는 손전등을 껐다. 그리고 톰슨 기관단총을 고쳐 잡고 눈이 어둠에 익숙해지기까지 잠시 기다렸다.

"들어간다."

웰시라면 분명히 수류탄부터 까 넣었으리라. 하지만 무슨 느낌을 받았기 때문인지 몰라도 스피어스는 수류탄을 쓰지 않았다. 단지 조심스럽게, 아주 조심스럽게 문을 열었다. 잔뜩 녹이 슬고 이미 반쯤 망가져 있던 문은 스피어스가 아주 약하게 밀었는데도 그대로 열렸다. 녹슨 경첩이 삐걱거리는 소리가 지하실을 울렸지만 안쪽에서는 아무 반응도 없었다.

"따라와, 조용히."

스피어스를 선두로 한 이지 중대원들은 조심스럽게 지하감옥 안으로 들어갔다. 문마다 열어보면서 살폈지만 그 안에 숨어 있다가 뛰쳐나와 이들을 기습하는 일본군은 하나도 없었다. 지하실 전체에서 아무 움직임도 없고 소리도 전혀 나지 않았다. 예상과 다르게 진행되는 양상에 대원들이 잠시 당혹해했다. 갑자기 퍼칸테가 코를 실룩거렸다.

"중대장님, 피 냄새가 너무 많이 나지 않습니까?"

"잽스들이 병원으로 쓰면서 시체를 쌓아뒀을 수도 있지."

그랜트 중사가 자신 없는 목소리로 중얼거렸다. 아무 말 없이 뭔가를 생각하던 스피어스가 갑자기 한 쪽 손을 올리더니 손전등을 켜서 주위를 휙 비췄다. 중대원들이 무의식적으로 비명을 토했다.

"오, 세상에!"

스피어스가 어둠 속에서 손전등을 켠 행동은 자칫 매복해 있던 적으로부터 집중사격을 당할 수도 있는 위험한 행동이었다. 하지만 대원들 중 누구도 스피어스를 제지하지 못했다. 잠깐 동안 자기 시선 앞을 비추고 지나간 빛으로 전혀 예상하지 못한 광경을 보고 그 충격에 빠져 있었기 때문이다. 스피어스가 얼음장 같은 목소리로 지시했다.

"리브갓, 당장 위로 올라가. 대대본부로 가서 윈터스 소령님께 알려. 여기, 건물 지하에 시체가 산처럼 쌓여 있다고."

이지 중대원들이 서 있는 눈앞에는 손발이 묶인 채 살해당한 필리핀 민간인들이 겹겹이 쌓여 있었다. 대부분 성인 남자였지만 여자나 어린아이들도 있었다. 언뜻 보이는 시체 숫자만 해도 수백 구가 넘었다.

2

"이런 끔찍한 결과라니. 필리핀 친구들 앞에 얼굴을 떳떳이 들고 나설 수가 없군."

"각하, 고정하십시오."

미합중국 육군 원수이자 필리핀 육군 원수인 남서태평양군 사령관, 더글러스 맥아더 원수는 마닐라가 완전히 탈환되었다는 보고를 받고 지극히 흡족해했다. 하지만 시가전 와중에서 희생된 필리핀 민간인들이 얼마나 많은가를 알게 되자 만족감은 순식간에 분노로 바뀌었다.

"자네도 듣지 않았나? 시가전 와중에 발생한 민간인 희생자가 10만이야. 그게 말이 되는가? 마닐라 시 전체 인구가 70만인데, 그 중에서 1/7이 전투 중에 사망했다고 하는 사실을 알게 된 필리핀 사람들이 뭐라고 하겠는가? 그리고 뉴스를 접한 우리 본국에서는?"

"이미 보고했지만 일본군이 시민들을 인질로 잡아둔 채 마닐라 방어전을 감행했습니다. 저희 역시 무고한 시민이 피해를 입기를 원하지 않아 가능하면 중화기 사용을 피하고 싶었습니다만, 일본군이 워낙 격렬하게 저항하는 바람에 중포와 항공기를 투입할 수밖에 없었습니다."

참모장 리처드 서덜랜드 중장은 진땀을 흘리면서 보고했다. 상관인 맥아더는 부친인 아서 맥아더가 필리핀 총독으로 재임한 탓에 어려서부터 필리핀에서 자랐고, 이때부터 필리핀 사람들과 인연을 쌓아왔다. 그리고 전쟁 전에는 필리핀군 총사령관으로 재임하기까지 했다.

전쟁 초기 필리핀 방어전을 지휘할 때는 필리핀에서 죽겠다면서 코레히도르 섬에서 농성했다. 하지만 루즈벨트 대통령은 맥아더와 같은 고위인사가 죽거나 포로로 잡히는 정치적 부담을 무릅쓸 수 없었다. 루즈벨트는 강경한 어조로 탈출 명령을 내렸고, 맥아더는 루즈벨트가 보낸 어뢰정을 타고 코레히도르 섬을 떠나면서 뒤에 남은 필리핀 사람들에게 "꼭 돌아오겠다(I shall return)!"는 다짐을 남긴 바 있었다.

맥아더가 필리핀 국민에게 남긴 약속은 지난 4월 18일에 레이테 섬에 상륙하면서 이루어졌다. 그리고 마닐라를 함락시켜서 그 맹세를 완전히 달성하려는 참이었다. 맥아더로서는 영광스러운 개선문이 세워져야 할 곳에 비참한 학살 현장이 펼쳐진 셈이었다.

"전쟁을 하다 보면 민간인 거주지역에서 전투가 벌어질 수도 있다. 본의 아니게 발생한 유탄(流彈)으로 일부 민간인 사상자가 발생하는 것도 어쩔 수 없는 일이다. 하지만 부상자만 따진 것도 아니고 사망자만으로 시민 중 1/7이 넘는다고? 귀관은 이게 말이 된다고 보는가?"

맥아더가 겉으로 보이는 태도는 차분했다. 하지만 그 차갑고 침착한 말 한 마디 한 마디에서 맥아더가 격분하고 있음을 깨달은 서덜랜드 중장으로서는 온몸이 부들부들 떨려왔다. 어떻게든 변명할 말을 찾아야 했다. 이 모든 비극은 일본군 탓이었다.

"일본군이 의도적으로 마닐라 시민들을 방패로 삼았기 때문입니다. 뿐만 아니라 의도적으로 필리핀 민간인을 학살하기도 했습니다."

"그 보고는 받았다. 학살당한 시민이 얼마나 되는지, 숫자를 파악했나?"

"506낙하산보병연대 2대대 E중대가 발견한 지하감옥에서만 4천구에 달하는 시신이 발견되었습니다. 성인 남자 약 3천 명은 손발이 묶인 채 총이나 칼에 맞아 학살되었고, 여자와 아이들은 손만 묶여 있었습니다. 그 외에 결박된 채 시가지 곳곳에서 발견된 시신이 약 7천여 구 정도가 됩니다. 학살당한 여자들은 대부분 죽기 전에 강간당한 흔적이 명확했습니다."

맥아더는 자리에서 일어서서 뒷짐을 진 채 사령관실 안을 걸었다.

"도저히 용서할 수 없다! 마닐라 방어를 담당한 일본군 사령관은 전쟁범죄자로서 민간인 학살 혐의에 대해 책임을 져야 할 것이다. 포로들을 심문하여 민간인을 인질로 사용하도록 직접 지시를 내린 자를 찾아내도록 하라. 그리고 공포에 떨고 있을 시민들에게 이제 해방되었다는 사실을 널리 알리고, 음식과 의약품을 배급하면서 민심을 안정시키도록. 대민지원에 쓸 수 있는 물자와 인원은 참모들이 논의해서 배분하도록 하고."

"알겠습니다."

서덜랜드가 급히 메모했다. 솔직히 그 자신은 마닐라 시민들을 위문하는 일보다는 일본군 주력부대를 거느리고 루손 섬 북쪽으로 도망친 야마시타를 쫓는 편이 더 급하다고 생각했다. 하지만 맥아더가 내리는 지시에 정면으로 이의를 제기하는 일은 있을 수 없었다. 서덜랜드는 조심스레 우회적으로 자기 의견을 개진했다.

"추후 작전을 위해서는 필리핀 전역을 신속하게 안정시킬 필요가 있습니다. 해군이 원하던 대만 공략은 취소되었지만, 이오지마에서는 이미 전투가 진행되고 있고 조만간 오키나와에도 우리 군이 상륙을 시작합니다. 4개월 뒤에 진행될 올림픽 작전에 지장이 없으려면 이곳 필리핀에서도 루손 북부로 도주한 일본군 주력부대를 추격해서 궤멸시키는 작전을 우선해야 한다고 소관은 생각합니다만…"

"자네 말도 틀린 건 아냐. 하지만 이곳 필리핀은 우리 미합중국이 아시아에서 유지해야 할 가장 중요한 우방이자 거점이다. 우리는 필리핀 국민에게 제일 좋은 친구로서 신뢰와 우정을 보여야 해. 게다가 바탄 반도와 코레히도르 섬을 이미 탈환하기는 했지만, 마지막 병마개[1]인 드럼 요새까지 장악하기 전에는 마닐라 만을 안전하게 이용할 수 없지 않은가?"

"그렇긴 합니다."

"마닐라 항구를 통한 보급로도 확보하지 않고 무리하게 적을 추격하다가는 우리가 곤란해지기 쉽다. 루손 섬에 있을 일본군은 약 25만, 우리 역시 단단히 준비를 한 후 추격에 나서야 해. 물론 이제까지 일본군이 보여준 전술적 역량이나 무기 성능을 보면 우리와 상대가 안 되지만, 루손 섬은 매우 큰 섬이야. 지원이 부족한 소규모 병력으로 섣불리 싸움을 걸다가는 놈들에게 포위당해 곤욕을 치를 수도 있다."

맥아더는 마닐라에서 벌어진 참극을 보고도 분노할지언정 흥분하지 않았다. 분노에 불타서 날뛰어봐야 사태 해결에 전혀 도움이 안 된다는 사실을 잘 알고 있었기 때문이다.

"이오지마 전투는 7월 중에는 끝날 거다. 오키나와 상륙이 7월 31일 예정이니까 그 전에 끝날 거야. 아니, 끝나야 해. 그래야 이오지마 공격을 지원하던 해군 함대가 곧바로 오키나와로 이동해서 계속 작전을 펼칠 수 있다. 이오지마가 함락되고 나면 마리아나에 주둔한 제21폭격기사령부가 시작한 일본 폭격도 본궤도에 들어설 수 있어. 이오지마를 호위전투기 기지와 비상활주로로 쓸 수 있으니까."

맥아더가 지도를 내려다보며 인상을 찌푸렸다.

"누구더라? 해군에 있는 어느 제독이 이 전쟁이 끝나면 일본어는

---

1 마닐라를 전략거점으로 제대로 활용하려면 마닐라 항구를 자유롭게 사용할 수 있어야 한다. 1942년에 필리핀 방어전을 치를 당시, 맥아더는 마닐라 시 자체는 일본군에게 전투 없이 내어주고 바탄 반도로 후퇴했지만 마닐라 만 입구를 가로막은 바탄 반도와 세 개의 요새는 확실히 장악하고 있었다. 그리고 "적은 병을 가지고 있지만, 병마개는 우리 손에 있다."고 공언했다. 드럼 요새는 이 세 요새 중 가장 강력한 요새로, 〈불침전함〉이라는 별명을 가지고 있었다.

지옥에서나 들을 수 있는 언어가 될 거라고 했다지?"

"3함대 사령관 윌리엄 홀시 제독입니다. 얼마 전 대만 항공전에서 대만에 주둔한 일본군 항공부대를 박살내고 '가라앉은 함대를 인양해서 적을 향해 후퇴한' 홀시 제독 말입니다."

"아, 그 친구가 한 말이었나? 난 처음 알았군."

맥아더는 육군을 제외한 타군 인사 대부분과 사이가 나빴지만 유독 해군에서 홀시와는 사이가 좋은 편이었다. 홀시가 한 말이라는 소리를 듣자 맥아더가 얼굴에 미소를 띠웠다.

"좋아. 적어도 10월 초까지는 루손에 있는 일본군을 산속이든 해안이든 몰아붙여 봉쇄하고 집단으로서 갖는 전력가치를 제로로 만든다. 그리고 나면 올림픽 작전에 병력을 차출할 여유가 생길 거야. 지리멸렬해진 일본군 잔당을 소탕하는 데는 우리 미군보다는 현지 지리에 익숙한 필리핀 게릴라 부대가 더 유용할 테니, 연락 및 협조체계 구축에 만전을 기하도록 하게."

"알겠습니다. 그럼 최우선적으로 드럼 요새 탈환을 서두르도록 하겠습니다. 마침 태평양함대 쪽에서 드럼 요새를 제압하는 방안에 대해 제안이 들어왔는데 한 번 읽어보시겠습니까?"

"무슨 헛소리를 했을지 모르지만 무시하는 것도 도리가 아니겠지. 줘 보게."

서덜랜드 중장은 잠자코 종이 한 장을 맥아더에게 건넸다. 선 채로 종이를 받아 읽은 맥아더는 콧방귀를 뀌었다.

"뭐야. 난 또 무슨 기상천외한 방안인가 했지. 상륙정 한 척을 동원해서 요새 환기구에 휘발유 10톤을 부어넣고, 두 번째 상륙정에는 공병들을 태워서 요새에 폭약을 설치한 다음 터뜨려서 한 방에 요새를 날려버리라고? 폭약 설치작업 중에는 저격수를 태운 세 번째 상륙정으로 엄호하고? 아니, 니미츠는 우리 남서태평양군이 이 정도 아이디어도 떠올리지 못할 만큼 바보들이 모인 집단이라고 생각하는 건가?"

맥아더가 어이없어 하는 모습을 보며 눈치를 살피던 서덜랜드가 조심스럽게 질문했다.

"사령관님, 해군이 주제넘은 소리를 하긴 했습니다만 방안 자체는 나쁘지 않은 듯합니다. 그대로 실행해도 제법 효과를 볼 수 있을 것 같습니다만."

"흠."

맥아더는 바로 대답하지 않고 잠시 생각하는 태도를 보였다. 하지만 별로 오래 심사숙고할 문제는 아니었다. 곧 지시가 떨어졌다.

"휘발유 20톤을 부어. 그 정도는 해야 요새 안에 있는 일본군은 물론 바퀴벌레 한 마리까지 모조리 태워버릴 수 있을 거야."

"알겠습니다."

서덜랜드 중장은 경례를 하고는 물러갔다. 맥아더는 루손 섬 북부 일대를 그린 지도를 들여다보며 골똘히 생각에 빠졌다.

3

"지금까지 모은 병사는 얼마나 되지?"

"걸을 수 있는 병사 279명이 모였습니다. 더 이상은…."

"해군 쪽은 상황이 어떤가?"

"이치마루 리노스케 제독과는 사흘 전부터 교신이 완전히 두절되었습니다. 무전은 진즉에 끊어졌고, 전령을 통한 연락도 되지 않고 있습니다. 매일 연락을 시도하고 있긴 합니다만 파견한 전령들 중 단 한 명도 돌아오지 않았습니다."

동굴진지 안, 지휘소에서 참모장 다카하시 대좌에게 보고를 받은 구리바야시 타다미치 중장은 한숨을 쉬었다. 2주일, 겨우 2주일밖에 버티지 못했다. 구리바야시가 침묵하자 참모장이 조심스럽게 물었다.

"그래도 결행하시겠습니까?"

"다른 수가 없지 않은가."

계획대로 충분한 규모로 지하동굴을 구축, 진지를 건설했다면 좀 더 오래 버틸 수 있었으리라. 하지만 시간이 너무 부족했다.

이오 섬[1]은 화산재가 쌓여서 된 섬이라 굴을 파서 뭔가를 만드는 게 너무 힘들었다. 미군이 상륙할 때까지, 구리바야시 중장은 목표로 한 진지 규모에서 30%밖에 구축하지 못했다.

"계획대로 지하진지를 완성했다면 적어도 한 달은 더 버틸 수 있었겠지. 하지만 이제 한계야. 슈리바치 산은 전투 개시 사흘 만에 점령당했고, 그 뒤로 열흘 만에 여기 북쪽 끝 기타노하나까지 밀려났어. 하지만 이젠 더 이상 할 수 있는 일이 없다."

구리바야시는 휘하 병력에게 반자이 돌격을 절대 금지했다. 모든 장병은 최후를 맞이할 때까지 최대한으로 몸을 은폐하고 저항하여 미군에게 가능한 최대 피해를 입혀야 했다. 적 앞에 섣부르게 나서서 빠른 죽음을 맞이하는 행동은 국가에 대한 불충이자 비겁한 도피였다. 하지만 지금 구리바야시와 함께하고 있는 육군 109사단 잔존병력은 물러서서 더 싸우고 싶어도 더 이상 물러설 곳이 없었다.

"본토 방어는 아직 준비가 미흡하다. 우리가 더 버텼어야 하는데…,

---

1 유황도(硫黃島)에 살던 원주민들과 일본 육군에서는 '이오토'라고 불렀다. 미군이 채택한 '이오지마'는 당시 일본 해군 쪽에서 부르던 이름이라고 한다. 한국 공식 표기는 '이오 섬'이다.

미군이 예상보다 훨씬 빨리 진공했어. 저들이 가진 힘이 이렇게 강했다니, 해군 연합함대 사령장관이었던 야마모토 장관이 생전에 남긴 말이 정확했군."

"연합함대 사령장관이 뭐라고 했기에 그러십니까?"

"미국과 전쟁을 시작하면 1년이나 1년 반은 비교적 우세하게 전세를 주도해 나갈 수 있지만 그 뒤는 우리가 밀릴 거라고 했다더군. 그 양반은 나처럼 미국 주재무관으로 나갔다 온 적이 있어서 미국이 가진 힘을 잘 알고 있었어. 난 그래도 좀 더 버틸 수 있으리라 기대했는데 정확히 개전하고 1년이 지나 과달카날에서부터 우리가 밀리기 시작했으니…"

구리바야시 중장은 씁쓸하게 뇌까리며 자리에서 일어섰다. 권총을 들고 잠시 생각하더니 권총은 탁자 위에 내려놓았다.

"어차피 지휘도를 들고 선두에 서면 권총 따위는 뽑을 기회도 없겠지. 참모장, 후미에서 병사들을 인솔해 주게. 이번 공격은 절대 반자이 돌격이 아니니, 놈들 코앞에 다가갈 때까지 기도비닉[1]을 유지해야 한다고 꼭 주지시켜 주게. 그동안 고생 많았네."

"알겠습니다. 헌데 각하께서 꼭 선두에 서셔야 하겠습니까? 미군 놈들 손에 당하느니, 여기서 조용히 할복하시는 편이…"

참모장 다카하시 대좌가 간곡하게 제안했지만 구리바야시는 고개를 저었다.

"나는 병사들에게 적진으로 돌격하라고 명령했네. 저들에게는 적과 싸우다 죽으라고 해 놓고 어떻게 나 혼자 편하게 죽는단 말인가? 미

---

1 企圖秘匿. 무슨 일을 하려는 의도를 비밀스럽게 숨긴다는 의미지만 일본군에서는 적과 대치하거나 침투할 때 들키지 않기 위해서 소음을 내지 않고 행동을 조심하는 행위를 지칭했다. 현대 한국군에서는 은엄폐(隱掩蔽)라는 용어로 바꾸어 사용하고 있다.

군 단 한 명이라도 베거나, 아니면 부하들이 맞을 탄환 한 발이라도 내가 대신 맞는 것이 사령관으로써 지켜야 할 도리라고 생각하네. 자, 나가세."

일본 육군 오가사하라 병단 사령관, 구리바야시 타다미치 중장은 이오 섬에 상륙한 미군에 대한 마지막 반격을 직접 지휘하기 위해 동굴을 나섰다. 동굴 어귀에 선 구리바야시가 잠시 하늘을 살폈다.

"마침 날이 흐리다. 구름이 끼어서 달빛도 어두워. 야습에는 적당한 날씨다."

"우리 일본이 맞게 될 미래처럼 어둡군요."

옆에 선 다카하시 대좌가 씁쓸하게 내뱉었다. 구리바야시도 고개를 끄덕였다.

"우리가 시간을 버는 사이, 어떻게든 본국에서 적과 강화를 맺을 수 있으면 좋으련만… 내가 이 이오 섬을 철저히 요새화하려 했던 것도 놈들이 여기서 막대한 피해를 입게 되면 본토 진공을 꺼리지 않을까 기대해서였어. 이 작은 섬에서 싸워서 얻은 사상자를 생각하면 드넓은 본토에서는 더 싸움을 꺼리게 될 테니까. 하지만 지난 2주 동안 입은 피해 가지고는, 놈들이 본토 진공을 두려워할 것 같지가 않군."

"어쩔 수 없는 일 아니겠습니까. 최선을 다한 이상, 그 이상의 일은 어떻게 되어가든 이미 우리 손을 벗어난 일입니다."

다카하시 대좌가 상관을 위로했다. 두 사람은 마지막까지 사령관을 따르고 있던 호위병들과 함께 동굴진지를 벗어나 마지막 잔존병력이 집결해 있는 곳으로 움직였다. 1944년 7월 23일, 이오 섬에 미군이 상륙한지 16일째 되는 날이었다.

4

"20분 후면 목표 상공입니다."

"장비 체크."

"통신장비 이상 없습니다."

"후방기총 이상 없습니다."

"폭탄창 이상 없습니다."

"레이더 이상 없습니다."

"엔진 및 연료계통 이상 없습니다."

"좋아. 이대로 항로 유지한다."

미군이 사이판을 함락시킨 날짜는 3월 8일, 티니안을 함락시킨 날짜는 3월 11일, 괌을 함락시킨 날짜가 3월 16일이다. 세 섬에서 일본군이 궤멸되자마자 미군 수뇌부는 정글을 밀어버리고 섬 전체를 비행장으로 만들었다. 일본을 잿더미로 만들 준비를 갖춘 B-29들이 세 섬으로 속속 날아들었고 6월 25일부터는 이들이 일본을 본격적으로 폭격하기 시작했다.

티니안을 출발한 제9폭격비행단 소속 B-29 폭격기 〈마치 래빗〉호 기장 루이스 스토너 대위는 한숨을 내쉬었다. 이번이 일본을 향하는 아홉 번째 실전 출격이었지만 여전히 긴장됐다.

"기장님, 기장님이 초조해 하시면 다른 대원들은 더 두려워하게 됩니다. 티내지 마세요."

부기장 찰스 스튜어트 중위가 고개를 가까이 대고 속삭였다. 스토너 대위는 멋쩍게 웃었다.

"미안하네. 하지만 너무 낮게 나는 것 같아서 불안해. 영국 공군 폭격기들은 고고도에서 독일을 폭격하면서도 막대한 손실을 보고 있는

데, 우리도 낮은 고도로 내려갔다가 자칫 영국군 꼴이 날지도 모르지 않나."

"그런 걱정은 안 하셔도 될 겁니다. 브리핑 다 받지 않았습니까? 우리가 5천 피트(1,500m)에서 7천 피트(2,100m) 정도로 날면 잽스들이 가장 요격하기 힘들다고 말입니다. 기관포는 거기까지 못 올라오고, 시한신관 장착한 대구경 대공포는 지나쳐올라간다고요."

스튜어트 중위가 싱글거리며 웃었다.

"게다가 저 뻐드렁니 잽스들은 제대로 된 요격기도 없습니다. 우리가 낮에 여덟 번 출격했을 동안에도 한 발도 안 맞았는데, 눈에 보이지도 않는 밤에 놈들이 뭘 제대로 하겠습니까? 그리고 이오지마에 비상활주로도 개통했으니 혹시 재수가 없어 손상되면 이오지마에 비상착륙하면 됩니다."

스토너가 언급한 것처럼 폭격 초기에 B-29들은 주간에 출격하여 일본 요격기나 대공포가 아예 올라오지 못하는 고고도에서 정밀조준 폭격을 감행했다. 하지만 일본 민간인에게는 해를 입히지 않고 군수공장 단지만 폭격하겠다던 21폭격기사령부 사령관 헤이우드 핸셀 소장은 무슨 이유에선지 작전 개시 3주일 만에 해임되었다.

후임자로 온 커티스 르메이 소장은 전혀 다른 방식으로 일본을 폭격하겠다고 발표했다. 폭격 시간은 주간에서 야간으로, 고도는 고고도에서 어중간한 저고도로, 탄종은 고폭탄과 소이탄을 혼합하던 데서 전량 소이탄으로, 그리고 특정 목표에 대한 조준폭격이 아닌 도시 전체에 대한 무차별폭격으로 전환한다고 선언했다. 전술 지침이 느닷없이 전환되자 많은 조종사들이 당황하고 있었다.

"솔직히 말씀하십시오. 일본군에게 격추당할까봐 걱정되시는 게 아나라, 민간인 머리 위에 폭탄을 떨어트리고 싶지 않아 기분이 나쁘신 것 아닙니까?"

스토너 대위는 아무 말 없이 쓴웃음을 지었다. 유리창 밖으로 점점 짙어지는 어둠이 스쳐가고 있었다.

"이봐! 주저할 것 없어! 귀관들이 폭격하는 밑에 무고한 민간인 따위는 없다! 옆집 스즈키네는 군용 너트를, 그 옆집 곤도네는 군용 볼트를 만들고 있다. 모조리 쓸어버리지 않고 어쩌란 말인가?'라는 말, 잊어버리신 건 아니겠죠?"

스튜어트 중위가 슬며시 미소를 지으며 속삭였다. 스튜어트가 인용한 말은 신임 사령관 커티스 르메이 소장이 민간인 폭격을 꺼리는 부하들에게 배부한 출격 독려 연설문이었다.

"괜히 마음 약해지지 마십쇼. 우리 밑에 있는 바로 그 놈들이, 진주만을 폭격한 바로 그 비행기를 만든 놈들이고 필리핀에서 포로가 된 우리 전우들을 학살한 그 잽스 놈들을 낳아 키운 놈들입니다. 그리고 얼마 전에 독일발 뉴스 보셨죠? 우리 동포인 미국인 포로들을 실험동물로 사용해서 놈들이 세균무기를 만들고 있다는 거 말입니다. 저는 그 뉴스 보고 정말 치가 떨렸습니다. 일본인들은 마땅히 불길로 정화시켜 신 앞에서 심판을 받게 해야 할 놈들입니다."

스튜어트 중위는 이를 갈면서 스토너 대위가 일본인들에 대해 품은 연민을 단호하게 차단했다. 하긴, 스토너 대위로서도 일본인들이 먼저 미국을 공격했고 지금 자신들은 마땅한 응징을 퍼붓는 중이라는 사실은 잘 알았다. 그렇다고 해도 당당하게 무기를 들고 맞설 수 없는 일반인들에게 불벼락을 퍼부으려니 뭔가 꺼림칙한 기분이 드는 건 어쩔 수 없었다. 군사기지 폭격이라면 어떤 거리낌도 없이 해치울 수 있으련만.

– 목표 상공 도착 3분 전! 폭탄 투하 준비하라!

"라저!"

선도기에서 무전이 들어오면서 고민은 끝났다. 임무를 수행할 시간이 왔고, 이제 폭격을 해야 한다. 일본인 몇 명이 죽건 지금 스토너 대위가 할 일은 정해져 있었다.

"목표 확인! X자 확인!"

"투하!"

폭격수가 폭격 지시를 복창하면서 〈마치 래빗〉이 탑재하고 있던 네이팜탄 7톤이 도쿄 시가지를 향해 줄줄이 떨어져 내렸다. 스토너 대위는 지상에서 무슨 일이 일어나는지 보지 않기로 결심했다. 네이팜탄세례를 받은 지상이 어떻게 되는지는 이미 잘 알고 있으니까. 350기나되는 B-29가 퍼붓는 네이팜탄 세례를 받게 될 일본인들이 불쌍할 뿐이었다.

5

커티스 르메이 소장은 정찰기가 도쿄 상공에서 찍어온 항공사진을 들고 매우 만족스러운 표정을 지었다.

"좋아. 도쿄를 완전히 쓸어버렸군. 썩 좋아. 아주 상쾌해."

폭격 결과는 대성공이었다. 6시간 동안 네이팜탄을 퍼부어 댄 결과 도쿄 시내는 허허벌판이 되었다. 도심부 지역 40km²가 불타버렸고, 폭격 전에 찍은 사진과 비교해 볼 때 약 2만 5천동에 달하는 건물이 소실되었다. 불에 타 죽은 사람 숫자가 얼마나 될지는 알 수 없으나, 르메이는 자기 나름대로 추산해 보았다.

"집 한 채당 4명만 죽었다고 해도 10만 명은 너끈히 타 죽지 않았을까?"

"그야 알 수 없습니다, 사령관님. 직접 도쿄에 가서 숫자를 세어보기 전에는 말입니다. 하지만 단 하루 사이에 이 정도 피해를 입었다면, 살아남은 시민들도 피난을 떠나 도시가 마비될 게 분명합니다. 영국과 독일이 대규모 전략폭격을 주고받은 유럽에서도 한 번에 이 정도로 큰 타격을 입은 사례는 없을 겁니다."

"그야 이놈들처럼 목조주택으로 도시를 채우지 않았으니까 당연한 일이지."

르메이 휘하에 있는 작전참모는 신중했다. 작전참모는 작전 실행에 조금 여유를 두자고 제안했다.

"사령관님. 워싱턴에서 내려온 지시에 따라 사령관님께서 실행하신 작전은 성공을 거두었습니다. 이제 유효성을 확인했으니 일본이 입은 피해를 정확히 파악하고, 놈들이 어떻게 나오는지 반응을 보면서 다음 단계를 진행해도 되지 않겠습니까? 승무원들도 며칠 쉬게 하면서 말입니다. 무방비 상태인 민간인을 폭격했다고 해서 양심에 가책을 느끼는 이들도 있습니다."

르메이는 단호하게 고개를 가로저었다.

"아니, 워싱턴에서는 신속하게 일본을 폐허로 만들기를 원한다. 우리가 도쿄에서 성과를 입증했다면, 곧바로 다른 도시도 태워버려야 해. 시간을 끌었다가는 놈들이 대비책을 수립할지도 모른다. 대공포를 재설치하고 주간전투기를 야간에 동원해서라도 요격에 나설지도 몰라. 놈들이 정신을 차릴 틈을 주지 않고 그대로 쓸어버린다. 일본이 보유한 공업능력을 완전히 마비시켜야 일본에 상륙하는 우리 병사들이 덜 죽는다."

펜을 든 르메이가 탁자 위에 놓아둔 달력을 들어 동그라미를 치기 시작했다.

"휴식은 주지. 하지만 간격은 딱 이틀이다. 8월 4일에 나고야. 7일에 오사카. 10일에는 고베 순으로 모조리 태워버린다. 4대 도시를 모조리 불태운 뒤에는 폭격 성과를 평가해서 가장 덜 파괴된 도시를 다시 폭격한다. 그 뒤에는 산업 중심지인 중소 도시들을 지도에서 하나씩 지워 주도록 하지."

"도시 외에, 교통망과 농경지에 대한 폭격은 어쩌실 작정이십니까?"

"일본인들이 주식으로 삼는 쌀은 대충 9월부터 수확한다고 했나? 4대 도시를 폭격한 뒤에는 폭격대 전력 중 일부를 농경지 폭격임무로 전환한다. 네이팜탄을 뿌려서 모조리 논에서 태워버리는 거야. 그러면 잽스들은 올 겨울을 베짱이가 되어 보내야겠지. 그리고 대륙에서 배로 식량을 실어오지 못하도록 항구마다 기뢰를 뿌리고, 일본 내에서 비축해 놓은 식량도 운반하지 못하도록 철도를 폭격한다. 워싱턴에서는 이 작전을 '기아 작전'으로 명명하라고 했다네."

르메이가 눈을 빛내는 모습을 본 작전참모는 마치 먹이를 눈앞에 둔 늑대 같다고 생각했다. 잠시 머뭇거리던 작전참모가 마침내 결심을 하고 입을 열었다.

"다소…, 지나치다는 생각이 듭니다. 일본 본토에 거주하는 일본인은 7천만 명이 넘는데, 농경지를 소각하고 교통을 차단한다면 내년 1월이 되기 전까지 수백만 명이 아사할 겁니다. 게다가 그렇게 죽는 사람은 죄다 노인과 여자, 아이들일 겁니다. 이 작전은 노골적인 민간인 학살입니다."

"그래서 뭐 어떻단 말인가?"

일본 도시 이름과 규모를 적은 리스트와 달력을 살피며 폭격 일정을 구상하고 있던 르메이는 작전참모를 쳐다보려고 하지도 않았다.

"이 전쟁을 먼저 시작한 건 그놈들이야. 자기들이 불을 질렀으면 마땅히 그 불에 타죽을 각오 정도는 되어 있어야 할 것 아닌가? 자네도 그 어쭙잖은 감상은 집어치워. 이건 그저 재미로 놈들을 굶겨 죽이는 게 아니야. 죽어도 전쟁을 계속하겠다는 놈들을 어서 죽게 해주는 자비일 뿐이라고. 나가 보게."

작전참모는 아무 말 없이 경례를 올리고 나갔다. 르메이는 연필을 든 채 계속 달력을 들여다보고 있었다.

6

– 목표는 침몰 중!

세계 최대 크기라는 거함, 일본 해군 전함 야마토는 좌현에만 어뢰를 13발이나 맞고 급격하게 기울어지고 있었다. 상공을 비행중인 헬켓 비행대에서 사령부로 무전이 계속 들어왔다.

– 야마토가 동반하고 있던 아가노급 경순양함, 격침. 구축함 8척 중 4척 격침. 공격 지속 여부 확인 바람.

항공대에서는 일본군을 전멸시킬지 여부를 묻고 있었다. 상식적으로 생각하면 얼마 남지 않은 적을 모조리 전멸시켜야 했다.

보고를 전달한 통신참모도 당연히 그렇게 생각했지만, 오키나와 상륙작전을 맡아 지휘하던 레이먼드 스프루언스 제독은 무슨 여유에선지 일본군에게 자비를 베풀었다.

"아직 살아남은 구축함 4척은 놔두라고 해. 운 좋은 생존자가 있다면 건져서 돌아가도록."

깜짝 놀란 참모장이 반문했다.

"놈들은 어차피 자살하러 온 겁니다. 그런 아량을 군이 베푸실 필요가 있습니까?"

"그래, 죽었잖은가. 이제 야마토는 없어. 무사시는 진즉에 가라앉았지. 배를 잃은 수병이 살아있은들 전력이 되겠나?"

스프루언스가 특유의 무뚝뚝한 표정을 짓고 있으니 휘하 참모들로서는 사령관이 가진 의도를 종잡을 수가 없었다. 무모한 추격을 삼가고 안전을 중시하는 평소 성격이 나온 탓인가 싶었지만, 지금은 그런 위험도 없지 않나.

"우리는 지난 4월에 치른 필리핀 해전에서 놈들이 보유한 항공모함과 함재항공대 전력을 모조리 거덜 냈고, 그 뒤에 치른 레이테 해전에서는 전함 및 중순양함 세력을 궤멸시켰어. 이제 가까스로 남아 있던 일본 해군 최강 전함을 격침했으니, 남아 있는 배들은 바다로 나오지도 못할 걸세. 구축함 서너 척 더 격침한다고 해서 딱히 유리해질 것도 없어. 놈들은 살아서 돌아가게 내버려 두도록."

"아, 알겠습니다."

참모들이 분주히 움직였다. 야마토를 잡으러 나간 항공대를 철수시키고, 만약을 대비해서 출격하려던 전함부대도 원위치로 불러들여야 했다. 아직 치열한 전투가 계속되고 있는 오키나와 방어선을 공격하려면 해상 및 항공에서 가해지는 화력지원이 꼭 필요했다.

"이제 해상전은 더 이상 벌어지지 않을 거야. 하지만 안심할 수는 없네. 2, 3일 전부터 발악하듯이 우리 군함에 뛰어드는 일본군 항공기들이 가끔 나타나기 시작하지 않았나? 워싱턴에서 이미 연락이 있었어. 놈들은 전황이 불리해지면 의도적인 자살공격에 나설 테니까 주의하라고 말이야. 아무래도 이 야마토를 시초로 해서 놈들이 대규모 자살 공격을 시작할 모양이네."

"예? 자살공격이요?"

황당한 소리를 들은 참모장 이하 참모들이 깜짝 놀랐다. 비행기가 파손당해 귀환할 수 없게 된 조종사가 자의로 적함이나 비행장 시설에 뛰어드는 행동은 이해할 수 있지만, 일부러 자폭을 한다고?

"놈들이 정상적인 공격 방법을 써서는 우리에게 피해를 줄 수 없으니까 생각해 낸 마지막 수단이라는군. 폭탄을 달고 있는 비행기를 몰아서 조종사가 탄 채로 그대로 들이받는 거지. 항공기 성능도 우리보다 뒤떨어지는데다가 숙련된 조종사를 거의 상실한 일본군이 생각할 수 있는 유일한 공격 방법이라나."

스프루언스는 휘하 정보참모가 취합하는 정보 외에 해군 총사령관 킹 제독으로부터 직접 일본군에 대한 정보를 받았다. 킹 제독이 보내는 전문은 절대 기밀로서 스프루언스만 볼 수 있었는데, 스프루언스는 일정 기간이 지나면 그동안 알려진 공개 정보와 이 기밀 정보를 섞어서 휘하 참모들에게 알려주었다.

"당장이라도 일본군 비행기 수백 기가 폭탄을 안고 뛰어들지 모르는 판에, 쓸데없는 구축함 추격 따위에 기총탄 한 발이라도 낭비할 필요가 없어. 놈들은 돌아가서 우리 미 해군이 얼마나 압도적인 전력으로 자기들을 박살냈는지 제 동료들에게 알릴 테지. 본관은 이를 통해 일본군의 사기를 무너뜨림으로서 얻는 심리적 효과가 그깟 구축함 4척, 수병 수백 명을 바다에 가라앉혀서 얻는 이점보다 더 크다고 보네."

"사령관께서 생각하시는 바에 동의합니다."

참모들이 고개를 끄덕여 수긍했다. 참모들에게 동의를 얻은 스프루언스가 곧바로 전투를 위한 후속지시를 내리기 시작했다.

"야마토를 치러 나갔던 모든 편대를 서둘러 철수시키고, 지상전투지원에 필요한 최소 숫자만 출격시킨다. 나머지는 가능한 다수로 초계비행을 돌려."

잠깐 생각하던 스프루언스가 지시 내용을 수정했다.

"지상군 지원은 급강하폭격기나 뇌격기만 투입하게. 전투기는 모조리 항공초계로 돌려. 야마토가 벌인 자살공격이 실패했으니 이제 놈들은 항공기를 동원한 자살공격을 대대적으로 시도할 거고, 전투기를 한 대라도 더 띄워 놓아야 우리 피해를 줄일 수 있다."

"알겠습니다."

곧 오키나와를 공격하고 있는 모든 함대에 일본 항공대가 자살공격을 시도할 가능성이 높으니 대공경계를 엄중히 하라는 명령이 전파되었다. 레이더를 장착한 구축함들이 함대 외곽으로 나가 최외각에서 조기경보 임무를 맡았고, 전투기들은 그 위에서 공중초계를 돌았다. 대공포 사수들은 근접신관을 장착한 대공포탄을 장전하고 핏발 선 눈으로 하늘을 노려보았다.

7

"그동안 수고가 많았소, 장군. 물론 해군과 해병대도 고생했지만, 우리 육군이 가장 큰 희생을 치렀지. 버크너 중장까지 전사하지 않았나."

사령부를 오키나와로 옮긴 맥아더 원수는 악전고투를 치른 지휘관들을 치하했다. 정확히 34일간 치러진 오키나와 공방전에서 미군 8,348

명이 전사했고 이중에서 육군 전사자가 7천 명이 넘었다. 10군 사령관 사이먼 B. 버크너 중장은 그 중에서 가장 계급이 높은 전사자였다.

"하지만 니미츠 제독은 졸렬했어! 일본군 잔여병력 따위야 필리핀에서처럼 섬 남부에 봉쇄한 다음 자연스럽게 약화되도록 내버려두면 그만인 것을, 꼭 전멸시키겠다고 고집을 피우다가 이렇게 큰 피해를 내지 않았나? 이오지마야 워낙 작은 섬이니 여유 공간이 없었다고 치겠지만 오키나와는 충분히 큰 섬이 아닌가."

맥아더는 마치 교사가 서투르게 과제를 수행한 중학생을 다그치듯이 자리에 없는 니미츠를 비난했다. 하지만 오래 끌지는 않았다.

"지나간 과거를 가지고 계속 말해 봐야 소용없겠지. 일본군이 입은 피해는 어느 정도인가?"

"일본군은 약 7만 명이 전사한 것으로 파악됩니다. 투항한 일본군이 2만 명에 달하는데, 대부분은 오키나와 현지에서 동원된 현지인이었고 일부는 조선인이었습니다. 한국 망명정부가 제안한대로 일본 본토 출신 장병과 타 지역 출신 강제 징집병을 구분해서 선무공작을 편 효과가 컸습니다."

"그 한국인들, 제대로 공작을 하긴 한 건가? 위기에 몰린 일본군 중 충성심이 부족한 일부 병력이 스스로 와해된 건 아닌가?"

맥아더 원수는 입술을 굳게 다물며 눈을 가늘게 떴다. 오키나와에서는 앨버트 웨더마이어 중장에게 추천을 받은 한국광복군 소속 특수공작대가 작전 초기부터 일본군에 대한 선무공작을 벌이고 있었다.

"훌륭합니다. 한국 황실 왕자라고 하는 공작대장이 마이크를 잡고 선무방송을 하고, 때로는 직접 일선에 나가 투항을 거부하는 일본군 장병들에게 접근해서는 소중한 목숨을 낭비하지 말고 살아남으라고 설득하기도 했습니다. 투항자 중 상당수가 이들이 만든 전단을 보고 항복했을 정도입니다."

참모장 서덜랜드 중장이 한국군 선무공작단이 거둔 성과에 대한 보고서를 내밀었다. 맥아더는 서류뭉치를 받아들었으나 읽어보지는 않았다.

"웨더마이어 중장은 지나치게 장 총통 편을 들고 있어. 그러다 보니 장 총통에게 더부살이하고 있는 한국 망명정부나 한국광복군도 호의적으로 평가해서 작전에 참가할 기회를 주었겠지만, 나는 별로 마음에 들지가 않아. 더구나 그자들은 나치와 함께 행동하고 있지 않나."

오랫동안 중국 파견 군사고문단장이자 장제스의 참모장으로서 미국이 원하는 바를 전달하고 있던 스틸웰은 올해 4월 1일부로 해임되었다. 능력도 부족하면서 지나치게 안하무인으로 행동하기까지 하는 스틸웰 때문에 장제스와 스틸웰 사이에는 도저히 메울 수 없는 감정대립이 생겨나 있었다.

두 사람이 벌인 충돌 때문에 끝내는 장제스가 워싱턴에 연락을 보내 스틸웰을 해임하지 않으면 미국과 동맹을 끊고 일본과 강화를 맺겠다고 나서는 사태까지 벌어졌다. 장제스가 너무도 심한 분노를 나타내자 미국 측에서는 팔켄하우젠이 장제스를 부추긴 것이 아닌지 의심했으나 확증은 없었다.

하여튼 스틸웰 대신 중국군 총참모장이 된 웨더마이어는 스틸웰과 달리 장제스를 존중했다. 또한 스틸웰이 그동안 투명인간 취급하던 팔켄하우젠과도 비교적 우호적인 관계를 수립했다. 두 사람 모두 장제스를 도와 일본과 싸우게 한다는 목적이 있었고, 이를 성공적으로 수행하자면 협력해야 했다.

이 과정에서 호박이 넝쿨째 굴러든 입장이 된 것이 대한민국 임시정부였다. 팔켄하우젠은 731부대 폭파작전 등 지난 1년여 동안 한국광복군이 중국대륙에서 거둔 전과에 대해 상세한 자료를 제시하면서 대일전에 이들을 활용하라고 열과 성을 다해 웨더마이어를 설득했다. 팔켄하우젠과 이야기를 나눈 후 그 의견이 타당하다고 판단한 웨더마이어는 워싱턴에 광복군을 활용하자고 제안했다. 뜻밖에 허가는 쉽게 내려왔다. 웨더마이어는 지체하지 않고 수송기 편으로 광복군 대원 17명을 오키나와로 보냈다.

웨더마이어가 미처 생각하지 못한 문제는 이 한국광복군 〈유구공작대〉에 독일 무장친위대 소령과 휘하 장교 및 부사관 4명이 끼어있다는 점이었다. 이들은 한국 망명정부를 위한 고문단이라고 자처하면서 광복군과 함께 돌아다녔는데, 오키나와에 있던 미군으로서는 실로 당황스러운 일이었다. 태평양지구 통합사령부에 있는 영국군 장성들이 이들이 존재한다는 자체만으로 미쳐 날뛰었기 때문이다.

"말씀하신대로 그 슈코르체니라는 독일인과 그 부하들은 처치곤란이긴 합니다. 만약 영국인들이 오키나와에 온다면, 곧바로 그 독일군 고문들을 체포하려고 들 것으로 판단됩니다. 물론 독일인과 한국인들이 일본군에게 타격을 주고 있기는 합니다만 비호할 수는 없습니다. 이들을 영국과 비교했을 때 어느 쪽이 중요한 동맹인가는 논할 가치가 없는 바, 양측이 충돌한다면 우리로서는 눈 딱 감고 방관하는 수밖에 없습니다."

"그자들은 지금 어디 있나?"

"해군 쪽에서 관리하고 있습니다. 연유는 알 수 없습니다만 한국인들이 오키나와에 도착하자마자 해군이 신변을 맡았고, 그 뒤로도 해군 관할 하에서 작전에 종사하고 있습니다. 니미츠 제독이 직접 지시했습니다."

"그럼 영국군과 충돌이 일어났을 때도 해군이 책임지면 되겠군."

맥아더는 두 손에 깍지를 끼면서 의자 등받이에 몸을 기댔다. 귀찮은 일을 해군이 처리한다면 굳이 나서서 빼앗아올 필요는 없었다.

"그런데 사령관님, 해군 쪽에서 작전 개시 날짜를 늦춰야 한다고 주장하고 있습니다."

"올림픽 작전 개시일은 11월 11일로 결정하지 않았나?"

"일본을 더 약화시킨 뒤에 공격해야 아군이 피해를 더 적게 입는다는 게 니미츠 제독이 내세우는 명분입니다. 쓰시마 해협을 봉쇄해서 대륙에서 원료와 식량이 반입되는 길을 막고, 항구 및 철도를 완전히 파괴해서 일본인들을 철저히 약화시킨 뒤에 진공하자는 겁니다."

맥아더는 단호하게 고개를 가로저었다.

"안 돼. 11월 11일도 많이 늦은 날짜야. 겨울이 되면 바다가 거칠어져서 상륙작전이 어려워질 텐데, 제독이라는 작자가 그런 생각도 하지 않는 건가? 자칫하면 우리는 적어도 코로넷 작전 개시일인 내년 3월까지 일본 본토에 발을 들여놓을 수 없게 된다. 그대로 진행해야 해. 반대의사를 명확히 하도록. 해군이 일방적으로 작전을 연기할 수는 없으니까."

지시를 마친 맥아더는 참모들을 모두 내보내고 지도를 펼쳤다. 이제 미국 역사상 최대 규모로 구성된 원정군이 자신의 휘하에 들어올 터였다. 해군과 합동사령부를 구성한다고는 하지만, 지상군 사령관이 자신인 이상 실질적으로 원정군 총사령관은 더글러스 맥아더 원수가 될 수밖에 없었다. 일본 열도를 통째로 불태운 폐허 위에서, 미국 역사에 길이 남을 가장 위대한 군인이 탄생하는 것이다.

외전 3
동굴 속의 이방인

1

적기는 머리 위를 지나갔다. 다행히 여기를 폭격하지는 않았다.

"방심하지 마라! 곧 놈들이 몰려올 거다."

자연동굴에 만들어진 진지 안에는 아직도 70여 명에 달하는 사람이 있었다. 중대에서 살아남은 마지막 장교인 미시마 중위가 이들을 다그쳐 항전 준비를 시키고 있었다.

"우리는 이미 적을 세 번이나 격퇴했다. 경계만 단단히 하면 얼마든지 더 물리칠 수 있다!"

지금 동굴에는 미시마 중위 이하 장병 42명에 철혈근황대(鉄血勤皇隊)[1] 소속 학도병 20명, 취사와 간호 등을 맡은 히메유리(姫百合) 학도대[2] 소속 여학생 8명이 있었다. 무장은 기관총 2문에 척탄통 3문, 소

---

[1] 오키나와 사범학교 남자부와 현내 전문학교, 구제 중학교(5년제)등 12개교 학생 1780명 이상을 모아 편성한 학도병 부대. 확인된 전사자 수만 890명이다.

[2] 오키나와 사범학교 여자부와 오키나와 현립 제1고등여학교의 교사, 학생으로 구성된

총 50여 정이었다.

이 동굴은 올라오는 지형이 워낙 험악해서인지 아직까지 미군이 본격적으로 공격해오지 않았다. 가벼운 포격이 지나간 뒤 보병들이 몇 번 접근했을 뿐이다. 미군들은 일본군의 격렬한 저항을 확인하기만 하고 물러갔다.

미시마 중위는 그 가벼운 충돌들을 '격퇴'라는 말로 포장하면서 매우 큰 의미를 부여했다. 그렇게 해야만 남은 인원들을 계속 이끌 수 있었기 때문이다.

"너희는 모두 천황폐하의 아들딸로서 그 은혜를 갚아야 한다. 최후까지 싸워서 미국 놈들을 한 명이라도 더 죽여라!"

중위 밑에는 하사관 여섯 명이 있었고 나머지는 모두 병사였다. 그 밑에 학도병들이 있었고, 여학생들이 그 밑에 있었다. 아니, 여학생들은 말 그대로 '바닥'에 있었다.

지금은 중위가 연설하는 중이라 조용했지만, 평소 동굴 안쪽 구석에서는 거적으로 대충 친 칸막이 안에서 신음 소리와 살 부딪는 소리가 늘 새어나왔다. 여학생 여덟 명이 '공식적인' 임무 외에 일본군 40명을 '위안'한다는 부수적인 임무도 부여받고 있었기 때문이다.

"우리는 모두 여기서 죽는다. 곧 죽을 군인들을 위해 하잘것없는 너희 몸뚱이를 내주는 일에 망설이지 마라. 누구, 싫은 사람 있나?"

여학생들이 처음 몸을 요구받았을 때, 거부하려는 움직임이 있자 하사관들 중 우두머리인 우에무라 조장[1]이 나서서 이렇게 위협했다.

간호부대. 교사 18명을 포함. 240명이 동원되어 136명이 사망했다. 이외에도 8개 여학도대가 있었다.

1 曹長. 현 한국군 계급으로는 상사에 상당한다.

눈이 벌게진 채 군도를 뽑아들고 이런 위협적인 말을 하는데 반항할 수 있을 리가 없었다.

여학생들 중 가장 예쁜 한 명은 중위 전용으로 따로 떼놓아졌다. 두 명은 하사관들이, 다섯 명은 병사들이 공유했다. 학도병들은 물론 여학생들에게 접근도 할 수 없었다.

학도병들에게 가해진 차별은 이뿐이 아니었다. 이들은 폭탄이 쏟아질 때도 동굴 안으로 피하지 못하고 주변을 살펴야 했다. 보초가 없으면 미군이 쉽게 동굴에 접근해서 입구를 폭파시켜버릴 수 있기 때문이었다.

학도병들은 원체 훈련이 부족했던 데다 희생이 심한 임무를 맡다 보니 손실이 심했다. 이미 처음 동굴로 들어왔을 때에 비해 절반 이하로 줄어든 상태였다. 나머지도 귀축영미와 싸워야 한다는 의무감에 버티고 있을 뿐이었다.

"저기, 밖에서 누가 옵니다!"

미시마 중위가 한참 연설을 하고 있는데 밖에서 보초를 서던 학도병 한 명이 달려와 보고했다. 인상을 찌푸린 중위가 학도병의 뺨을 주먹으로 후려쳤다. 입술이 터지고 피가 튀었다.

"보고가 무슨 그따위야! 제대로 못 하나!"

피를 흘리며 비틀거리던 학도병이 급히 자세를 바로 했다.

"죄송합니다! 진지 동남쪽 방면에서 누군지 알 수 없는 사람 1명이 접근하고 있습니다."

"1명? 낙오병인가? 이봐, 나카가와 군조[1]. 서너 명 데리고 올라가봐."

---

1 軍曹. 현 한국군 계급으로는 중사에 상당한다.

"알겠습니다, 중위."

명령을 받은 나카가와 군조는 자기 밑에 있는 분대원들을 데리고 서둘러 동굴 입구로 달려갔다. 밖에 남아 있던 다른 학도병이 손가락으로 방향을 가리켰다.

"저깁니다. 저쪽에서 오고 있습니다."

나카가와 군조는 조심스럽게 망원경을 들었다. 보이는 몸의 윤곽으로 판단하자면 미군이 아니라 일본군이 확실해 보였다.

"사격 준비는 하되, 쏘지 마. 발사 명령은 내가 한다."

부하들은 조용히 총을 들어 전방에서 다가오는 사람 그림자를 겨냥했다. 저쪽에서도 뭔가 낌새를 느꼈는지, 50m 정도 전방까지 다가오더니 접근을 멈췄다. 그 뒤를 따르는 사람이 없음을 확인한 나카가와 군조가 먼저 소리를 쳐 보았다.

"누군가? 답하라! 답하지 않으면 발포한다!"

상대는 소리가 들리는 방향을 확인하려는 듯 고개를 좌우로 움직였다. 곧 답이 돌아왔다.

"아군인가? 쏘지 마라! 해군 육전대[1]다."

"해군이야? 좋다. 총을 머리 위로 들고 천천히 걸어와라. 허튼 짓 하면 바로 쏴 버리겠다."

2

"해군이라고?"

"그렇습니다. 오키나와 방면 근거지대 소속 이등병조[2], 혼다 소지로

---

1 상륙작전이나 기지방어 등을 맡는 해군 소속 지상전투병력. 해병대와 흡사한 존재다.
2 二等兵曹. 현 한국군 계급으로는 하사에 상당한다. 육군에서는 오장(伍長)이라고 했다.

라고 합니다."

낙오병은 미시마 중위에게 거수경례를 하면서 자기소개를 했다. 육군인 미시마 중위 일당은 해군에서 온 불청객을 별로 반기지 않았다.

"혼다 이등병조, 자네는 왜 이 산속에서 혼자 떠돌고 있나?"

"연락 업무를 맡았습니다. 44여단 사령부로 가는 도중에 적을 만나는 바람에 연락문을 가진 동료와 떨어졌는데, 혹시 가는 길을 아십니까?"

"우리가 44여단이다. 여단본부는 이미 연결이 끊긴지 오래라 위치를 몰라."

혼다 이등병조는 낭패한 표정을 지었다.

"여단 사령부에 가지 못하게 되었다면 곤란합니다. 저는 완전히 길을 잃어서 저희 부대로 돌아갈 수도 없습니다."

"그거 큰일이군. 미아가 된 거 아닌가. 안됐네 그려."

미시마 중위는 그나마 장교로서의 체면 때문인지 대놓고 웃지는 않았다. 하지만 다른 하사관이나 병사들은 노골적으로 이 길 잃은 해군을 비웃었다. 졸병도 아니고 이등병조, 그러니까 오장씩이나 되어서 길을 잃다니. 놀림거리가 될 만했다.

"그래서 어쩔 셈인가? 원대로 돌아가겠나, 아니면 우리 여단본부를 찾아가겠나?"

"잘 모르겠습니다. 어떻게 해야 할지…"

혼다 이등병조는 황망한 듯 고개를 내저었다. 결국 미시마 중위도 입술 한쪽을 일그러뜨리려는 찰나, 옆에서 보고 있던 우에무라 조장이 갑자기 귀엣말을 건넸다. 뭔가 재미있는 일을 떠올린 듯 키득대는 얼굴이었다.

"아, 그래. 그거 좋은 생각이군. 좋아, 조장. 자네 제안대로 하세."

고개를 끄덕이던 미시마 중위가 혼다를 향해 고개를 돌렸다.

"이봐, 혼다 이등병조. 제안 하나 하지. 자네 지금 원대로 복귀하기도, 임무를 수행하기도 힘들지 않나? 그럼 대신에 여기서 계속 싸우면 어떻겠나? 우리도 44여단이 아닌가?"

생각지 못한 제의에 혼다가 어안이 벙벙해진 표정을 지었다.

"여기서 계속 싸우라고요? 전 해군입니다."

"육군이건, 해군이건 우리 모두 폐하의 적자가 아닌가? 지금은 귀축영미(鬼畜英美)가 제국 본토를 향해 짓쳐 들어가는 위급 상황이야. 마땅히 모두가 힘을 합쳐야 하네."

"저는 이등병조입니다. 일개 소총수가 되고 싶지 않습니다. 분대장을 맡기신다 한들 병사들이 제 지시를 잘 따르지 않을 겁니다."

평소 육군과 해군 사이가 어땠는지 생각하면 당연한 반응이었다. 실제로 미시마 중위가 자기 부하들에게 혼다의 지휘를 받으라고 해도 아무도 안 따를 게 분명했다. 하지만 미시마에게는 마음먹은 바가 있었다.

"아니, 귀관에게는 여기 있는 철혈근황대 학생들을 맡기고 싶네. 내 부하들은 아무래도 애들을 돌볼 여력이 없어서 말이야. 20여 명이나 되는 학생들을 졸병에게 통솔하게 할 수도 없지 않나? 마침 자네는 단신부임인 셈이니, 저 아이들과 어울리면 좋을 것 같네만."

우에무라 조장이 귀띔한 이야기가 바로 이 내용이었다. 다들 귀찮아하는, 방패로밖에 여기지 않는 학도병들을 저 해군에게 맡기자. 알아서 잘 관리하면 좋고, 못해도 귀찮은 짐은 떠넘길 수 있다. 녀석이 싫다고 그냥 가버려도 손해 볼 건 없다.

"음…알겠습니다, 좋습니다. 학도병들의 지도를 맡겠습니다."

"좋아, 미시마 중대에 들어온 것을 환영하네."

잠시 생각하던 혼다 이등병조가 고개를 끄덕였다. 그 모습을 본 미시마 중위를 비롯해서 주변에 서 있던 중대원들이 모두 키득거리며 비웃었다.

3

"미군이다! 사격 개시!"

혼다 이등병조가 '미시마 중대'에 새로 편입한 다음날 또 미군이 나타났다. 학도병들과 동굴 밖에서 매복하고 있던 혼다는 적 정찰대를 향해 일제히 발포하라고 지시했다. 적도 응사하면서 곧 사격전이 벌어졌다.

싸움은 오래가지 않았다. 1개 분대 정도 되는 미군은 정찰이 목적이었던 듯 5분 정도 총격을 가하다가 물러갔다. 중대가 이룬 네 번째 승리인 셈이었다.

"좋아, 놈들이 접근하지 못하게 한 건 잘 했다. 혼다 이등병조, 자네 쓸 만한데?"

총성을 듣고 나온 나카가와 군조가 흡족한 표정을 지었다. 혼다는 고개를 끄덕여 감사의 뜻을 표했다. 그리고 학도병 세 명과 미군들이 나타났던 숲 주변으로 전과를 살피러 갔다.

일행이 덤불 속까지 잘 살펴보았지만 시체는 없었다. 다만 부상을 입은 미군은 있는 듯 나무줄기나 풀잎 위에 피가 튄 자국이 몇 군데 보였다.

"혼다 이등병조, 중위가 화내겠어요. 미국 놈 하나 못 죽이다니 전과가 형편없다고요."

17살 난 카네시로는 어제 미시마 중위에게 뺨을 맞은 장본인이었다. 그렇게 미시마를 비롯한 군인들에게 구박을 받으면서도 나라를 위해, 천황을 위해 싸우겠다고 열심이었다.

"여기 있어! 이거면 될 거야!"

탄성을 지른 주인공은 아라가키라고 했다. 뭔가 가득 든 가방을 짊어지고 있었다.

"통조림이에요! 무거워서 버리고 갔나 봐요. 우리 고기 먹을 수 있어!"

야마자키라는 다른 학생은 탄환이 든 탄대(탄창을 끼운 띠)와 총을 한 자루 주워 왔다.

"이거면 미국 놈 하나 사살한 거랑 같아요! 칭찬받을 거야!"

"좋아, 수고들 했다."

혼다는 활짝 웃으며 학생들을 치하했다. 그리고 슬쩍 동굴 쪽을 바라본 뒤 학생들에게 앉으라고 손짓했다.

"잠깐 쉬었다 가자. 담배 피울 사람?"

학생들은 서로 눈치를 보더니 머뭇거리며 셋 다 손을 들었다. 피식 웃은 혼다가 담배를 꺼내 한 개비씩 나눠주었다.

"이거 미제 담배잖아요?"

"연기는 다 똑같아."

망설이던 학생들은 혼다가 성냥불을 켜서 내밀자 결국 다 불을 붙였다. 잠시, 아주 잠시 네 사람에게 평화가 돌아왔다. 몇 번 빨고 꽁초를 던져버린 혼다가 학생들을 보며 웃었다.

"너희들 참 대단하구나. 일본인도 아닌데, 이렇게 끝까지 싸우려고 들다니."

"우리도 국민이에요!"

발끈한 카네시로가 소리를 질렀다. 다른 두 학생들이 놀라 물고 있던 담배를 떨어트렸다.

"일본국 국민이긴 하겠지. 하지만 너흰 일본인이 아니야. 될 수도 없고. 그동안 일본에서 온 관리, 교사, 군인들이 너희를 진짜 동포로 대우한 적이 있나?"

카네시로가 소리를 지르는데도 혼다는 동요하지 않았다. 차분하게 옛 역사를 이야기할 뿐이었다. 그들 중 누구도 입에 올리지 못했던 이야기였다.

"너희 증조할아버지들에게 물어봐. 자기가 일본인인지, 류큐인인지. 이 섬은, 너희 땅은 70년 전까지 류큐 왕국이라는 독립국이었어. 독자적으로 조약을 체결하고, 무역을 하던 나라였다고. 일본인들에게 나라를 빼앗겼을 뿐이야."

"하지만, 하지만! 천황 폐하는, 폐하께서는…!"

"천황? 그게 뭔데?"

혼다 이등병조는 최고의 경칭을 붙여 불러야 할 천황을 동네 아저씨 부르듯 했다. 당장 총살당하고도 남을 불경함에 세 학생은 숨이 막혔다. 만약 미시마 중위나 우에무라 조장이 듣는다면, 막지 않았다고 해서 이들도 무사하지 못할 터였다.

"천황은 일본인들의 우두머리일 뿐이야. 너희 류큐인들이 왜 그런 자를 위해 죽어야 하지? 그럴 필요는 전혀 없어."

세 학생은 아무 말도 하지 못했다. 분명 학교에서는 천황을 위해 죽으라고, 그것이 너희 의무라고 가르쳤다. 하지만 실상은 달랐다. 본토 출신 관리나 경찰은 전쟁 전에도 현지 주민들을 무시했다. 전쟁을 일으킨 것도 본토 사람들이었고 오키나와는 그저 끌려갈 뿐이었다.

승리가 눈앞이라고 호언장담하던 군부는 전장이 오키나와로 다가오자 젊은 남자란 남자는 모조리 징병했다. 이들 세 사람을 비롯한 학생들도 반강제로 끌어냈다. 심지어….

"동굴 안쪽 히메유리 애들, 너희도 그 애들을 품었나? 죽기 전에 여자를 안아서 좋았어?"

"닥쳐요!"

야마자키가 자리에서 일어서서 부들부들 떨었다. 꽉 깨문 입술이 터져 피가 흐르고 있었다. 거침없이 이야기하던 혼다가 처음으로 놀란 표정을 지었다.

"왜 그래? 뭐야, 군인들이 너희에겐 차례를 주지 않아서 화가 난 거야?"

"하, 한 마디만 더 하면…!"

야마자키가 순간 옆에 세워놓은 총으로 손을 뻗었다. 그 손이 닿기 전에 두 친구가 야마자키를 붙들어 눌러 앉혔다. 발버둥을 치던 야마자키가 멈추더니 소리 없이 눈물을 흘렸다.

"그 친구 왜 그래? 더 심각한 이야기도 가만히 듣고만 있더니."

양쪽에서 야마자키를 잡고 있던 두 학생이 눈을 마주쳤다. 한숨을 쉰 카네시로가 야마자키의 표정을 한번 살피고는 짧게 말했다.

"'중위 전용'인 미츠시마가 야마자키의 애인이에요."

혼다가 이해한다는 표정으로 고개를 끄덕였다.

"그랬나. 그렇다면 화내는 것도 무리가 아니지. 하지만 그 분노가 왜 나를 향하나? 미츠시마를 빼앗은 미시마 중위를, 이 전쟁을 일으킨 군

수뇌부를, 그들을 이끄는 쇼와 천황을 향해 그 방아쇠를 당겨라. 그들이야말로 네 원흉이 아닌가!"

혼다의 말은 칼날처럼 세 사람의 가슴을 찔렀다. 할 말을 잃고 있던 세 사람 중 아라가키가 떨리는 목소리로 말을 꺼냈다.

"혼다 이등병조, 당신도 일본인이잖아요. 그러면서 어떻게 우리한테 그런…말을 하는 거죠? 도대체 이유가 뭐예요? 당신, 혹시 사회주의자인가요?"

세 학생들은 침을 삼키며 혼다가 대답하기를 기다렸다. 혼다가 피식 웃더니 입을 열었다.

"내가 제군에게 이런 말을 하는 이유는 간단해. 나 역시 일본인이 아니기 때문이지."

혼다가 자리에서 일어섰다. 그리고 총을 어깨에 메면서 말했다.

"나는 조선인이다."

4

미군은 다음날 또 왔지만 역시 가벼운 사격전만 벌이고 물러갔다. 놓고 간 유류품도 전과 비슷했다. 세 학도병들은 또다시 혼다 이등병조와 함께 수색에 나섰다.

"이 비참한 전쟁은 전적으로 군 수뇌부와 천황 탓이야. 너희가 죽을 필요가 없어. 놈들이 오키나와를 진짜 일본으로 여긴 적이 있기는 했어?"

혼다는 다른 군인들 앞에서는 늘 어리숙하고 주변머리 없는 멍청이였다. 하지만 아라가키들 앞에서는 면도날처럼 예리했다. 그 점에 대해 질문을 받자 혼다가 간단히 대답했다.

"돌대가리 40명이랑 맞서란 말이냐."

세 사람 모두 이해했다. 만약 혼다가 미시마의 부하들과 한 번이라도 제대로 충돌한다면, 곧바로 동굴에서 쫓겨나거나 사살당하리라.

"내게는 중요한 사명이 있고, 그 사명을 이룰 때까지는 죽을 수 없다. 미시마나 우에무라 따위와 별 것 아닌 이유로 다투다가 죽다니, 말도 안 되는 일이지."

허공을 보며 차갑게 웃던 혼다가 세 사람을 향해 고개를 돌렸다.

"너희도 마찬가지야. 여기서 값없이 죽어서 뭘 이룰 참이지? 야스쿠니에 혼백이 모셔진다고? 그게 너희와 너희 가족들에게 무슨 소용이 있지? 매일같이 미시마에게 농락당하고 있는 미츠시마에게는?"

혼다가 미츠시마를 언급하자 야마자키가 온몸을 부르르 떨었다. 두 친구가 걱정스러운 눈으로 야마자키를 보았지만 야마자키는 입을 꾹 다문 채 참아냈다. 혼다도 잠시 말을 멈췄지만, 곧 이야기를 다시 시작했다.

"미군은 악귀가 아니다. 뿔도 튀어나온 이빨도 없어. 일본인을 학살하지도 않고 여자를 보는 대로 강간하지도 않는다. 너희가 신문에서 보고 배운 이른바 '귀축영미의 악행'이라는 것들은 자랑스러운 황군(皇軍)이 적지에서 저질러온 짓들을 그대로 옮겨 놓은 것이다."

세 사람이 가지고 있던 신념이 줄줄이 무너져 내렸다. 미군은 일본을 완전히 쑥대밭으로 만들 거라던 군부의 선전은 이제 무의미했다. 학생들이 침묵하는 사이 혼다가 결심을 독촉했다.

"너희만 결심하면 돼. 너희 셋은 남은 학도병들 중에 가장 지도력이 있다. 너희가 설득하면, 나머지 대원들도 따를 거다. 너희는 전원 일본인이 아닌 오키나와인이니까."

"아뇨, 우리는 오키나와인이 아닙니다. 혼다 이등병조, 당신과 이야기하면서 알게 됐어요. 우리는 류큐인입니다! 하지만."

아라가키가 고개를 내저으면서 일어났다. 그리고 의혹에 불타는 시선을 혼다에게 돌렸다.

"당신은 조선인이랬죠? 조선은 류큐와 상관이 없어요. 그런데 왜 우리를 선동하는 거죠?"

혼다가 대답했다.

"일본인도 아닌 자네들이 총알막이로, 변기로 쓰이다 개죽음을 맞게 하고 싶지 않으니까."

세 사람은 다른 학생들을 하나씩 설득했다. 몇몇 학생들은 망설이긴 해도 동감했지만 대부분은 그런 행위를 배신이라고 생각하고 동참을 거부했다. 이런 지지부진한 상황이 뒤집어지는 계기는 뜻밖에 미시마 중위 스스로가 만들어주었다.

"경계 중에 졸다니! 너 같은 놈 때문에 우리 일본이 전쟁에 지는 거다!"

끝없는 전투와 잡역, 보초 근무에 지쳐 졸던 학도병 한 명이 그 자리에서 처형당했다. 그동안 열심히 복무하던 친구가 개처럼 사살되자 학도병 전원이 눈이 뒤집혔다.

"쿠로키를 죽이다니!"

남은 학도병 19명 전원의 의견이 일치했다. 모의 진전 속도가 갑자기 빨라졌다.

일단, 경계는 확실히 허술했다. 원래는 미시마의 부하들이 학도대원들과 함께 야간 경계를 섰다. 하지만 혼다가 온 뒤에는 혼다와 학도병들에게 야간경계를 전담시키고 미시마 패거리는 밤마다 여학생들을 끼고 실컷 놀아나다가 잠이 들었다. 방해할 이가 없는 것이다.

사실 밤중에 동굴 안쪽으로 수류탄 몇 개만 던져 넣으면 간단히 끝낼 수 있었다. 하지만 그 방법을 썼다가는 여학생들도 죽을 테니 불가능했다. 그렇다고 괜히 어설프게 위협하다가는 놈들이 여학생들을 인질로 잡고 맞설 테니 그것도 곤란했다.

결국 이번에도 해결책을 제시한 사람은 혼다였다.

5

"놈들은 약을 먹었겠지?"

"네. 분명히 타 두었습니다. 샘에서 물 길어올 때요."

동굴에는 샘이 없었다. 때문에 주변 지리를 잘 아는 학도대원들이 물통을 들고 이틀에 한 번씩 근처 숲속에 있는 샘을 찾았다. 미군이 이 사실을 알았다면 간단히 동굴을 함락시켰겠지만, 워낙 비밀스런 장소라 알아내지 못한 모양이었다.

"저희는 동굴 안에 들어간 물은 마시지 않았고, 밥도 먹지 않았습니다. 저녁도 숨겨 놓았던 미군 통조림으로 먹었고요."

"그래. 그 약을 섞은 물을 마시고, 그 물로 지은 밥을 먹었다면 안에 있는 놈들은 지금 하나도 빼지 않고 곯아떨어져 있을 거다."

혼다는 고민하고 있던 학생들에게 자기가 숨겨가지고 있던 모르핀 주사제 한 병을 주었다. 아주 센 것으로, 서너 방울만 먹어도 그대로 두 시간은 잠에 빠져 버릴 거라는 말이었다. 생아편이라면 쓴맛이 나서 들킬지도 모르지만 특별히 정제한 물건이라 아무 맛도 없다고 했다.

"부상을 입으면 쓰려고 가지고 있던 거야."

혼다의 말을 딱히 의심할 이유는 없었다. 아라가키가 동굴 안으로 약을 탄 물통을 갖다 주었고, 그 물로 지은 밥을 받았다. 그리고 이들은 미시마의 부하들이 눈치 채지 못하도록 숲속에 그 밥을 갖다 버렸다. 이제 슬슬 약효가 돌았을 시간이었다.

"자, 들어가자."

"네!"

모의에 참가한 20명 중에 5명은 혹시 모를 만약의 사태를 대비해 동굴 밖에 남았다. 혹여 미군이 야음을 틈타 나타나기라도 하면 알려야 했기 때문이다. 나머지 15명 중 총을 든 사람은 혼다를 포함해 5명뿐이었다.

"한 놈씩 차례로 묶어. 소리라도 질러 다른 놈들을 깨우면 곤란하니 재갈을 물리고 손을 묶는다. 무기 뺏는 것 잊지 말고."

곯아떨어져 있던 일본군 병사들이 하나씩 포박당했다. 간혹 몸을 움직이는 자들도 있었으나 학생들이 휘두르는 몽둥이에 맞고 곧 정신을 잃었다. 매질을 망설이던 학생들도 있었지만, 가차 없이 병사들을 구타하는 혼다를 보고 곧 동참했다.

"이놈들이 너희 집과 가족을 박살낸 바로 그놈들이다. 망설이지 마라."

조선인이라서인지, 아니면 그동안 미시마 일당에게 무시당한 앙갚음인지는 모르겠지만 혼다는 한 발의 망설임도 없이 개머리판을 휘둘렀다. 첫날부터 앞장서서 혼다에 대한 따돌림을 주도한 우에무라는 정신을 차리지 못하고 있는데도 머리가 터졌다.

"너, 너희들, 뭐 하는 거냐!"

저항이 전혀 없다 보니 경계심이 늦춰졌다. 흥분한 김에 욕지거리도

하고, 발소리나 몽둥이질 소리도 조심하지 않았다. 겨우 스무 명 남짓 결박했을 때 칸막이가 쳐진 잠자리 안에 있던 미시마 중위가 눈을 뜨고 말았다.

"모두 일어나, 반란이다!"

그제야 아라가키는 미시마 중위가 속이 안 좋다며 오늘은 저녁을 굶어야겠다고 농담처럼 말한 기억을 떠올렸다. 지나가면서 들은 이야기라 흘려듣고 넘겼는데, 정말로 약 섞은 밥을 먹지 않은 모양이었다.

"제기랄! 혼다! 아라가키! 야마자키! 네놈들이…!"

뜻밖에도 미시마 중위는 대응이 빨랐다. 당황한 학도병들이 머뭇거리는 사이 옆에 세워둔 총을 집어 들고 노리쇠를 당겨 장탄했다. 하지만 총구를 돌리기도 전에 총성이 울렸다.

단 한 발, 단 한 발이었다. 야마자키가 들고 있던 소총에서 연기가 피어올랐고 동굴 벽에 처박힌 미시마 중위가 천천히 바닥으로 쓰러졌다. 뒤이어 총성에 놀란 병사들과 여학생들이 연달아 눈을 뜨기 시작했다.

"총에 손대면 바로 쏴 버리겠다! 중위는 죽었다. 너희도 저 꼴이 되기 싫으면 꼼짝 마라!"

굳어 있는 야마자키를 대신해 앞으로 나선 사람은 아라가키였다. 약기운에서 아직 깨지 못한 병사들은 지금 상황을 이해하지 못했다. 멍하니 아라가키를 쳐다보고 있던 병사 하나가 그대로 개머리판을 맞고 턱이 날아갔다.

"당장 엎드려! 아니면 그대로 죽여 버리겠다!"

이성이 마비된 상황에서 몸을 지배하는 것은 동물적인 공포였다. 병사들이 비틀거리며 바닥에 엎드렸다. 덮쳐든 학도병들이 난폭하게 그들의 팔과 다리를 묶었다.

"자, 괜찮아. 이제 다 끝날 거야."

카네시로는 어느새 여학생들에게 달려가 위로하고 있었다. 사람이 총에 맞는 모습을 보고 너무 놀라 공황상태에 빠지려던 여학생들은 카네시로 덕분에 간신히 진정했다. 뒤편에 서 있던 혼다가 그 모습을 보며 미소를 지었다.

6.

"다 묶었어요, 혼다 이등병조. 이제 어쩌죠?"

"일단 잠깐 쉬도록 해. 너희 모두 휴식이 필요할 거다."

미시마를 사살하고 20분 남짓, 마침내 일본군 41명 전원이 결박당했다. 개중에는 나카가와 군조처럼 정신을 완전히 차리고 이를 갈고 있는 자들도 있었다. 혼다는 학도대원들을 시켜 미시마의 시체와 함께 나카가와를 동굴 밖으로 끌어냈다.

"이 반역자들! 너희가 이런 짓을 하고도 무사할 줄 아나?"

바닥에 무릎이 꿇려지고도 발악하는 나카가와를 향해 혼다가 무겁게 내뱉었다.

"천황께서 여기까지 날아와 벌이라도 주신단 말인가."

"신주는 불멸이다![1] 네놈들의 죄는 영원히 남을 것이다!"

"신주는 불멸할지 모르나 너는 필멸이다."

혼다가 방아쇠를 당기자 나카가와 군조의 왼쪽 가슴에 그대로 구멍이 뚫렸다. 비명도 지르지 못하고 쓰러진 나카가와를 어둠 속에 그대

---

1   신주불멸(神州不滅)은 '신들이 다스리는 나라인 일본은 망하지 않는다'는 뜻으로, 태평양전쟁 당시 일본 군부가 내세운 대표적인 구호 중 하나다.

로 내버려두고 혼다가 몸을 돌렸다.

동굴 안에서는 학도대원들이 살벌한 분위기를 연출하고 있었다. 봉기를 주도한 세 학생과 다른 학생들 간의 격론이 희미한 촛불 아래 한창이었다.

"그래, 우린 이제까지 본토인들에게 속았어. 속은 빚은 일부나마 지금 갚았지. 그래서 이젠 어쩔 거지? 성공하면 말해준다고 했잖아. 이제 어쩔 거야?"

마지막까지 봉기 계획에 동의하지 않던 학도병들 중 하나인 이토였다. 추궁을 받은 야마자키가 굳은 표정으로 답했다.

"우린 이미 의견이 일치했다. 미군에게 투항하기로 말이야."

"뭐, 뭐라고?"

여학생들을 비롯해 둘러앉아 있던 학생들 모두가 눈을 크게 떴다. 대부분 학생들은 세 사람이 벌인 선동을 '복수한 뒤 자결하자'는 의도로 이해하고 있었다. 투항? 투항이라고?

"미국인들은 귀축이 아니야. 그들도 인간이다. 이미 많은 군인과 민간인들이 투항해서 좋은 대우를 받고 있다고 해."

잠시 아무도 말이 없었다. 카네시로가 열을 내며 다음 발언을 이어 갔다.

"이미 우린 알고 있어. 우리는 일본인이 아니야. 류큐인이다. 우리는 일본으로부터 벗어나 우리 땅의 미래를 이어갈 책임이 있잖아? 미국이 도움이 되어준다면, 기꺼이 힘을 합친다."

더 이상 반발하는 이들은 없었다. 그동안 오키나와를 통치하던 일본인들에 대한 반감도, 미래에 대한 의무감도 모두가 공유했다. 시선을 마주친 학도대원들이 고개를 끄덕였다.

"그래, 산을 내려가자. 저 놈들은 여기 버려두고, 우리만 가는 거야."

이들은 결심했다. 무기를 챙겨 들며 일어서는데 조용히 있던 혼다가 입을 열었다.

"잠깐. 그건 위험하다."

"왜죠?"

"이 산에는 아직 여기저기에 패잔병이 남아 있어. 혹시 내려가다가 길을 잘못 든다면 놈들과 마주친다. 희생이 생기기 쉬워."

혼다의 표정에는 변화가 없었다.

"여기서 미군이 올 때까지 기다려서 투항하는 편이 낫다. 그러면 안전하게 산 밑으로 내려가고, 수용소로 갈 수도 있다. 내 말 믿어."

학생들은 잠시 동요했지만 곧 혼다에게 동의했다. 동굴에는 아직 식량이 남아 있으니 기다리지 못할 이유도 없었다. 두 배나 되는 포로들이 있다는 것만 제외하면.

"하지만 혼다 이등병조. 우리는 40명이나 되는 군인들을 잡아놓고 있어요. 저 사람들이 허튼 짓을 하지 못하게 감시하려면 매우 힘들 텐데, 저들과 함께 여기 있으려면…."

카네시로가 목소리를 떨면서 질문했다. 사실 포로들을 계속 결박해두면 식사나 용변 문제를 해결할 수 없으니 언젠가 결박을 풀어줄 수밖에 없다. 아니면 죽이거나.

"그 문제는 쉽게 해결할 수 있어."

혼다가 자기 잡낭에서 90식 신호권총[1] 한 자루를 꺼내들고 일어섰

---

1 일본군이 사용하던 신호탄 발사용 권총. 조명탄, 연막탄, 소이탄, 산탄 등을 쏠 수 있었다.

다. 학생들은 마치 홀린 듯 그 뒤를 따라 나섰다. 아무 말 없이 동굴 밖으로 나간 혼다가 주변을 둘러보더니 하늘 저편으로 조명탄 세 발을 연달아 쏘았다.

"무슨…?"

이토가 물었지만 혼다는 대답하지 않았다. 한 번 더 물으려는데 갑자기 비행기 소리가 들렸다. 학생들은 몸에 밴 습관대로 곧바로 몸을 숨겼다. 혹시라도 들키면 폭탄이 떨어질 테니까.

하지만 혼다는 엎드리지 않았다. 도리어 잡낭을 든 채 동굴 앞 빈터로 나갔다. 빈터 한가운데에 주저앉은 혼다가 혼자서 뭔가 중얼거리기 시작했다.

"저 사람 뭐 하는 거야?"

"무전 교신을 하는 것 같은데…"

잠시 후 비행기 소리가 사라지고 혼다가 돌아왔다. 아라카키가 조심스럽게 질문을 던졌다.

"혼다 이등병조, 뭐 하신 거죠? 뭐라고 교신했어요? 그 비행기는 일본군인가요?"

혼다는 잠시 뜸을 들이다가 입을 열었다.

"투항하겠다면 미군을 여기로 불러야 한다. 비행등을 확인해서 순찰비행 중인 미군기를 찾고, 그쪽으로 조명탄을 쏴서 긴급신호를 보냈다. 그리고 무슨 일인지 확인하러 온 비행기에 무전으로 상황을 알렸다. 곧 미군이 올 거야."

철저한 준비에 놀란 학도병들이 말을 잇지 못했다. 갑자기 야마자키가 떨리는 목소리로 입을 열었다.

"우리가 반란을 일으키게 부추기고, 미군에 투항하라고 권하고, 미리 준비한 신호탄과 무전기로 항공기와 연락하고…다, 당신 미군 첩자인가요? 그, 그래서 우리를 부, 부추겼던 건가요? 피해 없이 동굴을 하, 함락시키려고?"

충격과 공포가 좌중을 휩쓸었다. 절반 이상이 치를 떨면서 뒤로 물러섰고, 나머지는 낯빛이 창백해진 채 총을 잡은 손에 힘을 주었다. 우리 모두가 이 미군 첩자에게 놀아났단 말인가?

모두의 의심을 받으면서도 혼다는 태연했다. 동굴 입구에 잡낭을 내려놓으며 이렇게 말했을 뿐이었다.

"멍청이들. 난 연락병이었다. 당연히 조명탄과 무전기를 가지고 있지. 곧 미군이 올라올 테니 허튼 생각 말고 짐이나 챙기도록 해."

7

"총…여기 있습니다."

혼다를 비롯한 학도병들은 동굴을 접수한 미군에게 항복했다. 그리고 곧바로 호송을 받으며 해가 뜨기 전에 산을 내려왔다. 다른 일본군 포로들은 낮에 내려올 거라고 했다.

미군 지휘관은 이들을 만나보고는 이렇게 말했다.

"다들 아직 어린애잖아? 게다가 다치기까지. 가엾군. 모두 민간인 수용구로 보내도록."

포로수용소에도 갇히지 않았다. 살아있는 가족과 이웃들을 만나게 되었다. 모두 기뻐했다.

"잘 되었군. 앞으로는 너희의 진짜 조국을 위해서 살아라. 그럼 난 이별이다."

"덕분에 저희가 목숨을 건졌습니다. 감사합니다."

"아니야. 다 제군이 결심한 덕분이다. 내가 한 건 없다."

학생들은 민간인 수용구로 보내진다. 즉 석방되었다. 다만 혼다는 꼼짝 못하고 포로수용소에 남게 되었다. 가슴이 뭉클해진 아라가키가 걱정하는 말을 건넸다.

"혼다 이등병조, 당신은 조선인이잖습니까. 그걸 밝히면 포로가 되지 않을지도 몰라요."

"내가 일본군인 건 사실이잖나. 내가 한 일에 대해서 책임을 져야지."

"알겠습니다."

아라가키는 얼굴을 붉히며 수긍했다. 자기들도 일본군을 위해 죽으려던 과거를 없는 것으로 해버릴 수는 없으니까.

"그럼 무운을 빌겠습니다. 건강하시기를."

"자네들도."

인사를 나눈 뒤 이들은 헤어졌다. 아라가키 일행이 포로수용소 정문을 나가 보이지 않게 될 때까지 손을 흔든 혼다가 한숨을 쉬며 돌아섰다.

막사 쪽으로 발걸음을 옮기는데 누군가 앞을 막아섰다. 눈앞에 선 사람의 얼굴을 확인한 혼다가 반색을 하며 손을 내밀었다.

"유호성 참위! 자네도 돌아왔군! 무사해서 다행일세."

"자넨 큰 건을 올렸더군, 정호찬 참위. 27명 귀순에 포로가 40명이라며?"

"에이, 별 거 아니야."

혼다 소지로 이등병조, 아니 정호찬 참위가 크게 웃었다. 그와 유호성 참위는 광복군 제4지대 유구공작대 소속으로, 일본군 패잔병들을 투항시키는 선무공작을 벌이고 있었다.

　"아직 발악하는 왜놈들이 많지? 오늘 하루 쉬고, 또 찾아가 보자고"

　"그러세나. 일단 옷 갈아입고 미군 클럽에나 가세."

　두 사람은 휘파람을 불며 숙소로 향했다.

26장
강철 거인, 쓰러지다

1

– 판저 포(Panzer Vor, 전차 전진)!

중대장 전차로부터 전파를 타고 흘러온 구령 소리가 통신기에서 흘러나왔다. 503중전차대대 3중대 소속 쾨니히스티거 전차들은 신호가 내려오자 흙먼지를 튀기며 일제히 앞으로 달려 나갔다. 전방에 펼쳐진 소련군 방어선은 6시간이나 퍼부어진 포탄 세례를 받아서 이미 묵사발이 난 상태였다.

– 이번에는 모스크바를 점령할 수 있을까요?

선두에서 적진을 향해 달리고 있는 331호차 포수 오스카 크니케 중사가 차내 통신기로 질문했다. 큐폴라 위로 몸을 내밀고 있던 전차장 쿠르트 크니스펠 소위가 무심하게 대꾸했다.

"글쎄. 싸울 때마다 계속 이긴다면 점령할 수도 있겠지."

– 소위님, 기사십자장까지 받으셨으면서 그렇게 전쟁에 무관심하시

면 어떡합니까?

"난 국가사회주의도 싫고 공산주의도 싫고 민주주의도 싫어. 그저 군복을 입었으니까 싸우고 있을 뿐이야. 훈장 따위 있어도 그만, 없어도 그만이지."

장교가 되고도 여전히 풀어헤친 상의를 입고 텁수룩하게 수염을 기른 크니스펠 소위는 만사에 무관심한 태도를 보였다.

크니스펠이 어떤 정치사상에도 관심이 없다는 사실은 503중전차대 대 장병 전원이 알고 있었다. 소련군 포로를 학대하는 아인자츠그루펜 장교와 주먹다짐을 벌이기까지 한 인물이 아닌가.

그나마 크니스펠은 총통 아돌프 히틀러에 대해서는 노골적으로 거부감을 표하지 않았다. 또한 전투에서는 다른 이들이 도저히 따라갈 수 없을 정도로 높은 전과를 올렸으므로 크니스펠을 반역자 취급하는 사람은 없었다. 전과도 올리지 못하면서 반나치적인 태도만 보였다면 진즉에 군사재판에 회부되었을지도 모른다.

"2시 방향 거리 700에 콘크리트 토치카. 고폭탄 발사!"

크니스펠이 호령하자 조종수 발데마르 케슬러 하사가 곧바로 차를 세웠다. 크니케가 포탑을 돌려 목표를 조준경 안에 잡았다. 발사 버튼을 누르자 8.8cm 포구가 불을 토하며 포탄을 날렸다. 토치카는 나뭇가지와 덤불로 잘 위장하고 있었지만 크니스펠은 이런 것 하나도 놓치지 않았다. 포탄이 명중하자 폭음이 울리며 콘크리트 조각과 각종 파편이 하늘로 치솟았다.

"이따위 움직이지도 못하는 토치카 같은 것 말고 전차를 상대하고 싶은데 말이지. 요즘은 어째 소련 놈들이 전차를 아낀단 말이야."

소련군은 한때 끝도 없이 T-34와 미제 셔먼 전차를 쏟아냈다. 하지만 올해 여름부터는 확실히 소련군 전차 수효가 줄고 있었다. 503중전차대대는 지난여름에 소규모 공세 두 차례에 참가했는데, 소련군 전차를 겨우 74량밖에 파괴하지 못했다. 이쪽에서 입은 피해는 쾨니히스티거 4량 완전 손실이었다. 약간 파손된 차량이 좀 더 있었지만 모두 회수해서 수리한 후 전열에 복귀시켰다.

— 미국이 자기네 전쟁에 바빠서 이반들에게 물자를 대주지 않는 모양이죠. 작년 여름, 아니 지난 겨울만 해도 이반 놈들이 미제 전차 타고 미제 통조림 까먹으면서 줄줄이 쳐들어왔는데 이젠 미제 전차는 눈 씻고 찾아봐도 보기 힘드니 말입니다.

크니케가 하는 말이 맞았다. 크니스펠이 생각하기에도 확실히 요즘은 셔면을 구경하기 힘들었다. 정말로 미국이 태평양에서 자기 전쟁을 치르느라 바빠서 소련에게 물자를 주지 않는지, 소련군은 요즘 전보다 피폐해진 모습을 보이고 있었다.

— 소위님, 이반들도 이제 힘이 다 떨어진 게 틀림없습니다. 우리가 공세에 나서도 놈들 방어선에는 대전차포에 토치카만 깔려 있고, 전차는 구경하기 힘들더란 말입니다. 이제 모스크바까지 밀어붙이기만 하면 되는 거 아닙니까?

"음, 그렇게는 안 될 것 같아. 저기 놈들이 몰려오고 있거든. 프란츠, 철갑탄 장전해. 크니케, 포탑 11시 방향으로 돌려. 거리 3천에 스탈린이다."

— 예? 농담 마십쇼!

평온한 대화를 진행하다가 갑자기 적이 나타났다고 하자 크니케는 크니스펠이 장난을 친다고 생각한 모양이었다. 탄약수 프란츠 슈베르트 상병이 급히 포탄을 장전하는 사이 크니스펠이 태평하게 입을 열었다.

"못 믿겠으면 자네 조준경으로 보라구."

크니케는 여전히 반신반의하는 태도로 포탑을 돌렸다. 다음 순간 크니케가 지르는 고함 소리가 승무원들의 고막을 흔들었다.

― 스, 스탈린! 3대, 7대, 10대…. 뭐 저렇게 많은 겁니까!

"놈들이 비축해 뒀던 전력을 반격에 투입한 게지. 뭐, 붙어 보자고. 어차피 놈들은 이 거리에서 우릴 명중시키지 못하니까 말이야. 케슬러, 점심밥 각도로 차 세워. 크니케, 준비가 되는대로 한 놈씩 해치워. 볼로냐, 여기 케사르1입니다. 이반이 대대 규모로 나타났습니다. 차종은 스탈린입니다."

태평한 목소리로 크니케 중사를 진정시킨 크니스펠이 통신기를 중대망으로 바꿔 적 발견 보고를 보냈다. 이미 다른 소대에서도 적을 발견한 듯 적당한 위치에 차를 세우고 사격 자세로 들어가고 있었다. 중대장 리하르트 폰 로젠 남작 중위로부터 답신이 왔다.

― 이쪽에서도 확인했다. 놈들이 우리를 저지해보려는 모양이다. 공군은 지금 공중전만 해도 벅차다니까, 항공지원은 없다. 현 위치에서 교전하라. 전투는 재량에 맡긴다.

"알겠습니다. 케사르 각 단차, 지금부터 전투에 들어간다. 적이 2,500m 이내로 들어오면 각 차장 판단 하에 발포하라."

― 알겠습니다.

"프란츠, 크니케가 발포하면 곧바로 다음 포탄을 장전할 수 있도록 대기해."

― 예, 소대장님.

크니스펠은 통신을 중대망에서 소대망으로, 다시 차내망으로 통신을 바꿔 가면서 신속하게 부하들에게 지시를 내렸다. 그 사이 케슬러 하사는 적당한 둔덕 뒤에 차를 대서 포탑에 비해 방어력이 취약한 궤도와 차체 하부를 숨겼다. 승무원들은 긴장한 채 적이 충분히 다가오기를 기다렸다.

"11시 방향 스탈린, 거리 2500! 발포!"

크니스펠이 호령하자마자 주포가 불을 뿜었다. 빛줄기처럼 직선으로 날아간 88mm 포탄은 이쪽으로 달려오는 스탈린 전차를 그대로 명중시켰다. 포탑이 깨져나가더니 폭음과 함께 불꽃이 치솟았다. 승무원들이 환성을 질렀지만 크니스펠은 침착했다.

"프란츠, 어서 다음 포탄."

모처럼 사냥감이 듬뿍 굴러 나왔다. 사냥을 즐길 시간이었다.

2

하루 두 번 있는 정세보고 시간. 줄이 간 바지를 입은 장군참모들이 열심히 전황 브리핑을 했다. 9월 1일부로 스몰렌스크 방면에서 전개된 공세는 꽤 성공적으로 전개되어 작전 개시 첫날 20km를 진격했다. 소련군이 나름 방어전에 나섰지만 그 기세는 약했다. 그동안 아군이 파쇄공격[1]을 반복해 가한 탓에 제대로 병력과 물자를 비축하지 못했기 때문이다.

"데카노조프가 아직도 뻗대고 있나?"

"네. 크렘린이 41년 선을 포기하지 않고 있다고 합니다."

---

1 破碎攻擊(영, Spoiling Attack). 적이 공세를 준비하고 있을 때 방어측이 대치중인 적 부대에 선제공격을 가해 적이 비축한 전력을 소모시키거나 중요한 거점 등을 먼저 점령해서 적이 공세에 나서지 못하도록 하는 군사작전을 가리키는 말이다.

불안감이 폭발하는 얼굴을 한 리벤트로프가 쩔쩔매며 내 눈치를 보았다. 나는 책상 저편에 서 있는 리벤트로프를 무시하고 인상을 찌푸린 채 집무실을 이리저리 맴돌았다.

"총통, 시간을 조금만 더 주시면 다시 교섭을 해 보도록 하겠습니다. 어떻게든 저들이 우리 요구를 받아들이고 협상에 동의하도록…."

"됐어. 벌써 세 차례나 회담을 했는데 놈들은 단 한 번도 자기들 조건을 조정하려들지 않았어. 우리 쪽에서는 분명히 최초 제안보다 후퇴한 타협안을 제시했다. 하지만 소련이 아예 양보를 하지 않으려 든다면, 양보할 생각이 들 때까지 전쟁을 계속할 수밖에 없지. 우리가 간절하게 협상을 원한다고 판단하고 배짱을 부리고 있는 거야. 그렇다면 휴전을 이끌어내지 못했을 때 놈들이 어떤 손해를 보게 될지 맛을 보여줄 필요가 있다."

리벤트로프에게 교섭이 난항을 겪고 있다는 보고를 받고 내가 벨라루스 방면에서 국지적인 공세를 실시하라는 명령을 내린 날은 태평양 방면에서 마닐라가 미군에게 함락된 7월 15일이었다.

작전 개시일은 9월 1일, 가을에 라스푸티차가 오기 전에 2개월 정도 공세를 펼칠 시간이 있다. 그만하면 만족할만한 성과를 거두기에는 충분하리라고 생각되었다. 그동안 스톡홀름에서는 한 차례 더 접촉이 있었지만 스탈린은 완강하게 영토를 포기하려들지 않았다.

"41년 6월 전선으로 회귀라고요? 그런 조건으로 소련과 전쟁을 끝낸다면 국방군과 무장친위대를 가리지 않고 반발이 극심할 겁니다. 반란이 일어날 가능성까지 염두에 두셔야 합니다. 지난 3년 동안 전쟁을 치르면서 수백만 명이나 되는 우리 장병들이 죽거나 다쳤는데, 지금 확보한 점령지를 모조리 내놓고 철수하다니요. 말도 안 됩니다."

슬쩍 휴전에 대해 의사를 타진해 본 육군 총사령관 레프 원수는 1941년 국경이라니, 말도 안 된다면서 단호하게 고개를 저었다. 물론 이런 조건으로 교섭을 하고 있다고 곧이곧대로 말한 게 아니라 스탈린 이 이런 제안을 한다면 어떻게 대응할까 하고 슬쩍 떠 본 것이었지만.

"총통, 지난번 전쟁에서 '등을 찔린[1]' 일로 독일 국민들이 얼마나 배신감을 느꼈는지 잊으셨습니까? 지금 우리가 소련 전역을 정복하기에는 힘이 부치고, 영국을 상대하고 미국 참전을 대비하려면 소련과 휴전하는 편이 유리하다는 사실은 소장도 알고 있습니다. 하지만 그런 조건은 절대 안 됩니다. 3년이라는 시간과 수백만 우리 장병의 희생을 모조리 쓰레기로 돌리는 짓입니다. 분명히 쿠데타가 일어날 겁니다."

물론이지. 내가 전선에 있는 장병 입장이라고 해도 기껏 정복한 땅을 몽땅 내주고 철수하라면 절대 순순히 따르지 않을 거다. 다른 사람들도 마찬가지다. 기껏 반격에 성공해서 북진통일을 눈앞에 두고 있는 1950년 10월 시점에, 이승만 대통령이 한국군 지휘관들에게 '중공군이 참전할지도 모르니 38선으로 다시 내려오라'고 명령하면 듣겠는가?

비테프스크 방면에서 벌어진 소련군 공세를 박살내고 난 뒤로 봄부터 초여름에 걸쳐서 대전투는 없었다. 협상이 시작되면서 잘하면 피를 흘리지 않고도 영토를 되찾을 수 있겠다고 생각한 스탈린이 공세를 삼갔고, 나도 모처럼 찾아온 휴식기에 장병들을 쉬게 할 겸 공세 일정을

---

1 1918년 11월 11일에 1차 세계대전 휴전 협정이 체결되던 당시, 독일 육군은 동부전선에서는 완벽한 승리를 거두었으며 서부전선에서도 넓은 프랑스 및 벨기에 영토를 아직 차지하고 있었다. 또한 독일 해군은 강력한 전력을 보존하고 연합국 해군이 독일 해안에 접근하지 못하도록 막고 있었다. 물론 이면에서는 전쟁 수행 능력이 바닥나고 있었지만, 일반 국민들은 그런 사정은 알지 못하고 이기고 있는 모습만 보고 있었다. 여기서 전선에 있는 군대는 배반당했으며 후방에 있는 정치인과 유대인들이 나라를 팔아먹었다는 신화가 나타난다. 이는 히틀러가 재집권하는데 큰 도움이 되었다.

잡지 않았기 때문이다.

물론 그냥 쉬기만 할 수는 없다. 스탈린이 공세를 멈춘 이유가 그저 협상에 기대를 걸어서가 아니라, 병력과 장비를 모았다가 다시 대공세를 펼치기 위해서일 것이 분명했기 때문이다. 협상이 타결되면 그건 그대로 좋은 일이고, 결렬되면 그 즉시 공세를 펼칠 생각이리라. 하지만 지금 독일이 보유한 전력으로는 기나긴 동부전선에 소련군을 막을 수 있을만한 견고한 방어선을 구축할 수가 없었다.

일단 병력이 부족한데, 발트 지역 부대를 제외하면 우리 편으로 돌아선 소련인들은 여전히 믿을 수 없었다. 각 지역에 구성된 민병대는 후방 치안 유지에나 사용할 수 있을까, 대단위 전투에는 투입해봤자 제대로 역할을 할 역량이 없었다. 그럴 역량을 어느 정도 갖추고 있는 자유 러시아 군단은 신뢰성이 없었다.

블라소프가 이끄는 자유 러시아 군단에서는 지난 2년 동안 탈영이 줄을 이었다. 탈영병이 백 명 밑으로 내려가는 날이 없었고, 심지어 대대장이 휘하병력을 몽땅 이끌고 소련군 쪽으로 다시 넘어가는 사건도 3건이나 있었다.

물론 같은 기간에 독일군에서 발생한 탈영병도 수천 명 이상이었지만, 양자를 똑같이 취급해서 아무 일도 아닌 것으로 할 수는 없었다.

블라소프는 자기를 믿어 달라고 호소했다. 하지만 전선에 나가 있는 사령관들 중 누구도 언제 배신할지 모르는 러시아인 사단을 자기 휘하에 두고 싶어 하지 않았다. 나로서도 블라소프 개인이라면 모를까, 30만에 달하는 자유 러시아 군단 전체는 더 이상 신뢰할 수 없었다.

결국 러시아인 부대 전체를 후방으로 빼냈다. 철저한 검증을 통해 일선에서 소련군과 싸울 만한 병사들을 골라 보니 2개 사단을 구성할 정도밖에 되지 않았다. 이들 2개 사단은 중부집단군과 남부집단군에 하나씩 배치하고, 나머지 장병들은 대대 단위로 분산시켜서 후방에서 건설작업이나 치안 유지 임무에 종사하도록 했다.

사실 스탈린도 전면공세를 걸지 않았다 뿐이지, 우리 후방에서 활동하는 빨치산에게는 계속해서 인원과 물자를 공수하고 있었다. 이들 빨치산이야말로 소련이 전개한 진짜 〈제2전선〉이었고 우리에겐 심각한 위협이었다.

나름 대처방안을 내놓는다고 현지인 보조부대 수십만을 빨치산 소탕에 투입했더니 이들이 벌이는 잔학행위 때문에 전쟁이 길어질수록 빨치산이 도리어 늘어났다! 우리로서는 독일 본국과 전선을 연결하는 교통로가 큰 탈 없이 유지되는 것만으로도 감사해야 할 판이었다.

든든한 방어선을 꾸릴 전력이 없다면 할 수 있는 선택은 선제공격밖에 없다. 내가 가만히 있으면 소련군이 기회를 보아 공세로 나설 테고, 그러면 원래 세계에서 독일군이 직면한 바와 같은 끝없는 패배가 시작될지도 모르기 때문이다. 때문에 소규모 공세를 계속해서 가함으로써 소련군이 힘을 회복하고 공세로 나서지 못하게 다리를 걸 필요가 있었다.

북부, 중부, 남부 각 집단군에서 봄부터 여름에 걸쳐 1회 내지 2회씩 1개 군 내외를 동원한 공세를 벌이자 소련군은 장래 감행할 공세를 위한 병력을 전선에 집결시키지 못했다. 소련군 방어선을 돌파한 아군은 전략적인 요지를 확보하고 차후에 시도할 수도 있는 대공세를 위한 거점을 구축했다. 돌파하지 못하더라도 적이 비축한 예비대는 충분히 소모시켰다.

하지만 이번 공세는 그 정도 소규모가 아니었다. 중부집단군이 투입할 수 있는 전 전력을 투입해서 스몰렌스크까지 점령하는 것이 목표였다. 스몰렌스크를 함락시키면 독일군은 또 한 번 모스크바에 육박할 수 있게 되고, 스탈린을 비롯한 소련 지도부는 몸이 달겠지. 협상에서 좀 더 양보할 의사가 생길 거다, 아마.

하지만 스탈린이 마음을 바꾸기만을 기다리기엔 우리에게 여유가 없었다. 나는 이 문제를 해결하기 위해서 특수작전을 구상했다.

— 총통, 셀렌베르크 국장이 왔습니다.

"들여보내도록."

— 예, 총통.

자, 국가보안본부 제6국이 소련 정권 내에 얼마나 선을 유지하고 있는지 확인해 볼 기회다. 이 작전을 시도해볼 만큼 선이 남아 있을까?

3

"적 폭격기대 접근! 전기 돌입하라! 호위기에 주의하라!"

JG54와 JG101에서 에이스로 용맹을 떨쳤으며 지금은 JG7 3중대, 일명 코만도 노보트니를 이끄는 지휘관 발터 노보트니 대위가 무전망에 대고 외쳤다. 목표는 영국 공군이 운용하는 미국제 B–26 경폭격기 약 40기였다.

본래 영국군은 주간폭격을 하지 않았다. 하지만 독일군이 밤낮으로 쏘아대는 F1과 F2에 시달리다 못한 나머지 두어 달 전부터 마침내 F병기 발사기지를 제압하기 위해 주간폭격을 개시하고 있었다. 4발 중폭격기는 야간폭격에 투입하기에도 부족해서인지 주간에는 미국에서 원조해 준 쌍발 폭격기를 투입했다.

"미국 놈들은 비행기가 남아도는 모양이야. 자기들이 필요한 비행기

수도 만만찮을 텐데 영국이랑 소련에까지 펑펑 대주다니. 저기 전투기 까지 올라오네."

폭격기 호위를 위해 따라붙은 역시 미국제인 P-47 전투기 약 30기가 이쪽을 발견했는지 고도를 올리고 있었다. 노보트니가 빈정거리자 플뤼겔만[1]인 에른스트 리히터 하사가 갑자기 엉뚱한 소리를 했다.

– 그러게 말입니다. 저희 집안이 번 돈이 거기에 죄다 들어가고 있다는 생각을 할 때마다 입맛이 무척 씁니다.

"뭐? 자네 집안 돈이 미국 정부가 비행기 만드는 데 들어간다고?"

노보트니가 깜짝 놀라자 리히터가 천연덕스럽게 대꾸했다.

– 저희 할아버지의 숙부님의 증손자 하나가 미국에 살고 있어서 말입니다. 미국 정부에 세금을 내고 있지 않겠습니까? 그러니 당연히 저희 집안은 미국 정부가 소련과 영국에 돈을 갖다 버리는데 한 몫을 단단히 하고 있습니다.

리히터가 무슨 소리를 하나 했던 노보트니는 엉뚱한 결론에 그만 웃어버리고 말았다. 편대망에 접속하고 있는 다른 조종사들도 킥킥거리고 웃는 바람에 무전망이 웃음소리로 가득 찼다. 노보트니는 웃음을 그치지 못한 채 전투 개시를 알리는 통신을 보냈다.

"아, 알았네. 그럼 우리 모두 리히터 하사네 가산을 탕진시키는 작업을 해야겠군. 3중대, 교전 개시!"

– 야볼!

무전기에서 일제히 울려나온 호령 소리와 함께 각 전투기가 날개 밑에 달고 있던 R4M 로켓탄 24발이 일제히 앞으로 뿜어 나갔다. Me262 8기가 일제히 로켓을 발사하자 192발에 달하는 로켓이 하늘을 뒤덮었

---

1 Flügelmann. 편대에서 서로 엄호해주는 파트너를 가리킨다. 영어로는 윙맨(Wingman).

다. 요격하러 나서던 P-47들은 물론 항로를 유지하던 B-26들도 쏟아
지는 로켓에 놀라 편대가 흐트러졌다. 재수 없는 폭격기 두 대가 로켓
에 맞아 폭발했고 적은 더 큰 혼란에 빠졌다. 기회를 잡았다고 판단한
노보트니가 짧게 외쳤다.

"전기 일제히 돌입! 1기만 공격하고 빠르게 이탈해야 한다는 점을
잊지 마라!"

– 예!

Me262들은 일제히 가속하면서 영국군 편대 안으로 뛰어들었다. 노
보트니는 자기 동료들로부터 한참 떨어진 쪽으로 몰린 B-26 한 대를
노렸다. 표적이 되었음을 깨달은 영국 조종사는 필사적으로 방향을 틀
면서 회피 시도를 했다. 하지만 나름 날렵하다는 B-26도 Me262를 피
하기에는 너무 둔중했다. 노보트니는 적기 허리에 동그랗게 그려진 국
적마크에 조준을 고정한 다음 휘파람을 불면서 지긋이 방아쇠를 당
겼다.

"격추! 이탈한다!"

30mm 기관포에 맞은 적기는 그대로 허리가 부러지며 땅으로 떨어
졌다. 한 번 더 치기 위해서 일단 급강하로 이탈하려는 참인데 갑자기
시뻘건 불꽃이 조종석 옆을 스쳤다.

"어라? 기관총?"

이미 적 편대를 돌파했는데 하고 생각한 노보트니는 후방 관측용
보조거울로 급히 뒤를 살폈다. 복수를 할 생각인지 호위전투기 2기가
따라붙어 급강하하면서 기관총을 퍼붓고 있었다. 추격대를 확인한 노
보트니가 코웃음을 쳤다.

"네놈들이 튼튼한 줄은 안다만, 30mm를 상대할 만큼은 아닐

텐데?"

　P-47은 워낙 구조가 튼튼한데다 조종석 등 주요 부위에 중장갑을 처발라서 기총사격을 웬만큼 퍼부어서는 떨어지지 않는다. 그래도 13mm나 20mm라면 모를까, 30mm 미넨게쇼스를 맞고 버텨낼 수는 없다.

　문제는 노보트니가 타고 있는 Me262는 속도는 프로펠러기보다 빠르지만 선회 성능에서는 확실히 뒤떨어진다는 점이었다. 이런 기체로 저놈들과 선회전을 벌일 수는 없으니, 노보트니는 일단 뒤통수에 붙은 날파리들을 떨쳐내기 위해 급강하를 계속했다. 고도계 바늘이 미친 듯이 돌아가는 중에 리히터로부터 급전이 들어왔다.

　- 소위님. 뒤에 붙은 파리들이 떨어지지 않습니다!

　"나도 알아! 내 뒤에도 둘이나 붙었어!"

　폭격기를 한 대라도 더 잡으려고 로테[1]를 푼 것이 실수였다. 놈들이 노보트니와 리히터 두 사람 모두에게 따라붙은 것이다. 지금 강하속도가 시속 950km를 넘었는데도 저 정신 나간 P-47들은 악에 받쳤는지 속도를 줄이지 않고 계속 따라왔다.

　저놈들, 이런 식으로 기를 쓰고 내리꽂다가는 혹시 따라잡더라도 기체를 통제하지 못하고 추락할 텐데? 돌아갈 생각이 없나?

　조급해진 노보트니가 조금 성급한 판단을 내렸다. 속도를 좀 더 올려서 음속에 접근시키자. 이 슈발베는 음속까지 견딜 수 있지만 저놈들은 분명히 날개와 프로펠러가 박살이 날 테니까.

　마음을 정한 노보트니는 상대를 확실히 처박아버리기 위해 스로틀을 열었다. 한데 갑자기 좌측에서 폭음이 울리면서 기체가 위아래로

---

1 독일 공군이 구성하는 기본적인 편대. 2기가 상호 지원한다.

마구 뒤흔들렸다. 왼쪽 엔진이 예고 없이 폭발을 일으킨 것이다.

"Mein Gott[1]! 엔진이 터졌다! 누구든 지원 바란다!"

빌어먹을, 분명히 정비반이 수명주기에 맞춰 교체했을 텐데? 피탄 당하지도 않은 엔진이 폭발하다니. 이건 완전히 마가 끼었다.

한쪽 엔진이 불길을 뿜어내기 시작하면서 비행기가 마구 흔들렸고, 기회를 잡은 영국군 조종사들은 맹렬히 탄환을 퍼부었다. 빗발처럼 쏟아지는 12.7mm 탄환에 기체 곳곳에 구멍이 뚫리고 조종계통은 신음과 비명을 토했다.

- 발터! 지금 간다! 조금만 참아!

누구 목소리인지 알아들을 정신도 없었다. 한쪽 엔진이 망가진 슈발베는 간신히 비행 상태를 유지하고 있었다. 쉴 새 없이 요동치는 기체를 가까스로 통제하고 있으려니, 이게 흔들리는 바람에 날아드는 탄환이 죄다 빗나가고 있는 게 아닌가 하는 생각이 들 정도였다. 만약 지금 메피스토펠레스가 눈앞에 나타나 기체를 회복시켜주는 대가로 흥정을 제안한다면 기꺼이 영혼을 팔 수 있을 것 같았다.

- 됐어! 조종이 가능하면 수평 회복하고 이탈해!

한참 정신이 없는 와중에 또다시 무전이 들어왔다. 그제야 노보트니는 지금 무전을 보낸 사람이 비행단장 요하네스 슈타인호프 중령임을 깨달았다.

"단장님! 지원하러 오신 겁니까?"

- 그래, 이 녀석아. 너 쫓던 놈들 다 해치웠다. 걱정 말고 리히터 하사랑 같이 고이 기지로 돌아가. 남은 놈들은 우리가 맡는다.

안심한 노보트니는 고개를 들어 위쪽을 보았다. 슈타인호프 중령이

---

1 영어로 "Oh, My god"에 해당하는 독일어 표현.

직접 이끌고 온 비행단 본대 20여 기가 고도를 올려 폭격기대를 맹습하고 있었다. 총탄에 몇 발 맞기는 했지만 대체로 말짱한 리히터 하사의 비행기가 옆으로 다가왔다.

─ 대위님, 오늘은 형편없는 날이군요.

"그러게. 내 실수야. 놈들을 너무 만만하게 보고 엄호를 잊다니."

노보트니가 맥 풀린 웃음을 지었다. 리히터도 피식거렸다.

─ 뭐 요즘 좀 쉬웠으니까요. 놈들은 폭격기가 터져나가면 당황하기만 했지 오늘처럼 따라붙은 적은 없지 않았습니까. 그래도 끝장나기 전에 단장님이 와 주셔서 다행이었습니다.

"그러게. 저기 활주로가 보이는구만. 어서 내리자구. 먼저 가겠네."

─ 예, 조심하십시오.

관제탑에서 내리는 지시에 따라 착륙경로에 들어가기 전에 혹시나 하고 착륙장치를 조작해 보았다. 두 개는 정상이었지만 엔진 폭발에다 피탄되면서 받은 충격으로 왼쪽 뒷바퀴가 내려지지 않았다. 한 쪽 바퀴만 접은 채 착륙하다가는 비행기가 뒤집히기 십상이다. 차라리 그냥 동체착륙하자.

밖으로 나왔던 앞바퀴와 오른쪽 뒷바퀴를 도로 집어넣은 노보트니가 조심스럽게 조종간을 움직였다. 조금씩 고도가 낮아졌고 양쪽에 달린 엔진 외부를 둘러싼 철판이 동체보다 먼저 잔디밭으로 된 활주로 바닥에 닿았다. 노보트니가 이를 악물고 조종간을 잡은 손에 힘을 주었다.

"오오, 제발 폭발하지만 말아다오."

Me262에는 비상시 연료를 공중에 버릴 수 있는 비상 밸브가 있었고, 노보트니는 착륙 경로에 접어들기 전에 이미 탱크를 비워버렸다.

어차피 착륙할 기회는 단 한 번밖에 없을 게 뻔했으니까. 하지만 어떤 일이든 100%도 없고 0%도 없는 법이다. 배출이 덜 되었을 수도 있고, 탱크에 남은 유증기가 폭발할 수도 있다.

– 발터, 힘내!

관제탑에서 응원하는 목소리를 들으면서 노보트니는 비행기가 활주로를 벗어나지 않게 하는데 최선을 다했다. 활주로에 두 줄기 골을 파면서 진행하던 중에 이미 반쯤 부서져 있던 왼쪽 엔진이 산산조각이 나서 흩어졌다. 비행기가 그대로 푹 주저앉으면서 왼쪽 날개가 땅에 닿았고, 전방을 바라보고 있던 동체가 급격하게 왼쪽으로 돌았다.

"제기랄, 빌어먹을!"

땅에 닿은 왼쪽 날개를 중심으로 반 바퀴쯤 회전한 Me262는 이번에는 잠시 들어 올렸던 오른쪽 엔진과 날개를 활주로에 처박았다. 악문 입에서 절로 비명이 새어나왔다. 몇 번을 더 우당탕거리며 활주로를 헤집던 비행기가 반쯤 뒤집힌 채 간신히 자리를 잡았다.

"소위님! 괜찮으십니까?"

무사히 착륙한 리히터 하사가 급히 달려왔다. 정비반 장병들도 급히 차를 타고 달려왔다. 리히터가 비행기 위로 뛰어올라 조종석 덮개를 열어젖혔다.

"어, 어지럽긴 하지만 괜찮아. 아이고, 수명이 2년은 줄어든 것 같군."

비틀거리며 조종석에서 내린 노보트니가 활주로에 내려섰다. 좀 아슬아슬했지만 기분은 괜찮았다. 다행히 오늘도 무사히 살아남았으니까.

4

"저 술통 같은 놈이 제대로 작동을 할까?"

"걱정 마십쇼. 대학 물 먹은 기술부서 잘난 양반들이 얼마나 장담했는지 모릅니다."

U-511 함장 프리드리히 슈타인호프 대위는 걱정스러운 표정으로 팔짱을 끼었다. 슈타인호프는 오래 전부터 선단 공격보다는 적국 해안에 로켓 공격을 퍼붓는 임무를 맡고 싶었다. 마침내 올해 초에 로켓 작전 전대인 15전대로 전속된 뒤 열심히 임무를 수행하고 있었다. 헌데 이번 임무는 좀 두려웠다.

"어떻게 폭발하거나 침몰하지 않고 끌고 오긴 했는데, 영 불안해. 저 물건."

지금 U-511 옆에는 킬에서 여기까지 조심해서 끌고 온 잠수 바지선이 떠 있었다. U-511과 사실상 거의 같은 덩치인 저놈을 끌고 오느라 사흘 동안 주의를 잔뜩 곤두세워야 했다. 지금도 승무원들은 어둠 속에서 저 커다란 덩치를 부상시키고 그 위를 돌아다니며 온갖 미세조정을 하고 있었다. 해군 기술연구소에서 나온 기술장교 몇 명이 그 틈에 끼어 있었다. 함장과 같이 사령탑에 선 작전장교 칼 로스만 중위는 신이 나서 그쪽을 바라보고 있었다.

"그러니까, 저놈을 가라앉힌 다음 안에서 스위치를 누르면 저기서 로켓이 나간다고?"

"그렇습니다. 탄두중량 20kg, 사정거리 40km인 로켓 150발이 한꺼번에 발사된답니다."

"거참 요상한 물건이군. 그럼 저런 놈이 스스로 움직일 수 있게 되면 우리는 나설 필요가 없게 되겠는데?"

"뭐, 아직은 로켓이 잔뜩 든 상자에 잠수함 형태 외피를 입히고 심도조절장치랑 발사 관제실을 설치한 것뿐이잖습니까. 아직 저건 잠수함이라고 할 수도 없지 말입니다."

두 사람이 대공 경계 겸, 구경 겸 사령탑에 서 있는 사이 저 괴상한 신무기가 공격 준비를 마쳤다. 선체에 설치된 발사구가 정확히 목표를 향하도록 조정을 마친 승무원들이 고무보트를 타고 U−511로 돌아오고 기술장교 두 사람은 발사 관제실 안으로 들어가 해치를 걸어 잠갔다. 슈타인호프 함장은 작업을 마친 승무원들이 서둘러 함내로 들어가도록 했다.

"로스만 중위, 내가 꼭 함내로 들어갈 필요가 있겠나?"

"역탐지 장치[1]도 반응이 없고, 불빛이 보이거나 엔진 소리도 들리지 않으니 여기 계셔도 안 될 건 없긴 합니다."

어차피 적이 나타나도 잠수할 수도 없다. 만약 지금 영국군 초계기가 나타나 공격해온다면 U−511은 "술통"을 지키기 위해서 싸워야 했다. 기본무장인 7.92mm 기관총 4문과 이 임무를 위해 특별히 추가로 탑재한 4연장 20mm 대공포 2문이 대공 경계 상태에 들어가 있었다.

"그럼 같이 보자구. 우리가 끌고 온 놈이 어떤 활약을 보여줄지."

슈타인호프가 전성관을 잡았다.

"함장이다. 본함은 현 상태로 대기한다. 함내에서는 유사시 지시를 내리면 즉시 잠항할 수 있도록, 그리고 무사히 발사가 끝나면 바로 견인작업에 들어갈 수 있도록 대기할 것. 이상."

발사예정시각까지는 2분이 남았다. 저 기괴한 '술통'은 슈타인호프

---

1 영국군 해상초계기가 부상한 잠수함을 찾기 위해 사용하는 레이더가 발신하는 전파를 역으로 탐지하기 위해서 유보트가 부상 중에 설치하는 무선 수신기.

가 보는 앞에서 천천히 바다 밑으로 가라앉았다. 기술장교가 설명한 바로는 로켓이 든 발사통 공간에 물을 채워서 가라앉을 거라고 했다. 출항할 때부터 물을 채우면 로켓이 녹슬어 망가질 수도 있지만, 발사 직전은 괜찮다나.

"과연 저놈이 노리치를 포격할 수 있을까?"

"40km나 날아간 로켓이 정확히 어디에 떨어질지는 하느님만 아실 겁니다."

로스만이 시큰둥하게 대답했다. 잠시 후, 시계바늘이 정확히 0에 모이자 바닷물 속에서 수십 발이나 되는 로켓이 굉음과 함께 솟아올랐다. 발사구 자체가 비스듬하게 만들어져 있어서 로켓은 수직으로 솟지 않고 일단은 대충 목표 방향으로 날아갔다. 백여 발이 넘는 로켓들이 모조리 하늘 저편으로 사라지자 순식간에 수면 위에는 로켓 추진제가 타면서 남긴 매캐한 연기만 자욱하게 남았다. 슈타인호프가 기침을 했다.

"제기랄, 낮에 이 짓거리를 했다가는 100km 밖에서도 보일 것 같군. 로켓 사정거리를 더 길게 만들어서 더 멀리서 쏴야겠는데?"

대답은 없었다. 로스만도 매운 로켓 연기 때문에 기침하는 중이었다. 잠시 투덜거리던 슈타인호프가 전성관을 잡았다. 쏴아 하고 물 쏟아지는 소리가 나면서 '술통'이 수면 위로 올라오는 중이었다.

"견인작업반, 갑판으로!"

지시를 내린 뒤 '술통' 쪽을 보니 이제 수면 위로 완전히 떠올라 있었다. 발사를 담당한 기술장교들이 관제실 밖으로 나왔다. U-511 승무원들이 급히 로프를 연결하며 견인 준비를 했다. 손으로 조작하는 외부 밸브를 열자 트림 탱크[1]에서 공기가 빠지기 시작했고 '술통'은 곧 수면 아래로 가라앉았다.

"됐다. 전원 승선! 금방 초계기가 올 거다. 빨리 잠항해!"

작업반원들이 먼저 배 안으로 들어가고, 대공경계반 소속 승무원들도 서둘러 철수했다. 슈타인호프는 마지막으로 사령탑 위에서 주변을 둘러본 다음 사령탑 안으로 들어가 해치를 닫았다. 물이 새지 않도록 손잡이를 돌려 단단히 잠근 슈타인호프가 사다리를 내려가면서 소리를 쳤다.

"잠항! 곧바로 킬로 돌아간다!"

U-511은 '술통'을 끌고 천천히 바닷물 속으로 자취를 감췄다. 새로운 방식으로 가한 로켓 공격이 어떤 성과를 냈는지는 공군 정찰기가 확인해주리라.

"참, 로스만. 내가 직접 물어보기는 좀 그런데…. 왜, 그 물 속에서 쏘면 저 혼자 물 밖으로 날아가서 수상함을 맞힌다는 로켓 이야기 저 치들한테 한 번 물어보게."

"사실 제가 이미 물어봤습니다. 아직 유도장치 개발이 덜 됐다는군요. 스크루 소리를 탐지해서 방향 잡고 발사하면 물 밖으로 나가서 적외선으로 표적을 찾는다는데 하는 소리가 영 복잡해서 알아들을 수가 있어야지 말입니다."

"그래? 어서 신무기가 완성되어 영국 해군을 완전히 섬멸하고 싶은데 아쉽군."

슈타인호프가 입맛을 다셨다. 요즘 손실을 많이 보긴 했지만 영국 해군은 아직도 상당한 전력을 확보하고 있었다. 적어도 독일군이 영국

---

1 잠수함에서 부력을 조절하기 위해 물이나 공기를 채우는 탱크.

상륙을 시도할 생각도 하지 못할 만큼은. 어떡하면 영국 해군을 무력화할 수 있을까, 모든 해군 장교들이 가진 고민거리였다.

5

"사진 판독 결과, 신형 로켓 150발 중 43발이 노리치 시내에 낙하했습니다. 나머지는 모두 교외에 떨어진 것으로 판단됩니다. 그래도 이 정도면 실전에 투입할 가치가 충분합니다."

발트해에서 시험사격을 반복하면서 얻은 데이터에 따르면 이 로켓이 최대사거리에서 목표로 삼은 도시에 명중할 확률은 30% 내외였다. 그럭저럭 데이터대로 결과가 나온 셈이다.

"로켓 발사용 수중 바지선은 현재 몇 척이나 건조되었나?"

"세 척입니다. 세 척이 더 건조중입니다."

"그럼 이미 건조한 여섯 척으로 그쳐. 추가 건조는 금지한다. 여섯 척이 한꺼번에 영국 도시에 로켓을 퍼부어 봐야 영국군 랭카스터 한 대가 독일에 한 번 떨어트리는 양 정도밖에는 폭격할 수 없는데, 많이 만들어 봐야 우리만 손해다."

아아, 속이 터진다. 전투기로 잡는 유럽 상공 제공권은 확실히 꽉 잡고 있는데, 폭격기 전력에서는 영국 공군에게 상대가 안 된다.

4발기를 지금 갑자기 만들어낼 능력도 없고, 히틀러처럼 Ar234나 Me262를 폭격기로 투입하라는 개소리를 할 수도 없으니 폭격기 문제는 정말 손을 들었다. 폭격기 없이 무슨 수로 영국을 굴복시킨단 말인가.

"총통, 동부전선에서 병력과 물자가 부족하다는 호소가 계속되고 있습니다. 지금처럼 넓은 전선에서 전투를 계속하다가는 조만간 우리 스스로 무너지게 될 겁니다. 소련군은 아시아계 병사와 여자, 아이, 노인들까지 동원하면서 전선을 유지하고 있는데, 우리는 병력자원이 한계에 달했습니다. 전선을 축소시키고 예비전력을 확보하거나, 아니면 강화를 맺어야 합니다."

스탈린에게 압력을 넣기 위해 감행한 스몰렌스크 공세는 실패했다. 중부집단군은 작전 초기에는 하루 20km씩 진격하면서 소련군을 갈아버렸지만, 맹렬한 저항을 받고 사흘째부터 진격 속도가 둔화되었다. 소련군이 모스크바 일대에 대기시키고 있던 전략예비대를 투입하면서 전투는 백중세로 돌아섰고 60km를 진격한 뒤 전진은 아예 멈췄다. 사흘 동안 격전이 벌어졌지만 진격할 수가 없었다.

도로와 철도 상태도 개판이라 보급이 제대로 되지 않았기 때문에 나는 포기하고 철수 명령을 내렸다. 중부집단군은 원 전선으로 돌아올 수밖에 없었고, 상당한 손실을 입었다. 결국 야심만만한 대공세가 또 한 차례의 파쇄공격으로 전락한 셈이다. 이미 몇 차례 그랬던 것처럼.

"전차를 매달 6백량씩 만들어 주고 있는데 그래도 부족한가?"

슈페어 만세! 지금 전선에 공급되는 전차는 매달 판터 450량, 티거2 150량이다. 3호니 4호니 하는 찌질한 전차 라인은 모조리 닫아버렸다. 티거1도 생산 종료했다. 아, 돌격포랑 헤처는 당연히 별도로 친다. 돌격포는 원래 용도인 보병 지원용으로 매달 50량쯤 생산하고, 헤처는 전차엽병대에 지급할 용도로 한 달에 100량씩 뽑아내고 있다. 그전에 임시로 만들었던 마더 같은 건 다 후방으로 빼내고.

실제 역사에서 44년에 전차공장이 폭탄 세례를 받기 전에 독일이 생산한 주력전차는 지금 우리가 만들고 있는 양보다 좀 더 많았다. 한 달에 700량이 넘는 전차를 만들었지만, 사실 그때 생산한 전차 중 절반 가까이가 4호 전차였다. 그에 비하면 지금 구축하는 기갑전력이 질적으로 훨씬 우수하다. 당연히 돈도 훨씬 많이 들고 있는데…, 이 돈 어떻게 다 메우나? 제기랄, 전쟁 끝나고 생각하자.

"지금 문제는 보병입니다. 전선이 워낙 넓고, 병력 손실이 꾸준히 발생하다 보니 일선에서는 병력이 부족합니다. 1개 중대가 10km를 방어하는 구역도 있을 정도입니다."

절로 한숨이 나왔다. 사실 대소련 전선에서 후방 치안을 현지인 보조부대가 맡아 준다고 하지만 대도시를 비롯한 주요 전략거점에는 수비대를 둘 수밖에 없다. 그리고 지금은 전투가 없긴 해도 노르웨이, 프랑스, 이탈리아에도 병력을 배치하지 않을 수는 없었다. 아주 싹 비워 두면 영국군이 득달같이 달려들 테니까.

"곧 겨울이 옵니다. 겨울에는 우리보다 적이 유리하다는 사실은 잘 알고 계시지 않습니까? 올 겨울에도 선제적으로 후퇴해서 방어가 용이한 선에 방어진지를 구축하고 충분한 예비대를 확보해야 합니다. 아니면, 방금 말씀드렸듯이 휴전협정을 맺던가 말입니다."

연륜을 갖춘 최고참 장군답게, 폰 레프 원수는 하고 싶은 말을 전혀 삼가지 않았다. 물론 그게 무례하다는 이야기는 아니다.

"소관은 1941년부터 우리 육군이 동부전선에서 방어 준비를 해야 한다고 말씀드렸습니다. 그동안은 어떻게 버텼지만, 이제 정말로 전진을 중단해야 합니다. 지난번 공세도 결국 실패했습니다. 한겨울이 되면 우리 전차는 멈출 수밖에 없고, 이반이 반격을 시작할 겁니다. 아직 한 달여 시간이 있는 동안 방어 준비를 해야 합니다."

어려운 문제다. 저쪽 세계 역사에서 독일이 처했던 상황, 그리고 지

금 이쪽 세계에서 처한 상황. 다소 차이는 있지만, 동계 전투에서 소련
군이 대체로 우세했다는 점은 변함없었다. 하지만 지금 철수를 시작한
다면 더 기가 산 스탈린은 분명히 내게 더 양보하라고 요구하겠지. 속
이 답답해져서 냉수를 들이켜는데 인터컴이 울렸다.

— 총통, 셸렌베르크 국장입니다.

"들어오라고 해."

무슨 소식을 가져왔지? 좋은 소식이면 좋겠는데. 한숨을 쉬며 집무
실 문을 보고 있는데 셸렌베르크가 핏기가 올라 붉어진 얼굴을 하고
들어왔다. 흥분으로 붉게 달아오른 셸렌베르크를 보자 뭔가 큰일이 생
겼음을 바로 알아챌 수 있었다.

"오늘 회의는 여기서 중단하겠네. 대외정보국장과 급히 이야기할 문
제가 있어서 말이야."

"알겠습니다, 총통."

육해공군 최고사령관 세 사람은 내게 인사를 하고 자리에서 일어섰
다. 하긴, 답이 안 보이는 문제를 붙들고 앉아 있으려니 피곤하기도 했
으리라. 그리고 이들이 다 나가자 지금 처한 곤란한 상황을 해결해 줄
수 있을지 모르는 소식을 가져온 이가 내 앞에 섰다. 셸렌베르크는 장
군들이 밖으로 나가자마자 들뜬 목소리로 속삭였다.

"늑대가 제거되었습니다!"

6

9월 28일, 스탈린은 휴식을 취하기 위해 모스크바 교외에 있는 다
차(별장)에 나가 있었다. 그 주변에는 인가받지 않은 인원은 아무도 다
가갈 수 없었고, NKVD 소속 경호원들이 철저히 둘러싸고 있었다. 그

리고 당연히 이 요원들은 모두 내무인민위원장 라브렌티 베리야가 거느린 핵심 심복들이었다.

이날, 스탈린은 베리야를 비롯한 고관들을 별장으로 불렀다. 우크라이나를 어떻게 하면 되찾을 수 있을까 하는 문제가 주된 논제였다. 그리고 이 자리에서 나치 편에 붙은 우크라이나인들의 반동성이 과녁에 올랐다. 벨라루스인들은 우크라이나에 비해 독일에 협조하는 정도가 덜해서인지 스탈린에게 비난을 받지 않았다.

"우크라이나 놈들은 모조리 굴락[1]에 처넣어야 해! 우크라이나를 수복하면 나치 놈들을 떠받들어 모시고 살던 모든 우크라이나인을 시베리아로 이주시키고, 우크라이나 땅에는 러시아인들을 이주시켜 살게 한다!"

"서기장 동지! 물론 많은 반동분자가 있는 건 사실입니다만 충성스러운 우크라이나 동지들도 많습니다. 지금도 10만 명 가까운 우크라이나인이 독일군 후방에서 빨치산투쟁을 벌이고 있습니다. 저 역시 우크라이나인입니다!"

"헛소리 말게. 자네는 우크라이나 태생이 아니라 러시아인이잖은가!"

스탈린이 매섭게 노려보자 흐루쇼프[2]는 당장에 고개를 움츠렸다. 평소라면 기분이 좋지 않은 스탈린을 흐루쇼프가 춤과 노래를 포함한 온갖 재롱으로 즐겁게 했겠지만, 지금은 그가 우크라이나 출신인 것 자체가 스탈린을 분노케 했다.

---

1 소련 정권이 운영한 강제수용소. 주로 정치범 및 사상범을 수용하고 노동을 통한 인간개조를 목표로 한다. 사망률은 높았지만, 기본적으로 학살이 아닌 노동과 교화가 목적이었으므로 나치의 강제수용소와는 달리 최소한의 생존을 위한 조건은 맞출 수 있도록 노력했다.

2 니키타 흐루쇼프. 스탈린의 뒤를 이어 2대 서기장으로 등극했던 인물이다.

"그리고 빨치산 투쟁이라고? 닥치게! 우크라이나에서 빨치산 활동을 벌이는 이들은 모두 우크라이나인이 아니라 러시아인들이야! 우크라이나 놈들은 스테판 반데라[1] 놈의 밑에 들어가서 빨치산을 사냥한다고 미쳐 날뛰고 있어! 우크라이나에 침투해서 투쟁하다가 놈에게 붙잡혀 살해된 우리 붉은 군대 용사들이 수천 명이라는 사실을 네놈은 모르나!"

스탈린은 애걸하는 흐루쇼프를 향해 고함을 질렀다. 흐루쇼프는 책상 위에 머리를 수그린 채 부들부들 떨고 있었다. 옆에 앉아 있던 몰로토프가 그를 구해주고 싶었는지 조심스레 다른 화제를 꺼냈다.

"서기장 동지. 독일이 새로 제안한 협상안에 대해서는 어떻게 생각하십니까?"

"파시스트들이 41년 6월 국경으로 철수할 때까지 놈들과 타협은 있을 수 없다. 물론 우리는 힘이 회복될 때까지는 협정을 준수하여 독일과 우호관계를 유지할 것이다. 숨을 돌릴 시간이 필요하니까. 우크라이나가 품고 있는 철과 석탄, 벨로루시의 인구와 완충지대를 되찾는다면 다시 힘을 기르는 건 어렵지 않아. 우리가 방해하지 않는다고 히틀러 놈이 영국을 정복할 수 있을 것 같은가? 절대 불가능하다!"

스탈린이 냉소적인 표정을 지으며 독일을 비웃었다.

"조만간 일본은 망한다. 그때까지 영국이 버티고 있으면 미국이 일본을 쳐부수고 유럽으로 와서 참전할 거고, 독일은 미국을 당해내지 못하고 패할 것이다. 우리 소비에트는 그날을 기다리면서 힘을 키우고 있으면 된다. 그때쯤이면 오랜 전쟁에 지친 독일인들은 기꺼이 봉기하

---

1 폴란드 및 소련 당국에 맞서서 우크라이나 독립을 위해 싸운 게릴라 지도자. 2차 세계대전이 끝난 뒤에도 반소 무력투쟁을 계속했으나 결국 좌절된 후 독일로 망명했다가 소련 첩보원에게 암살당했다.

여 사회주의혁명대열에 동참할 것이다. 독일 뿐 아니라 전 유럽이 자본주의 국가들이 벌이는 전쟁에 지쳐 있을 테니 모두 혁명대열에 동참할 것이다!"

스탈린은 아주 거만한 태도로 공산주의가 유럽을 제패할 장밋빛 전망을 펼쳐보였다. 문제는 이 전망이 트로츠키가 내세운 세계혁명론에 가깝다는 것이었지만. 과거 트로츠키에 맞서서 일국사회주의를 주창한 바 있는 스탈린으로서는 다소 역설적인 예언이었다.

하지만 지금 스탈린 앞에 몰려 있는 소련 수뇌부들은 이런 희망적인 예측을 듣고서도 누구도 얼굴에 기쁜 빛을 띠지 않았다.

지난 3년 동안 전쟁을 치르면서 소련은 2억 인구 중에서 이미 1천만에 달하는 전사자와 포로를 냈다. 부상자는 그 몇 배나 되고, 적어도 3천만에 달하는 인구가 독일 점령지에 살고 있었다. 앞으로도 전쟁을 계속한다는 방침을 받아들이기에는 너무 희생이 컸다.

"서기장 동지, 그렇다면 그 숨을 돌리는 시기를 조금 앞당겨도 되지 않겠습니까? 지금 이 순간에 영토를 일부 포기하더라도, 파시스트들이 붕괴할 때 되찾을 수 있다면 주저할 필요가 없습니다. 레닌 동지도 과거 1918년에 제국주의자들과 타협[1]을 하지 않았습니까?"

몰로토프가 다소 간곡하게 독일과 휴전하자고 요청했다. 엄습하는 공포감을 가까스로 억누르면서 안간힘을 다해 진언하는 중이었다.

"하지만 조약문에서 잉크가 마르기도 전에 독일 제국주의자들은 스스로 붕괴했고, 다소 혼란이 있기는 했지만 우리는 핀란드와 발트 일대를 제외한 모든 영토를 수복했습니다. 이번에도 기회는 있을 겁니다.

---

1 1차 세계대전 당시, 빨리 전쟁부터 끝내기 위해 독일과 소비에트 러시아가 체결한 브레스트-리토프스크 조약을 가리킨다. 이때 독일은 러시아로부터 너무 많은 영토를 빼앗은 탓에 서부전선으로 보내려던 병력을 여기 수비대로 배치해야 했고, 이는 독일이 패배하는 원인 중 하나가 되었다.

인민들은 평화를 원하고 있습니다."

"외무인민위원 동지, 자네 제정신인가! 우리 조국을 침범한 자들에게 국토를 내주고 평화를 맺자니? 설사 평화가 온다 한들, 우크라이나에서 생산하는 밀과 석탄, 철이 없이 어떻게 국가를 재건한단 말인가? 헛소리 작작 하시오!"

"서기장 동지, 독일이 우크라이나 전역을 요구하는 게 아니지 않습니까? 우리와 우크라이나를 분할하고, 자기들 쪽 우크라이나도 독일 영토로 만드는 게 아니라 독립국가로 만들어 우리와 사이에 완충지대로 만들자고 했습니다. 그만하면 타협할 조건이 됩니다. 시간을 들여 상처를 복구한 뒤 되찾으면 되지 않겠습니까?"

"아니! 우크라이나는 우리 소비에트 연방에 꼭 필요한 땅이오. 우크라이나를 독일이 가지게 되면 모스크바는 남쪽에서 들어오는 위협을 막아낼 수가 없고, 벨로루시까지 잃게 되면 더더욱 위험해지오. 놈들이 41년 국경선을 받아들일 때까지 우리는 총을 놓아서는 안 되오."

스탈린은 단호하게 결론을 내렸다. 말 그대로 강철 거인과 같은 태도였다.

"지난번 스몰렌스크 방면으로 쳐들어온 적을 격퇴했듯이, 우리 소비에트는 적을 충분히 막아낼 능력이 있소. 우리가 적을 붙들고만 있어도 놈들은 점점 초조해질 테고 결국 평화를 애걸하게 될 거요. 우리 위대한 러시아 인민들은 기필코 승리를 쟁취할 수 있소!"

"서기장 동지. 지금 전선에서는 병사가 너무나 부족합니다. 죽거나 잡히거나 중상을 입은 자가 3천만에 달하고, 사단 병력이 평균 6천이 되지 않습니다. 그나마 여자와 어린애, 노인들이 수백 명씩 포함되어 있습니다. 군인으로서 이런 말을 꺼내기가 무척이나 창피스럽습니다만, 지금처럼 전쟁을 계속하면 얼마 안 가서 러시아가 텅 비게 될 겁니다."

이를 악물고 있던 최고사령관 대리, 게오르기 주코프 원수가 용기를 내서 입을 열었다.

작년 봄부터 실질적으로 전군을 지휘하고 있는 주코프가 갖는 무게는 엄청났지만 지금 분노한 스탈린에게는 그 역시 자신을 따르지 않으려는 반동분자일 뿐이었다.

"주코프 동지! 귀관에게 전략 구상에 대한 의견을 구한 바 없으니 그 입을 다무시오! 귀관은 그저 내가 결정한 바에 따라 군대를 움직여 적을 쳐부수기만 하면 되는 거요!"

탁자 주변에 둘러앉은 이들은 차마 더 이상 대놓고 반박하지 못했다. 흐루쇼프와 몰로토프에 주코프까지, 이런 거물들이 협상을 제안하다가 모두 거부당했다면 도대체 누가 스탈린 앞에 다시 나설 수 있겠는가.

마땅찮은 표정으로 부하들을 둘러보던 스탈린이 자기 앞에 놓여 있는 보드카 잔을 들어 쭉 들이켰다. 쾅 하고 잔을 내려놓은 스탈린이 의자 등받이에 몸을 기대더니 천천히 옆으로 쓰러졌다. 옆에 앉아 있던 소비에트 연방 국가방위위원 아나스타스 미코얀이 눈을 동그랗게 떴다.

"서, 서기장 동지?"

스탈린이 의자에서 떨어지면서 쿵 하는 소리가 울리자 임석해 있던 소련 지도부 전원이 자리에서 벌떡 일어났다. 마룻바닥에 누운 스탈린은 아무 말도 하지 못하고 부들거리며 몸을 떨고 있었다. 눈에는 핏발이 서고 입에서는 거품이, 코에서는 피가 가늘게 흘러나왔다.

"의, 의사! 의사 어디 있나!"

스탈린이 마신 보드카를 따라준 장본인, 미코얀이 창백해진 얼굴로 소리를 질렀다. 하지만 의사는 나타나지 않았다.

"미코얀 동지. 소란 피우지 마십시오. 서기장 동지께서는 피로가 쌓여 잠시 발작을 일으키셨을 뿐입니다. 이봐, 모셔가."

어디서 나타났는지, 기척도 없이 나타난 베리야가 차분하게 말했다. 전혀 동요하지 않는 베리야를 보고 미코얀은 놀란 나머지 방 안에 있는 다른 사람들을 바라보았다. 그리고 탁자 주위에 둘러앉은 사람 대부분이 창백하게 굳어 있기는 할지언정 당황하지 않았음을 깨달았다. 당황한 미코얀이 소리쳤다.

"뭐, 뭐요? 당신들은 서기장 동지께서 쓰러지셨는데 걱정도 안 되시오?"

"미코얀 동지. 동지도 아무래도 좀 휴식이 필요하신 것 같소. 편히 쉴 수 있는 조용한 방으로 안내해 드리리다."

어느새 들어온 NKVD 요원들이 쓰러진 스탈린을 부축해서 침실로 데리고 갔다. 그리고 다른 요원들이 미코얀도 끌고 나갔다. 어안이 벙벙해진 미코얀은 제대로 저항하지도 못했다.

"안타깝게도 의사가 오려면 내일 아침이나 되어야 할 것 같습니다."

스탈린이 앉아 있던 의자 옆에 선 베리야가 담담하게 말했다.

"일단 내일 아침까지 서기장 동지 혼자 기운을 차리시도록 방에 홀로 모셔두도록 하겠습니다. 그리고 여러분께서는 미코얀 동지가 건넨 보드카를 드시고 서기장 동지께서 쓰러지시는 모습을 분명히 보셨으리라 믿습니다."

"보았소."

모두가 고개를 끄덕였다. 베리야도 마주 고개를 끄덕였다.

"아무래도 미코얀 동지가 어떤 의도로 그 보드카를 서기장 동지께 권했는지 자세히 물어보아야 할 것 같지요? 그럼, 그 문제는 답을 찾는 전문가들에게 맡겨 두고 우리 모두는 여기 식당에서 내일 아침에 도착할 의사를 기다려 보도록 합시다."

"다음날 아침 도착한 의사가 침실에 들어가 스탈린을 진찰하니 이미 죽어 있었다고 합니다. 눈을 뜬 채 말입니다."

"그래, 그렇게 갑자기 죽었단 말이지."

강철의 대원수, 이오시프 스탈린이 진짜 역사보다 8년 반이나 빠르게 저세상으로 갔다. 아니, 이 세계에서는 지금 죽은 게 역사다. 공연히 흔들리지 말자.

"대외정보국장, 귀관이 생각하기에는 스탈린이 자연사한 것으로 보이는가?"

"그럴 리가 있습니까. 독살이 확실합니다."

"그렇다면 범인은?"

"베리야는 소관에게 미코얀이 범인이라고 통고했습니다만, 진짜로 일을 저지른 장본인은 베리야 자신임이 분명합니다. 미코얀은 베리야가 짠 함정에 빠졌을 뿐이고 말입니다."

셸렌베르크가 우쭐대며 자기가 파악한 정보를 자랑했다.

"소련 내에서 암살이라면 NKVD를 따라갈 자들이 없습니다. 어떤 방법으로 먹였는지는 모르겠으나 스탈린을 제거한 장본인은 베리야가 틀림없습니다."

"흠, 뭐 상관없네."

정말로 상관없다. 나는 그저 흡족하게 웃었다.

"누가 스탈린을 제거했건, 소련 지도부가 일단 전쟁을 끝내는 데 중점을 둘 건 분명하니까 말이야. 다음 접촉에서 데카노조프가 보일 전향적인 자세를 기다려 보도록 하세."

아아, 이제야 동부전선에서 전쟁이 끝날 희망이 비치는구나. 조금만 더 버티자! 그러면 이 전쟁을 살아서 끝낼 수 있을 거다!

27장
미키마우스 작전

1

사방에서 불을 뿜는 함포 사격이 천지를 진동시켰다. 미 해군이 보유한 전함 30여 척이 사가미만 일대를 완전히 헤집어 놓고 있었다. 겨울 동안 일본군이 갖은 애를 써서 구축해 놓은 해안방어진지는 전함들이 쏘아대는 14인치, 15인치, 16인치 포탄을 얻어맞고 가루가 되어 날아갔다. 포격은 벌써 10일째 계속되고 있었다.

"내일부터는 해안에 깔린 기뢰를 제거하고, 수중 장애물을 폭파하겠습니다. 그래야 닷새 뒤에 상륙작전을 개시할 때 방해가 안 될 테니까 말입니다."

스프루언스 제독에게 보고를 받은 니미츠가 고개를 끄덕였다. 일본 땅에 상륙이 개시된 뒤에는 맥아더가 지휘권을 쥐게 되겠지만 상륙을 시작하기 전까지는 니미츠 자신이 최고사령관이었다. 맥아더는 배에 탄 채 기다리면서 시간이나 보내고 있으라고 하면 됐다.

"예정대로 진행하게. 참, 그 한국인들이 벌인다는 특수작전은?"

"해병대 항공단에서 수송기를 제공해 주지 않으려고 하니까 육군에서 얻어내려고 노력하는 모양입니다. 중국에 있는 셴놀트 장군에게 영향력을 행사해 달라고 부탁하고 있다는 군요."

"거참, 도대체 무슨 짓을 기획하고 있는지 솔직히 털어놓기만 하면 우리가 바로 비행기를 마련해 줄 텐데. 얼마나 중요한 작전인지 알아야 지원을 해주든, 말든 하지."

니미츠가 혀를 찼다. 오키나와에서부터 해군과 함께 작전을 펼치고 있는 한국인들은 이제까지 일본에 대해 자신들이 품은 의도를 숨기지 않았다. 미군에 대한 제안이나 지적을 할 때면 근거와 배경을 철저히 갖춰서 제시했다. 도움을 청할 필요가 있을 때도 육하원칙을 갖추어 서면으로 도와달라고 청하는 게 기본이었는데, 이번 사안에 있어서만은 단 한 부분도 밝히려 하지 않았다.

"그런데 그 자들, 전용 사진정찰기까지 필요하다고 한답니다."

"아니, 뭘 하려고?"

니미츠 제독이 깜짝 놀랐다. 니미츠 자신은 킹 제독으로부터 정보를 받으면서 독일과 연계된 그 한국인들을 가능한 수단껏 도와주라는 지시도 받고 있었다. 비록 납득이 가지는 않았지만. 하지만 사진정찰기까지 필요할 정도로 철저하게 준비하는 특수작전이라니, 이건 그냥 무시하고 넘기기에는 너무 의심이 생기는 준비였다.

"전용 정찰기라니? 너무 과한 것 아닌가? 도대체 무슨 일을 꾸미는 거지?"

"그걸 알 수가 없습니다. 맥아더 사령부 참모들 사이에서도 논쟁이 분분한 모양입니다. 고작 정찰기 1기와 수송기 2기 가지고 굳이 맥아더 원수를 귀찮게 할 필요 없다는 소리도 있고, 그래도 워낙 특이한 사항이니만큼 보고하고 승인을 받아야 한다는 주장도 있고 말입니다."

니미츠가 인상을 찌푸리며 입맛을 다셨다. 왠지 나보다 더 부잣집 아들을 찾아 떠나려는 빈민가 출신 애인을 보는 것 같은 기분이 들어서 입맛이 썼다.

"뭐, 한 번 그 치들하고 다시 의논해 보고 그리 큰 부담이 되는 일만 아니라면 지원해 주도록 하게. 우리도 수송기 두어 기 정도는 용처를 묻지 않고 내줄 수 있으니까. 정찰기 지원도 힘든 건 아니고, 한번 이야기해 봐. 그보다 급한 건 눈앞에 닥친 전투인데, 잽스들이 가해오는 자살공격은 이제 좀 수그러들었나?"

"지난 열흘 동안 하루 평균 200기씩 날아들고 있습니다. 겨우내 육군항공대와 우리 해군, 그리고 해병항공대가 눈에 불을 켜고 찾아 부쉈는데도 아직도 그만한 비행기가 남아 있었다니 놀라울 따름입니다."

작년 11월 11일에 육군과 해병대를 합쳐 35만 명을 투입해 실시한 올림픽 작전에서 맥아더는 가고시마, 미야자키, 센다이 등 규슈 남부 일대에 확실한 거점을 확보했다. 12월 8일부터 10만 명을 동원한 파스텔 작전에서는 시코쿠 남부에 거점을 확보하는데 성공했다. 두 섬 모두 3분의 1 정도를 점령했을 뿐이지만, 그만하면 충분했다. 맥아더는 곧바로 공병대를 투입해서 7개나 되는 비행장을 건설했다.

아직 주변에서 일본군이 반격을 시도하는 와중에 이 비행장에서 작전할 육군과 해병대 소속 항공기들이 속속 도착했다. 일본 본토에 거점을 확보한 전투기들은 규슈부터 간토까지, 더 나가서 제주도를 비롯한 한반도 남부지방까지 넘나들면서 일본군 항공기를 사냥했다. 해군기들은 항공모함으로 일본 주변을 돌면서 도호쿠 전역과 홋카이도, 쿠릴 열도를 휩쓸었다.

겨울 내내 미군 항공기들이 노리는 최우선 목표는 일본군 항공기였다. 1945년 3월에 72만 명이라는 대병력을 투입해서 감행할 대대적인 상륙전에 가장 위협적인 요소가 일본군 항공기였기 때문이다. 병력을 가득 실은 수송선에 자살공격기가 충돌하면 어떤 일이 벌어지는지, 올림픽 작전 도중에 같은 일을 몇 번 경험한 미군 지휘부는 이미 잘 알고 있었다.

매일 수백 기나 되는 미군 전투기들이 하늘을 뒤덮자 얼마 안 가서 일본기는 일본 및 한반도 상공에서 씨가 말랐다. 간혹 비밀기지에서 출격하여 공중전을 벌이려고 하거나 오키나와와 규슈, 시코쿠 사이를 오가는 미군 수송선단에 대한 자살공격을 시도하는 일본기들도 있었다. 하지만 이런 만용을 부린 조종사들은 목표 가까이도 오지 못하고 죄다 격추당했다.

사냥감이 하늘에서 사라졌다고 항공대가 작전을 중단할 리는 없었다. 이제 때려 부술 목표는 작전지역에 있는 모든 물체였다.

하늘을 메운 미군기들은 군사적으로 사용할 수 있을 것 같아 보이는 모든 구조물에 기관총과 로켓을 퍼부었다. 도로를 오가는 차량이나 선로 위를 오가는 열차는 당연한 표적이었고, 다리란 다리는 철교건 육교건 모조리 무너뜨렸다. 학교건 공장이건 규모가 큰 대형 건물은 발견하는 대로 네이팜탄으로 불태워버렸다. 여기에는 매리애나에서 출격한 B-29들이 한 몫을 단단히 했다.

3개월 동안 그렇게 퍼부어댄 폭탄이 몇 톤이나 되는지는 니미츠 자신도 알지 못했다. 그저 일본을 모조리 폐허로 만들었음을 알고 있을 뿐이었다. 그렇게 두들겼는데도 아직 일본에 항공기가 남아있다는 사실이 놀라웠다.

"대공포도 거의 다 부순 줄 알았더니 의외로 좀 남아있었다고 했지. 놈들도 우리 상륙이 임박할 때까지 무기를 숨겨 놓고 있었던 게야. 상륙할 때 저항이 좀 있겠어."

"그러게 말입니다. 음, 그런 일이 안 생기도록 한 방에 해안선을 초토화시킬 수 있는 그런 강력한 폭탄이 있으면 좋겠습니다. 그러면 쾅, 하고 해안에 틀어박힌 일본군을 한 방에 모조리 쓸어버린 다음 유유히 상륙할 수 있지 않겠습니까?"

스프루언스가 농담처럼 건넨 제안을 들은 니미츠가 잠시 생각하더니 웃으며 고개를 저었다.

"안 돼. 만약 그런 폭탄이 적군에게도 있다면, 우리 함대가 그 폭탄으로 공격당해서 한 방에 전멸할 수도 있지 않겠나? 그런 폭탄은 절대 있어서는 안 돼. 아주 망할 물건이야."

두 사람은 함께 고개를 돌려 난간 너머에 펼쳐진 광경을 바라보았다. 수백 척이나 되는 항모, 전함, 순양함, 구축함, 수송선들이 시야가 닿는 저 끝까지 펼쳐져 장관을 이루고 있었다.

"이런 멋진 풍경이 강력한 폭탄 한 발에 그대로 사라지다니, 말도 안 되는 일이지. 암, 말도 안 되는 일이고말고. 만약 그런 저주받은 폭탄을 누군가 만들어낸다면, 분명 해군을 없애야 한다고 주장하는 정신 나간 놈이 나올 거야. 장거리 폭격기로 날아가서 폭탄 한 발만 던지면 전쟁이 끝나는데 돈을 퍼먹는 전함이나 항공모함이 왜 필요하냐고 하겠지."

"무서운 예측이시군요."

"두고 보게. 만약 그런 폭탄이 만들어지면 분명히 내가 말한 대로 행동하는 놈이 나올 테니까. 그런 헛소리를 못 하게 하려면 전쟁이란 것은 폭탄 한 두 발로 끝나는 것이 아니라고 확실히 인식시켜야 해. 물론 그런 폭탄이 나타나면 전함이나 항공모함이 좀 덜 필요해지긴 하겠지만…."

니미츠 제독은 쓸쓸한 표정을 지으며 수평선 위에 전개한, 아마도 단 한 나라 해군이 편성한 것으로는 인류 역사상 최대 규모일 함대를 바라보았다. 아마 이 시간 이후로 이만한 함대가 한 곳에 집결하기는 쉽지 않으리라. 이런 장관을 고작 강력한 폭탄 한 발과 바꿀 수는 없었다. 해군으로서, 그리고 인간으로서.

2

"중령, 우리가 침투하는 건 미군이 상륙하고 일주일 뒤였지?"

"그렇습니다. 준비는 다 되었습니다."

니미츠와 스프루언스가 대담을 나눈지 사흘 뒤, 미해병대 군복을 차려입은 아시아인 한 사람과 백인 한 사람이 조립식 퀀셋 막사[1] 사이를 걸어가면서 이야기를 나누고 있었다.

원래 이 지역에 있던 건물이란 건물은 다 상륙작전 도중에 파괴되어버렸다. 덕분에 이 주둔지에는 제대로 된 건물이라고는 하나도 없이 모조리 퀀셋 막사만 들어차 있었다.

"미국 해군이 제공해 주는 수송기가 2기, 일본지구공작대 소속 대원 522명 중에서 최정예로만 49명을 선발했습니다. 여기에 독일 고문관 네 명, 미국 육군에서 온 연락장교 김 대위가 함께 갑니다. 이만하

---

1 물결무늬 철판으로 만든 미군의 조립식 막사. 국내에서도 오래된 군부대에 가면 볼 수 있다.

면 목표에 침투해서 표적을 붙잡아 오기에는 충분합니다. 그러면 전쟁은 끝나는 겁니다."

"나와 귀관까지, 56명이군. 수송기 하나당 28명[1]이면 딱 맞네그려."

"그런데 전하께서 정말 직접 가시겠습니까? 너무 위험합니다."

"대원들만 보내고 내가 안 갈 수는 없네. 지난 1년여, 내가 언제든 함께 했기 때문에 우리 광복군 4지대가 그토록 용감히 싸웠다고 생각하는데, 나는."

이우는 고개를 들어 슈코르체니를 빤히 바라보았다. 그들 두 사람이 착용하고 있는 군복과 군모에는 미군 표시가 아니라 태극문양이 들어간 철제 대한민국 임시정부 표찰이 선명하게 달려 있었다. 슈코르체니는 옷깃과 소매에 무장친위대를 상징하는 독수리와 룬 문자 SS표식, 무장친위대 계급장을 추가해서 달고 있기는 했다.

"그동안 우리 제4지대, 아니 일본지구공작대는 병력을 많이 늘렸어. 성과도 많이 올렸지. 하지만 전쟁을 끝낼 만한 결정적인 전과를 올린 것은 없단 말이야."

이우가 광복군 제4지대 중 일부로 유구지구공작대를 편성하여 오키나와로 온 것은 미군과 일본군 사이에 오키나와 공방전이 한참 벌어지고 있을 때였다. 미 해군 지휘부로부터 직접 관리를 받은 이들은 곧바로 저항하는 일본군을 항복시키기 위한 선무공작에 투입되었다. 최후까지 발악할 것만 같던 일본군들도 이들이 투입되자 하나둘 손을 들고 나오기 시작했다.

특히 일본 본토인이 아닌 오키나와 출신 징집병들은 유구지구공작

---

1 2차 세계대전 중 미군이 운용한 주력 수송기 C-47 스카이트레인의 규정상 수송 가능한 탑승자 수가 28명이다.

대가 설득에 나서자 아예 저항을 포기했다고 해도 과언이 아니었다. 〈류큐 처분[1]〉이후 70여 년에 걸쳐 오키나와가 겪은 설움에 공감을 표하며, 이제야말로 미국에게 원조를 받아 일본인들로부터 벗어날 기회가 왔음을 설파하자 그 효과는 절대적이었다. 결사항전이나 집단자살을 강요하는 일본인 장교나 부사관, 선임병을 사살하고 미군에게 투항하는 오키나와 병사들이 줄을 이었다.

"우리는 일본에게 지배받았지만, 일본인은 아닙니다! 당신들이 조선인이듯, 우리는 류큐인입니다!"

직접 만난 오키나와 출신 포로가 외치던 말을 되뇌면서 이우가 웃었다. 슈코르체니가 한 마디 거들었다.

"오키나와 원주민들 뿐 아니라 한국인 병사들도 많았지요. 지금 대원들 중에서 충칭에서 온 인원을 빼면 태반이 오키나와에서 미군에게 항복한 병사들입니다. 나머지 중에 절반은 태평양 다른 섬에서 포로가 된 자들이고요. 전하 휘하에서 싸우고 싶다면서 자원하는 한국 포로들이 어찌나 많았는지 선별하느라 애를 먹었습니다."

"포로를 전투원으로 동원하는 행위는 국제법 위반이라면서 미군이 포로 중에서 대원 모집을 못 하게 막는 바람에 힘들었지."

심각한 병력 부족에 시달렸던 독일은 영국군, 프랑스군, 소련군 등 포로로 붙잡은 모든 적들로부터 자원병을 받았다. 슈코르체니도 무장 친위대 내에 영국인 부대인 영국 자유군단, 프랑스인 부대인 샤를마뉴 사단과 클로비스 사단이 존재한다는 사실을 잘 알고 있었다. 소련인 부대야 뭐 말할 것도 없고.

---

1   독립국이던 류큐 왕국을 1879년에 일본이 오키나와 현으로 만들어 정식으로 영토로 편입한 사건.

하지만 미군은 포로를 병력으로 활용하는 행위를 매우 싫어했다. 물자에서 병력까지 모든 게 남아돌아 배부른 놈들이라며 슈코르체니가 미국인들을 비꼬았다.

"한국인은 애초에 일본인이 아니며, 식민지에서 강제로 끌려왔을 뿐이라고 우겨서 억지로 넘어갔지요. 해군에서는 곧바로 우리 편을 들어줬는데 육군에서는 왜 그리 빼딱하게 나왔는지 모르겠습니다. 설마 니미츠 제독은 독일계인데 맥아더 원수는 스코틀랜드계라서 그런 건 아니겠지요?"

"행여나 그럴 리가 있겠나."

두 사람은 앞을 보고 걸으면서 피식 웃었다. 이우가 이야기를 계속했다.

"어쨌거나 지금은 육군도 우리 편의를 보아줘서 다행이지."

"그게 다 오키나와와 규슈에서 올린 성과 덕분 아닙니까."

오키나와에서 고생 끝에 병력을 보충한 이우는 슈코르체니로부터 받은 제안에 따라 충칭에 남아 있던 제4지대 잔여병력과 슈코르체니 휘하 고문관들을 모두 오키나와로 불러들였다.

김구를 비롯한 임시정부 지도부에서는 제4지대를 모조리 오키나와로 보내달라는 이우의 요청을 마땅찮아했다. 손에 쥔 전력이 사라지는 게 아쉬울뿐더러, 제4지대가 이우 휘하에서 사병화 되어가는 경향이 있음을 눈치 챘던 것이다.

하지만 정치 및 군사적으로 볼 때 답은 명백했다. 코딱지만 한 규모인 제4지대가 중국 땅에서 국부군과 팔로군 사이에 끼어 신통찮은 입장에서 게릴라전을 계속하는 편이 나은지, 미군과 함께 일본 본토를 타격하는 편이 나은지 말이다. 장제스도 껄끄러운 존재인 광복군 제 4지대를 하루빨리 치워버릴 속셈인지 김구에게 '제4지대장이 바라는 대로 해주라'며 설득했다.

결국 미군 항공편으로 인도, 호주, 태평양을 거쳐 오키나와로 온 광복군 제4지대는 먼저 온 지대장 이우와 합류했다. 이들은 킹 제독에게 지시를 받은 니미츠 사령관을 통해 해병대와 연결되어 해병대 사령관으로부터 직접 지휘를 받게 되었다. 혹시 발생할 수 있는 오인사격을 대비해 미군 군복도 지급받았다.

다만 고문관들 중 몇몇은 '자랑스러운' 친위대 제복을 벗으라는 지시를 받자 상당히 투덜거렸다. 하지만 독일군복을 입고 돌아다니다가 말썽을 초래하는 것보다는 미군복을 입는 편이 나았다. 혹시 미군 장병들에게 오인사격을 받기라도 하면 이쪽만 손해였으니까.

미 해병군단으로부터 직접 명령을 받게 된 광복군 제4지대, 아니 일본지구공작대는 올림픽 작전에 후속부대로 투입되어서 상당한 공헌을 했다. 이 지역을 지키는 일본군 부대에는 조선인 장병이 없었지만 민간인 중에는 조선인이 상당한 숫자였다. 일자리를 찾아 가족 단위로 이주한 이들도 있고 징용으로 끌려온 노동자들도 많았다.

이제 일본지구공작대로 확대 개편한 광복군 제4지대는 일본군 군복으로 위장하고 전선을 넘어가서는 이런 조선인들을 상대로 탈출과 태업을 선동했다. 이들은 공습을 받지 않아서 조업을 계속하는 산업시설을 발견하면 조선인 노동자가 있는지 먼저 확인했다. 조선인 노동자들이 있으면 일터에 나가지 말라고 설득한 뒤에 무전으로 미군에게 시설 위치를 통보했다. 그러면 해병대 전폭기들이 날아와서 일을 마무리했다.

일본지구공작대가 활동한 덕분에 규슈 북부에서 대공습에도 불구하고 숨어서 조업을 계속하던 탄광과 공장들은 완전히 문을 닫게 되었다. 731부대와 연계해서 아직도 세균무기를 연구하고 있던 규슈제국대학 실험실도 이들이 미군기를 유도, 완전히 파괴했다.

물론 광복군 대원들이 시설 파괴에만 열중하지는 않았다. 가능하면 많은 조선인들을, 간혹 따라나서는 이가 있으면 일본 민간인들도 피난시켜 미군 점령지로 가게 했다.

일본군과 행정당국은 미군이 오기 전에 한 발 앞서서 거의 모든 주민을 규슈 북부로 피난시켰다. 하지만 이들이 규슈 북부에서 무사히 겨울을 날 수 있을 리가 없었다. 작년 가을 내내 미군이 벌인 가장 중요한 작전 중 하나가 경작지에 네이팜탄을 뿌리고 항구에 기뢰를 투하한 일이었기 때문이다.

쌀 수확도 거의 없고 고기를 잡으러 나가지도 못하는데 피난민이 대량으로 유입되었다. 저장해놓은 식량도 거의 없는 규슈 북부는 완전히 아비규환으로 빠져들고 있었다. 그나마 비축된 식량은 잔존 일본군 부대가 꽉 틀어쥐고 절대 내놓지 않았고, 민간인들은 눈 덮인 산야를 뒤지며 먹을 수 있는 물건이라면 뭐든지 찾아 헤매는 비참한 처지에 몰려 있었다.

이 참상을 본 광복군 공작대원들은 조선인과 일본인을 가리지 않고 가능한 많은 민간인들을 남쪽, 미군 점령지로 인솔했다. 탈출 도중에 일본군을 만나 움직일 수 없게 되면 해병대에 연락해서 비행기를 불렀다. 길을 막은 일본군이 불벼락을 맞고 뿔뿔이 흩어지면 다시 남쪽으로 길을 재촉했다.

미군 쪽에서도 보호를 청하는 일본 민간인들에게는 따뜻한 배려를 베풀어주었다. 광복군은 겨울 내내 이런 작전을 펼치면서 미군 당국으로부터 확실히 호의적인 평가를 받고 있었다.

"하지만 우리가 이제까지 한 일은 어디까지나 보조적인 작전에 불과하단 말일세. 사실 탄광이나 무기공장 몇 개 살아남고, 일본 백성 몇만 명이 덜 굶어죽는다고 미군이 딱히 불리해질 것도 없거든. 귀관도 봤으니 알겠지만, 미군이 가진 저 무지막지한 물량은 일본이 무슨 짓을 해도 당해낼 수가 없네. 독일도 아마 상대하기 힘들 걸."

"그렇긴 합니다."

슈코르체니가 다소 우울한 표정을 지었다.

만약 저 막대한 규모의 미군 함대와 항공대가 유럽 전선으로 가서 영국군을 도왔다면 조국 독일이 어떤 끔찍한 꼴을 겪었을까 생각하니 소름이 끼쳤다. 그래서 슈코르체니는 멍청하게 미국과 전쟁을 시작한 일본과 재빨리 손을 끊은 총통에 대해 정말 대단한 판단력과 결단력을 지녔다고 매일같이 감탄하고 있었다.

"그래서 우리 한국이 이 전쟁에서 한 몫을 제대로 했다고 저들에게 인식시키려면 뭔가 큰일을 하나 해치워야 해. 지난번 731부대 폭파 건과 뒤이은 규슈 대학 파괴 건은 우리 이름을 알리긴 했지만, 이 전쟁을 뒤집을 만큼 큰 사건은 아니었어. 세균무기는 아직 연구하는 중이었지 실전에 투입되진 않았으니까. 그래서 귀관이 제안한 이 작전을 받아들인 거야."

"전하, 분명히 말씀드리지만 이 작전은 제가 아니라 총통께서 직접 기획하신 겁니다. 두 표적이 어디에 있을지에 대해서도 총통께서 제게 알려주셨고, 작전 수행 방법에 대해서도 조언해 주셨습니다."

슈코르체니가 정색을 했다. 이우도 고개를 끄덕였다.

"그래, 중령. 총통께서 신경을 써주신 점에 대해서는 진심으로 감사를 드리네. 그런데 중령, 기왕 납치를 목표로 특수작전을 편다면 일본 천황을 노리는 게 좋지 않나? 그쪽이 있는 위치도 알고 있지 않나."

"물론입니다. 총통께서 천황이 대피할 장소도 알려주셨습니다. 하지만 마쓰시로 지하대본영을 공격하기에는 우리가 지는 부담이 너무 큽니다. 미로를 이룬 깊은 동굴 속 어디에 천황이 숨어있는지 알 수 없을 뿐더러, 근위사단 병력 수천 명이 내외부를 겹겹이 둘러싸고 있을 게 뻔합니다. 우리 제4지대 전력으로는 도저히 감당이 안 됩니다."

"미군과 합동작전을 펼치면 잡을 수 있지 않겠나. 우리는 정보를 제공하고, 미군은 병력을 동원하면…"

"미군을 끌어들이면 천황은 잡을 수 있겠죠. 하지만 그렇게 되면 일본 천황을 잡은 공이 우리가 아니라 미군에게 돌아가게 될 겁니다."

"하긴 귀관 말이 맞네. 그런데 귀관은 우리 표적이 몇 살인지 아나?"

자신이 중요하게 여기지 않은 부분을 슈코르체니에게 지적받은 이우가 고개를 끄덕였다. 그리고 화제를 바꿨다.

"12살로 알고 있습니다. 아직 중학교도 안 들어간 어린아이죠. 그런 아이를 붙잡아서 전쟁을 끝내기 위한 도구로 삼으려니 썩 내키지가 않습니다."

슈코르체니가 눈가를 찌푸렸다. 이우는 슈코르체니가 보이는 반응을 보고 콧방귀를 뀌었다.

"인과응보일세. 놈들은 이미 과거 30여 년 전에 아직 어리신 이왕 전하를 일본으로 끌어가 인질로 삼은 바 있고, 결혼도 일본 황실 사람인 마사코 비와 억지로 해야 했지. 사사롭게 내 고모가 되시는 덕혜옹주께서도 강제로 일본 귀족과 결혼하셔야 했어. 나 역시 박영효 백작이 아니었다면 일본 귀족과 결혼해야 했을 거야. 놈들은 뿌린 대로 거둘 뿐일세."

이우가 차가운 목소리로 내뱉자 슈코르체니가 한숨을 쉬었다.

"전하, 솔직히 말씀드리자면 소관은 총통께서 명령하신다 해도 어린아이를 납치하고 싶지는 않습니다. 하지만 우리가 그 아이를 붙잡음으로 해서 일본이 항복할 수가 있으므로 이 작전에 참여하는 겁니다. 저희가 잠시 치욕은 겪을지언정 일본인 수천만 명을 살릴 수 있으니까요."

이우가 차갑게 웃으며 슈코르체니를 다독였다.

"저들이 지금은 혹 우리를 비난할지 모르지만, 훗날 정신을 차린 상태에서 과거를 돌이켜 본다면 귀관을 원망할 수 없을 걸세. 나와 귀관이 벌이는 이 작전 덕분에 일본군과 민간인 수천만 명이 살아날 명분과 기회를 얻는 거니까. 놈들은 귀관에게 아주 감사해야 할 것이야."

미군 보초가 지나가면서 대화가 끊겼다. 두 사람이 잠시 아무 말 없이 걷고 있는데 누군가가 앞에서 반갑게 불렀다.

"대령님!"

미국 육군에서 붙여준 연락장교 김영옥 대위였다. 미국 교포 출신인 김영옥 대위는 전쟁이 터지자 미군에 자원입대했고, 일본인 병사들을 지휘하다가 이쪽으로 전속되었다. 해군에서는 자기들 중에 한국인 장교가 없는 탓인지 연락장교로 육군 소속인 김영옥 대위가 들어오는 데 별로 반대하지 않았다.

"해군에서 최종적으로 확인이 왔습니다. C-47 2기를 3월 7일 저녁

27장 미키마우스 작전 · 205

까지 아츠기 비행장에 대기시켜줄 테니까 그날 밤 작전에 활용하라고 말입니다. 그런데 도대체 어디로 갈 거냐고 자꾸 묻는데, 뭐라고 대답할까요?"

잠시 생각하던 이우가 싱긋 웃었다. 그리고 장난스럽게 미소를 지었다.

"샹그릴라라고 알려주게."

이우가 한 대답을 들은 슈코르체니가 폭소를 터트렸다. 무슨 소린지 바로 알아듣지 못한 김영옥 대위가 멍한 표정을 지었다.[1]

3

격전이 벌어진 간토 일대 해안선에는 오늘까지도 매캐한 화약 냄새가 흘렀다. 일본군은 이 지역에 꽤나 견고한 방어선을 구축해 두었지만 D-15일부터 퍼부어진 맹렬한 함포사격과 항공공격을 당해낼 수는 없었다.

요새화되어 있던 해안선은 달 표면이 이런 형상일까 싶을 정도로 파헤쳐진 구멍투성이가 되었다. 해안선에서 30km 내에 있는 모든 숲과 마을, 도시에는 미군이 네이팜탄 세례를 퍼부었다. 일본군이 매복해 있을 가능성 때문이었다. 겨우내 말라 있던 숲과 목조건물은 거대한 장작더미나 마찬가지였고, 거세게 타오르는 불길에서 나온 시커먼 재

---

[1] 1942년 4월 18일, 미군은 상징적인 반격으로 일본 도쿄를 폭격했다. 항공모함 탑재기를 사용할 경우 항속거리가 짧아 일본에 너무 근접해야 했기 때문에 항속거리가 긴 육군항공대 소속 B-25 폭격기를 항공모함 호넷에서 발진시켰다. 접근 도중 일본 초계정에 발각되어 예정보다 일찍 출격하는 등 다소 차질이 생기기는 했지만 작전 자체는 성공했는데, 이때 폭격기가 어디서 출발했는지 질문하는 기자들에게 루즈벨트 대통령은 기밀 유지를 위해 '항공모함 샹그릴라'에서 출격했다고 말했다. 샹그릴라는 영국 작가인 제임스 힐턴이 1930년대에 쓴 〈잃어버린 지평선〉이라는 소설에서 등장하는 티베트에 소재한 이상향의 이름이다. 즉 실존하지 않는 항공모함으로 루즈벨트가 개드립을 쳤던 것이다.

와 연기가 간토 일대를 덮었다.

폭격기와 전함이 쉬는 밤에는 소해정과 구잠정들이 함대 주변을 돌면서 물속에 수시로 폭뢰를 뿌렸다. 일본군 잠수대원들이 바다 밑으로 걸어와서 자폭공격을 할 수 있으니 경계하라는 명령이 워싱턴에서 직접 내려왔기 때문이다.[1] 물론 구잠정 승무원들은 그런 미친놈들이 어디 있겠냐고 투덜거렸지만, 명령은 명령이었다. 상륙이 시작되고 정박지가 커지자 이들이 경비해야 할 얕은 바다는 엄청나게 늘어났다.

상륙 7일째인 오늘까지도 상륙지를 경비하는 함정들은 밤낮을 가리지 않고 폭뢰를 터트리고 있었다. 도쿄 방어를 위한 핵심 항공기지였던 아츠기 비행장 활주로에서도 둔하게 울리는 폭음을 계속 들을 수 있었다.

"모든 대원들이 출발 준비를 갖추고 활주로에 집결했습니다. 사고자는 1명도 없습니다."

이우 앞에 선 유성호 정위가 경례를 하면서 보고했다. 유 정위는 일본군 학병 출신으로, 중국전선에서 일본군을 탈출해서 광복군에 참가한 용자였다. 머리도 좋고 체력도 우수한 편이어서 곧바로 장교로 임관, 제4지대에 배속되었고 이우가 거느린 심복 중 하나가 되었다. 공식적으로는 광복군 일본지구공작대 부지휘관이기도 했다. 실질적인 부지휘관 슈코르체니는 형식상으로는 고문관이었기 때문이다.

"알겠네. 가도록 하세."

이우가 고개를 끄덕이며 자리에서 일어섰다. 한민족이 가지게 될 미래를 건, 그리고 이우 개인으로서는 목숨과 지위를 모두 건 작전을 결

---

1 후쿠류(伏龍)라고 부르는, 실제 존재했던 일본군의 계획이다. 잠수복을 입은 특공대원이 해저에서 대기하다가 폭탄을 단 창으로 머리 위를 지나가는 상륙정 바닥을 찔러 격침시킨다는 작전이었다. 조기에 종전이 된 덕에 실전에 투입되지는 않았다.

행할 순간이 온 것이다.

옆에 있던 슈코르체니가 미군 철모와 카빈총을 건네주었다. 총을 건네받은 이우는 쓴웃음을 지었다. 짐을 줄이느라 중국에서 쓰던 독일제 총을 비롯한 장비를 모두 놓고 오는 바람에 오키나와에서 미제 총을 새로 지급받고 여기에 익숙해지기 위해 노력한 기억이 떠올랐던 것이다.

미제 철모를 머리에 덮어쓴 이우는 총을 들어 어깨에 메면서 깊은 심호흡을 했다. 새 총에 익숙해지느라 끙끙댄 고생 정도는 지금 치를 일에 비하면 약과다. 지금부터 이제까지 겪은 일들과는 비교도 안 되는 큰 모험을 치러야 할 터였다.

문을 나선 이우가 활주로에 도열해 있는 대원들 앞에 섰다. 작전에 참가할 특공대원 전원이 이우와 마찬가지로 미 해병대가 제식으로 채용한 신형 위장복을 입고, 반자동 카빈 소총과 톰슨 기관단총으로 무장하고 있었다.

"일본지구공작대 4구대 제군! 우리는 오늘 이 전쟁을 한 번에 끝낼 작전을 수행하러 간다! 제군이 최선을 다해 참여해 준다면 우리는 지난 40년 동안 겪은 치욕을 씻고 조국 해방이라는 비원을 이룰 수 있을 것이다! 지난 두 달 동안 벌인 맹훈련은 모두 오늘 이 순간을 위한 준비였으니, 나 이우는 오직 제군이 조국을 위해 몸을 바칠 것을 요망한다!"

"대한 독립 만세!"

"조국 해방 만세!"

"이우 공 전하 만세!"

도열한 장병들 사이에서는 성향에 따라 다양한 만세 소리가 흘러나왔다. 대원들은 흥분이 가라앉기 전에 급히 대기하고 있는 수송기에 올랐다.

이미 엔진에 시동을 걸고 대기하고 있던 수송기 2기가 천천히 활주로로 진입했다. 관제탑에서 출격 허가가 내려오자 수송기 2기는 차례로 활주로를 달렸다. 완만하게 하늘로 떠오른 두 수송기는 천천히 북쪽으로 기수를 돌렸다. 사방에 천천히 어둠이 깔리기 시작하고 있었다.

두 시간 남짓 비행하는 동안 대원들 중 누구도 입을 열지 않았다. 몇 달에 걸쳐 준비해 온 큰 작전에 잔뜩 긴장하기도 했고, 시끄러운 비행기 엔진 소리 때문에 말을 해 봤자 대화를 나누기가 거의 불가능하기도 했다.

수송기가 목표에 도착할 때까지 일본 전투기는 단 한 대도 나타나지 않았다. 적은 주간에는 아예 출격할 엄두를 못 냈지만 야간에는 가끔 출격해서 미군 기지를 공습하고는 했는데, 오늘 밤은 그럴 전력도 없는 모양이었다.

"목표 도착 3분 전!"

승강구 위에 달린 노란 불이 반짝거리자 군사고문인 슈미트 상사가 굵직한 목소리로 고함을 쳤다. 이우가 먼저 일어서서 출입문으로 다가서며 대원들에게 소리쳤다.

"모두 조심해라! 밑에서 만나자!"

"예!"

일어선 대원들이 일제히 소리쳤다. 마침내 강하 개시를 의미하는 녹색 신호등에 불이 들어오자, 이미 열어 놓은 승강구로 이우가 뛰어내렸다. 강하 교육을 맡았던 슈미트 상사가 승강구 옆에 서서 신속하게 대원들을 밀어냈다.

"뛰어! 뛰어! 뛰어! 뛰어!"

"대한 독립 만세!"

"대한 독립 만세!"

타고 있던 대원들이 모조리 뛰어내리자 슈미트 상사가 마지막으로 허공에 몸을 날렸다. 슈미트 상사를 낙하시킴으로서 임무를 완수한 1호기는 기수를 돌려 아츠기로 돌아갔다. 2호기에서도 마지막 대원이 뛰어내렸는지, 저만치 멀리서 기수를 돌리는 모습이 보였다.

4

산 속에 홀로 떨어진 이우는 급히 낙하산을 숨긴 뒤 부하들을 찾기 위해 주변을 뒤졌다. 자정에 가까운 시각, 아무도 보이지 않았으므로 야간에 서로를 식별하기 위해 지급한 '귀뚜라미'라고 부르는 금속제 딱따기를 꺼냈다. 힘을 주어 튕기자 쇠가 부딪치면서 자연이 내는 소리와는 확실히 구분되는 '딱'하는 음색이 울렸다. 이런 걸 잘못 울리다간 아군을 만나기는커녕 내 위치를 알려서 적에게 먼저 잡히겠다는 의심이 강하게 들었다.

— 따닥, 딱.

전방에서 낙엽 밟는 소리와 함께 딱따기 소리가 울렸다. 급히 삼나무 뒤에 몸을 숨긴 이우가 조심스럽게 딱따기를 들었다.

— 딱, 따닥, 딱.

발소리가 멈췄다. 앞쪽에서 다가오던 이도 이동을 멈춘 채 그 자리에서 딱따기를 울렸다.

– 따닥, 따닥, 따닥.

확실한 아군이었다. 이우가 안도하면서 마지막 응답 신호를 보냈다.

– 딱, 딱, 딱.

이우가 삼나무 그늘에서 몸을 드러내자 상대도 관목을 헤치며 앞으로 나왔다. 특공대원 중 유일하게 위장복이 아닌 민무늬 군복을 입은 사람, 육군 연락장교 김영옥 대위였다.

"아, 대령님이셨습니까?"

"반갑소, 김 대위. 다른 대원들은?"

"아직 못 만났습니다."

두 사람은 조심스럽게 주변을 경계하면서 지도에 표시해 놓은 집결지로 향했다. 특공대 전원은 지난 두 달 동안 이 일대 지형지물을 철저히 익혀 왔다. 어느 지역을 표시한 지도인지 지역 이름을 모를 뿐, 지도 내에 묘사된 지형에 대해서는 언덕 하나까지 다 알고 있었다. 어둠 속이지만 길을 찾기는 힘들지 않았다.

"대령님, 그렇게 철저하게 훈련을 하면서 왜 목표가 여기 도치기 현, 유모토라는 사실은 제게 알려주지 않으신 겁니까? 도대체 이 〈미키마우스 작전〉은 목표가 뭐죠?"

"모든 대원들이 집결하면 그때 대위에게도 알려주리다."

이우가 엄숙한 표정을 짓자 김영옥 대위가 한숨을 쉬었다. 잠시 아무 말 없이 나무 사이를 걷던 중 이번에는 이우가 먼저 입을 열었다.

"귀관은 미군에서 일본계 병사들을 지휘했다고 했지? 무슨 일을 한 거요?"

"처음엔 별 거 없었습니다. 미군은 일본계 병사들이 일본 편을 들지도 모른다고 생각해서 전선에 내보내지 않았습니다. 지금도 징집된 일본계 미국인들은 대개 미국 본토에서 경비나 잡역에 종사하고, 일부 인원들만 태평양에 나와 있습니다."

김영옥이 진절머리가 난다는 표정을 지었다.

"제 부하들이 맡은 역할은 포로로 잡힌 일본군을 심문할 때 통역하는 일이었습니다. 그러던 어느 날 뉴기니에서 일본군이 기습적으로 반격하는 바람에 전선이 주둔지까지 뚫린 일이 있었지요. 그때 제 부하들이 한 명도 도망치지 않고 스스로 나서서 맹렬히 싸우는 모습을 본 윗분들이 감명을 받았습니다. 그 덕에 일본인 중대가 새로 편성되었습니다."

"오, 그럼 그 사건 덕에 일본계 미국인들도 전선에 나서게 된 건가?"

이우에게 질문을 받은 김영옥 대위가 쓴웃음을 지었다.

"그럴 리가 있겠습니까. 동굴 속에 틀어박혀 항복을 거부하는 일본군을 현장에서 설득하는 게 저희 중대가 받은 주된 임무였습니다. 대령님께서는 오키나와에서부터 그 일을 하셨지요? 저와 제 중대원들은 마리아나에서부터 그 짓을 했습니다. 발악하는 일본군에게 다가가다가 수류탄 세례를 받기도 하고, 뭐 말로 할 수 없는 고생이 많았죠. 공식적으로야 전투 임무를 받지 않았지만 전투도 제법 겪어야 했습니다."

"고생 많았네."

이우가 혀를 찼다. 김영옥 대위는 그 정도야 괜찮다는 듯 어깨를 으쓱해 보였다.

"대령님께서도 잘 아시겠지만 일본인들은 조상이 살던 나라보다는 자기가 지금 사는 나라에 더 충성합니다. 헌데 백인들은 제가 그 이야기를 해도 믿지를 않더군요. 모든 일본인을 스파이 후보쯤으로 생각합니다. 전쟁 중이라고 해도 인종차별은 사라지지 않습니다."

"그 꼴을 보지 않기 위해서라도 내 나라, 내 조국이 든든해야겠지. 미국에서도 일본이 자기들과 친한 강대국일 때는 일본인들을 그렇게 노골적으로 멸시하지 않았을 것 아닌가."

"그렇긴 합니다."

"나는 우리 조국을 다시 일으켜 세울 생각이네. 물론 황실 구성원으로서 마땅히 해야 할 의무와 함께. 귀관은 혹시 조국으로 돌아와 나와 함께 할 생각이 없는가?"

이우로부터 영입 제안을 받은 김영옥 대위는 그 자리에서 고개를 가로저었다.

"한국이 제 조상나라임은 사실입니다만, 소관은 지금 분명한 미국인입니다. 미국인으로서 미국 국기에 충성을 맹세한 이상 서약을 어기고 떠날 수는 없습니다. 한국을 위해서 제가 할 수 있는 일이 있다면 최선을 다해 돕기는 하겠습니다만, 다시 한국으로 돌아가 한국인이 되지는 않겠습니다."

"그런가, 알겠네."

김영옥 대위가 확고한 입장을 취하자 이우도 더 권하지 않았다. 산길을 조금 더 내려가는데 앞에서 딱따기 소리가 들렸다. 신호를 주고받으며 서로를 확인하자 앞에서 슈코르체니가 나타났다. 슈코르체니 주위에는 이미 10여 명 가량 되는 대원들이 집결해 있었다.

5

"자, 그럼 지금부터 우리가 벌일 〈미키마우스 작전〉을 어떻게 수행할지 확인하겠다."

3월 8일 새벽 4시까지 이우 앞에 집결한 인원은 슈코르체니와 김영옥을 포함해 정확히 50명이었다. 독일 군사고문 한 명, 광복군 대원 네 명이 보이지 않았다. 기다려 봤지만 나타나지 않는 걸 보면 나무에라도 부딪혀 죽었거나, 영 엉뚱한 곳을 헤매고 있는 모양이었다.

"제군은 그동안 지급받은 지도를 통해서 공격 목표에 다가가는 훈련, 그리고 내부로 침입하는 훈련을 수없이 수행했다. 우리 목표는 바로 저 아래 있는 호텔 건물이다. 사진으로 보아 낯이 익을 것이다."

대원들은 바로 눈앞 호숫가에 있는 온천호텔 본관 건물을 확인했다. 훈련 최종단계였던 지난 2주일 동안, 수없이 반복해서 항공사진을 들여다보면서 형태를 숙지했던 목표물이었다. 지금 모여 있는 매복지에서 호텔까지 거리는 약 2km. 내리막길이기도 해서 평화롭게 걸어서 간다면 20분이면 갈 수 있는 거리였다.

"저기에 우리 목표가 있다. 이미 출발 전에 설명했지만, 저 호텔에 머무르고 있는 한 인물을 무사히 붙잡아 아츠기로 돌아가면 이번 작전이 마무리된다. 작전 개시 시각은 6시 30분, 30분 내에 호텔을 장악하고 놈을 붙잡은 뒤 호수로 탈출한다. 그리고 정확히 7시에 미 해군이 보내준 비행정이 호텔 남쪽에 있는 호수 위에 착수할 거다. 그러면 비행정을 타고 복귀한다."

대원들은 현재 위치인 산등성이와 호텔, 호수를 번갈아 바라보았다. 공격 목표인 호텔은 큰 건물 한 채가 아니라 일본식 목조건물과 벽돌건물이 여러 채 섞여 구성되어 있었다. 이우는 그 중에서 목표인 본관 건물을 확실히 지목했지만 아직 한밤중인데다 등화관제 때문에 모든 건물에 불이 꺼져 있어서 희미한 윤곽만 보일 뿐이었다.

"저기 저 벽돌로 된 본관 건물이 우리가 들이쳐야 할 목표물이다. 그리고 실종된 인원들이 맡은 임무를 대체해야 하니 분대 배치를 조금 바꾼다."

이우가 지시를 계속하려는데 김영옥 대위가 조심스레 손을 들었다.

"뭔가? 김 대위."

이우가 김영옥 대위 쪽으로 주의를 돌리자 슈코르체니가 대신 나서서 분대를 재편성했다. 잠시 망설이던 김용옥 대위가 그동안 풀리지 않은 의문을 표했다.

"대령님, 이번 작전 목표가 도대체 누구입니까? 저는 아직 우리가 누구를 붙잡으려고 하는지 알지 못합니다."

"아, 대위에게도 이제 알려줄 때가 되었군. 우리 목표는 일본제국 황태자 아키히토네."

"뭐, 뭐라고요?!"

김영옥 대위가 경악하면서 눈을 왕방울 만하게 떴다. 이우가 차갑게 미소를 지었다.

"귀관이 아는지 모르는지 모르지만, 지금 일본 천황 히로히토는 도쿄에 있는 황거를 떠나 나가노 산속에 있는 마쓰시로 대본영에 있을 거네, 아마. 하지만 황위를 물려받을 장자인 아키히토 황자는 진즉에 공습을 피해 이곳 유모토에 와 있었지. 나이가 어려서 아직 정식으로 황태자로 책봉되진 않았지만 18세가 되면 분명히 황태자가 될 테지. 우리는 아키히토를 붙잡은 뒤 정치적인 볼모로 활용할 생각일세."

"일본 정부가 항복하도록 협박하려는 인질…로 납치하려고 말입니까? 그리고 일본 황태자가 여기 있는 건 어떻게 아셨습니까?"

"먼저 질문에 답하자면 인질을 잡는 게 아니라 피바다와 불길 속에서 어린아이를 구출하는 일일세. 그리고 두 번째 질문에 대한 답은 나중에 시간이 날 때 해주도록 하지."

태연한 표정으로 이런 말을 하는 이우를 보고 김영옥 대위는 혼란스러워졌다. 아니, 수십 명이나 되는 병력을 거느리고 어린애 하나를 붙잡으러 왔으면서 납치하러 온 게 아니고 구출하러 왔다고? 납득하지 못하는 김영옥 대위를 향해 이우가 태연하게 설명했다.

"우리가 붙잡아가지 않으면 그 아이는 미군이 도호쿠로 진격할 때 북쪽으로 도망가다가 미군 공습에 죽겠지. 아니면 도주 중에 기갈에 시달려 죽거나 말이야. 어쩌면 황태자를 적에게 넘기지 않겠다는 광기에 휩쓸린 근위병이나 시종에게 살해당할지도 모르지. 이미 일본인들은 전쟁에 패한 뒤에 '천황을 적에게 넘길 수 없다'면서 바다에 던져 버린 역사가 있거든."[1]

일본사를 잘 모르는 김영옥 대위는 뭐라고 답을 하지 못했다. 이우가 어둠 속에서 차갑게 미소를 지었다.

"우리 목표는 12살 어린아이를 무책임한 어른들로부터 구출하는 일일세. 그리고 덤으로 정치적인 효과를 조금 얻는 거지. 아마 그 아이도 나쁘게 생각하진 않을 거야."

김영옥 대위는 아무 말도 하지 못했다. 이우는 중단되었던 작전 지시를 다시 시작했다.

"지금 이 숲을 벗어나면 숲가에 위장한 초소가 있다. 그리고 풀밭을 벗어나면 또 위장한 초소가 있고, 아마도 보초가 있을 것이다. 그리고 우리 목표인 본관 건물을 제외한 호텔 내 모든 건물에 폭약을 설치한다. 06시 20분까지 완료해야 한다. 도중에 마주치는 일본인은 군인이

---

1   헤이안 시대 말기, 무사계급이 분열되면서 가장 강한 세력을 가지고 있던 무사가문인 다이라 가와 미나모토 가가 벌인 싸움을 겐페이 전쟁이라고 한다. 이 전쟁에서 벌어진 마지막 전투였던 단노우라 전투에서 패한 다이라 가 사람들은 다이라 가 출신 어머니를 둔 안토쿠 천황(81대)을 데리고 집단으로 바다에 뛰어들어 자살했는데, 안토쿠 천황은 당시 8세에 불과했다.

건 아니건 모조리 죽여라. 단, 절대 총을 써서는 안 된다."

대원들은 흥분으로 눈을 빛냈다. 일본 황태자를 붙잡다니, 이 작전에 선발되기 전에는 생각해 본 적도 없는 쾌거였다. 두려워하는 이는 하나도 없었다.

"우리 목표인 호숫가 호텔 말고도 내륙 쪽으로 호텔과 여관 여러 개가 더 있다. 그쪽에 호위병력이 더 있을 수도 있으니, 3분대는 호텔로 다가오는 양쪽 접근로를 확실히 감제[1]해야 한다. 배치는 사전에 계획한 대로 진행한다. 출동 전에도 강조했지만, 가능하면 총을 쏘지 말고 본관을 장악하라! 자, 그럼 가자."

이우 이하 특공대원 51명은 몸을 낮추고 천천히 목표를 향해 접근했다. 김영옥 대위는 흥분을 주체하지 못하는 대원들을 보며 한숨을 쉬고는 조용히 이우를 따라 포복으로 전진했다. 김영옥 대위는 이 작전에서 무조건 이우를 따라 움직이기로 되어 있었다.

6

새벽 6시 30분. 3월이다 보니 아직 주변은 어두컴컴했다. 해가 뜨려면 좀 더 시간이 있어야 했다. 하지만 햇빛 대신 인공적인 섬광이 먼저 호숫가를 밝혔다. 섬광이 연달아 솟으면서 불길과 연기가 하늘을 찔렀고 진동과 폭음이 땅을 흔들었다. 호수에 면해 있던 호텔 건물들이 순식간에 불덩어리로 화하고 있었다.

"돌입!"

폭음이 울리는 순간 슈코르체니가 호텔 본관 정문을 박차고 들어

---

1 瞰制. 주변과 상대적으로 높은 지점에서 관측하거나 사격에 의해 적의 활동을 방해할 수 있는 능력 또는 행위를 가리키는 군사용어.

갔다. 이우가 곧바로 그 뒤를, 그리고 김영옥 대위가 세 번째로 들어갔다. 그리고 1, 2분대 소속 대원 열여덟 명이 뒤를 따랐다. 현관을 지키던 일본군 경비병은 석궁에 머리를 맞고 이미 땅바닥에 쓰러져 있었다.

"목표는 2층 객실에 있을 거다! 뛰어!"

선두에 선 슈코르체니는 무거운 톰슨 기관단총을 목에 건 채 한 번에 계단을 네 단씩 뛰어올랐다. 키가 193cm나 되는 그이기에 할 수 있는 일이었다. 이우와 김영옥도 필사적으로 달렸지만 도저히 슈코르체니처럼 뛸 수는 없었다.

"키치쿠(鬼畜)[1]!"

백인인 슈코르체니가 계단을 달려 올라오는 광경을 보았는지 2층에서 고함이 울렸다. 시종무관인지 복장이 일반 장교와 다소 다른 일본군 장교 한 명이 계단 위에 권총을 뽑아 들고 나타나서는 아직 층계참에 있는 슈코르체니를 향해 급히 겨누었다. 하지만 슈코르체니는 놈에게 총을 쏠 여유를 줄 생각이 없었다.

"해봐, 한번!"

슈코르체니가 날듯이 계단을 뛰어오르자 당황한 장교가 총구를 옆으로 움직였다. 하지만 미처 방아쇠를 당기기도 전에 슈코르체니가 험상궂은 얼굴을 눈앞에 들이밀었다. 억센 두 손이 총을 쥔 시종무관의 오른손을 잡아 비틀었다. 으드득 하고 뼈가 부러지는 소리가 들렸다.

"끄아아악!"

시종무관은 얼굴이 창백해지더니 팔이 부러진 쇼크 때문인지 그대로 그 자리에 쓰러져 기절해버렸다. 슈코르체니를 뒤따라 뛰어올라온

---

[1] 잔혹한 짐승과 같은 자를 가리키는 일본어 욕설. 태평양전쟁 당시 일본에서는 미국과 영국을 '영미귀축'이라고 하여 잔인한 짐승으로 선전했다.

이우가 슈코르체니를 책망했다.

"황태자가 어디 있는지 불게 만들었어야지!"

"아, 죄송합니다."

"됐어. 내가 찾는다!"

잘라 말한 이우는 그대로 복도로 올라섰다. 능숙한 일본어가 2층을 울렸다.

"츠구노미야[1] 전하! 어디 계십니까? 적습입니다! 근위사단에서 구하러 왔습니다!"

1분대 소속 대원 8명이 우르르 따라 올라왔다. 이우는 손을 내저어 대원들이 섣불리 움직이지도, 소리를 지르지도 못하게 한 다음 혼자서 목청껏 소리쳤다.

"전하, 전하! 적습입니다! 어서 나오십시오!"

바깥에서는 치열한 총성과 수류탄 터지는 소리가 계속 들렸다. 일본군 지원부대가 오는지 자동차 엔진 소리도 들렸고, 함성과 비명도 계속해 들렸다. 혹시 숨어 있는 근위병이 없는지 확인하느라 1층 수색을 맡은 2분대 대원들이 1층에 있는 문마다 열어젖히는 소리도 들려왔다. 방 안에 있던 황실 시녀나 시종들이 지르는 비명 소리도 들렸다. 하지만 2층에서는 아무도 소리를 지르지도, 복도로 나오지도 않았다. 둔한 건지, 침착한 건지 알 수가 없었다.

"전하! 미군 공정대가 호텔 뒤편 산에 뛰어내려 공격해오고 있습니다. 어서 호수로 탈출해야 합니다!"

세 번째 고함을 질렀지만 아무도 대답하지 않았다. 이우가 한숨을 쉬자 슈코르체니가 속삭였다.

---

[1] 아키히토의 황태자 책봉 전 칭호.

"방금 그 장교 놈은 왼쪽 복도에서 나타났습니다. 그쪽으로 가 보죠."

"그러세. 어흠, 흠, 전하! 외람되나 저희가 문을 열겠습니다! 어서 안전한 곳으로 모시고자 함이니 불쾌히 여기지 말아 주십시오!"

복도는 계단을 중심으로 양쪽으로 뻗어 있었다. 만약의 사태에 대비해 대원 네 명이 계단 입구에 남고, 나머지 인원들은 복도 왼쪽에 있는 문들을 하나하나 열기 시작했다.

7

사방에서 탄환이 빗발쳤다. 기관총이 울리는 소리가 나더니 탄환이 줄줄이 머리 위 기둥에 박혔다. 유성호 정위가 지휘를 하다 말고 급히 머리를 숙였다.

"제기랄! 폭파만 제대로 됐어도!"

호텔 경계선 안에 있는 건물은 창고를 포함해서 총 7동이었다. 이중 목표인 본관 건물을 제외하고 창고를 포함한 나머지 6동이 폭파 대상이었다. 그런데 뇌관 연결에 실수가 있었는지, 5개 동은 스위치를 누르자마자 박살이 났지만 하필이면 목조로 된 가장 큰 별관에 설치한 폭탄이 터지지 않았다. 답답해진 유성호 정위가 고함을 질렀다.

"제기랄! 창문으로 수류탄이라도 집어넣어!"

"사격이 너무 맹렬합니다!"

이쪽은 인원이 20명밖에 안 되는데 폭파하지 못한 별관 하나에서 총구를 내밀고 쏘아대는 일본군 경비병력만 적어도 1개 중대 규모였다.

원래 계획대로라면 고작해야 단발 볼트액션 소총으로 무장한 일본군 경비병력은 반자동 카빈 소총과 톰슨 기관단총을 장비한 특공대에게 화력으로 밀려야 했다. 하지만 원체 숫자에서 중과부적인데다가, 별관 폭파에 실패하는 바람에 놈들이 보유한 기관총 등 중화기를 없애지 못했다.

"정위님! 북쪽 접근로에 매복한 3분대가 철수를 허락해 달라고 청하고 있습니다!"

"버텨! 아직 애새끼 못 잡았다고!"

유성호 정위가 무전병에게 고함을 질렀다. 아무리 어둠 속에서 조명도 없이 폭탄을 설치했다지만 이런 실수를 할 줄이야. 일본군 보초 여덟 명을 해치워 가면서 폭파반을 직접 인솔한 자신이 부끄러워 죽을 지경이었다.

"적어도 대대 병력이 밀려오고 있습니다! 저지가 불가능하답니다!"

"그래도 버티라고 해!"

무전병이 급히 무전기를 잡고 교신하는 모습이 보였다. 유성호 정위로서도 대원들이 개죽음당하기를 바라지는 않았다. 하지만 대대 규모라는 일본군 근위사단 병력이 여기까지 밀려들면 끝장이다. 일본 황태자를 납치하기는커녕 자신도 이우도 죽고, 작전은 실패할 게 분명하다. 조급해 죽을 지경인데 별관 안에 있는 일본군이 밖으로 튀어나와 반격할 조짐까지 보였다.

"뭐 하나! 놈들이 뛰어나오기 전에 제압해!"

유성호 정위가 고함을 지르자 대원 두 명이 급히 별관 쪽으로 달려갔다. 하지만 도착하기도 전에 창문에서 총구화염이 연달아 번쩍였다. 두 명 모두 땅바닥에 나뒹굴었다.

"이런 옘병할! 쏴! 해치워!"

이쪽에서도 보복으로 맹사격을 퍼부었다. 하지만 잠시 나타났던 일본군 병사들은 잽싸게 몸을 숨겼고 하나도 쓰러지지 않았다. 유성호 정위는 이를 갈았다.

이럴 줄 알았으면 중화기를 더 가져와야 했다. 두 자루밖에 없는 기관총, 한 문 뿐인 바주카는 모조리 3분대가 가지고 가버렸다. M1개런드에 장착하는 총류탄 발사기조차 없으니, 이래서야 놈들이 막사에서 뛰어나와 반격하는 것도 시간문제였다. 답답해진 유성호 정위가 본관 2층 쪽을 향해 한탄을 내뱉었다.

"제기랄! 정령님, 왜 이리 늦으십니까? 이러다 우리 다 죽습니다!"

8

갈수록 더 격렬해지기만 하는 총성을 들은 1분대에서도 마음이 조급해졌다. 복도를 따라 전진하며 가장 가까운 문부터 하나씩 열어젖히는데 갑자기 복도 가운데 있는 문이 열렸다.

"그, 근위사단이라고 했소?"

건물 안팎에서 벌어지는 소란을 방에서 알아채지 못할 리가 없었다. 구원자에 대한 기대를 가지고 조심스럽게 머리를 내민 주인공은 아키히토를 모시는 시종인 듯한 나이든 일본인이었다. 하지만 노인이 품은 기대는 무참하게 무너졌다. 노인이 복도로 나서자마자 눈이 마주친 상대는 일본군이 아니라 자기보다 머리 하나가 더 크고 미군 군복을 입은 백인이었다.

"미, 미국인이다! 미군이다!"

경악한 노인은 바닥에 주저앉더니 미친 듯이 고함을 질렀다. 곧바로 노인이 나온 방 안에서 여자들이 지르는 비명 소리가 들려왔다. 그대로 두었다가 수습할 수 없는 상황이 벌어지기 전에 이우가 앞으로 나섰다.

"이봐, 니시야마! 진정해! 나야, 나 모르겠나? 난 그대를 알아보겠는데!"

"누, 누구란 말이오!"

"나야, 나! 나 운현궁 이우 공이다!"

"우, 운현궁 이우 공?"

이우는 일본 황족이 아닌 조선 공족이지만 일본에서 가쿠슈인(학습원) 초등과와 육군유년학교, 육군사관학교를 다녔다. 그러는 동안 궁내성과 얽히거나 황궁에 드나들 때가 간혹 있었으므로 황궁 안에 얼굴을 아는 사람이 있었다. 지금 눈앞에 있는 궁내성 직원 니시야마도 그중 한 사람이었다.

"고, 공께서는 타이위안에서 비적들에게 암살당하지 않았습니까?!"

"그건 육군이 가짜 시체에 속아 알린 거짓 소식이었네. 난 이렇게 살아 있지. 그리고 내 조국을 위해 나름 열심히 움직이고 있다네."

혼백이 빠져나간 듯한 노인을 보면서 이우가 태연히 자기 상황을 알려주었다. 멍하니 듣던 니시야마는 이우가 입 밖에 낸 '조국'이라는 말에 화들짝 놀라 몸을 일으켰다. 니시야마가 몸을 떨면서 문을 막아서자 이우가 차가운 눈으로 니시야마를 정면으로 쏘아보았다.

"그대가 막으려는 걸 보니 츠구노미야 전하께서 이 안에 계시는 건 확실하군. 나는 지금 전하를 안전한 곳으로 모시려 하네. 안에 계시겠지?"

"계, 계십니다. 하지만 대체 어디로…, 그리고 저 미국인은…"

"아, 이 사람? 이 사람은 미국인이 아니야. 내 일을 따로 돕고 있는 독일인이지. 내가 미군에게 전하를 팔아넘기기라도 할까봐 걱정이 되나?"

이우는 부드럽게 웃었지만 입술만 움직였을 뿐 차가운 눈은 그대로 였다. 옆에 서 있는 슈코르체니는 그저 무표정하게, 김영옥 대위는 긴 장감 어린 군은 표정으로 서있었지만 뒤에 서 있는 광복군 대원 네 명 은 그렇지 않았다. 이들은 격하게 분개하고 있었다.

"전하! 그냥 끌어내십시오!"

"저 새끼부터 먼저 죽입시다!"

"전하께서 아는 사이라 망설여지신다면 제가 쏘겠습니다!"

대원 한 명이 그대로 총을 들어 니시야마를 겨냥했다. 니시야마가 눈을 질끈 감는데 이우가 손을 내밀어 발포를 제지했다.

"이보게, 전하를 다치게 하거나 미국인들에게 넘기지 않겠다고 나와 우리 이왕가[1] 전체가 가진 명예를 걸고 맹세하겠네. 길을 비켜 주지 않 겠나? 자넬 쏘고 싶진 않으니까."

문을 막아선 채 몸을 떨던 니시야마가 체념한 듯 고개를 수그렸다. 고개를 끄덕인 이우가 니시야마를 밀어젖히고 안으로 들어갔다.

발을 내디딘 첫 번째 방은 객실로, 아무도 없이 비어있었다. 하지만 열려 있는 옆문으로 침실이 보였다. 이우가 그 침실 안으로 들어가자 국민복 차림을 하고 시녀들에게 둘러싸인 어린아이가 눈앞에 나타났 다. 틀림없는 츠구노미야 아키히토, 쇼와 천황이 애지중지하는 장남이 틀림없었다. 이우는 잠자코 철모를 벗은 뒤 잠시 고개를 숙였다.

"츠구노미야 전하! 운현궁 공 이우입니다. 안전한 곳으로 모시고자 합니다."

---

1 일제 강점기, 일제는 대한제국 황실을 '이왕가(李王家)'로 격하시켜 대우했다. 황실 방계인 고종의 형 이재면 일가와 고종의 5남 의친왕 이강 일가, 두 가문은 '공가(公家)'로 대우받았다.

"그대는 적인가?"

떨렸지만 또렷한 목소리였다. 시녀들이 몸으로 감싸고 있긴 했지만 공포에 빠져 있지는 않았다. 어리지만 침착한 태도에 이우가 탄복한 듯 미소를 지었다.

"저는 제 조국, 한국을 위해 싸우기로 결심했습니다. 일본은 앞으로 한국과 어떻게 지내느냐에 따라 계속 제 적으로 남을 수도 있고, 다시금 친구가 될 수도 있습니다. 전하께서는 제 적이 되시겠습니까? 친구가 되시겠습니까?"

"선택 여하에 따라 내가 맞이할 운명은 어떻게 되는가?"

"적이 되겠다고 하시면 전하를 포로로서 결박한 뒤 재갈을 물려 데려갈 것입니다. 친구가 되겠다고 하시면 강압적인 수단 없이 정중하게 모셔가 손님으로써 대우하겠습니다."

"어떤 선택을 하건, 끌려갈 수밖에 없나?"

"전쟁이니까요."

이우가 내놓은 대답은 간단했다. 아키히토는 어렸지만 사리판단은 정확했다. 쳐들고 있던 고개를 천천히 끄덕였다.

"내가 거부하면 경은 여기 있는 사람들을 모두 죽이고 날 끌어가겠지. 그럴 필요 없네. 내 발로 나가지."

"전하!"

시녀들이 비명을 지르며 아키히토를 붙들었지만 달려든 광복군 대원들이 그 손을 잡아 뿌리쳤다. 슈코르체니가 뒤로 돌더니 등을 내밀었다. 철모를 다시 쓴 이우가 미소를 지었다.

"이 사람에게 업히시죠. 그게 안전할 겁니다."

"알겠다."

슈코르체니는 준비한 벨트로 아키히토를 자기 몸에 단단히 묶었다. 꽉 조여서 상당히 아팠을 텐데도 아키히토는 아무 말도 하지 않았다. 시녀들이 이 광경을 보면서 통곡했지만 1분대원들이 총을 겨누고 있어 나서서 제지하지도 못했다. 매듭을 단단히 묶은 슈코르체니가 신호를 보내자 이우가 고개를 끄덕였다. 대화에 시간을 너무 많이 쓰는 바람에 시계바늘이 벌써 6시 50분을 넘어가고 있었다.

"자, 내려간다! 작전대로 호수로 이동한다."

"예, 전하!"

1분대 장병들은 이우를 선두로 해서 계단을 향해 달려갔다. 무슨 생각인지 문 앞에 고개를 숙인 채 서 있던 궁내성 직원 니시야마와 시녀 몇 명이 그 뒤를 따랐다.

9

"미안합니다, 유 대위. 대원들을 많이 잃었습니다."

3분대를 지휘하던 푈케르삼은 대원 절반 이상을 잃고 돌아왔다. 장갑차까지 동원해서 밀고 오는 일본군 수백 명을 고작 10명이 당해낼 도리가 없었다. 살아서 철수한 푈케르삼 이하 4명도 모두 부상을 입고 있었다.

"어쩔 수 없었잖소. 이대로 버티는 수밖에."

유성호 정위가 이를 갈았다. 지금 특공대 잔여병력은 호텔 본관에 몰려 완전히 포위된 상태였다. 유성호가 지휘하던 4분대와 5분대는 목조 별관에 틀어박힌 적 1개 중대를 소탕하지 못하고 대치하다가 적 지원부대가 도착하면서 그대로 밀려났다.

이우가 아키히토를 데리고 나왔다면 곧바로 합류해서 호수로 철수했으리라. 하지만 1분대 쪽 사정을 모르니 버리고 갈 수도 없었다. 결국 유성호는 이우와 합류하기 위해 잔여병력을 모두 데리고 2분대가 확보하고 있는 본관으로 물러났고 3분대와도 여기서 만났다. 철수하고 나서 자기 밑에 있던 4분대, 5분대 인원을 세어보니 15명이 남아 있었다.

"다 합치면 딱 40명이군. 정령님과 1분대에 사상자가 없다면."

호텔 본관은 이제 일본군 근위사단 병력 수백 명에게 완전히 포위되었다. 하지만 이 안에 있는 아키히토가 다칠까 염려해서인지 일본군은 사격하지 않고 있었다. 대원들은 이 틈을 타서 상처를 치료하고 탄약을 재분배했다. 격전을 치른 3분대는 탄약이 거의 떨어진 상태였다.

"너무 늦었군. 미안하게 됐네."

탄약을 배분하고 있는데 2층에서 이우가 내려왔다. 둘러보기만 해도 대원들 수가 줄어들었고 부상을 입은 대원들도 여럿임을 파악할 수 있었다. 이우는 곧바로 미안한 표정을 지으며 유성호를 돌아보았다.

"미안하네. 아키히토가 순순히 따라 나오게 하려고 설득하는데 시간을 들이다가 우리 대원들을 상하게 했군. 내 실수일세."

"지나간 일입니다. 그보다 호수로 갈 수가 없습니다. 어떡하면 좋겠습니까?"

"대책을 생각해야지."

이우는 밖에서 잘 보이지 않도록 몸을 숨기고 창밖을 내다보았다.

얼핏 보기에도 일본군은 이 본관 주위를 철통같이 에워싸고 있었다. 부서진 건물 잔해나 시체, 흙더미 따위를 엄폐물로 써서 몸을 가리고, 장갑차 여러 대가 요소요소에서 이쪽으로 기관총을 겨누고 있었다.

"이젠 날이 밝기 시작해서 어둠을 틈타 빠져나가지도 못하겠군. 호수로 가야 빠져나갈 수가 있는데."

"간단한 문젭니다."

이우가 수심에 잠겨 있는데 슈코르체니가 나섰다. 등에 업었던 아키히토를 일단 다시 내려놓은 상태였다. 아키히토는 2층에서 따라 내려온 니시야마와 시녀들이 돌보고 있었다.

"총통께서는 늘 말씀하셨습니다. 미군은 공군이 없으면 전쟁을 하지 못하는 군대라고요. 어떤 난관에 직면하건 '공군!'하고 외쳐서 문제를 해결한다고 하셨지요."

"그게 무슨 소리인가? 우리는 미군이 아니잖은가? 그리고 항공엄호도 없고."

이우를 비롯한 광복군 대원들이 의아한 표정을 지었다. 하지만 슈코르체니는 여유 있게 웃어 보였다.

"아니오, 있습니다. 마침 7시가 다 되었으니, 지금 바로 보여드리지요."

슈코르체니가 장담하기가 무섭게 무전기가 직직거리며 울리기 시작했다. 무전병이 급히 수화기를 들었다. 비행정으로부터 들어온 통신이었다.

— 여기는 수확꾼. 여기는 수확꾼. 블루베리 응답하라.

"여기는 블루베리. 목표는 달성했다."

— 알겠다. 그런데 어디 있나? 호숫가에 블루베리가 보이지 않는다.

"작전 도중에 적에게 포위당했다. 호숫가로 가지 못하고 있다."

잠시 무전이 끊겼다. 수백 명이나 되는 적이 호숫가를 장악하고 있는데 비행정이 착륙할 수 있을 리가 없다. 대원들은 서로 마주보며 한숨을 쉬었다. 그런데 유독 슈코르체니는 전혀 당황하지 않았다. 당황하기는커녕 미소를 짓는 슈코르체니를 보고 이우가 도대체 무슨 배짱이냐고 물으려는 참인데 무전이 다시 들어왔다.

— 블루베리가 지금 있는 건물이 어느 쪽인가? 목조인가, 벽돌조인가?

"벽돌조다. 그건 왜 묻는가?"

— 알겠다. 잠시 기다려라. 이상."

질문한 의도도 설명하지 않고 무전이 끊겼다. 어리둥절해진 무전병이 이우와 시선을 마주치는데 슈코르체니가 의미심장한 표정을 지으며 창밖을 가리켰다.

"저 소리 안 들리십니까?"

과연 고요하던 바깥에서 무슨 소리가 들리기 시작했다. 바람을 가르는 쉭쉭거리는 소리였다. 오키나와와 규슈에서 지겹도록 들어본 소리였다. 대원들은 약속이나 한 듯 하나같이 바닥에 엎드렸다. 무슨 일인지 몰라 멍하니 서 있던 아키히토와 시종들도 푈케르삼과 슈코르체니가 어깨를 눌러 엎드리게 했다. 그리고 바로 그 직후에 사방에서 폭음이 울리고 유리창이 줄줄이 깨져나갔다. 놀란 니시야마가 소리를 질렀다.

"뭐, 뭐요!"

"로켓탄이오, 영감님."

옆에 엎드린 푈케르삼이 웃으면서 설명했다. 중국에 온 뒤 계속 공부한 덕에 제법 일본어가 능숙했다.

"우리가 타고 갈 비행정을 호위해 온 전투기가 퍼붓은 거요. 댁네 병사들을 해치워야 우릴 데려갈 수 있으니까. 우리랑 같이 있어서 다행인 줄 아슈."

쏟아진 로켓탄은 포위망 곳곳을 끊어 놓고 목조 별관을 불덩어리로 만들었다. 푈케르삼이 니시야마에서 상황을 설명해주는 사이 로켓탄을 다 쏴버린 코르세어[1]들이 기수를 들어 고도를 올렸다. 호텔 본관을 둘러싼 포위망은 타격을 입었지만 아직 무너지지는 않았다. 여기저기서 하늘을 향해 기관총이 불을 뿜었다.

"한 번 더 오겠지."

깨진 유리 사이로 창밖을 살핀 슈코르체니는 여유 만만했다. 정말로 두 번째 로켓탄 세례가 주변에 쏟아졌다. 전투기들은 여기에 기총 소사까지 퍼부었다. 코르세어가 장착한 20mm기관포탄이 땅바닥을 갈아엎고 지나가자 사람과 차량, 장비가 하늘로 튕겨 올랐다. 첫 번째 공격을 받고도 어느 정도 남아있던 일본군의 저항이 확 사라졌다. 무전기가 다시 지직거렸다.

- 블루베리, 여기는 수확꾼. 통로가 확보됐다. 호수로 탈출하라.

"알았다. 나가겠다. 수고에 감사한다."

무전병이 통신을 끝내자 그것 보라는 듯 슈코르체니가 씩 웃었다. 함박웃음을 지으며 미소를 교환한 대원들은 유성호 정위를 선두로 해서 호수에 면한 뒷문을 열고 본관을 빠져나갔다. 방금 전까지 호텔 본관을 포위하고 이쪽으로 총을 겨누고 있던 일본군 병사들은 죄다 공습에 당한 시체가 되어 널브러져 있었다.

"당신은 안 따라와도 된다니까?"

"아니, 미군 진영에서도 전하를 시중들 사람은 필요하지 않습니까. 어차피 누군가 할 일이라면 저희가 하겠습니다. 제발 우리 네 사람만

---

1 Vought F4U Corsair. 보우트 사가 제작한 함상전투기. 해병대가 육상에서 운용한 숫자도 많다.

데려가 주십시오!"

이우가 호수로 향해 가려는데 니시야마와 시녀 세 사람이 나서서 아키히토를 따라가게 해달라고 애걸했다. 잠시 고민하던 이우가 고개를 끄덕였다.

"알겠소. 비행정에 자리를 마련해 보지. 따라오쇼!"

아키히토는 이미 퓔케르삼과 3분대 대원들이 안고 달려갔다. 이우는 슈코르체니와 김영옥, 1분대 대원들과 함께 대열 맨 뒤에서 탈출을 엄호했다. 머리 위에는 일본군이 나타나기만 하면 아주 박살을 내놓겠다는 기세로 해병대 소속 코르세어 전투기 4기가 선회하고 있었다.

얼마 가지 않아서 호숫가에 도착하니 해군 소속 코로나도 대형 비행정이 엔진을 켜 놓은 채 대기하고 있었다. 앞서 나온 대원들은 이미 비행정에 올라타고 있었다.

이우와 1분대원들이 일본인들을 재촉해 비행정에 타게 하려는 참에 근처 덤불 속에서 탄환이 날아왔다. 물속으로 막 들어가려던 시녀 한 명이 그대로 호숫가에 쓰러졌다. 니시야마가 발길을 멈추고 비명을 질렀다.

"츠카모토 상!"

"시끄러워, 영감!"

1분대 대원 하나가 욕지거리를 퍼부으며 탄환이 날아온 덤불을 향해 톰슨 기관단총을 난사했다. 덤불 속에서 비명이 울렸다. 하지만 곧 수십 발은 족히 될 탄환이 여기저기서 날아들었다. 아키히토가 이쪽에 있는데도 총을 쏘다니 일본군도 악에 받친 모양이었다. 이우가 고함을 질렀다.

"제기랄! 뛰어! 응사하면서 뛰어!"

호숫가에는 방패로 삼아 몸을 숨길만한 물건이 하나도 없었다. 이우를 비롯한 특공대원들은 몇몇이 번갈아 총을 쏘고 나머지는 뛰어야 했다. 계속 탄환이 날아들어 이젠 끝인가 하는 순간 상공에 있던 코르세어들이 지상에서 문제가 발생했다는 사실을 깨달았다.

그 다음에는 아까와 같은 모습이 반복되면서 순식간에 상황이 뒤집혔다. 20mm 기관포탄이 덤불과 숲을 헤집었고 집요하게 저항하던 일본군 장병들은 팔다리와 상하체가 분리된 처참한 살덩어리가 되어 사방으로 흩어졌다.

특공대를 향해 날아오던 총탄은 거짓말처럼 사라졌다. 탈출로 주변을 싹 훑어낸 전투기들은 대원들이 버리고 온 호텔 본관에까지 기관포를 퍼부어 박살을 내 놓았다.

"그것 보십시오. 총통께서 말씀하셨듯이 미군은 비행기로 전쟁을 다 해치운다니까요."

목표였던 호텔 뿐 아니라 다른 호텔까지 박살을 내고 있는 코르세어들을 뒤로 하고, 타야 할 사람을 모두 태운 비행정은 이수를 위해 활주를 시작했다. 슈코르체니가 창밖에서 펼쳐지는 참극을 보며 유유히 다리를 뻗었다.

"총통께서도 가능하면 공군을 강화하고 싶어 하셨지만 쉽지 않았죠. 장래 전하께서 이끄실 한국군은 비행기를 많이 확보하시기 바랍니다."

"이 〈미키마우스〉 작전이 성공한 덕분에 그럴 수 있는 가능성이 커졌지."

이우가 굳은 표정으로 고개를 끄덕여 보였다. 그리고 비행정 안이 울리도록 쩌렁쩌렁한 목소리로 대원들에게 지시를 내렸다.

"함께 돌아가지 못한 동료들에게 경례!"

광복군 일본지구공작대 특공대는 비행정에 타면서 추가로 발생한 피해까지 합쳐서 부상자 27명, 전사자 9명, 실종자 7명이라는 손실을 냈다. 하지만 오늘 붙잡은 사람이 누구인가를 생각하면 이 정도 희생은 낼만한 가치가 있었다. 한국인들이 두고 온 동료를 애도하는 동안 슈코르체니가 옆자리에 앉은 푈케르삼 중위에게 속삭였다.

"푈케르삼, 아츠기에 도착하는 대로 충칭에 있는 팔켄하우젠 장군께 〈미키마우스〉 작전이 성공했다고 알리고, 베를린에 중계해 달라고 청해라."

"알겠습니다."

푈케르삼이 고개를 끄덕이자 슈코르체니는 다시 창밖으로 시선을 돌려 창문 밖으로 빠르게 흐르는 일본 풍경을 만끽했다.

이 작전은 처음부터 끝까지 총통이 직접 기획해서 보내주었고 이곳에서는 단지 시점에 맞춰 약간 조정하기만 한 터, 마땅히 성공 보고를 올려야 했다. 그리고 나면 앞으로 어떻게 해야 할지에 대해서도 지침이 오리라.

28장
1945년 6월 15일

1

내가 히틀러가 되고서 네 번째 맞이하는 새해가 왔다. 봄을 맞아 새들이 지저귀는 소리를 듣고 있으려니 평화가 그리워졌다. 제비가 짹짹거리며 벌레를 잡… 아아, 여기는 강남에서 돌아오는 제비가 없지, 참.

공상에서 벗어나 현실로 돌아오자 절로 한숨이 나왔다. 주전선인 동부전선은 여전히 교착상태를 유지하고 있다. 지나간 겨울에 스탈린이 갑자기 〈급사〉하면서 뭔가 획기적인 변화가 오지 않을까 했지만 바로 눈에 띄는 변화가 오지는 않았다. 집단지도체제로 넘어간 소련 정부는 여러 실력자들이 서로 견제하느라 확고한 방침을 내놓지 못했다.

"계속 싸우겠다는 건지, 강화를 맺겠다는 건지 얼른 결판을 내야 하는 것 아닌가? 언제까지 이렇게 질질 끌기만 할 생각인지…."

나는 들고 있던 서류를 책상 위에 팽개치고 짜증을 냈다. 참모본부에서는 스탈린 사망 이후 빚어진 혼선을 이용해서 대공세를 펼치자고 하고 있는데, 외무부에서는 곧 소련과 강화를 맺을 수 있을 것 같다고 하면서 조금만 시간을 달라고 하고 있다.

"이봐, 외무장관. 스탈린이 골로 간지 벌써 몇 달이 지났는지 아나? 벌써 3월이야, 3월. 귀관이 말하기를, 베리야를 비롯한 소련 지도부는 강화를 원해서 강경파인 스탈린을 제거했다고 했지. 하지만 지난 몇 달 동안 협상에 진전이 있었나? 응?"

리벤트로프는 고개를 숙인 채 말을 잇지 못했다.

"물론 스탈린 하나가 죽었다고 해서 소련 지도부가 곧바로 항복 선언을 할 수는 없겠지. 하지만 벌써 몇 달인가? 6개월이 지났어, 6개월이!"

나도 모르게 두 주먹으로 책상을 내리쳤다. 나무로 된 책상 상판이 부서질 듯 우지직거렸다.

"뭔가 진전되는 모습이 있어야 더 기다릴 희망이 있지. 지금 같아서는 참모본부 소속 장군들이 계획 중인 대공세를 당장 시작하자고 요구해도 거절할 수가 없어! 이대로 협상에 진전이 없으면, 5월에 대공세를 시작해야 할 판인데 나는 하고 싶지 않단 말일세!"

감정이 자제가 되지를 않았다. 내가 계속해서 화를 내자 리벤트로프가 움찔했다. 정말이지 속이 터졌다.

"총통! 기회입니다! 엘리자베타 여제가 사망하면서 7년 전쟁에서 전기가 열렸듯이 이번 전쟁에서도 스탈린이 죽어 주었습니다. 놈들이 중심을 잡지 못하고 흔들리고 있을 때 대공세를 가해 모스크바를 점령해야 합니다. 그러면 놈들도 항복할 겁니다!"

참모본부에서는 스탈린이 죽었다는 사실을 알자마자 대공세를 주장하는 자들이 개미떼처럼 불어났다. 이놈들은 우리 병력이 전선을 유지하는 데도 넉넉하지 않다는 사실은 까맣게 잊어버린 모양이었다.

"기동성이 우수한 기갑군으로 전선을 돌파해서 곧바로 모스크바를 공략하면 가능성이 있습니다. 최소한 전쟁 첫 해에 그랬듯이 적 전선군을 포위하여 섬멸하면 전선에 대규모로 구멍을 낼 수 있고, 그 다음에는 보병군단도 진격시켜 모스크바로 진군할 수 있습니다."

이런 소리들을 회의 시작부터 끝까지 듣고 있으려니 내 머리가 돌지경이었다.

아니, 나는 지금 현 전선에서 휴전을 하고 싶다고.

더 진격해 봐야 독일은 확보한 영토를 관리할 능력도 없다. 1차 세계대전 때처럼 동부전선에 수비대로 2백만 박아놨다가 서쪽에서 처발릴 일 있나?

지금 독일이 선택할 수 있는 길은 일본이 미국에게 완전히 짓밟히기 전에 동쪽에서 소련과 적당히 강화를 맺고, 영국이 외로운 싸움을 포기하게 만드는 방안 하나뿐이었다. 스탈린이 죽었을 때나 지금이나, 내 생각에는 변함이 없었다.

작년 가을에는 당장이라도 공세에 나서자는 장군들을 붙드느라 작전 계획이 준비되지 않았고, 동계 전투에서는 소련군이 유리하다는 점을 강조했다. 그리고 봄에는 라스푸티차가 닥치므로 적어도 5월이 되어 땅이 굳어지기 전에는 대공세를 펼칠 수 없다고 선언했다. 대신 6개월 동안 공세를 위한 물자와 장비를 집적시키면서 작전계획을 수립하도록 했다.

현재 보유하고 있는 병력을 감안해서 어느 방면에서 공세를 취할지 결정하고 목표를 수립하라는 지시를 받은 참모본부에서는 지금 한참 계획을 짜고 있었다. 세 가지 시안 중에서 이번 달 안으로 하나를 최종안으로 결정하면 4월 한 달 동안 병력과 물자를 재배치한다. 그리고 5월이 되면 대공세를 시작한다는 게 현재 계획이었다. 그러니 그 전에 협상에서 뭔가 타결이 되어야 하는 거다.

"총통, 정말 송구스럽기 짝이 없습니다. 하지만 데카노조프는 소련 정부가 분명히 휴전 협정 체결을 원하고 있다고 확언했습니다. 다만 일부 구성원들이 태도를 바꿔서 결사항전을 주장하고 있다고 합니다."

"아니? 왜? 휴전을 원해서 암살에 가담하지 않았는가!"

"그것이, 암살범이라고 공식 발표된 미코얀이 독일인들에게 매수되어 일을 저질렀다고 실토하는 바람에 일이 꼬였습니다. 미코얀이 한 진술을 곧이곧대로 믿는 자들, 그리고 스탈린이 모든 소련인 위에 군림하면서 가지고 있던 영도자로서의 이미지를 탐내는 자들이 결탁해서 휴전에 반대하고 있습니다."

결국 죽은 스탈린이 가지고 있던 지위를 놓고 후계자 다툼을 벌이고 있다는 말이잖아. 하, 씨발 욕밖에 안 나온다. 당장이라도 전쟁을 끝내고 무엇보다 소중한 '인민들의 생명'을 지켜야 할 놈들이, 지들이 잡을 권력밖에 생각을 안 해? 이 새끼들, 뜨거운 맛을 보여주마!

"데카노조프에게 경고하도록! 이번 달 안에 협상에 진전이 없으면 올해 봄에는 2년 만에 우리 기갑군이 러시아 평원을 질주하는 모습을 보게 될 거라고 말이야! 그리고 우리가 제시할 휴전 조건도 더 가혹해질 것이고!"

"아, 알겠습니다."

얼굴이 창백해진 리벤트로프가 허겁지겁 집무실을 나갔다. 나는 혼자서 뿌득뿌득 이를 갈았다. 이 빨갱이 새끼들, 공멸하기 싫어서 이 악물고 참아줬더니 내가 호구로 보이냐? 그래, 피 보고 싶으면 피 보게 해 줄게. 어차피 내 인생도 아니라고!

북부, 중부, 남부 중 대치가 가장 치열한 전선은 역시 모스크바가 있는 중부다. 중부집단군이 작년에 실패한 스몰렌스크 공세를 다시 감행한다면, 놈들에게 큰 충격을 줄 수 있으리라.

지도를 들여다보며 한참 고심하고 있는데 문득 몸 한쪽이 떨리는 감각이 느껴졌다. 고개를 숙여 보았더니 왼팔이 또 수전증이라도 걸린 것처럼 떨고 있었다.

"제기랄, 또 이러네. 약이…"

혼잣말로 투덜거리면서 연필을 내려놓고 책상 한쪽에 놓아둔 약통으로 오른손을 뻗었다. 하지만 약통은 이미 비어 있었다. 반사적으로 혀를 차다가 인터컴을 눌렀다. 엘사가 응답했다.

– 예, 총통. 슈나이더 중위입니다.

"슈나이더, 의무실에서 내 약 좀 가져와."

– 알겠습니다.

의자에 몸을 기대고 잠시 기지개를 켰다. 그런데 갑자기 머리를 몽둥이로 후려치는 듯한 충격이 왔다.

약통이 비었다? 내가 한 통 가득 들어 있던 페르비틴을 다 먹었다고? 도대체 얼마 만에? 혼란스러워하고 있는데 엘사가 들어왔다. 엘사는 봉을 뜯지 않은 약통을 책상 위에 놓고 나가려고 했다. 나는 떨리는 목소리로 엘사를 붙들었다.

"슈…슈나이더 중위, 잠깐. 물어볼 일이 있어. 내가 귀관에게 이 통에 채울 약을 언제 가져오라고 했지?"

"이틀 전이셨습니다, 총통."

"이틀…, 알았네. 나가 봐."

엘사를 내보내고 나서 나는 그대로 의자 위에 쓰러졌다. 머릿속에서 충격이 가시지 않았다. 겨우 이틀 사이에 페르비틴 한 통을 다 비웠다니. 2년 전부터 복용을 시작한 이래 복용량이 자꾸 늘어난다고 막연하게 생각은 하고 있었지만, 이렇게 구체적으로 스스로가 약쟁이가 되어가고 있음을 깨달은 건 처음이었다.

내가 약쟁이라니, 내가 약쟁이라니!

제기랄! 진짜로 약물중독자가 되기 전에 빨리 전쟁을 끝내고 몸부터 추슬러야겠다. 그러고 보니 저쪽, 태평양 전선은 어떻게 되고 있지? 슈코르체니에게 계속 지시문을 보내고 있기는 한데 이게 내가 원하는 대로 잘 진행이 되어 줄지 모르겠다. 잘 풀려야 할 텐데.

2

"대령님. 일본군 전투기가 접근하고 있습니다. 무전교신을 시도해 봤지만 답하지 않습니다."

조종석 쪽에서 승무원 한 사람이 나오더니 이우에게 다가왔다. 이우가 고개를 끄덕였다.

"예정된 일일세. 우리를 여의도 비행장까지 호위해 갈 거야."

창문 밖을 보니 하야부사[1] 전투기 4기가 날개를 흔들며 다가오고 있었다. 일본군이 무전교신으로 연락하지 않고 날개를 흔들어 신호를 보내는 모습을 보고 이우가 비웃었다.

---

1 일본 육군 1식 전투기. 태평양전쟁 초기부터 말기까지 죽 주력으로 쓰였으며 일부 기체는 전후에 중국군과 베트남 주둔 프랑스군이 사용할 정도였다. 화력은 약하지만 기동성이 좋은데다 대체로 방어가 약한 일본기 치고는 장갑도 두터운 편이어서 연합군 조종사들에게는 까다로운 상대였다.

"저놈들은 무전기 성능이 원체 열악하니 저렇게 할 수밖에 없겠지. 인도에 따르도록 하게."

"알겠습니다."

경례를 한 미군 승무원은 조종실로 돌아갔다. C-47 탑승실 안에는 묘한 긴장감이 흐르기 시작했다. 창밖을 보며 마음을 다잡던 이우는 충칭에 있는 김구 주석과 주고받았던 서신 중 마지막 편지에 적혀 있던 내용을 문득 머릿속에 떠올렸다.

『귀관이 일본 황자를 사로잡는 큰 전과를 올린 것은 치하한다. 하지만 귀관이 제출한 〈교섭을 통해 조선총독부 및 조선 주둔 일본군을 항복시킨다〉는 계획은 지나치게 터무니없다. 귀관이 지난번에 보낸 보고서를 의정원에서 검토한 결과 귀관이 독단적으로 협상에 나서는 행동은 조국을 되찾는데 도움이 되지 않는다고 판단을 내렸다. 협상 시도를 중단하고 의정원에서 지시가 내려갈 때까지 기다리기 바란다. 더구나 어린아이를 인질로 협상을 시도한다면 후일 치욕이 될 것이다.』

답답한 일이다. 그럼 협상을 시도해 보지도 않는다면, 어떻게 국권을 회복한단 말인가?

아무 일도 하지 않고 있는데 일본인들이 스스로 조선총독부와 조선군사령부를 해체하고 통치권을 임시정부에 반환할 리는 없었다. 지금 저들은 '1억 옥쇄'를 부르짖으면서 일본 본토가 완전히 박살이 나더라도 계속 항전하겠다고 공언하고 있다.

이우는 미군과 함께 전장을 누비면서 일본군이 주장하는 '결사항전'이 이루어졌을 때 어떤 참상이 벌어지는지 두 눈으로 똑똑히 보았다.

더 이상 보고 싶지 않을 만큼 질리도록 보았다. 오키나와에서, 규슈에서, 간토에서 일본군은 최후까지 싸우겠다면서 악을 썼다. 그리고 미군은 저항하는 일본군이 정말로 그 자리에서 최후를 맞게 해주었다.

일본군이 동굴 속에 숨어 있으면 화염방사기로 불을 지르고 불도저로 굴을 메워버렸다. 산에 숨어 있으면 산 전체를 폭격기로 갈아엎었다. 참호를 파고 들어앉으면 전차로 깔아뭉개버렸다. 시가지에 숨어 있으면 길거리 전체를 비행기와 야포로 날려버렸다. 밤중에 반자이 돌격을 시도하면 야포에 장전한 산탄과 기관총으로 쓸어버렸다.

미군이 휩쓸고 지나간 자리에는 불타버린 폐허만 남았다. 미군은 명시적으로 항복하지 않은 모든 일본인을 적으로 간주했으므로 전투 과정에서 발생하는 민간인 피해 따위는 전혀 신경 쓰지 않았다. 일본인들이 목숨을 건지고 싶다면 미군이 보는 앞에서 두 손을 들고 나서는 수밖에 없었다.

임시정부에서는 이런 참극이 조선 땅에서도 빚어지기를 바란단 말인가? 일본군과 경찰은 조선팔도와 그 땅에 살고 있는 삼천만 백성을 완전히 통제하고 있다. 지금 조선 주둔 일본군은 적어도 50만에 달하며, 총독부는 징병을 본격적으로 시행해서 조선 청년들에게 총을 쥐어주고 전선으로 내몰 준비를 하고 있었다. 삼천리 조선 땅을 전장으로 만들려고 획책하는 것이다.

그동안 오간 지시 서한에서 암시한 바를 보면 김구는 조선 주둔 일본군이 조선인 징병을 실시하는데서 도리어 해방을 위한 돌파구가 열리리라고 판단한 모양이었다. 미군이 조선 땅에 발을 디디고 전투가 시작되어 혼란스러울 때, 임시정부와 미리 내통하고 있던 조선인 장병들이 일거에 봉기를 일으키게 하여 일본 통치기구를 무너뜨리는 것이다.

일이 그렇게 전개되면 임시정부도 일제 타도를 위해 당당히 한몫을 했다고 미군에게 으스댈 수 있을 터였다.

하지만 이우는 김구가 정말로 이런 계획을 세우고 있다고 하면 도저히 거기에 동조할 수 없었다. 만약 미군이 한반도에 상륙한 뒤에 봉기한다면, 설사 성공한다고 해도 일본군을 무너뜨릴 때까지 수많은 도시와 마을이 불타고 무고한 동포들이 죽을 게 명백했기 때문이다.

한국인이 일본인과 명확히 다르다고 인식하는 미군은 사실상 거의 없다. 따라서 저 무식한 미군들이 한반도에 발을 들이면 일본에서 지금 하고 있듯이 일본군이 숨어있다고 판단한 곳마다 불벼락을 퍼부을 게 분명했다. 놈들은 봉기한 조선인 병사들도 그냥 일본군이라고 생각할지도 모른다. 옥석을 제대로 가리지도 않고 그대로 불벼락을 퍼부을 것이다.

이우로서는 도저히 그런 희생을 무릅쓸 수가 없었다. 전쟁이 휩쓸 조선 강토는 그가 살아온 땅이었고 그 땅에 사는 이들은 그와 같은 피를 나눈 동포였다. 그리고 다행스럽게도 지금 이우가 가진 주머니 속에는 유리한 패가 몇 개 들어있었다.

이우는 조선총독부와 항복 조건을 걸고 교섭을 해 보겠으니 전권을 부여해달라는 요청서를 충칭에 보냈다. 그리고 답신이 오기도 전에 슈코르체니에게 자문을 받아가며 총독부와 접선을 시작했다. 물론 미군 당국도 설득한 다음이었다.

"이 대령, 귀관이 한국 왕족이자 일본 귀족으로써 높은 신분에 속한 사람이라는 건 알겠습니다. 하지만 당신 구상은 솔직히 현실성이 있어 보이지는 않는군요. 뭐, 좋습니다. 하고 싶은 대로 한번 해보십시오. 어차피 우리는 일본 본토가 완전히 평정될 때까지는 한반도에서 작전을 펼치지 않을 테니까요. 우리 미군 희생자를 내지 않고 한반도 주둔 일본군 50만을 항복시킬 수 있도록 귀관이 도와준다면 고마운 일이오."

태평양함대 사령부에서는 교섭에 필요한 장비와 인력을 지원해주기로 약속했다. 덕분에 이우는 올림픽 작전 과정에서 미군이 확보한 가고시마 지역 라디오 방송국 시설을 이용할 수 있었다. 물론 미군에서는 이우가 귀중한 방송설비를 독차지하게 해주지는 않았다.

이미 이 방송국에서는 미군 선전부가 저항을 계속하는 규슈 북부 및 주고쿠 일대 주둔 일본군을 상대로 항복을 권고하는 선전방송을 내보내고 있었다. 이우는 미군이 하루 8시간씩 내보내고 있는 방송시간 중에서 고작 30분 정도를 할당받았다. 물론 그것도 감지덕지해야 할 상황이었으니 불만은 없었지만.

《조선에 있는 모든 동포들에게 알린다. 본인은 조선 독립을 위해 이 한 몸 바치기로 마음먹은 운현궁 공 이우다. 지금 내지는 불바다가 되어가고 있다. 이른바 황군은 자랑하던 위용을 떨쳐보지도 못한 채 미국이 보유한 압도적인 전력에 말 그대로 눌려 스러지고 있다. 이 전쟁은 끝났다. 일본은 패했다. 천황은 어딘지도 모르는 땅굴 속 구멍에 숨어 생사를 알 수 없으며, 그 자리를 계승할 황제의 장자 츠구노미야 아키히토는 우리 특수공작대에게 잡혀와 우리 대한광복군에게 보호를 받고 있다. 조선총독부와 조선군 사령부에 있는 고관들이 현명하게 판단한다면 나는 기꺼이 그들과 마주앉아 평화를 논할 것이다.》

한국어 및 일본어로 작성한 이 원고는 미군이 하는 선전방송에 섞여서 현해탄을 건넜다. 가고시마 방송국에서는 주고쿠에서 수신이 될 정도로 강한 전파를 쏘아 보냈으므로 한반도 남부까지는 충분히 영향권에 들어갔다. 그리고 방송 내용에 신뢰성을 주기 위하여 아키히토와 이우가 미군 막사 앞에서 나란히 서서 찍은 사진을 실은 삐라를 만들어 경성(서울), 부산 등지에 뿌렸다.

이우로서는 조선 내에서 이 방송이 정확히 어떤 효과를 불러일으키고 있는지 알 수 없었다. 다만 슈코르체니는 '선전장관이 조언한 바에 따르면' '총통께서 지시하신 바에 따르면' 운운하면서 수시로 방송용 원고를 가필하고 삐라에 적을 문구를 수정했다. 어조에도 변화를 주라고 강조했다. 단어 몇 개를 어떻게 발음하는가에 따라 듣는 이가 전혀 다른 감상을 느낀다면서, 히틀러나 괴벨스가 얼마나 청중을 빨아들이는 연설을 하는지 강조했다.

이우는 슈코르체니가 하는 소리가 확실히 이해가 가지는 않았지만 방송을 내보낸 효과가 없지는 않은 것 같았다. 근 한 달 가까이 방송을 내보내고 난 어느 날, 조선총독부에서 보낸 무선이 홀연히 방송국 무선실에서 접수되었다. 조선 주둔 일본군 50만 명을 저항 없이 항복시킬 수 있도록 해보겠다는 호언장담이 마침내 물꼬를 튼 셈이었다.

직접 교신이 한두 차례 더 오가고, 일본군이 아직 확보하고 있는 쓰시마 섬에 이우가 보낸 특사가 비밀히 상륙했다. 그리고 부산과 쓰시마 섬 사이에 연결된 전화선을 이용해서 경성에 있는 총독부 주요 책임자와 이우가 보낸 특사 사이에 수없이 많은 교섭이 오갔다. 상당히 격한 조정을 거친 끝에 서울에서 양자가 직접 만나 담판을 해보기로 합의가 되었다.

이우가 항복 권고를 하러 가겠다고 하자 미군에서는 선뜻 타고 갈 수송기를 제공해주었다. 이제 대표단을 조직해서 경성에 가기만 하면 된다. 그런데 모든 교섭을 중단하라는 지령이 충칭에서 날아온 것이다.

김구가 무슨 생각으로 교섭 중지 명령을 내렸는지 이우로서는 정말로 알 수 없었다. 하지만 회담을 열기 위한 교섭은 그만두기에는 너무 많이 진행되었다. 벌써 총독부와 회견할 날짜까지 잡아놓았으니 말이다.

이우는 스스로 임시정부에 참여해서 광복군에 속한 장교 한 사람으로서 일본군과 싸우겠다고 약속했다. 하지만 이 협상을 위해 그동안 들인 노력과 수고를 수포로 돌아가게 만들 수는 없었다.

이미 미군 측에 회담 성사 사실을 밝힌 뒤다. 그런데 이를 번복한다면 앞으로 미군 측에서 자신을 어떻게 볼 것인가? 그리고 이우가 시간을 벌기 위해 자신들을 농락했다고 판단한 조선총독부는 앞으로 어떤 회담 제안에도 응하지 않을 게 뻔했다. 당연히 미군 측에서도 앞으로 진행할 항복 교섭까지 어려워지게 만든 그를 좋게 보지 않을 것이다.

이우로서는 결단을 내릴 수밖에 없었다.

"전하, 긴장되지 않으십니까? 적지로 가는 비행입니다."

"내 나라로 가는 길인데 긴장할 필요가 있나? 내가 살아온 땅, 그리고 살아갈 땅이네."

비행 중에 쌓인 긴장을 풀고 싶어졌는지 슈코르체니가 농을 던졌다. 이우도 웃으며 받았다. 지금 이 길은 죽기 위해 가는 길이 아니었다. 살아서 뜻을 이루기 위해 가는 길이었다.

"소관을 데리고 가서 공연히 놈들을 자극하시는 건 아닌지 모르겠습니다. 놈들은 총통께서 일본을 적대하시는 바람에 독일에 대해 매우 감정이 좋지 않을 겁니다. 더구나 저는 중국에서 놈들을 여러 번 골탕 먹이지 않았습니까?"

이 비행기에 탄 슈코르체니와 필케르삼은 친위대 마크를 제거한 그 냥 미군 군복을 입고 있었다. 독일군임을 확실히 알아볼 수 있는 복장을 하고 갔다가는 불필요한 마찰을 초래할 수도 있었기 때문이다.

"귀관이 누구인지 저들이 보기만 하고 알 수 있겠나? 사실 따지고 보면 자네보다는 내가 더 골치 아픈 존재일세. 귀관은 그저 적일뿐이지만, 나는 놈들 입장에서 보면 반역자이기까지 하니까. 공작이라는 높은 지위에 있으면서 일본군을 탈영해서 광복군으로 넘어갔으니 얼마나 증오스럽겠나."

이우가 너털웃음을 웃었다.

"그러니 내가 타이위안에서 죽은 것으로 해서 2계급 특진시켜 대령으로 추서하고, 지난 2년 동안 내 생존을 부인하는 선전을 하고 있는 거겠지. 내가 살아서 항일전선에 서 있다고 공식적으로 인정했다가는 무슨 후폭풍이 몰아칠지 모르니까. 내가 듣기로는 운현궁에 있는 내 가족들에게 지급되는 봉록도 내가 있을 때와 다름없이 나오고 있다고 들었네. 세간에서 불미스러운 소리가 나오지 못하게 하려는 조치겠지."

"불미스러운 소리라니요?"

"내가 항일대열에 참가했다면 분명히 가족이 왕공족으로 대우받지 못할 게 아닌가. 그런데 탄압하기는커녕 지위와 재산을 전과 다름없이 보전해 준다면 진상을 모르는 이들은 내가 정말로 중국에서 죽었다고 믿을 거야. 일본인들은 그걸 노린 거지."

"확실히 그럴 법합니다."

이야기를 나누는 사이 어느덧 목적지에 거의 도착했다. 바다에서 육지로 접어들었는가 싶더니 얼마 안 가서 여의도비행장이 시야에 들어왔다.

비행기가 천천히 고도를 낮추자 두 사람은 입을 다물었다. 곧 바퀴가 땅에 닿았고, 활주로를 미끄러지던 비행기가 천천히 멎었다. 잠시 더 기다리자 엔진이 꺼졌다.

창밖을 내다보자 무장한 일본군 병사들이 서 있는 것이 보였다. 이우가 심호흡을 하고 자리에서 일어섰다.

"자, 중령! 그럼 내려가 보겠나?"

"그러지요. 제가 앞에 서겠습니다."

슈코르체니가 승강구를 열자 이미 문 앞에는 밟고 내려갈 이동식 계단이 놓여 있었다. 그리고 계단 밑에는 1개 중대에 달하는 무장병력이 소총과 기관총을 이쪽으로 겨냥하고 서있었다. 저쪽에는 콩알만 한 물건이긴 해도 장갑차도 보였다. 슈코르체니가 유쾌한 표정을 지으며 일본군을 비웃었다.

"우리 일행이 몇 명 되지도 않는데 아주 성대한 환영 행사를 하는군요. 놈들이 수작을 부릴지도 모르니 제가 먼저 내려가겠습니다, 전하."

"아니, 내가 먼저 내려가겠네. 주빈으로 영접 받을 사람은 나지 귀관이 아니잖은가?"

이우가 앞에 나서려는 의도를 눈치챈 슈코르체니가 잠자코 옆으로 비켜섰다. 선두를 양보 받은 이우가 먼저 계단을 내려서고, 그 뒤를 일본지구공작대 간부 두 명이 따랐다.

다음으로 계단을 내려선 이는 미군 쪽에서 회담을 참관하고 이우에게 조언하기 위해 온 전략정책단 소속 딘 러스크 대령과 통역관을 맡은 김영옥 대위였다. 맨 마지막으로 고문 겸 통신담당을 맡은 슈코르체니와 묄케르삼이 큼지막한 무전기를 들고 맨 뒤에서 계단을 내려갔다. 수송기 승무원인 미군 네 명은 내리지 않았다. 이들은 바로 일본으로 돌아갈 예정이었다.

"이우 전하이십니까?"

일본군 대위 한 사람이 딱딱한 투로 확인했다. 이우와 면식이 있는 사람은 아니었다.

"맞네."

이우가 고개를 끄덕이자 상대가 한 발 뒤로 물러서며 왼팔을 들어 저쪽을 가리켰다.

"차가 준비되어 있습니다. 이쪽으로 오시지요."

"고맙네."

대위가 안내한 방향에는 승용차 두 대가 기다리고 있었다. 시동이 걸려 있던 승용차들은 이우 일행이 올라타자 곧바로 움직이기 시작했다. 일본군 군용차 네 대가 전후좌우에서 이들을 감시하며 움직였다.

3

"정말 전하께서 살아계셨군요. 전하께서 불령선인들과 함께 움직인다는 풍문이 중국 전선에서 자주 들려오기는 했습니다만, 설마 싶어 믿지 않았습니다."

9대 조선 총독, 아베 노부유키 일본 육군 대장은 이우를 정면으로 노려보았다. 차가운 눈빛이 보통 사람이라면 오금을 저리게 할 정도였다.

"전하께서 저지른 행위는 명백한 반역입니다. 다만 폐하께서 공식적으로 전하를 처벌하지 않으셨기에 전하와 운현궁에 대한 예우는 계속해 왔습니다. 폐하께서 베푸신 은총 때문에 지금 이 자리에서 곧바로 전하를 체포하지 않았으니, 넓고도 큰 황은에 감사하시기 바랍니다."

아베 총독은 한껏 고압적인 자세로 이우를 몰아붙였다. 하지만 탁자를 사이에 두고 아베 총독과 단 둘이 마주앉아 있으면서도 이우는 전혀 위축되지 않았다. 히틀러 총통이 보내준 정보를 통해서 일본이 전혀 배짱을 부릴 처지가 아니라는 사실은 이미 충분히 알고 있었다. 이우로서는 그저 코웃음을 칠뿐이었다.

"내가 반역자라고 생각하면 이대로 날 붙잡아 총살하시오, 총독. 하지만 난 이제 단순한 운현궁 공 이우가 아니오. 분명 그대에게 안전보장을 약속받고 조선총독부 및 조선군[1]과 회담을 하러 온 사람이오. 만약 나와 내 일행에게 해를 끼친다면, 조선 땅에 있는 일본군 전원은 미군에게 어떤 자비도 기대할 수 없을 거요."

"우리 황군을 모욕하지 마십시오!"

아베 총독이 호통을 치며 책상을 내려쳤다. 하지만 이우는 여전히 꼼짝도 하지 않았다.

"이 몸은 폐하께 칙명을 받아 조선을 통치하고 있습니다. 또한 조선군사령관 고즈키 요시오 중장 역시 휘하 병력과 함께 결사항전을 준비하고 있음을 분명히 말씀드립니다. 전하를 불러들인 이유는 정말로 전하께서 살아 계신지 확인하고자 하는 마음뿐이었고, 항복 교섭 따위를 할 의사는 애초에 없었음을 알아주시기 바랍니다."

아베 총독은 계속 거세게 이우를 몰아붙였다. 애초에 이우 한 사람

---

[1] 일제 강점기 한반도에 주둔하고 있던 일본 주둔군은 〈조선군〉을 정식 명칭으로 하였으며 조선군사령관이 지휘를 맡았다.

만 먼저 부른 이유가 여기 있었으므로 당연한 일이었지만, 이우로서도 예상한 바였다.

"그럼 더 나눌 말도 없겠구려. 츠구노미야 전하께 귀공이 끝까지 싸우겠다고 하더라는 말씀 잘 전해드리겠소. 전하께서 장래 군대도, 국민도, 국토도 없는 군주가 되실 생각을 하니 안쓰럽구려."

이우는 그대로 일어서서 총독 집무실을 나섰다. 아베 총독은 이우를 붙잡지 않았다.

"역시 한 번에 넘어오진 않았습니다."

"당연한 일입니다. 어떤 협상이건, 첫 회담에서 결말이 날 수는 없습니다."

숙소인 조선호텔 201호에서 기다리고 있던 딘 러스크 대령은 침착하게 이우로부터 아베 총독과 가진 첫 회견에 대한 이야기를 경청했다.

이 협상단에서 옥스퍼드에서 정치학 학사에 석사를 취득하고 캘리포니아에서 정치학 교수로 재직했던 딘 러스크보다 국제정세 및 정치적 이해관계에 정통한 이는 없었다.

"어쨌든 지금 일본 본토는 우리 미군이 차근차근 점령해 나가는 중입니다. 도호쿠 지방은 잠시 방치해 두고 있지만, 일본군 주력이 있는 간토, 간사이 일대는 차근차근 우리 손에 들어오고 있습니다. 규슈 토벌이 완료되면, 한반도와 가까운 주고쿠 지방도 조만간 휩쓸어버리게 될 겁니다."

딘 러스크는 협상단 일행 전원이 둘러앉은 탁자 위에 지도를 펼쳐놓은 채 차분히 설명했다. 손에 든 지시봉이 지도 곳곳을 짚었다.

"일본 본토 점령이 완료될 때까지 조선 주둔군이 항복하지 않는다면 미군은 조선에 상륙할 수밖에 없습니다. 저도 상부가 수립한 모든 계획을 알고 있는 건 아닙니다만, 아무리 늦어도 혼슈 전역을 제압한 뒤에는 조선이 다음 목표가 됩니다. 이번 전쟁은 중국 주둔 일본군을 완전히 궤멸시켜야만 끝날 테지만, 현재 중국군이 일본군을 격파할 능력이 없음이 분명한 만큼 미군이 중국 본토로 진공하는 수밖에 없습니다."

"그런데 대령, 왜 그 진공로가 하필 한반도인 겁니까? 필리핀이 거의 평정된 만큼, 필리핀을 기지로 삼아서 곧바로 중국 본토에 상륙해도 되지 않습니까?"

슈코르체니에게 질문을 받은 딘 러스크는 지시봉으로 중국 대륙을 짚었다.

"지금 대륙에 있는 일본군을 완전히 격파하려면 놈들에게 가는 물자보급을 차단할 필요가 있습니다. 일본 본토로부터 보급이 완전히 끊긴 이상, 대륙 주둔 일본군은 탄약 등 물자를 주로 자신들이 만주에 건설해 놓은 산업시설로부터 지원받게 될 것입니다. 한반도를 장악하면 만주로 가는 최단거리 경로를 확보하게 되며, 일본군이 장악하고 있는 중국 동부지역을 쉽게 공격할 수 있는 해공군 기지도 확보하게 됩니다."

지시봉을 거둔 러스크는 심각한 표정으로 팔짱을 끼었다.

"하지만 한반도 진공은 우리 미군에게도 만만찮은 부담입니다. 우리 전략정책단에서는 필리핀과 일본 본토에서 얻은 전훈으로 미루어 볼 때, 조선 주둔 일본군 50만을 섬멸하려면 아군 사망자가 적어도 5만 명 이상 발생할 것으로 보고 있습니다. 게다가 일본군은 한국인들을 징집해서 병력을 계속 확충하고 있습니다."

"그렇다면…?"

"네, 이우 대령께서 생각하시는 그대로입니다. 우리 미군 지휘부에서도 한반도 진공이 벌어지기를 원하지 않습니다. 전투 없이 조선 주둔 일본군을 항복시킬 수 있다면 그보다 더 좋은 일이 없지요. 그렇기에 이 게임을 진행시키고 있지 않겠습니까?"

딘 러스크가 두 손을 들며 어깨를 으쓱해 보였다.

"출발 전에도 언질을 드렸지만, 항복 조건은 이우 대령이 정하셔도 좋습니다. 어느 정도 저쪽이 체면을 차릴 수 있는 조건으로 조건부 항복을 하더라도 좋으니, 무혈입성만 이룰 수 있다면 됩니다. 설마 말도 안 되는 황당한 조건을 받아들이지는 않으시겠지요."

"흥, 이거 의외로군요. 귀국과 영국은 지금 싸우고 있는 상대로부터 무조건항복 이외에는 받아들이지 않겠다고 선언하지 않았습니까? 그런데 세력도 별로 없는 한국 망명정부 소속 일개 대령에게 그만큼 큰 권한을 주고 자유롭게 협상하게 해주겠다고요? 의도가 뭡니까?"

슈코르체니가 끼어들었다. 루즈벨트와 처칠이 각기 적국에 대해 타협을 절대 불허하는 강경한 입장을 유지해왔음은 그 역시 잘 알고 있었다. 헌데 러스크 대령이 그동안 두 나라 정부가 공언해온 것과 달라진 입장을 취하자 슈코르체니가 비꼬고 나선 것이다. 러스크가 인상을 찌푸렸다.

"중령. 일본 천황이 서명하는 전체 항복조약이라면 모를까, 지역 단위 일본군이 항복하는 부분 항복에서는 어느 정도 항복 조건을 협의해 줄 여지가 있소. 그리고 우리 미국과 독일은 교전상태가 아니니 그냥 신경 끄시오. 당신네 일도 아니잖소."

"그러도록 하지요, 공부 많이 하신 대령님."

슈코르체니는 살짝 고개를 숙인 뒤 몸을 젖혀 이 문제에 대해서는 일단 더 이상 언급하지 않겠다는 의사를 표현했다. 러스크가 고개를 돌려 다시 이우를 향했다.

"이우 대령, 만약 귀관이 조선 주둔 일본군에게 무기를 내려놓게 만들 수 있다면 전쟁이 끝날 날을 크게 앞당기는 것과 동시에 미군 1개 군단을 사지에서 구출하는 공을 세우는 셈입니다. 전쟁 수행에 그만큼 크게 공헌한다면 전후에 미국 정부가 귀관에게 크게 보답할 겁니다. 미합중국은 신세를 진 상대를 절대 잊지 않으니까요."

"알겠습니다."

이우가 고개를 끄덕였다. 일곱 사람은 다시 머리를 맞대고 회의에 들어갔다. 조선 주둔 일본군을 항복시키려면 어떤 제안을 해야 할까에 대해서.

4

"벌써 일곱 번째 회의군요. 선생과 함께한 지도 네 번째고."

"그만큼 중요한 일이니까요, 전하."

일본 측이 미국인들은 오지 말라고 거부했기 때문에 회담 자리에는 이우와 광복군 소속 장교 두 사람, 그리고 이우가 따로 연락해서 불러 낸 여운형만 나왔다. 일본 쪽 대표들은 아직 나오지 않았다.

여운형은 지금 시점에서 전국적인 조직망을 가지고 항일운동을 벌이고 있는 유일한 독립운동가라고 슈코르체니가 특별히 강조한 덕분에 이우가 이끄는 항복 협상 팀에 낄 수가 있었다. 물론 이우로서는 슈코르체니가 어떻게 여운형이 조선 내에서 조직한 건국동맹에 대해서까지 파악하고 있는지는 알 수 없었다.

"이미 몇 번이나 말씀드렸지만, 최종적으로 합의가 이루어질 때까지 주변 사람들에게 이 일을 흘려서는 안 됩니다. 섣불리 움직였는데 합의가 깨지면 피바람이 몰아칠 수도 있습니다. 무력은 어디까지나 저들이 가지고 있으니까요."

"이를 말씀입니까. 잘 알고 있습니다."

이우가 여운형과 잠시 이야기를 나누는 사이 일본군 측 대표들이 들어와 자리에 앉았다. 역시 아베 총독과 엔도 류사쿠 정무총감, 고즈키 요시오 조선군 사령관 세 사람이었다. 이중에서 고즈키 사령관은 지나간 여섯 차례 회담에서는 한 번도 나오지 않았다.

이우가 먼저 인사를 건넸다.

"잘 주무셨소, 총독. 내지에서 전황이 어떻게 진행되고 있는지는 소식을 들으셨소?"

"…좋지 않은 것으로 알고 있습니다."

아베 총독은 이를 악물며 대답했다. 하긴, 일본 본토에 있는 각급 부대와 정부기관 중에는 아직 조선총독부나 조선 주둔 일본군과 연락이 유지되는 곳들이 있으리라. 정기적인 연락은 힘들지 몰라도, 가끔 소식을 주고받는 정도는 가능할 것이다.

아, 그리고 이우 일행이 일본 주둔 미군 사령부와 주고받는 통신을 일부 도청할 수도 있을 터였다. 저들도 전황이 불리함을 알고 있음을 깨달은 이우가 방긋 미소를 지었다.

"그렇소. 일본 입장에서는 매우 좋지 않지. 3일 전에 마침내 오사카가 함락되었소. 미군은 이제 교토를 향하고 있으니, 간사이 전체가 조만간 함락될 거요. 규슈는 이제 거의 평정되어 후쿠오카, 고쿠라 일대에만 잔존병력이 남아 있다오. 시코쿠는 전역이 미군 통제 하에 들어가 주고쿠 공략을 위한 근거지가 되고 있소. 도호쿠에는 아직 미군이 들어가지 않았지만, 주고쿠가 평정될 때까지 항복하지 않는다면 마찬가지 신세가 될 거요."

일본 측 대표들은 일본군이 본토에서 패하고 있다는 소식을 듣기가 불편한지 입을 다문 채 헛기침을 했다. 이우도 상대를 조롱하는 일은 이쯤하기로 했다. 어서 본론으로 들어가는 편이 나았다.

"그동안 귀공들과 참 많은 의견을 나눴소. 이제 방향이 대체로 잡힌 듯 하오만."

아베 총독이 무겁게 고개를 끄덕거렸다.

"전하께서 제시할 최종 제안을 듣고 싶습니다."

"좋소."

이우는 한국어, 영어, 일본어로 각기 기록한 문서 3장을 내밀었다. 깨끗한 종이에 정서한 항복요구서였다.

"첨언할 필요도 없겠지만 내용은 모두 같소. 정본은 영어본으로 합시다. 일어본으로 하면 우리 조선 백성들이 싫어할 테고, 조선어본은 당신들이 받아들일 수 없을 테니까."

서류를 받아든 일본 측 대표 세 사람은 하얀 종이 위에 눈길을 모았다. 이우가 제시하는 항복 조건이 그 위에 기록되어 있었다.

『대한광복군 정령 이우는 연합국 전권대표로서 조선 주둔 일본군 (이하 조선군) 및 조선총독부가 군사적으로 항복하는 문제에 있어서 양 조직을 이끌고 있는 총독 및 사령관과 협의한 바, 양측이 누차 회동하여 합의에 이른 바를 감안하여 최종적으로 아래와 같은 양해사항을 제시한다.

= 조선총독부가 항복하는데 대하여 =

1. 항복문서에 서명하는 당사자는 일본 측은 아베 노부유키 총독, 연합군 측은 일본국 공작위를 가지고 있는 이우로 한다.

1. 조선총독부 및 예하 각 기관이 보유하고 있는 모든 재정적, 행정적 자산은 이후 수립될 신한국 정부에 정식으로 양도된다. 신한국 정부가 수립되기 이전에는 중국에서 귀환하는 임시정부가 관리하며, 임시정부가 귀환하기까지는 건국동맹을 기반으로 조직한 건국준비위원회가 관리한다.

1. 현재 조선총독부가 행사하는 행정권은 건국준비위원회로 넘긴다. 조선총독부에 속한 일본인 경찰관 및 관료는 현 위치에서 업무를 계속하되 각 지역 건국준비위원회로부터 통제를 받는다. 일본인 관원은 해당 직위를 대체할 능력을 갖춘 한국인 또는 임시정부로부터 해당 업무를 감당하도록 위촉받은 타국인이 충원되는 대로 직위를 해제한다.

1. 총독부 소속 공직자로서 직위에 따른 책무를 수행하기 위해 필요한 이상으로 민중을 학대하거나 착취한 자, 또는 권력으로부터 비호를 받으며 악행을 범했으나 처벌받지 않은 자는 한국인과 일본인을 가리지 않고 색출하여 처벌한다. 단, 처벌 과정에서 현장에서 임의적으로 징벌하는 행위는 엄금하며 경성에 이를 집행하기 위한 해방법원을 설립하여 기소토록 한다.

= 조선군이 항복하는데 대하여 =

1. 항복문서에 서명하는 당사자는 일본 측은 고즈키 요시오 사령

관, 연합군 측은 일본제국 육군 소좌에 재임 중이며 공작위를 가지고 있는 이유로 한다. 조선 내 해군부대는 항복을 위해 별도로 서명하는 대표가 없으나, 아래 항목을 모두 육군에 준해 준수하기로 동의하였다.

1. 조선군이 항복한다는 사실은 공표 전에 관동군 및 만주군에 알려져서는 절대 안 된다.

1. 항복문서에 서명한 후 연합군 및 조선 민중에 대한 어떤 적대행위도 금한다. 단 이하 조항을 준수하기 위해 불가피한 경우는 예외로 한다.

1. 조선군이 보유하고 있는 모든 군사장비 및 문서, 토지 등 군용자산은 신한국 정부가 새로 조직할 신한국군에 인도되어야 하므로 병기 및 문서 일체에 대한 파괴행위를 금한다. 신한국군 창설 이전까지 군용자산 관리는 대한광복군 또는 광복군에게 위탁받은 미군이 맡는다.

1. 무장해제 사무를 위탁받은 미군 및 대한광복군은 항복문서에 서명한 당일부터 조선군이 보유한 무장을 해제하는 작업을 시작한다. 단, 치안 유지상 필요하다고 판단하는 규모에서 무장해제를 유보할 수 있다. 조선군 사령관은 무장을 유지한 조선군 장병에 대한 지휘권을 이우에게 이양한다.

1. 혼란 방지를 위하여 무장해제 시 무장해제 사무를 위탁받은 미군 및 대한광복군에 속하지 않은 일반인이 조선군에 대한 무장해제 조치를 취하거나 무기를 획득하는 행위를 엄금한다.

1. 무장해제를 마친 조선군 장병은 전원 무사히 일본으로 송환할 것을 보장한다. 단, 송환 시점은 일본 내에서 교전이 완전히 끝난 이후로 하며 송환 시까지는 집단수용한다.

1. 일본 내지인이 아닌 한국인으로서 조선군에 징병되어 훈련 중인 사병은 항복협정에 조인하는 즉시 전원 귀가 조치한다. 사관 및 하사관으로 지원하여 복무중인 자는 별명이 있을 때까지 현 위치를 유지한다.

　1. 현재 한국 내에 존재하는 연합국 포로는 즉시 석방하여 신체적 손상을 회복하는 조치를 취한 뒤 서울로 집결시킨다.

　1. 압록강, 두만강 이북에 위치한 일체의 무력집단이 한국에 대한 무력행사를 시도할 경우 무장을 유지하고 있는 조선군 부대는 현 국경을 방어해야 한다.

　= 일본인이 귀환하는데 대하여 =

　1. 한국 거주 일본인 전원에 대한 처우는 본토 송환을 원칙으로 한다. 송환 시점은 조선군 장병과 마찬가지로 일본에서 교전상태가 종료된 이후이다.

　1. 생활 기반이 한국에 있으며 복귀를 희망하지 않는 자, 또는 폐허가 된 일본으로 돌아가기 싫은 자는 군인과 민간인을 막론하고 한국에 잔류할 수 있다. 단 잔류자는 보유 자산이 도항 시 지참한 것인지, 조선에서 취득한 것인지 입증해야 하며 조선에서 취득한 자산은 취득 과정에서 부당한 이득을 취하지 않았음을 입증해야 한다. 조선 민중에게 피해를 입히며 부당하게 취득한 모든 일본인 소유 자산은 몰수하여 피해를 입은 이들을 구제하는 데 사용한다.

　1. 일본인 송환에 대한 상세한 계획은 이후 교섭하여 완료한다.

　이상 제안은 조선총독부 및 조선군이 항복하는 데 대해 연합국 측

전권대표 이우가 제시하는 최종안이다.』

　일본 측 대표들은 문서를 다 읽고서도 곧바로 반응을 보이지 않았다. 잠시 기다리던 이우가 먼저 입을 열었다.

　"건국준비위원회는 여기 몽양 선생이 이끌게 될 거요. 이미 작년부터 지하에서 준비를 해 두셨으니, 명령을 발동하기만 하면 곧바로 전국에서 군 단위까지 지부를 만들고 행정권을 인수할 수 있소."

　일본 측 대표들은 여전히 답이 없었다. 이우가 입술 한쪽을 일그러뜨렸다.

　"그동안 우리가 교환한 의견에 따라 작성했고, 이만하면 충분히 관대하다고 생각하오만? 곧바로 모두 총을 버리고 자비를 빌라는 것도 아니고, 일본인 전원을 동해바다에 처넣는 것도 아니잖소. 생명도 보장하오. 재산은 확실하지 않지만."

　이우가 협박조로 내뱉은 말에 일본 측 대표들은 기분이 상했는지 눈살을 찌푸렸다. 엔도 정무총감이 주먹을 한 번 꽉 쥐더니 차분히 고개를 끄덕였다.

　"여운형 선생이라면…, 믿을 수 있습니다. 서명과 동시에 건국준비위원회에 행정권을 양도하겠습니다. 다만 공산주의자들은 건국준비위원회에 참가시키지 말아주셨으면 합니다만."

　"유감이지만 정무총감께서 하신 부탁은 들어드리기 곤란합니다. 건국준비위원회는 조선 사람이라면 누구나 참가할 수 있어야 합니다."

　"세상을 붉게 물들이는 데만 관심이 있는 그 자들을 받아들였다가는 당신들도 별로 좋은 결말을 못 볼 겁니다."

　"우리 조선 사람들이 알아서 할 일입니다."

여운형과 엔도 사이에 잠시 언쟁이 빚어졌다. 하지만 통치권을 내놓는 입장에 있는 일본인들은 강하게 나올 처지가 아니었다. 엔도가 뭐라고 더 말을 하려는 참에 아베 총독이 손을 들어 중단시켰다. 엔도를 침묵시킨 아베 총독은 무겁게 한숨을 쉬었다.

"협상 당사자가 전하만 아니었다면."

아베가 느릿느릿 입을 열었다.

"그리고 전하께서 츠구노미야 전하를 볼모로 잡고 계시지만 않았다면 우리는 조선반도에 있는 마지막 나무 한 그루가 타서 없어질 때까지 싸웠을 겁니다."

"일개 소좌에게 항복해야 하다니…"

아베 총독이 아직 말을 끝내지 않았는데 옆에서 튀어나온 목소리가 이야기를 끊었다. 이를 악문 고즈키 사령관이 두 주먹을 부르르 떨고 있었다. 사령관이 노호성을 토했다.

"이우 소좌, 귀관이 지금 무슨 짓을 하고 있는지 아는가! 황은을 입은 왕공족이라는 신분을 망각하고, 귀축들이 고용한 앞잡이가 되어 조국을 배반하다니!"

"중장, 내 조국은 한국이오. 일본제국이 내게 봉록을 지급하고 지위를 인정했다고는 하나, 내 나라인 대한제국이 유지되었다면 나는 황손으로서 그 이상 가는 지위와 재산을 보유했으리라는 생각은 하지 않소? 죽이지 않아 감사하다는 감정 이외에 그 어떤 고마움을 일본에게 표해야 한단 말이오?"

분노로 후들거리는 고즈키 사령관과 달리 이우는 평온을 잃지 않았다. 도리어 매서운 눈빛으로 상대를 노려보았다.

"일본제국 왕공족이라는 허울 좋은 지위를 내가 아직 가지고 있는

데 대해 감사해야 할 사람은 귀공들이오. 덕분에 적에게 항복하는 게 아니라 천황폐하와 더 이상 연결할 수 없게 된 그대들이 새롭게 지시를 받을 대상으로서 나를 택한다는 입에 발린 형식으로 항복할 수 있게 되었으니까. 그리고 츠구노미야 전하를 내가 보호하고 있는 덕에 일본의 장래를 위해 전력과 인력을 보존한다는 핑계로 전쟁에서 빠질 수 있게 되었으니, 얼마나 다행스러운 일이오?"

이대로 전쟁이 진행되면 일본 본토에는 아무 것도 남지 않는다. 도시와 마을은 파괴되고, 광산과 농토는 황폐화되고, 군대도 국가도 붕괴한다. 쇼와 천황을 위해 끝까지 충성을 바치며 싸워 봐야, 어딘가 동굴 속에 숨어있을 천황은 여기 있는 이들이 자신을 위해 싸우고 있다는 사실조차 모르리라.

"조선군, 관동군, 중국 파견군이 모두 최후까지 싸우다 죽는다면 일본인이란 인종은 절멸될 거요. 나로서야 일본인이라는 인종이 이 세상에서 멸종하더라도 크게 아쉽지는 않지만, 일본인들만 깔끔하게 사라지는 게 아니고 이 조선의 산하가 불벼락을 맞아 조선인들이 죽어나갈 생각을 하면 몸서리가 쳐졌소. 아니, 일본이 일으킨 전쟁에 왜 조선인들이 말려들어 죽어야 한단 말이오? 일본이 키워서 잡아먹을 돼지 이상으로 조선인들을 대우하기는 했소?"

이우는 신랄한 말투로 사정없이 상대를 몰아붙였다. 하지만 아베 이하 일본 측 대표들은 반박하지 않았다. 이우로서도 이미 협상이 다 끝난 상황에서 가만히 있는 상대를 격하게 공박하려니 다소 부담스러워졌다. 자연스럽게 말투가 부드럽게 낮아졌다.

"물론 그뿐만이 아니오. 모든 일본인이 죽어 없어진 뒤에 홀로 살아

남아 만세일계[1]를 말 그대로 혼자서 잇게 될 츠구노미야 전하를 생각하면 가엾기 짝이 없었소. 귀공들도 같은 생각을 하였기에 일단 항복하여 살아남기로 하지 않았소? 살아남아서 츠구노미야 전하를 보필하기 위해서 말이오."

고즈키 사령관은 그동안 직접 회담에 나서지 않고 참모장을 대신 내보냈지만 다른 두 사람은 꼬박꼬박 직접 출석했다. 그러니만큼 양측이 합의를 이끌어낸 배경에 대해서도 분명히 기억하고 있었다. 엔도 정무총감이 입을 열었다.

"그렇습니다. 다소 치욕이라 할지라도, 국체(國體)를 계속 이어나가자면 이렇게 하는 외에는 길이 없습니다. 우리는 야마토다마시[2]를 지켜야 합니다."

일본 측 대표들이 비장한 표정을 짓는 반대편에서 광복군 대표들은 콧방귀를 뀌었다. 일본인들이 하는 행동이 패자들이 하는 자기위안으로밖에 보이지 않았으니까. 이우는 감상에 빠진 일본인들을 다시 일으키기 위해 중요한 화제를 꺼냈다.

"그럼 항복문서에 정식으로 서명할 날을 고릅시다. 오늘이 6월 15일이니, 여유시간을 좀 두어서 6월 29일 어떻소. 그만하면 귀측에서도 각급 부대 및 기관에 상황전파를 할 시간이 충분하고, 우리도 조직을 정비하고 투입할 병력을 준비할 시간이 필요하니 말이오."

조선총독부와 조선군이 항복하면, 미군은 현재 하지 중장 휘하에서 규슈를 평정하고 정비를 마친 24군단을 파견할 예정이다. 24군단은

---

1 일본에서는 천황가가 기원전 660년에 처음 세워진 이래 한 번도 대가 끊어지지 않고 계속 이어졌다는 믿음이 있다. 이를 만세일계(萬世一系)라고 부른다. 원래는 그저 정신적인 의미였는데 메이지 시대 이후 제국주의 일본에서는 정말로 천황가가 대대로 실제 계승되었다고 주장했다. 물론 말도 안 되는 주장이다.

2 大和魂. '일본 정신' 정도 의미로 이해하면 된다.

임시정부가 한반도를 장악하도록 도우면서 만주 공격을 준비하는 임무를 부여받고 있었다. 이우는 자기 휘하에 있는 광복군 일본지구공작대 약 5백 명을 동원할 수 있었고 충칭에 있는 광복군 본대에 증원을 요청할 수도 있었다.

아니, 엄밀히 말하면 지금 일본지구공작대는 이우 아래에 있는 것이 아니었다. 이우가 독단으로 조선총독부와 항복 협상을 시작한 이후로 김구가 이우를 견제하기 시작했기 때문이다. 김구는 이우에게 협상장에서 철수하라는 명령을 내리지는 않았다. 대신 충칭에서 새로 파견한 조현구 참장이라는 사람을 새 공작대장으로 임명하고, 이를 통해 일본지구공작대를 장악하려고 했다.

김구는 이우가 가지고 있던 역할을 대체하기 위해 미군과 실시하는 협동작전에서도 조현구를 내세웠다. 하지만 미군이 벌이는 군사작전에 대한 이해도가 없고, 대원들과 사이에 유대관계도 없는 조현구가 제대로 임무를 수행할 수 있을 리가 없었다. 결국 일본지구공작대는 지금도 이우가 내리는 지시에 따라 움직이고 있었다.

김구가 자신을 견제하기 시작했다는 사실을 알게 된 이우로서도 대비책을 마련하지 않을 수 없었다. 만약의 경우 토사구팽을 당할 수도 있게 되었으니까 말이다. 물리적으로든 정치적으로든 제거되지 않으려면 확실한 토대를 구축할 필요가 생겼고, 이우는 이 협상을 반드시 성사시킴으로써 자기 기반으로 삼을 세력을 국내에서 확보할 생각이었다.

협상을 시도했다는 이유로 임시정부에서 입지가 약화되었다면, 협상을 성사시켜 새로운 입지를 만들어버리면 그만이다. 여운형을 필두로 한 국내파 인사들이 이 협상을 계기로 해서 이우 편에 서게 된다면 이우가 임시정부에서 쫓겨나게 되더라도 든든한 기반이 확보된다. 그리고 담판을 통해 일본군을 무혈 항복시킨다는 위업을 이룬 이상, 미국도 이우를 지원해줄 게 분명했다. 이우에게는 이제 탄탄대로가 열린 셈이었다.

이대로만 일이 진행된다면 김구 앞에서 표명했던 포부도 달성할 수 있게 된다. 이 모든 성공이 독일이 보내준 정보, 금괴, 작전지도 덕분이었다.

5

"그래! 이거야! 드디어 해냈어!"

보고서를 들고 온 베르타가 깜짝 놀라 뒤로 두어 발 물러섰다. 그러거나 말거나 나는 자리에서 벌떡 일어나 몸 가는대로 마구 춤을 추어댔다.

내가 철이 들고 대한민국 역사에 대해 알고부터 품었던 꿈, 원통에서 영하 30℃의 날씨에 따뜻하지도 않으면서 무겁기만 한 스키파카를 걸치고 덜덜 떨며 철책근무를 서는 동안 이를 갈면서 빌었던 소원! 그리고 히틀러가 된 뒤에 작정하고 꾸민 계획! 공산화되지도 않고 분단되지도 않은 통일 대한민국이 드디어 성립되었다. 이 세계에서는 '우리의 소원은 통일'을 노래하지 않아도 된다!

정확히 말하자면 아직 성립이 완료된 건 아니다. 하지만 그 전 단계는 확실히 달성했다. 대한민국 임시정부가 단독으로 한반도를 점령하고 일본군을 무장해제하게 되었으니까. 물론 현실적인 문제가 좀 있다보니 미군이 같이 들어가긴 하지만, 소련군 없이 미군만 들어가는 거니까 한반도가 분단될 일은 없다.

아참, 그러고 보니 아직은 혹부리가 아닌 그 돼지새끼랑 그 자식새끼인 뽀글이가 연해주 어디에 있긴 할 텐데, 굳이 찾아서 죽일 필요도 없겠지. 지금 상황에서 그놈들은 찌질한 빨갱이 A와 그 일당일 뿐이니까. 소련이 38선 이북을 점령하지 못했으니 놈들이 기반으로 삼을 땅은 없다. 그리고 스탈린도 죽고 없는데 누가 그 자식을 도와 전쟁을 일으키겠나.

아, 씨발 진짜 이것 때문에 일본을 배신하고, 아니 잠깐, 일본은 어차피 원래부터 싫어했지만… 하여튼 미국이 유럽에는 신경 끄고 일본에 전력을 쏟게 했다. 그리고 태평양전쟁을 조금이라도 빨리 마무리를 짓게 하려고 미국에다가 내가 아는 일본에 대한 모든 정보를 퍼부어 주었다. 그리고 광복군에게 내가 해줄 수 있는 모든 지원을 해주었다. 훈련과 무기, 자금, 팔켄하우젠을 통해 장개석에게 미치는 정치적인 영향력까지. 더불어 소련이 대일전에 참가하지 못하도록 대소전을 가능한 오래 끌었다.

사실 대소전도 처음에는 그냥 독일이 좀 더 오래 버틸 수 있도록 방어만 효율적으로 진행할 생각이었다. 말이야 바른 말이지, 나치 따위는 역사대로 망해 마땅한 집단 아닌가?

문제는 내가 죽지 않고 살아남아야 한다는 점이었다. 소련에게 패하든 영국에게 패하든, 독일이 패하면 나는 전범으로 체포될 게 분명했다. 전범재판에서 선고될 형벌은 사형 이외에는 있을 수가 없었고, 나는 교수형 따위는 절대적으로 받고 싶지 않았다.

내가 사형수가 되지 않으려면 어떻게든 전쟁을 독일에 유리하게 끝내야 했다. 물론 도버 해협을 건너 영국을 정복하거나 모스크바를 함락시켜 소련을 정복하는 일은 불가능했다. 따라서 가능한 독일이 유리한 입장에서 휴전하는 정도를 목표로 삼고 최선을 다했는데 어쩌다 보니 그게 독일에 엄청나게 유리한 결과로 끝나고 말았다. 좀 얼떨떨하지만, 뭐 나치를 저쪽 세계처럼 악한 존재로 만들진 않았으니 이 세계도 어떻게 좋게 만들어나갈 길이 없진 않겠지?

그런데 흥분을 좀 가라앉힌 뒤에 일주일 뒤에 정식으로 서명할 예정이라는 이 항복 조건을 천천히 훑어보니 뭔가 수상쩍은 조항이 몇 개 보였다.

"치안 유지를 위해 필요한 만큼은 일본군 무장해제를 유보하고, 무장해제하지 않은 일본군 지휘권은 이우에게 준다고? 이게 무슨 개소리야?"

이우에게 힘을 실어준 장본인이 바로 나다. 대한제국 황실 후계자이면서 반일적인 성향을 강하게 가진 인물이니만큼 한국인들 앞에 나서서 독립운동을 이끌 상징으로는 최적이라고 판단했기 때문이다. 하지만 내가 바란 건 어디까지나 독립운동을 이끄는 상징적인 존재로서 나서라는 거였지, 대한제국을 부활시키고 전제군주 자리에 앉으라는 건 아니었다. 그런데 일본군 지휘권을 갖는다고?

그동안 슈코르체니에게서 온 보고를 보면 휘하병력을 사병화한다고 해서 임시정부 내에서는 이우를 확실히 백안시하고 있었다. 그리고 김구가 나서기를 삼가라는 명령을 내렸는데도 독단적으로 조선총독부와 협상을 진행하지 않았는가. 이 일 이후로 이우가 김구를 비롯한 임시정부 요인들에게 완전히 눈 밖에 났으리라는 예상을 하기는 어렵지 않았다.

그렇다고 해도 이건 아니다. 일본군 지휘권이라니? 물론 항복 권고 협상을 하면서 일본 정부가 인정한 왕공족이라는 신분을 가능한 활용하라고 조언한 장본인이 나 자신이긴 하다. 하지만 그건 어디까지나 놈들을 구슬릴 명분으로 삼으라는 거였지 아예 이우 개인이 휘하에 넣으라는 이야기는 아니었다.

설마 그럴 의도는 아니겠지만, 만약 일본군 무장해제를 전혀 진행하지 않는다면 이우는 휘하에 50만 병력을 거느린 군벌이 된다. 이 군사력을 바탕으로 임시정부고 건국준비위원회고 다 깔아뭉개고 대한제국을 부활시켜 자기가 절대군주로 등극한다고 하면 그걸 누가 막는단 말인가.

미국은 방관할 테고 300명밖에 안 되는 광복군은 짓밟힐 테다. 물론 이우는 바보가 아니니까 그런 말도 안 되는 생각은 하지도 않겠지.

하지만 사람은 힘이 생기면 변한다. 일본군 전부는 아니더라도, 3,4만 명 정도 되는 병력을 남겨서 자기 배경으로 삼고 싶다는 유혹에 시달리지 않을 거라고, 누가 장담한단 말인가?

백번 양보해서 흑부리 패거리가 함경도로 숨어들거나 국내에서 무력 혁명을 부르짖는 집단이 혼란을 조성하지 못하게 하려고 일본군 무장을 유지하게 한다고 치자. 하지만 그 기간은 새로운 한국군이 편성될 때까지 시한부여야 하고 그 지휘권은 마땅히 광복군 사령부에서 쥐어야 할 게 아닌가. 왜 일개인에 불과한 이우가 쥔단 말인가.

이런 협상 결과가 나온 건 임시정부 내 입지가 좁아진 이우가 가진 불안감과 임시정부에 항복하지 않으려는 일본군 수뇌부가 부린 꼼수가 타협점을 찾은 데 불과하다.

만의 하나라도 이우가 이를 바탕으로 엉뚱한 생각을 하지 않도록, 슈코르체니를 통해서 따끔한 충고를 줄 필요가 있을 듯하다. 아직까지 슈코르체니는 이우에게 가장 중요한 의논 상대이고, 슈코르체니를 통해 나간 충고 대부분이 내 지시 그대로이니만큼 내 말을 함부로 무시하진 못하겠지.

"하지만…, 한두 달 안에 별 일이 생기진 않을 거야. 그 정도면 소련 방면 전선이 완전히 마무리될 테지. 그 뒤에 약도 끊고 몸도 좀 추스르면서 한국 일을 챙기도록 하자."

나는 책상에 앉아 유쾌하게 휘파람을 불었다. 그리고 아직도 얼음기둥이 되어 한쪽에 서 있는 베르타를 손짓으로 내보냈다. 에바를 정신병원에 보내던 날 이후로 이렇게 즐거운 날은 처음이었다.

29장
최후의 불꽃

1

"상황이 좋지 않습니다. 일부 후퇴를 허락해 주셔야 할 것 같다는 보고가 올라왔습니다."

"전술적인 필요에 따른 후퇴는 전선 사령관이 재량껏 실시하라고 하지 않았나? 굳이 최고사령부에 허락을 구할 필요도 없다. 겨우 사단 단위 철수 같은 사소한 문제로 귀찮게 하지 마! 나는 지금 머리가 아프단 말이다!"

일본 본토에 상륙한 미군이 일본 자체를 박살내고 있을 무렵, 나도 무척 바빴다. 소련군이 4월 13일부로 대공세를 펼쳤다. 분명히 5월을 기해 독일군이 대공세를 벌일 계획이라는 정보가 새어나간 것이다. 그렇게 잡아댔는데 아직도 빨갱이 간첩들이 살아남았던 모양이다. 바퀴벌레 같은 놈들!

소련군은 아직 라스푸티차가 끝나지 않아서 사방에 뻘밭이 남아 있는데도 아랑곳하지 않고 공세를 펼쳤다. 나로서는 도무지 이해가 가지 않는 일이었다. 핏발이 선 눈을 지도판으로 돌리자 참모들이 움찔거리며 서로 시선을 주고받았다.

"놈들이 하필 이 시점에 공세를 가해 온 이유는 우리 군이 5월에 공세를 펼칠 계획이라는 정보를 입수한 탓으로 보입니다. 놈들은 파쇄공격을 벌임으로써 아군이 계획한 공세를 준비 단계에서 좌절시킬 의도를 가진 것으로 파악됩니다."

내가 보고를 명하자 작전부장인 요들이 벽에 괘도를 걸쳐 놓고 차분하게 설명했다. 요들이 하는 설명을 듣고 있으려니 소련군이 지금 공세를 벌인 이유가 겨우 이해가 갔다. 약을 과용한 탓인지, 요즘 영 머리가 띵하게 아픈 날이 잦아서 혼자서는 깊이 생각을 할 수가 없었다. 더구나 충치가 몇 개 생기는 바람에 치통 때문에도 머리가 더 아팠다.

"현재 소련군이 펼치는 공세는 우크라이나 전선을 중심으로 하고 있습니다. 스탈린이 생전에 우크라이나를 중요시했던 데다, 아군이 우크라이나를 계속 장악할 경우 언제라도 캅카스 방면 공세를 재개할 수 있다는 두려움 때문에 우크라이나를 먼저 탈환하려고 시도한다고 판단됩니다. 현재는 드네프르 강에 구축한 방어선을 중심으로 해서 전투가 벌어지고 있습니다."

"캅카스? 놈들은 페르시아에서 왕이 미치면 전쟁하러 간다는 그 산밖에 없는 동네를 우리가 뭐 하러 공격한다고 생각하지?"

오늘따라 머리가 멍했다. 나 스스로도 바보 같은 질문이라고 생각하면서도 할 수밖에 없었다. 왜 캅카스를 공격하긴? 빤하잖아! 그런데 왜 그 간단한 답이 머릿속에서 형상화가 안 되고 있지?

"캅카스에 있는 유전이 소련이 산출하는 석유 대부분을 생산하고 있습니다. 소련이 필요로 하는 연료 중 80%가 캅카스에서 공급됩니다. 그리고 미국이 보내주는 원조물자 중 약 40%가 페르시아를 통해 캅카스로 유입되고 있습니다. 그리고 철도와 운하로 모스크바로 올라가 소련 전역으로 분배됩니다."

아, 그랬지 참. 하긴 그렇다면 우리가 캅카스로 쳐들어갈까봐 소련인들이 두려워할 수도 있겠다. 이미 1942년에 시도했던 일이기도 하고, 그동안 독일군이 계속 우세하게 전국을 끌어오기도 했으니까. 내가 소련 정복을 목적으로 전쟁을 했다면…, 분명히 다시 시도했을 거다.

나는 무겁게 고개를 끄덕였다.

"알겠네. 그럼 우리가 계획한 공세는 다소 연기해도 좋으니 볼셰비키들을 먼저 싹 쓸어서 전멸시키도록. 이번 공세부대를 격파하면 놈들이 보유한 제대로 된 군사력은 정말 소멸한다고 봐도 좋을 거야."

"저도 그렇게 생각합니다. 소련군은 이번 공세에 자기들 전력을 정말 밑바닥까지 긁어서 투입했습니다. 현재 전방에서 올라오는 보고를 보면, 이번 공세에서 붙잡은 소련군 포로 중 제대로 된 성인 남자는 20%밖에 되지 않습니다. 그나마 그중에서 절반은 슬라브인이 아니라 중앙아시아나 시베리아에서 온 유색인종입니다. 나머지는 죄다 여자, 노인, 아이들입니다. 소련은 병력자원이 다 떨어졌습니다."

"그래. 우리가 조금만 더 버티면 놈들은 제풀에 지쳐 떨어질 거야."

이 공세를 박살내고 나면 장군들은 소련에 대한 전면공세를 요구하겠지. 하지만 나는 허락하지 않을 생각이다. 적이 약화된 건 분명하지만 우리 역시 약화되었다. 그리고 소련이 아무리 만만해도 어머니 러시아는 절대 만만하지 않다. 나머지 유럽 전부와 맞먹는 광대한 영토, 그리고 수천만 인구가 아직 남아 있다. 무슨 수로 그걸 다 때려잡으란 말인가?

　드넓은 러시아 땅에서 지도부도 없는 게릴라들과 뒤엉켜 끝없는 수렁에 빠져드는 악몽은 절대로 사양하고 싶다. 게다가 소련 빨치산만 상대하면 되는 형편도 아니지 않은가.

　처칠 영감은 매일 수백 기씩 쏟아지는 F1과 F2 세례를 맞으면서도 여전히 타도 독일을 외치고 있다. 어서 소련을 해치운 뒤 프랑스에 병력을 집중해서 영국을 위압할 필요가 있다. 영국인들도 이젠 전쟁에 지칠 때가 되지 않았냐 말이다.

　"남부집단군이 놈들을 받아지지 못하리라는 걱정은 안 한다. 만슈타인 원수에게는 자유롭게 병력을 운용해도 좋다고 재량권을 주었으니, 간섭하지 말고 필요한 지원이나 해 주게. 그리고 모델 원수에게는 남부집단군 구역은 신경 쓰지 말고 5월에 예정대로 차질 없이 공세에 나설 수 있게 준비를 게을리 하지 않도록 강조해 둬."

　"예, 알겠습니다. 총통."

　상황보고 회의에서 이런 이야기를 주고받은 게 4월 중순, 슈코르체니와 이우가 막 여의도비행장으로 날아갈 무렵이었다.

2

　"나를 따르라!"

　320공병대대 3중대장 할버슈타트 대위는 예하 1개 소대 병력을 이끌고 스몰렌스크 시가지를 달렸다. 이미 두 차례나 전화가 쓸고 간 스몰렌스크 시내는 부서진 차량과 불탄 건물로 뒤덮여 있었다. 갑자기 탄환이 귓가를 스치더니 뒤를 따르던 중대원 두 명이 쓰러졌다. 급히 엎드린 할버슈타트 대위가 손을 들어 탄환이 날아온 방향을 가리켰다.

"저쪽이다! 하인리히, 제압사격!"

할버슈타트 일행이 달리는 도로 우측, 불타버린 공터 너머에 도로와 평행하게 기차선로가 놓여 있었다. 선로 위에는 폭격에 맞아 파괴된 열차가 멈춰 있었는데, 그 부서진 잔해 사이에 소련군 저격수가 숨어서 이쪽으로 탄환을 퍼붓고 있었다.

기관총반이 장비한 MG42 기관총 2정이 일제히 불을 뿜었다. 사수들이 10여 발씩 끊어 쏘며 부서진 화차에 탄환을 집중했다. 폭포수처럼 탄환이 날아들면서 화차 벽은 벌집이 되고 나뭇조각이 사방으로 튀었다. 기관총성 사이에서 비명이 울렸다.

"중지! 다가가서 확인해!"

기관총이 사격을 멈추자 1소대장 베겔러 소위가 소대원 세 명을 거느리고 앞으로 나섰다. 부서진 집과 쓰러진 가로수, 부러진 전봇대 따위에 몸을 숨기고 접근한 베겔러 소위 일행은 화차 안을 들여다보고 크게 손을 저었다.

"잡았습니다! 계집애 둘이 자빠져 있습니다!"

"좋아, 전진!"

할버슈타트 대위가 호령했다. 이들은 지금 320보병사단 최선두를 맡아 스몰렌스크 시가지에 대한 위력정찰 임무를 맡아 뛰어든 참이었다. 이미 시 외곽은 기갑부대가 완전히 제압했고, 퇴로가 차단되어 포위된 소련군은 시내에서 발악하고 있었다.

"스탈린그라드 생각이 나는군요, 중대장님."

"그러게 말이야."

슐츠 준위가 폭약가방을 들고 자리에서 일어나면서 쾌활하게 한 마디 던졌다. 할버슈타트 대위도 자리에서 일어나면서 대답했다.

"스탈린그라드와 비교하면 지금 스몰렌스크는 천국이야. 천국이고 말고."

지옥 같은 스탈린그라드 시가전에서 탈출하고, 만슈타인이 파견한 구출부대와 기적적으로 합류한 할버슈타트 중위와 휘하 중대원 4명은 구출된 다른 전우들과 함께 전원 독일 본토에 소재한 야전병원으로 후송되었다. 그런데 치료기간 중에 아돌프 히틀러 총통이 이들이 수용되어 있는 병원으로 예고도 없이 직접 찾아왔다. 부상병들은 예고도 없이 병실 안으로 불쑥 들어온 총통을 보고 놀라서 아무 말도 하지 못했다.

"제군은 우리 독일을 수호한 영웅이다! 스탈린그라드 전투는 독일 국방군이 가진 감투정신을 극한까지 발휘한 무대였다. 나 아돌프 히틀러는 독일 민족을 이끄는 총통으로서 제군에게 무한한 감사를 표한다. 제군이 어서 건강을 회복한 뒤 조국 수호를 위해 다시 나설 수 있는 날이 어서 돌아오기를 기원하는 바다!"

간단한 격려 연설을 한 히틀러는 병실을 돌면서 구출된 장병 전원과 악수를 나누었다. 총통이 병원으로 찾아왔을 뿐 아니라 병상을 일일이 돌면서 손을 잡아주기까지 하자 병동은 울음바다가 되었다. 부상으로 마음이 약해져 있던 병사들은 감격에 겨워 눈물을 흘렸고, 할버슈타트와 부하들 역시 예외가 아니었다.

"어서 전선으로 돌아가자! 누워 있을 여유 따위는 없어!"

병원에 가득하던 부상병들은 총통이 위문 방문을 하고 떠나자마자 너도나도 일어나서 전선으로 가겠다고 아우성을 쳤다. 출전은커녕 일어나서 일상적인 활동을 하는 정도 움직임도 무리인 병사들까지 난리를 치는 바람에 병원 당국에서 말리느라 진땀을 뺄 정도였다.

"저희를 같은 부대로 재배치해주실 수 있겠습니까?"

1943년 가을, 할버슈타트는 병원을 돌며 전선으로 갈 병력을 선발하는 담당관에게 건강이 다 회복되었음을 밝히면서 자기와 함께 귀환한 중대원 전원을 함께 한 부대로 보내달라고 요청했다.

별로 어렵지 않은 요청이라고 판단한 담당관은 5명 전부를 320보병사단 소속 320공병대대로 배속시켰다. 스탈린그라드에서 세운 전공을 인정받은 할버슈타트는 전속과 함께 대위로 진급되어 대대 소속 3중대장을 맡았고, 다른 부하들도 한 단계씩 진급했다. 1급 철십자훈장도 수여받았다.

스탈린그라드 전투를 경험한 베테랑으로서 할버슈타트와 부하들은 지난 2년 동안 중대를 이끄는 핵심이 되었다. 320보병사단은 그동안 공세부대의 측면 엄호를 주로 맡아 대부분 들판에서 방어전을 펼쳤기 때문에 시가전 경험은 부족했다.

하지만 43년 하반기부터는 당분간 독일군이 수세로 돌아서면서 도시나 마을을 배경으로 방어전을 벌여야 할 상황이 늘어났다. 할버슈타트를 비롯한 스탈린그라드 생존자들은 지옥에서 배운 시가전 경험을 철저하게 중대원들에게 전수했다. 지금 320공병대대 3중대는 국방군에서 둘째가라면 서러울 시가전 전문가들이 되어 있었다.

"전차 엄호가 있으면 좋을 텐데."

정면에 있는 3층 건물에서 쏟아지는 기관총탄 세례를 받고 엎드린 할버슈타트가 투덜거렸다. 가지고 온 판처파우스트는 오다가 만난 소련군 전차에게 다 쏴버렸기 때문에 저 기관총좌를 해치우려면 육박공격을 할 수밖에 없었다. 슐츠 준위가 다가와서 핀잔을 주었다.

"없는 걸 찾아서 뭐합니까. 기관총으로 제압하고, 놈들이 움츠린 사이 뛰어 들어가서 날려버리시죠. 뚫고 나가다 보면 후방에서 전차가 들어오지 않겠습니까."

소련군이 시가지로 들어오는 도로 곳곳에 대전차장애물을 겹겹이 설치하고 구덩이까지 파 놓아서 전차는 아직 들어오지 못했다. 장애물에 폭탄을 연결하고 지뢰까지 매설해 놓아서, 3중대 1소대를 제외한 다른 대대원들은 장애물 해체에 달라붙어 있었다.

진입로만 제대로 뚫리면, 중장갑을 갖춘 시가전용 4호 돌격전차[1]가 들어올 수 있다. 돌격전차가 탑재한 15cm 포탄 한 발이면, 소련군이 만들어놓은 어떤 방어진지도 한 방에 날려버릴 수 있다. 문제는 지금 시내 도로 상황으로는 보병밖에 움직일 수 없다는 거지만.

"그래. 얼른 때려잡고 기차역으로 가세. 하인리히! 모래주머니를 쌓은 저쪽 창문을 집중사격해서 놈들이 머리를 내밀지 못하게 해라. 그 틈에 린데만 중사가 분대원들을 이끌고 1층으로 뛰어들 거다."

"예, 알겠습니다."

스탈린그라드에서 생사고락을 함께 했던 하인리히 루터 병장은 그 사이 중사가 되었다. 지금은 1소대에서 기관총반을 이끌고 있었다.

"어서 이놈들을 해치우고 기차역으로 가야 해. 거기 있는 놈들이 철도 시설을 파괴하기 전에 점거해야 한다."

대대장 로스만 중령은 할버슈타트 대위에게 기차역을 먼저 확보하라고 추상같은 명령을 내렸다. 도시를 확보하자면 보급로가 든든해야

---

1 일명 브룸베어(불곰). 4호 전차 차체에 고정식 전투실과 두께가 100mm에 달하는 전면장갑을 설치하고 15cm 단포신 곡사포를 장착한 시가전용 전차다. 중장갑과 강력한 화력 덕분에 시가전 이외에 산악전이나 야전에서도 맹활약했다. 포탄 한 발로 적 전차 2대를 날려버리기도 했다.

하고, 보급 수단으로는 철도만큼 확실한 방법이 없기 때문이다. 라스푸티차는 얼추 끝났다지만, 모든 보급품을 트럭으로 나르기는 힘들었다.

"자, 간다! 사격 개시!"

MG42 2정이 신호에 따라 일제히 탄환을 퍼부었다. 목표로 삼은 창문 주변에 동그란 구멍이 벌집처럼 뚫렸다. 시멘트 먼지가 피어오르면서 이쪽으로 날아오던 총탄이 뚝 그쳤다. 3분대장 린데만 중사가 엄폐물을 박차고 나가 목표를 향해 뛰어갔다. 분대원들이 일제히 뒤를 따랐다.

3

소련군이 우크라이나에서 시도한 마지막 공세는 처절하게 실패했다. 기습적으로 드네프르 강 방어선을 돌파하는 데 성공한 부분까지는 좋았다. 하지만 남부집단군 사령관 만슈타인 원수는 예술적이라고 할 만한 병력 운용을 통해 소련군 돌파부대를 포위망으로 끌어들인 다음, 기갑예비를 총동원하여 뿌리까지 탈탈 털어버렸다. 소련이 시도한 회심의 반격은 돌파부대로 투입한 2개 전선군이 개박살나면서 완전히 좌절되었다.

중부집단군은 남부집단군 방면 전선이 완전히 마무리되기도 전에 예정된 공세에 나섰다. 소련군은 우크라이나 방면 공세를 기필코 성공시킬 작정으로 전력이라는 전력은 밑바닥까지 모조리 쥐어짜 남부전선에 투입한 상태였다. 중부집단군과 대치한 소련군은 벨로루시 방면에서 아군이 벌이는 공세를 막을만한 전력을 보유하고 있지 못했다.

만슈타인과 역할이 바뀌었다면 더 좋았을까 싶기도 하지만 모델도 공세작전을 훌륭하게 수행했다. 중부집단군은 정면에서 대치하고 있던 소련 벨로루시 전선군을 멋지게 포위섬멸하고 그대로 적 후방으로 내달렸다.

소련군 최고사령부는 급히 전선을 재구축하려고 했지만 놈들이 병력을 재편성하는 속도보다 우리 전차들이 내달리는 속도가 더 빨랐다. 라스푸티차가 막 끝난 벨로루시 평원은 우리 전차들이 달리기에 정말 좋았다.

5월 8일에 공세를 개시한 중부집단군은 5월 18일에 스몰렌스크에 도달했고 5월 22일에는 시 외곽에서 적을 몰아내고 스몰렌스크를 포위했다. 그리고 4일간 피로 거리를 씻는 시가전이 벌어진 끝에 스몰렌스크는 1941년에 이어 두 번째로 우리 손에 들어왔다.

공세기간 전체에 걸쳐 잡은 포로는 17만 명으로, 전쟁 초기에 이만한 전과를 거뒀을 때 잡은 포로와 비교하면 많지는 않았다.

"중부집단군 정면에 위치한 소련군은 포위될 기미만 보이면 후퇴했습니다. 놈들이 그만큼 지쳐 있고, 전투의지가 약하다는 의미로 해석됩니다."

이 설명을 한 것은 육군 참모총장 하인츠 구데리안 원수였다. 사실 구데리안은 1941년 겨울에 소련군에게 깨진 뒤로 한참 동안 상급대장에 머물러 있었다. 하지만 내가 구데리안을 좋아하기도 하고, 그동안 기갑총감을 맡아 전차전력 강화 및 기갑부대 운용에 공헌한 바를 인정해서 올해 초에 원수로 진급시켜 줬다.

"게다가 전차도 거의 없었습니다. 미제나 소련제 신형 전차는 우크라이나 방면으로 모두 집중시켰는지, 중부집단군 정면에 나타난 적 전차는 구형 소련제나 영국제 전차뿐이었습니다. 지금 소련군은 심각하게 약화된 상태가 분명하니, 우리 중부집단군도 스몰렌스크에서 멈출

것이 아니라 더 전진해서 모스크바를 노리라고 명령하심이 타당할 줄
로 압니다."

입을 열어 뭔가 대답을 하려는데 또 손이 떨렸다. 나는 억지로 왼손
을 꽉 쥐어 탁자 밑으로 내린 다음 코트 자락 사이로 감췄다. 그리고
오른손으로 콜라병을 들어 들이켰다. 뚜껑을 딴 콜라병에는 남들 몰
래 페르비틴 가루를 이미 타 두었다. 잠시 시간이 흐르자 약효가 돌면
서 손 떨림이 멈췄다.

"총통, 어떻게 생각하실지 모르겠으나 소관도 공세를 속행해서 소련
을 완전히 정복하자는 의견에 동의합니다. 지금 소련은 확실한 지도자
도 없고, 지휘부가 분열되어 제대로 된 전쟁지도를 못 하고 있습니다.
지금이라면 모스크바까지 단숨에 달려갈 수 있습니다."

국방군 최고사령관 카이텔 원수도 내 눈치를 보면서 슬쩍 구데리안
에게 동조했다.

저 영감, 평소에는 내 눈치를 보느라 자기 의견이라곤 절대 한 마디
도 안 내놓는 인간이 웬일이야? 아마 내가 이 승리에 혹해서 진격명령
을 내리리라고 확신한 모양이다. 하지만 나는 공세를 시작하기 전부터
단단히 결심하고 있었다. 이 공세로 전쟁을 끝내겠다고 말이다.

"아니, 진격은 스몰렌스크까지로 족하다. 작전부장! 스몰렌스크 함
락 이후 병력을 서쪽으로 재배치할 이동계획을 입안하라. 공군은 우리
가 보유한 기체 중 80%, 육군은 50%는 옮겨야 할 거다. 누가 보더라도
우리가 영국을 공격할 준비를 갖추고 있다는 사실이 확연하게 드러나
야 한다."

"영국 공격…, 바다사자 작전을 재개하실 생각이십니까."

구데리안이 뜨악한 표정을 지었다. 하긴 예상하지 못하긴 했으리라.

독일이 가진 능력으로는 도저히 할 수 없는 작전이니까. 일단 충분한 배부터가 없지 않은가.

"소련은 모스크바 하나 먹는다고 넘어올 나라가 아니다. 자칫하면 우리는 수천만 소련인들을 상대로 끝이 보이지 않는 비정규전을 벌이게 될지도 몰라. 그전에 적당히 협상으로 끝내고 나올 필요가 있다. 하지만 영국, 특히 처칠 정권과는 도저히 협상이 불가능하므로 소련과 일단 강화한 뒤 영국을 신속하게 쳐부순다."

회의실은 내 목소리만 들릴 뿐 조용했다. 나는 결심을 털어놓기 전에 잠시 헛기침을 하며 마음을 가다듬었다.

"그리고 6년이나 전쟁을 치른 국민들에게 휴식을 주어야 해. 벌써 수백만이나 되는 독일 젊은이들이 전장에 피를 뿌렸는데 귀관들은 아직 부족하다는 건가? 우리 장병들은 이미 전 유럽을 제패하는 위업을 세웠네. 저들에게는 다음 세대를 만들어나갈 새로운 독일인을 낳으면서 휴식을 취할 권리가 있어. 그러니, 동부전선에서 벌이는 전쟁은 여기서 그치도록 하세. 오늘 회의는 이것으로 끝내겠네."

자리에서 일어서는데 다리가 조금 후들거렸다. 회의실 뒤쪽에서 대기하고 있던 권셰가 급히 달려와 왼편에서 나를 부축했다. 집무실로 돌아가려는데, 참모장교 한 명이 벽에 기댄 채 입술을 악물고 고개를 숙이고 있는 것을 보았다. 내가 평소에도 자주 불러서 이야기를 즐기던 보충군[1] 참모장, 클라우스 폰 슈타우펜베르크 대령이었다.

나는 슈타우펜베르크를 무척 아꼈다. 용감하면서도 명석한 장교고, 히틀러를 암살할 만큼(당연히 나 말고 저쪽 세계에 있었던 진짜 히틀러 말이

---

1 독일 전체에서 각 군관구별로 신병을 모집, 훈련시켜 해당 군관구를 근거지로 하는 국방군 각 사단에 보충병을 제공하는 독일군 내 조직.

다) 배짱도, 의지도 강한 사람이라 내 앞에서도 전혀 위축되지 않았다. 소련군 전투기가 퍼부은 기총소사에 왼쪽 손가락 두 개와 오른손, 왼쪽 눈을 잃고서도 군에 남아 최선을 다하는 책임감도 탄복할 만했다. 사실 독일은 인적자원이 바닥을 드러내는 참이라, 슈타우펜베르크 같은 상이군인이라도 아쉬운 처지였다.

집무실로 돌아온 뒤, 권셰가 잡아주던 팔을 놓고 의자에 앉으며 생각했다.

이번 공세에 패배한 소련은 곧 강화협상을 청할 거다. 이제 곧 소련과 강화를 맺으면 동원된 장병 대부분인 육군 소속 장병들에게는 전쟁이 끝나는 거나 마찬가지다. 영국과 주로 싸우는 건 해군과 공군이고, 육군은 위협용으로 전개할 병력 일부만 있으면 되니까 말이다.

전쟁이 끝나면 슈타우펜베르크도 좋아할 거다. 전역하고 아내와 아이들 곁으로 돌아갈 수 있으니까 말이다. 말이야 바른 말이지, 왼쪽 눈과 오른손 전부, 왼손 손가락 두 개를 잃은 장애인이 군복무를 한다는 게 어디 쉬운 일인가. 아무리 행정업무만 한다고 해도 쉽게 감당할 일이 아니다. 돌아온 가장을 맞아 기뻐할 슈타우펜베르크 일가를 생각하며 나는 입가에 미소를 지었다.

4

스몰렌스크 시청사는 제3차 스몰렌스크 공방전을 치르면서 격전이 벌어진 장소 중 하나였다. 하지만 지금 시청사에서 한 달 전 벌어진 시가전이 남긴 상처를 찾을 수는 없었다.

건물 내외부는 말끔하게 손질되었고, 깨진 유리창도 모두 교체되었다. 포탄에 맞아 부서진 벽은 드림천으로 가려졌고 포석은 모두 새로 깔렸다. 건물 내외는 도열한 독일국방군 및 무장친위대 병사들이 삼엄하게 경비하고 있었다.

"호, 전혀 전투가 있었던 장소 같지가 않군. 모델 원수, 어떻게 이렇게 말끔하게 만들었소?"

"소련군 포로와 주변지역에서 동원한 러시아인 주민들을 동원해서 정리했습니다."

군인인 모델은 정치인이자 골수 나치인 외무장관과 그다지 길게 이야기하고 싶지 않은 듯 간단하게 대답했다. 흥 하고 콧바람을 뿜은 리벤트로프가 쿵쿵거리며 회담장으로 들어갔다. 소련 측 대표인 몰로토프는 이미 탁자에 앉아 리벤트로프를 기다리고 있었다.

"드디어 직접 대면을 하는 군요, 외무인민위원 각하."

리벤트로프가 먼저 인사를 건네자 몰로토프가 마지못해 고개를 끄덕여 답했다. 얼굴에는 괴로운 표정이 숨길 수 없이 드러나 있었다.

"스톡홀름에서 헤르 데카노조프를 통해 간접 접촉으로만 협상을 진행하느라 정말 힘들었습니다. 외무인민위원께서는 편히 모스크바에 계시는 동안 저는 베를린과 스톡홀름을 계속 왕복해야 했으니 말이죠."

"불가피한 사정이 있었습니다."

몰로토프는 어두운 인상을 한 채 조용히 답했다.

"이 자리에서 모두 밝히기는 곤란하나, 대내외적으로 본인이 모스크바를 비우기가 곤란한 사정이 있었습니다. 양해를 부탁드립니다."

"알겠습니다."

리벤트로프는 선선히 추궁을 멈췄다. 지금 급한 건 정전협정 체결이지 몰로토프가 모스크바에서 뭘 하며 보냈는지 밝혀내는 일이 아니었다. 뭐, 어차피 빤한 이유일 테니까. 권력다툼과 영국, 미국에 대한 눈치 보기 아니겠는가?

"자, 그동안 데카노조프 특사와 조율을 마친 휴전협정 최종안입니다. 보고 서명하시지요."

리벤트로프는 미리 준비해 온 정전협정 조약문을 내밀었다. 몰로토프는 괴로운 표정으로 문서를 받아들었다.

『독일제국(이하 독일)은 소비에트 사회주의 공화국 연방(이하 소련)으로부터 정전에 대한 요청을 받은 바, 아래 조건을 소련 측이 수락할 경우 정전협정을 체결하기로 결정하였다.

1. 베를린 시간을 기준으로 1945년 6월 24일 20시를 기해 독일과 소련 양국 간에 벌어지고 있는 적대행위를 현 전선에서 멈춘다. 교전 중지 시한 이후로 적대행위를 계속하는 자는 전쟁범죄자로 간주한다.

1. 적대행위 중지 시점부터 소련은 영국 및 미국으로부터 종류를 막론하고 군사장비를 일체 도입할 수 없다.

1. 핀란드와 소련 사이 국경선은 1939년 11월 29일까지 유지되던 선으로 확정한다.

1. 에스토니아, 라트비아, 리투아니아가 1939년 9월까지 가지고 있던 자유로운 독립국으로서의 위치를 회복시킨다.

1. 소련 구성국 중 하나인 벨로루시 소비에트 사회주의 공화국 영토를 기반으로 수립될 벨로루시 인민공화국을 인정한다.

1. 드네프르 강 이서 우크라이나 서부를 우크라이나 인민공화국 영토로 인정한다. 드네프르 강 이동은 소련 잔류를 인정하나, 소련은 이

지역에 중화기 및 항공기를 배치할 수 없다.

　1. 휴전이 시작되고 6개월 간, 핀란드/에스토니아/라트비아/리투아
니아/벨로루시/우크라이나 지역 거주자들 중 소련인으로 남고자 하는
자들은 소련령으로 이주할 수 있다. 이주하지 않고 남는 자들은 소련
국적을 박탈한다. 소련에서 상기 국가로 이주하기를 희망하는 자들 역
시 허용한다.

　1. 상기 국가가 독일 정부에 요청할 경우 독일 정부는 독일군을 파
견하여 상기 국가가 스스로를 방위하도록 지원할 수 있다.

　1. 휴전 시점부터 1주일 안에 모든 소련군은 휴전선으로부터 50km
이상 철수한다. 독일군은 소련군 철수 여부를 확인하기 위해 경계 지역
에 정찰기를 투입할 권리를 갖는다.

　1. 소련은 독일이 필요로 하는 물자를 제공하며 그 종류와 수량
은 추후 협의에 의한다. 대금 지불 액수 및 방법 역시 협의에 의해 정
한다.

　1. 별도로 금전에 의한 배상은 지불하지 않는다.

　1. 소련 정부를 위해 독일 내에서 기밀을 유출시킨 자들을 체포할
수 있도록 신원을 확인할 수 있는 정보를 제공한다.

　독일 및 소련은 상기 조항 준수에 동의한다.』

　하단에는 양측 대표자들이 서명할 공간이 마련되어 있었다. 몰로
토프는 아무 말 없이 펜을 들어 자기 이름을 적은 뒤 서류를 리벤트로
프에게 돌려주었다. 리벤트로프 역시 자기 이름을 적은 서류를 몰로
토프에게 건네주었다. 양자는 자기가 받은 상대방 이름이 적힌 서류에

다시 자기 이름을 적었고, 이렇게 해서 독일과 소련은 전쟁을 개시한 지 정확히 4년 만에 휴전협정을 맺었다. 1945년 6월 22일 14시 22분이었다.

"어떻소. 우리 총통께서는 참으로 관대하시지 않습니까?"

서명을 마친 리벤트로프가 뻐기면서 말을 걸었다. 몰로토프는 잠시 눈썹을 움직였을 뿐 대답하지 않았다.

"휴전선은 현 대치선보다 귀측에 더 유리합니다. 이 스몰렌스크조차 오늘 행사가 끝나는 대로 귀측으로 반환됩니다. 그밖에 귀측이 내놓는 영토는 독일에 합병되는 게 아니라 완충지대를 형성할 독립국이 되는 겁니다. 게다가 우리 독일이 지난번 전쟁에서 감당해야 했던 과중한 전쟁배상금은 한 푼도 없으니, 이 어찌 관대하다 아니할 수 있겠습니까?"

리벤트로프가 으스대자 잠시 침묵하던 몰로토프가 느릿하게 받았다.

"자기 손으로 우리에게 넘긴 발트 지역 국가들을 해방시키겠다고 호들갑을 떨거나 우리 소련이 가진 가장 중요한 곡창지대를 빼앗아간 주제에 관대하다 운운은 옳지 않은 것 같소만. 외무장관께서도 뒷사정은 잘 알고 계실 텐데 말이오."

"그런 건 지금 의미가 없죠. 지금 협정문이 불만이시라면 이런 상황은 어떻습니까?"

리벤트로프가 표정을 바꾸지 않은 채 웃는 낯으로 질문을 이어갔다.

"스몰렌스크를 함락시킨 우리 병사들이 여세를 몰아 모스크바로 진격하고, 남부에서는 동부 우크라이나를 거쳐 캅카스로 진격하는 겁니다. 그리고 북부에서는 기껏 해방한 레닌그라드를 다시 포위한다면 귀국 지도부는 어떻게 될까요? 이젠 NKVD를 지휘해서 민중을 억누를 베리야 동지도 없지 않습니까? 새 내무인민위원장은 NKVD를 다 장악하기는 했나요?"

몰로토프가 움찔했다. 베리야가 숙청된 사실을 리벤트로프가 모르리라 생각한 모양이었다.

"자유를 되찾은 이 나라들은 독일과 소련 사이에서 완충지대를 형성할 겁니다. 귀국으로서도 꺼릴 일은 아닐 텐데요."

"독일군이 주둔하는 완충지대가 정말 완충지대요? 독일이 좌지우지하는 괴뢰국일 뿐일 게 분명한데 그걸 어떻게 만족스럽게 여기란 말이오."

"외무인민위원께서는 상상력이 부족하시군요. 이 휴전협정은 소련군을 국경에서 철수시키라고는 했으나, 소련이 이 나라들과 교류하지 말라고는 하지 않았습니다. 외교도, 경제교류도 소련이 해나가기 나름입니다. 외부인민위원께서 가지신 힘으로 능력껏 이들을 친소 국가로 만들어 나가 보십시오."

독일이 군사적으로 통제하는 거나 다름없는 나라를 외교만으로 자기편으로 만들라니, 무리한 요구가 아닐 수 없었다. 하지만 지금 소련으로서는 어차피 다른 대안도 없었다. 몰로토프는 비아냥거릴 기운도 없는지, 기복 없는 낮은 목소리로 답했다.

"배려에 참으로 감사드리오. 그럼 이만 모스크바로 돌아가야겠소."

"그러시지요. 우리 중부집단군도 곧 벨로루시로 철수할 겁니다."

리벤트로프는 만족한 표정으로 몰로토프와 함께 자리에서 일어섰다. 애초에 시작하는데도 반대했던 전쟁이 끝나서 정말 기분이 좋았다. 다만 총통이 너무 관대한 조건으로 소련을 배려하다가 내부적으로 반발에 직면하지 않을까 싶어 내심 걱정이 좀 되었다.

<h1 style="text-align:center">5</h1>

소련과 맺은 강화조약 내용이 공표되자 독일 국내 민간 사회에서는 물론 군대 내에서도 안도감을 표현하는 이들이 숱하게 나타났다.

소련과 싸운 지난 4년 동안 군도, 사회도 모두 매우 큰 희생을 치렀다. 막대한 희생에도 불구하고 전쟁을 시작할 때 세운 목표는 달성할 수 없었지만, 강화조약을 맺으면서 독일 역사상 가장 큰 수렁이었을 전쟁에서 4년 만에 드디어 발을 뺄 수 있게 된 것만 해도 어디인가 싶었다.

물론 전쟁은 아직 완전히 끝나지 않았다. 영국이 남아 있었다. 처칠이 이끄는 영국 정부는 우리와 소련 정부가 휴전 협정을 체결했다고 공표하자 말 그대로 미쳐 날뛰었다. 말하는 것만 들으면 당장이라도 소련을 침공할 기세였다.

이보슈, 원래 국제관계라는 게 그런 거 아니야? 모든 나라는 자기 자신이 가장 이익을 보는 방향으로 움직인다고. 정말 남을 위해 스스로를 희생하는 '국가'는 어디에도 없어. 희생하는 '개인'은 있을지도 모르지만.

아무튼 이제 전쟁은 4년 만에 다시 독일과 영국 사이에 1:1로 벌이는 양상으로 돌아갔다. 하지만 당장 대결전을 벌이거나 할 상황은 아니었다. 2년 전 북아프리카에서 철수한 뒤로 영국군과 독일군은 지상에서 만나지 않고 있으니까 말이다.

하지만 처칠은 타도 히틀러, 타도 독일을 끈질기게 외쳤고 하늘과 바다에서 계속 공세를 취했다. 영국군 폭격기들은 밤마다 날아와 독일 본토 및 점령지에 소재한 주요 시설에 폭격을 감행했고, 한동안 작전을 중단했던 코만도들도 해안과 항구에 대한 기습을 전개했다. 하지만 그뿐이었다.

코만도들은 아무리 설쳐 봐야 우리를 귀찮게 하는 정도 성과밖에 내지 못했고, 영국 공군 폭격기들은 유럽대륙에 폭탄을 떨구는 대가로 매번 출격할 때마다 최소 10%에 달하는 피해를 입었다.

캄후버가 지휘하는 방공부대는 레이더와 탐조등, 대공포로 효율적인 방공망을 구축했고 야간전투기들은 자유롭게 적 편대 사이를 누비며 사냥을 즐겼다. 영국군 호위전투기들이 폭격기를 지키려고 분투했지만 소용없었다. 성능을 개선한 He219와 Me262는 영국군 야간전투기를 압도하는 성능을 갖추고 있었다.

물론 내가 방어만 하고 있을 리가 없다. 먼저 F1과 F2가 하루에 최소 500기씩 영국을 향해 날아갔다. 사거리가 짧은 데다 정확성도 떨어졌지만, 적어도 런던을 비롯한 잉글랜드 동남부 일대는 아비규환으로 만들어줄 수가 있었다.

F1과 F2를 쏠 수 없는 먼 지역에는 항공기에서 발사하는 F1과 잠수함 발사 로켓탄, 이제는 F3로 명명한 무기가 퍼부어졌다. 영국인들은 점점 전쟁에 지쳐갔다. 여기에 영국이라는 나라를 지탱하는 생명줄이 끊어지기 직전이었다.

영국은 해상로를 확보하지 않고는 전쟁은커녕 생명조차 유지할 수 없는 나라다. 전쟁 이전에도 국내에서 필요로 하는 식량 중에 최소 절반을 수입해서 충당해야 했다. 전쟁을 치르고 있는 지금은 말할 것도 없다.

식량, 무기, 원료, 연료, 병력 등 전쟁을 계속하기 위해 필요한 모든 자원이 바다를 통해 영국 본토로 들어갔다. 그리고 그 바다에 우리 잠수함들이 있었다. 손을 움직여 보고서 뭉치를 뒤졌다.

"지난 18개월간 한 달 평균 격침톤수가 75만 톤이라…."

우리 잠수함대는 주력 함선을 21형 유보트로 완전히 교체했다. 영국 해군은 호송선단을 보호하기 위해 발악했지만 수중기동성이 우수한 21형 유보트는 놈들을 완전히 농락했다. 선단 안에 들어갔다 나와도 들키지 않을 정도로 21형은 소음도 작고 기동성도 좋았다.

호위함들이 수상한 접근을 눈치 채기도 전에 선단 안에서 폭발이 일어나는 일이 예사였고, 호위함 승무원들이 뒤늦게 미친 듯이 날뛰어도 소용없었다. 21형 잠수함들은 유유히 경계망을 빠져나간 다음 2격, 3격을 연달아 날렸다. 어떤 그룹은 의도적으로 호위함부터 먼저 잡아버린 뒤 무방비 상태가 된 상선들을 느긋하게 하나씩 가라앉히기도 했다.

잠수함대뿐만이 아니었다. 영국 해군이 선단 호위에 투입했던 전투함들을 잇달아 상실하면서 생나제르 항구에 처박혀 있던 우리 외양전대 소속 전함들도 슬슬 활개를 칠 수 있었다.

물론 한껏 독이 오른 영국 해군 전함들과 맞대결을 하면서 정력을 낭비할 필요는 없으므로 방어가 허술한 수송선단을 찾아 바다 위를 누비고 다녔다. 해군항공대 소속 하인켈이나 콘돌 폭격기들도 열심히 먹이를 찾아 출격했다.

잠수함과 수상함과 항공기가 벌이는 삼위일체 작전으로, 영국을 향해 닻을 올린 수송선 중 평균적으로 약 20%가 승무원 및 화물과 함께 대서양에 가라앉았다. 이런 희생을 영국 국민들이 계속 감당할 수 있을 리가 없었다. 영국 국민들은 미사일 공격 때문에 직접적으로 생명을 위협받고, 해상봉쇄로 인해 식량, 연료, 피복이 부족해지면서 심각한 고통을 받고 있었다.

여기에 더불어서 소련과 강화협상을 한 뒤 동부전선에서 철수한 우리 공군과 지상군이 속속 프랑스, 네덜란드, 벨기에 일대에 집결하고 있었다. 우리는 전단을 살포해서 영국 국민들에게 독일군이 얼마나 몰려오고 있는지 세세하게 알렸다. 동부전선에서 혈전을 치르며 단련된 대규모 기갑군이 영국 상륙을 목표로 달려오고 있다고 말이다.

지금 내가 서류를 뒤적이며 앉아있는 건 이런 우리 작업에 대해 영국 국민들이 보일 반응을 기다리기 위함이었다. 바로 오늘이 그 반응이 나오는 날이었다. 인터컴이 삑 소리를 내더니 엘사가 조심스럽게 보고했다.

– 총통, 슈나이더 중위입니다. 외무장관이 찾아왔습니다.

"들여보내!"

1분도 되지 않아 집무실 문이 열렸다. 상기된 얼굴을 한 외무장관 리벤트로프가 들어왔다. 손에는 BBC 뉴스를 번역한 정세보고서를 들고 있었다.

"총통! 말씀하신대로입니다! 노동당이 대승을 거두었습니다. 그리고 부수상에서 신임 영국 수상이 된 노동당 당수 클레멘트 애틀리가 독일과 강화협상을 시작하고 싶다는 제안을 공식적으로 보내왔습니다!"

기대하고 기대하던 소식이었다. 이제 정말 전쟁을 끝낼 수 있게 되었다. 나는 흡족한 기분으로 페르비틴을 탄 콜라를 들이켰다. 아아, 이제 이걸 좀 줄일 수 있겠구나.

6

양측이 합의한 조인 장소는 칼레 앞바다에 정박한 스웨덴 여객선 MS 스톡홀름 호였다. 이 배는 스웨덴-미국 노선에 취항시키려고 스웨덴이 건조한 배였지만 건조가 완료되기 전에 전쟁이 터지는 바람에 원래 목적대로 운항할 수가 없게 되었다. 저쪽 역사에서는 1941년 11월에 이탈리아 정부가 병력 수송선으로 구입해서 쓰다가 이탈리아 항복 때 독일군이 접수했고, 그 뒤에 영국 공군이 투하한 폭탄에 맞아 침몰해 버렸다.

3만 톤이나 나가는 대형 여객선이 이탈리아군 손에서 별 역할도 못 하고 썩게 될 걸 생각하니 배가 아팠다. 그래서 이쪽 세계에서는 독일 해군이 MS 스톡홀름 호를 임차해서 장래 벌어질지 모르는 영국 상륙작전 때 병력수송선으로 쓰도록 조치했다. 1개 연대병력을 장비 및 물자와 함께 한 번에 실어 나를 수 있는 귀중한 배니까 말이다.

하지만 영국 상륙은 결국 감행되지 않았다. 할 일이 없었던 스톡홀름 호는 41년 5월에 전함 비스마르크가 출격한 뒤 비어 있던 고텐하펜 항구에 틀어박혔다. 그리고 지난 3년 반 동안 항구에 정박한 채 해상 병영 노릇을 하고 있었다. 결국 정박하는 장소만 바뀐 셈이었다.

그런데 지난달 말에 갑자기 전쟁이 끝나게 되자 정전협정을 조인할 적당한 장소가 필요해졌다. 우리나 영국이나 서로 상대방 영토에 들어갈 생각은 없었고, 전쟁 초반에 '히틀러'가 쓸어버린 바람에 두 나라 사이에는 중립국도 없었다. 스위스나 스웨덴, 스페인은 너무 멀뿐더러 앞의 두 나라는 독일이 장악한 영역을 통과해야만 갈 수 있고 스페인은 대놓고 친독국가였다. 포르투갈은 먼 데다 반대로 친영 성향이 강하고.

장소 문제로만 한 이틀을 고민하던 참에 이 배 생각이 났다. 곧바로 스웨덴 정부에 통보해서 용선계약을 종료하고, 군용 위장도색을 긁어 낸 뒤 일반 여객선으로 보이도록 페인트를 다시 칠했다.

꼬박 보름 동안 우리 수병들과 급히 파견된 스웨덴인 선원들이 노력한 결과 MS스톡홀름 호는 어디에 내놓아도 부끄럽지 않을 정도로 화사한 여객선이 되었다. 다만 멋지게 고친 부분은 껍데기뿐이고, 외양에 걸맞은 가구류와 장식품은 미처 채워 넣을 수가 없었다.

"훌륭한 여객선이군. 평화가 정착되면 이 배를 타고 바다로 나가 보고 싶네."

아침 7시에 조반도 먹지 않고 MS 스톡홀름호를 찾아온 나는 신나게 배 구경을 했다. 이 배를 건조할 때도 참여했다는 스웨덴인 선장에게 안내를 받으며 배 구석구석을 직접 둘러보니 정말 괜찮았다. 튼튼하고 쾌적하게 만들어진 배였다.

"총통을 모실 수 있다면 영광이겠습니다. 이제 이 배가 본래 건조될 때 부여받은 임무를 시작할 수 있다고 생각하니 뿌듯하기만 합니다. 전쟁은 괴롭고 힘든 거죠."

"맞는 말일세. 그럼 이제 조인식장으로 안내해 주겠나?"

"이쪽입니다."

선장이 안내해주는 대로 복도와 계단을 오르내리다 보니 어느새 평화협정에 조인할 장소인 앞 갑판으로 나왔다. 계단을 오르다가 내가 조금 비틀거리자 뒤를 따라오던 엘사가 급히 팔을 내밀어 부축했다. 순간 팔꿈치에 엘사의 부드러운 가슴이 닿으면서 황홀한 기분이 들었지만 얼른 정신을 차렸다. 나는 잠시 엘사에게 고마움을 표한 다음 다시 혼자 힘으로 계단을 올랐다.

여기가 남들 시선이 없는 총통관저 안이라면 아마 기꺼이 부축을 받았겠지. 하지만 세계 전체가 주목하는 평화협정 조인 현장에서 여자 부관에게 부축을 받는 모습을 보여줄 수는 없었다. 나 '히틀러'는 이제 겨우 56세밖에 되지 않았다! 그런데 여자에게 부축을 받아서 움직이는 모습이 전 세계로 나간다면 과연 다들 날 어떤 인간으로 보겠는가? 지난 4월 12일에 사망한 루즈벨트였다면, 소아마비 환자에다 원체 몸이 쇠약하니 누가 부축한들 어색할게 없었겠지만.

"처음 뵙는군요. 진즉에 이렇게 대화로서 문제를 마무리했다면 좋았을 텐데요."

"그러게 말입니다. 수상께서 전쟁 전에 독일에 방문하셨다면 기쁘게 맞았을 겁니다."

내 집무실 책상만한 작은 탁자를 놓고 마주앉은 애틀리 수상은 얼굴에 미소를 띠고 있었다. 하지만 나는 애틀리 역시 처칠처럼 개전 전부터 '나치'와 '히틀러'를 억제해야 한다고 주장한 반파시스트주의자임을 잘 알고 있었다. 다만 처칠과 달리 영국이 주도적으로 재무장하기보다 국제적인 공조를 통해 독일을 억눌러야 한다고 주장했을 뿐이다.

"나는 이미 2년 전에 공개적으로 강화를 제안했습니다. 하지만 영국 정부, 정확히 말해서 처칠 전 수상이 거부했지요. 심지어 처칠 전 수상은 네덜란드나 노르웨이 같은 나라들이 개별적으로 강화를 맺지도 못하게 했습니다. 정부가 망명하지 않았고, 평화협정을 맺기를 바라는 벨기에와 덴마크에서라도 내가 군대를 빼려고 했더니 폭격기와 코만도를 그쪽으로 들여보내 우리가 병력을 빼지 못하게 했습니다. 나로서는 처칠 전 수상이 '당신들이 피해를 입는 이유는 독일 때문이다'라고 선전하기 위해서 의도적으로 행동했다고 의심하고 있을 정도입니다."

오늘 체결할 강화조약 조문은 2년 전 내가 라디오로 방송한 내용과 별 차이도 없었다. 처칠이 고집을 부리는 바람에 그동안 얼마나 많은 사람이 더 죽었고 얼마나 많은 재산이 파괴되었는지 생각할 때마다 치미는 분노를 억제할 수가 없었다. 그때 처칠이 '좋소, 강화합시다'하고 한 마디만 했다면, 수백만은 되는 사람이 죽지 않았을 것 아닌가!

"그건…, 아닙니다. 처칠 수상께서는 일단 전쟁을 시작한 이상 동맹국이 빠져나가게 할 수 없으셨을 뿐입니다. 과거사는 이쯤 하고 오늘 해야 할 일을 했으면 합니다만."

내가 흥분할 기색을 보이자 애틀리가 조용히 오늘 우리가 마주한 이유를 상기시켰다.

역시 소박하고 내성적인 성격으로 유명한 애틀리다웠다. 솔직히 조금 아쉬웠다. 강화조약을 체결하는 상대가 처칠이었다면, 말싸움을 한번 신나게 해보았을 텐데 말이다. 하긴, 워낙 말발 좋기로 유명한 처칠이니 내가 처발려서 개망신을 당했을지도 모르겠다. 안 만난 게 다행이겠다. 나는 아쉬움을 머릿속에서 털어버리고 선선히 손을 흔들었다.

"아, 물론입니다. 어서 마쳐야죠."

내가 손짓하자 권셰가 서류 여섯 통을 들고 와서 그중 세 통을 조용히 내 옆에 내려놓았다. 그리고 나머지를 애틀리 옆에 서 있는 영국 육군 장교에게 건네주었다.

문서를 받은 영국 장교는 조용히 애틀리 옆에 내려놓았다. 우리 두 사람이 독일어, 영어, 프랑스어로 된 문서 세 통에 각기 서명을 마치자 옆에 서 있던 두 장교가 말없이 탁자 위에 놓인 문서를 집어 들어 서로 교환했다. 그리고 상대에게 받은 문서를 자기 상전 앞에 다시 내려놓았다.

애틀리가 먼저 자기 이름을 적은 정전협정 문서 세 통이 내 눈 앞에 놓였다. 이제 펜을 대고 이 서류에 서명하면 모든 절차가 다 끝나지만, 문득 서명하기 전에 내용을 한 번 더 읽어보고 싶어졌다. 나는 얼굴에 쓴 돋보기를 움직여 서류 위에 초점을 맞췄다.

『독일제국 및 연합왕국[1]은 연합왕국이 1939년 9월 3일부로 독일제국(이하 독일)에 대해 선전포고를 함으로써 양국 사이에 시작된 전쟁상태를 금일부로 종료하기로 합의하였다. 전쟁 종료에 따른 조건은 다음과 같다.

1. 독일 및 연합왕국은 금일 12시를 기해 노르웨이, 덴마크, 네덜란드, 벨기에, 프랑스, 대서양, 지중해 기타 전 전선에서 육상, 해상, 공중을 막론하고 적대행위를 완전히 중지한다.

1. 적대행위 중지와 함께 연합왕국 해군은 독일로 가는 선박에 대한 해상봉쇄를 중단한다.

1. 독일군은 9월 1일부터 노르웨이, 덴마크, 네덜란드, 벨기에, 프랑스, 룩셈부르크에서 순차적으로 철수한다. 상세한 철수 일정은 해당국 정부와 협의한다.

1. 독일 및 연합왕국 육군은 상호 협력하여 노르웨이, 덴마크, 네덜란드, 벨기에, 프랑스, 룩셈부르크에 매설된 지뢰를 제거한다. 소재국

---

1 영국의 정식 명칭이 〈대 브리튼 섬과 북아일랜드 연합왕국(United Kingdom of Great Britain and Northern Ireland)〉이다.

정부가 존치를 요구하는 구역은 예외로 한다.

1. 독일 및 연합왕국 해군은 상호 협력하여 노르웨이, 덴마크, 네덜란드, 벨기에, 프랑스, 연합왕국 연안에 부설된 기뢰를 제거한다. 소재국 정부가 존치를 요구하는 구역은 예외로 한다.

1. 점령기간 중 독일군이 건설한 군사시설은 모두 주재국 정부에 무상으로 양도한다. 주재국 정부가 철거를 원하는 경우 독일 정부가 책임지고 철거한다.

1. 노르웨이, 덴마크, 네덜란드, 벨기에, 프랑스, 룩셈부르크는 군대를 정비하고 자유롭게 재무장할 권리를 갖는다. 독일과 연합왕국은 이에 간섭하지 않는다.

1. 노르웨이, 덴마크, 네덜란드, 벨기에, 프랑스, 룩셈부르크는 점령 중 독일을 위해 활동했다는 이유로 자국인을 자국 법정에 기소하지 않는다.

1. 폴란드, 체코슬로바키아, 유고슬라비아 망명정부 소속 구성원들은 군인과 민간인을 막론하고 자유롭게 본국으로 돌아갈 수 있다. 폴란드 및 체코에 이미 수립된 신정부는 귀환하는 망명정부 구성원들을 기소하지 않는다.

1. 과도한 전쟁배상금을 부과한 베르사유 조약으로 인해 지난번 전쟁 이후 불필요한 갈등이 유발되었음을 인정하고, 어떤 형태의 배상금도 상호 요구하지 않는다. 다만 전쟁 수행을 위한 필요 때문이 아니라 개인적인 욕구 충족을 위해 부당하게 취득한 민간 자산에 대해서는 조사 후 즉각 반환한다.』

마지막 조항에 덧붙인 말은 약탈문화재 반환 때문에 추가했다. 괴링

돼지새끼가 챙겨 넣은 미술품들을 반환해야 하니까. 몇 점이나 되는지 아직도 다 못 찾았다.

그 마지막 조항을 제외하면, 보면 알겠지만 거의 모든 조항이 독일에 유리하다. 이 뒤에는 별로 중요하지 않은 수사적인 표현 몇 줄이 있을 뿐이어서 그냥 넘겼다. 그리고 서명하는 자리가 두 개 있었다.

나는 비어있는 오른쪽 서명자 자리에 '독일제국 총통, 아돌프 히틀러'라고 천천히 써 넣었다. 내가 종이에 펜을 대는 순간 사방에서 카메라 셔터 누르는 소리가 기관총 소리처럼 연달아 들렸다.

마지막으로 'r'자를 기입하고 고개를 드는 순간 갑자기 피로감이 온몸을 엄습했다. 그래, 드디어 끝났어! 마침내 2차 세계대전이 끝났다고! 태평양에서는 미국이 아직 일본을 박살내고 있지만 그건 나와, 독일과는 상관없는 전쟁이다! 난 인류 역사상 최대 비극을, 이쪽 세계에서라도 그만큼 큰 비극이 되지 않게 하고 끝낸 거야!

이제 끝났다는 후련함에 나도 모르게 전신에 힘이 빠졌다. 그리고 펜을 든 채 무너지듯 의자 등받이에 몸을 기대버렸다.

"초, 총통. 괜찮으십니까?"

권셰가 속삭이는 소리를 듣자 정신이 번쩍 들었다. 아니, 이런 내가 무슨 짓이람. 전 세계가 지켜보는 장소에서 히틀러 총통은 건강에 문제가 있다고 광고할 일이라도 있나? 화들짝 놀란 나는 일부러 크게 웃으면서 들고 있던 펜을 탁자 위에 던졌다.

"하하! 이제 지난 6년간 계속되던 전쟁이 끝났다고 하니 갑자기 긴장이 풀렸지 뭔가. 몸을 좀 기대고 싶어져서 말이야. 수상! 수상께서도 편히 앉으시지 않겠습니까?"

"아니, 괜찮습니다."

애틀리는 얌전히 내 제안을 거절했다. 그리고 조심스럽게 질문을 건넸다.

"우리로서는 귀국이 약속을 지켜 주시기를 바랄 수밖에 없습니다. 강화조약은 준수해 주시겠지요."

"물론입니다. 두체도 이 자리에 함께 했으면 참 좋았을 텐데, 갑자기 건강에 문제가 생겼다고 해서 말입니다."

거짓말이다. 난 애초에 무솔리니를 불러들여 귀찮은 존재를 마주하고 싶지 않았다. 난 원래 옛날부터 무솔리니를 좋아하지 않았다. 너무 허풍선이라서 말이지. 난 말만 앞세우는 인간이 정말 싫어. 진정한 능력자라면 뻥카만 치지 말고 진짜 능력을 입증해야지.

"이탈리아와는 따로 평화협정을 맺으셔야 할 겁니다. 물론 그쪽이 무리한 조건을 내걸지는 않을 겁니다."

무리한 조건도 들이밀 능력이 있어야 요구하지. 몰타, 시칠리아 방어도 독일군에 의존해야 했던 이탈리아가 무리한 조건을 요구할 수나 있나?

"알겠습니다. 어차피 지중해 전선도 사실상 휴전 상태니, 정전 교섭을 넣어봐야겠군요."

휴전 상태라. 물론 독일군과는 휴전 상태나 마찬가지지. 하지만 팔레스타인에서는 3년째 충돌이 계속되고 있다는 사실을 나도 알고 있다. 영국군은 유대인 테러조직과 팔레스타인인 테러조직 사이에서 동네북이 되고 있었다. 내가 불씨에 부채질을 하고 기름을 붓긴 했지만, 어쨌든 영국이 해결해야 할 문제니 굳이 내가 입 밖으로 낼 필요는 없었다. 나는 그냥 좋은 이야기만 했다.

"하여튼, 정말 긴 전쟁이었습니다. 수상께서도 알고 계시겠지만 우리 독일과 영국은 같은 뿌리를 가진 나라입니다. 세계를 이끌어나가야 할 의무를 가진 우리 두 나라가 별 것 아닌 일 때문에 이렇게 많은 피를 흘렸으니 어찌 슬프지 않겠습니까? 우리 두 나라 정부는 앞으로 국민들을 더욱 풍요롭게 살게 하는 데 중점을 두고 국정을 운영해야 합니다."

"그 점에서는 동의합니다. 우리 영국인들은 지난 6년 동안 너무도 힘들게 살아왔습니다. 우리는 사회보장제도를 확충해야 하고, 그러자면 평화가 필요합니다. 전쟁은 복지에 필요한 돈을 허공으로 날려 보내니까요."

"우리 독일제국도 마찬가지입니다. 우리에게도 휴식과 평화가 필요합니다."

나는 고개를 끄덕이며 살짝 미소를 지었다. 애틀리는 사회민주주의를 표방하는 노동당 당수지만 혁명을 외치는 공산당과는 명확하게 선을 긋고 있는 사람이다. 애틀리가 정권을 잡고 있는 한 영국이 소련과 손을 잡고 독일을 양면전쟁으로 몰아넣으리라는 걱정은 안 해도 좋다.

"그럼, 이제 각자 자리로 돌아가 국가를 재건하도록 하지요. 게르만으로부터 같은 피를 물려받은 형제 국가로서, 앞으로 영원한 우호와 협력이 함께 하기를 기원합니다."

"저 역시 두 나라가 우호관계를 지속할 수 있기를 바랍니다."

나는 자리에서 일어서면서 먼저 손을 내밀었다. 잠깐 망설이던 애틀리도 손을 내밀었다. 탁자 위에서 굳게 잡은 우리 두 사람의 손을 향해 사방에서 플래시가 터졌다. 1945년 8월 15일, 기념할만한 날이었다.

7

"슈나이더 중위, 약 좀 갖다 주겠나?"

"여기 있습니다, 총통."

엘사가 가져온 흰 알약 두 개를 입에 털어 넣고 물을 마셨다.

애틀리와 마주앉아 평화조약에 서명한지 석 달이 다 되어 가는데 아직도 약을 줄이지 못했다. 전쟁만 끝나면 바로 약을 끊으려고 결심했는데, 아직은 먼 일이었다. 아무래도 약이란 게 끊고 싶다고 바로 끊어지는 게 아니었다. 게다가 전쟁이 끝났어도 총통으로서, 아니 독일군 최고사령관으로써 할 일은 계속되었으므로 내 스트레스도 끝나지 않았다.

"작전부장. 전쟁이란 건 끝내는 과정에서도 시작할 때 못지않게 복잡한 일이 많군."

"총통께서도 이해하시겠지만, 사냥을 즐긴 뒤에는 총을 잘 닦아서 보관해 두어야 총이 망가지지 않습니다. 군대도 마찬가지라고 생각해 주십시오."

너무도 적절한 비유라 반박할 말이 없었다. 하긴, 자동차도 드라이브할 때는 신나지만 돌아오면 세차하고 정비해야 하지.

"전선에서 돌아온 수백만이나 되는 귀환병들을 제대시키고, 직장을 마련해 주고, 불만세력이 되지 않게 하는 일은 매우 중요합니다. 지난번 대전에서는 우리가 패배하면서 귀환병들을 제대로 처우하지 못했다는 사실은 총통께서도 잘 아시지 않습니까? 직접 경험하셨으니까요."

요들이 이런 소리를 하는 이유는 안다. 바이마르 정권 초기에 벌어진 혼란을 직접 경험한 당사자로서, 그런 난리통이 또 벌어지지 않도록 주의해서 대책을 마련하자는 소리겠지. 하지만 심신이 불편한 내 귀에는 "넌 사병 출신이잖아"하고 날 비꼬는 소리로 들렸다. 나 스스로가 비뚤어진 내 심보에 정나미가 떨어질 지경이었다.

"이 문제는 군수장관과 제국은행장, 경제장관을 앉혀 놓고 의논해야 할 일이야. 귀관과 내가 참모부에서 끙끙거린다고 해결될 일이 아니지 않은가."

"맞습니다. 소장은 그저 총통께서 그 문제를 잊지 말아 주십사 했을 뿐입니다."

"알겠네."

하아, 저쪽 세계에서 일어난 역사를 생각해 보면 세계대전을 치르고 나서 난리를 겪지 않은 나라가 없었다. 미국조차도 1차 대전 때 제대군인들이 상당수 실업자로 전락하고, 뒤이어 대공황까지 오면서 사회적으로 큰 문제가 되었다. 2차 대전에서는 그런 문제를 겪지 않으려고 제대군인들에게 학자금이나 정착자금을 국가가 적극적으로 대주면서 경제를 활성화시켰고.

내가 다스리는 독일도 이제 전시경제체제를 해체하고 새롭게 경제를 부흥시켜야 한다. 상비군 수는 평화로운 시기에 알맞은 규모로 축소하고, 군수산업은 일반 산업으로 전환할 필요가 있다.

전차공장을 자동차공장으로 바꾸고, 폭격기를 제작하던 공장에서는 이제 여객기와 화물기를 생산해야 한다. 병사들은 전쟁터에서 들고 있던 총을 내려놓고 낫과 망치, 그리고 펜을 다시 잡아야 하리라.

생각할수록 머리가 아파 왔다. 애초에 내가 관심이 있는 분야는 전쟁사와 그에 수반된 일반 역사였다. 경제사나 경제학 원리 같은 분야에 대한 내 지식은 경제학을 공부하지 않은 일반인 수준 정도밖에 되지 않았다. 진짜 히틀러보다는 낫겠지만.

"결국 필요한 건 돈이야. 경제 분야 관료들을 다그쳐서 어떻게든 자금을 마련해 보도록 하겠네. 전쟁을 치르고 나서도 국고에 얼마나 여유가 있을지는 그 인간들을 족친 후에야 알 수 있겠지."

전쟁 중에야 뭐 돈을 마구 찍어내서 예산을 조달할 수 있다. 시중에 풀린 과잉화폐는 강제저축으로 회수하거나 전쟁채권을 판매해서 모아들이면 된다. 하지만 평화시에는…. 아, 정말 모르겠다. 이 문제에 대해서는 샤하트[1]나 풍크[2]를 데려다 놓고 강의를 들어야 할 상황이다. 감자 한 자루를 사기 위해 손수레에 돈을 싣고 가야 했던, 1920년에 일어났던 그 끔찍한 인플레이션이 또 일어나게 할 수는 없었다.

"경제 문제는 경제 전문가들에게 맡기고, 당분간 귀관은 장병들을 귀가시키는 일에만 집중하도록. 볼셰비키를 타도하고 조국 독일을 빛내기 위해 몇 년 동안 전장에서 살았던 영웅들이야. 한동안 편히 쉬고, 그 뒤에는 이제 생활전선에 복귀할 수 있도록 국가가 책임지고 도와야 하네. 몸을 다친 이들에게도 치료가 주어져야 하지만, 마음을 다친 이들을 다독이는 조치도 필요해. 전장에서 얻은 심리적 충격으로 괴로워하는 이들은 심리 전문가로 하여금 진단하여 적절한 처치를 해줄 수 있도록 해야 하네."

실제 역사에서는 독일이 워낙 밑바닥에 빠져 허덕였던 터라 크게 강조되지는 않았지만, 독일군이라고 PTSD 환자가 없었을 리가 없다. 나로서는 전후 생활고에 지친데다 PTSD까지 앓고 있던 참전용사가 미친놈이 되어 범죄를 저지르는 사태는 보고 싶지 않았다. 아직 심리

---

1 얄마르 샤흐트. 제국은행(국립은행) 총재.
2 발터 풍크. 경제부 장관.

학이 충분히 발달하지 않아 모두를 충분히 치료할 수는 없겠지만, 적어도 할 수 있는 만큼은 그 마음에 입은 상처를 치유해 줄 수 있어야 한다.

"저, 총통. 출발하실 시간이 되었습니다."

엘사가 들어와서 알렸다.

"출발? 어디로?"

"뮌헨에 가기로 하셨습니다."

깜짝 놀란 나는 곧바로 달력으로 눈을 돌렸다. 그제야 오늘이 11월 8일이라는 사실이 기억났다. 그리고 무슨 날인지도 떠올랐다.

"아아, 뮌헨 봉기[1] 기념일이군. 뷔르거브로이켈러 복구가 완료되었다고 했지?"

"그렇습니다. 기념 연설을 하시기로 되어 있습니다."

"그래, 알겠네. 그럼 작전부장, 귀관과는 뮌헨에 다녀와서 또 골치를 썩이도록 하세. 아니면 같이 가겠는가?"

"의논드릴 일이 많으니 함께 가게 해 주시면 감사하겠습니다. 서류는 기차 안에서도 볼 수 있으니 말입니다."

"좋아, 가세."

내가 자리에서 일어서는데 엘사가 머뭇거리는 태도를 보였다. 무슨 일이냐고 내가 눈짓으로 묻자 엘사가 어쩔 수 없다는 듯 조심스럽게 입을 열었다.

"저, 총통. 아무래도 전용열차 대신 비행기를 이용하셔야 할 것 같습

---

1 히틀러는 나치당 조직 초기인 1923년 11월 8일에 바이에른 주정부 전복을 노리고 맥주홀에서 쿠데타를 일으킨 적이 있다. 하지만 주정부가 동원한 경찰력에 진압되었고, 재판에 회부되었으나 재판정을 정치 홍보의 무대로 만들었을 뿐 아니라 동정적인 판사에게 금고 9개월이라는 가벼운 형을 언도받았다. 쿠데타를 일으킨 장소였던 뷔르거브로이켈러 맥주홀은 1939년에 히틀러 암살을 노린 폭탄 테러(히틀러는 예정보다 일찍 떠난 덕에 무사했다)로 파괴되었고, 전쟁 중 방치되다가 전후에 철거되었다.

니다. 수송사령부에 조회해 보니 전선에서 귀환하는 병사들과 석방되는 포로들, 본국으로 돌아가는 외국인 노동자들을 수송하느라 철로가 완전히 포화상태라고 합니다."

"알겠다. 그럼 비행기를 타도록 하지."

기차를 더 좋아하긴 하지만 비행기도 못 탈 건 아니다. 도리어 일찍 도착하면 일찍 쉴 수 있으니 그게 더 좋을 수도 있다. 템펠호프 비행장으로 가기 위해 요들과 엘사를 거느리고 복도로 나서면서 오늘 저녁식사로 뮌헨에서 뭘 먹을까 생각해 보았다. 음, 역시 맥주를 곁들인 바이스부어스트[1]가 좋겠다. 뮌헨이니까.

비행장에 도착하여 승용차에서 내리자 이제 만나기 힘들 거라고 생각했던 사람이 앞에 있었다. 깜짝 놀란 내가 말을 걸었다.

"아니, 백작이 아닌가! 아직 소집해제가 되지 않았나?"

대합실에 서 있는 사람은 슈타우펜베르크 대령이었다. 왼쪽 눈에 안대를 하고, 장갑을 낀 왼손에 서류 가방을 들고 있었다. 슈타우펜베르크가 의수를 끼운 오른팔을 들어 경례를 했다.

"보충군 사령부도 귀환병 해산 임무를 일부 담당하게 되어 업무가 늘어났습니다. 덕분에 소관과 같은 이도 계속 복무해야 하는 처지가 되었습니다."

"이런, 아무리 손이 모자라도 귀관 같은 용사를 아직도 붙들어 놓다니. 귀관은 이제 쉴 자격이 있어. 내가 뮌헨에 다녀온 뒤에 당장 적당한 후임자를 찾아주도록 하겠네. 그런데 그 가방은 뭔가?"

"뮌헨 군관구 사령부에 보낼 뮌헨 지역 귀환병들에 대한 자료 일부입니다. 좀 급히 보내야 해서 혹시 항공편이 있나 하고 알아보던 참입

---

1 Weißwurst. 끓는 물에 데쳐서 먹는 바이에른 지방의 하얀 소시지.

니다."

"내가 지금 뮌헨에 가는 길이니 내가 가져가면 되겠군. 크라프트 소
위, 백작이 들고 있는 가방을 받게."

앞으로 나선 베르타가 슈타우펜베르크가 들고 있던 서류가방을 받
아들었다. 슈타우펜베르크는 무척 미안해하며 베르타에게 가방을 어
떻게 전달할지 당부했다.

"감히 총통께서 가시는 길에 이런 무거운 짐을 떠넘겨서 죄송합니
다. 소위, 뮌헨에 도착하거든 공항에 상주하는 육군 연락장교에게 가
방을 주게. 가방을 보낸다는 이야기는 미리 해 두었으니까, 내가 보낸
가방이라는 이야기만 하면 그 뒤는 자기가 알아서 할 거야."

"알겠습니다, 대령님."

비행장에는 마침 신형 수송기인 Ju352[1] 한 기가 출발 가능한 상태
로 대기하고 있었다. 당장 이륙할 예정이 없는 예비기였는데 내가 온다
는 소식에 급히 이륙 준비를 마쳐놓은 상태였다. 나는 공항 담당자들
에게 인사를 받으며 트랩을 올랐다.

좌석에 앉아 프로펠러 돌아가는 소리를 듣고 있으려니 참 많은 생각
이 머릿속을 스쳤다. 하나같이 쉽게 답을 낼 수 없는 과제들뿐이었다.

전쟁으로 엉망이 된 경제는 어떻게 되살려야 하나? 수출을 해서 돈
을 벌어야 하는데, 뭘 수출하지? 귀환병들에게는 연금을 어떤 기준으
로 지급해야 하나? 게토와 수용소에서 강제노동을 하고 있는 유대인
들은 언제 석방하지? 이제 쓸모가 없어진 전차 수천 량, 전투기 수천

---

1 독일군이 사용한 주력 수송기 Ju52를 개량한 최종형. 실제 역사에서는 1944년에 생산이
   시작되었으나 전투기를 생산할 자원도 모자라는데 수송기를 만들 여유가 없다고 하여
   50여 기가 제작된 후 생산이 중단되었다.

기는 뭐에 쓰지?

생각할수록 답이 안 나왔다. 어떤 걱정거리도 하루 이틀 고민한다고 해서 해결될 문제들이 아니었다. 고개를 돌리니 저편 좌석에 편히 앉아 있는 요들과 엘사, 베르타를 비롯한 수행원들이 보였다. 조용히 가고 싶어서 일부러 혼자 따로 앉았는데, 그러지 말걸 그랬나 싶었다.

아아, 엘사와 베르타를 양편에 앉히고 갈까. 은은히 풍기는 향긋한 향수냄새를 맡으며, 미녀들이 속삭이는 소리라도 들으면 한결 기분이 나아질 텐데.

멍하니 생각에 잠긴 사이 조종사가 뭐라고 씨부렁거리는 소리가 스피커로 흘러나오더니 비행기가 움직이기 시작했다. 비행기가 활주로를 달리기 시작하자 엉뚱한 생각도 활주로 위를 부는 바람에 날리듯 사라졌다.

그래, 총통 체통이 있지 어떻게 다른 수행원들도 있는 자리에서 부관에게 기댄단 말인가. 정 미녀가 내미는 손길이 아쉬우면 이따가 밤에 숙소에서 불러 안마라도 시키면 될 일이다. 지금은 자유롭게 이런저런 상념이나 떠올려 보자.

어느새 순항고도까지 올라온 비행기는 상승을 끝내고 수평비행에 들어가 있었다. 저만치 떨어져 날고 있는 호위전투기를 멍하니 보고 있는데 갑자기 한국 생각이 났다. 요즘 한동안은 전후처리에 너무 바빠서 슈코르체니가 보내는 정기보고서도 제대로 챙겨 읽지 못하고 있었다. 일본에서는 미군이 서일본 지역을 거의 평정했다고 들었다.

"슈나이더 중위, 한국에서 온 보고서 혹시 지참하고 있나?"

"네. 여기 있습니다, 총통."

역시 꼼꼼한 엘사다. 봉투를 열고 보고서를 꺼내 훑어보니 꽤 양이 많다. 한반도에서 전개되는 현재 상황에 대한 부분만 뽑아들었다.

"지난번 보고서에서 미군 20만이 한반도에 상륙했다고 적었었지···?"

읽어보니 한반도 상황은 참 가관이었다. 이우가 멋대로 조선총독부로부터 항복을 받고 나서 임시정부가 귀국하기까지는 두 달 가까운 시간이 필요했다. 왜 그렇게 오래 걸렸는지 나야 모르겠지만 뭐 사정이 있었겠지.

조약 체결일부터 부산, 인천, 군산, 원산 등지로 상륙한 미군은 신속하게 일본군을 무장해제하고 요지를 점령했다. 모든 미군 부대는 이우 휘하에 있는 광복군 대원을 최소한 1명 이상 동반하고 활동했으며, 이우는 미군이 '광복군이 요청함에 따라 무장해제 업무를 위촉받아 수행'하고 있음을 분명히 해줄 것을 요구했다. 미군은 이우가 담판한 덕에 무혈상륙을 했다고 생각해서인지 이 요구를 들어주었다.

현재 일본군은 대부분 무장이 해제된 채 수용소에 갇혀있다고 한다. 치안 유지를 위해 무장해제가 유보된 일본군 병력은 3만 명. 슈코르체니는 보고서에 쓰기를, 광복군을 기간요원으로 한 신한국 국방군이 30만 명을 목표로 조직되는 중이며 이 부대가 전력을 갖추는 대로 무장해제가 유보되었던 일본군도 모두 무장을 해제할 예정이라고 했다. 나는 코웃음을 칠 수밖에 없었다.

"기간이 될 군대도 없는 상태에서 30만 명이나 되는 군대를 하루아침에 편성하겠다고? 말도 안 되는 소리군. 이건 그냥 일본군을 유지하겠다는 소리잖아."

다음 대목을 보니 현재 미 육군은 압록강, 두만강 선에 방어선을 구축해서 만주에 있는 일본군이 한반도로 쳐들어오지 못하게 하는데 중점을 두고 있다고 한다. 그리고 북한 지역에 건설한 비행장에서 폭격기를 띄워 만주에 있는 일본군 시설 및 산업단지에 맹폭격을 퍼붓고 있었다. 일본 본토에 더 이상 폭격할만한 표적이 남지 않은 항공모함 탑재 항공대도 서해로 들어와 일본군 지배하에 있는 중국 동부 해안을 공격했다.

"일본 본토를 완전히 쓸고 나면 한국을 거쳐 만주로 밀고 가겠군. 하긴, 이우도 그때 한국군을 미군과 같이 진격시켜 일본군을 쳐부수고 싶겠지. 김구 선생도 그 문제에 있어서는 같은 뜻일 거야. 흐음, 뭐 도와줄 일이 없을까."

손짓으로 베르타를 불러 휴대용 탁자와 종이, 연필을 가져오게 했다. 그리고 한국을 돕기 위해 할 수 있는 일들을 메모했다. 마침 아까 고민하던 문제 몇 가지를 해결하는데 도움이 될 것 같았다.

일단 남아돌게 된 전차나 전투기 같은 군사장비를 좀 보낸다. 시베리아 횡단열차를 이용해 발송하면 해로로 운송하는 것보다 짧은 시간 안에 보낼 수 있다. 그리고 군사고문단을 대규모로 파견한다.

슈코르체니와 함께 간 사람들은 광복군이 처한 현실에 적합한 특수전 전문가였다. 이제 대규모 정규군을 양성할 환경이 조성되었으니 그쪽 방면에 능력과 경험이 있는 사람들을 보내서 한국군을 재건할 수 있게 도우면 좋을 것 같다. 비용이야 뭐 어떻게든 되겠지.

이것 외에도 이것저것 떠오르는 사항들을 메모하고 있는데 갑자기 뒤쪽에서 엄청난 폭음이 울렸다. 순식간에 충격파가 내 몸을 의자 째 들어 앞좌석 등받이에 집어던졌고, 뜨거운 열기가 내 머리카락을 그슬리고 목과 얼굴에 화상을 입혔다. 비행기가 급격하게 위아래로 요동을 치고 있다는 사실을 깨닫는 순간 나는 의식을 잃었다.

외전 4
동쪽으로 가는 열차

1

추웠다. 객차에 타고 있지만 객실 안에 난방은 들어오지 않았다. 로젠바움 일가는 옷이란 옷은 다 껴입고 몸을 붙이고 앉아 있었다.

"아빠, 배고파요."

"미안하다. 가지고 온 빵이 이제 다 떨어졌구나."

여덟 살 난 아들이 먹을 것을 졸랐지만 아버지 알프레트에게는 남은 음식이 아무 것도 없었다. 열차를 경비하는 친위대원들은 이들에게 어떤 음식도 주지 않았다.

"우리 이 기차 언제 내려요?"

"아빠도 모르겠구나. 조금만 있으면 정거장에 서긴 할 텐데…"

하루 두 번, 제대로 된 역에 설 때면 봉인된 문을 열고 유대인들이 플랫폼에 내리게 해 줬다. 그 시간이 유일하게 바깥 공기를 쐬고, 수도에서 물을 받을 수 있는 시간이었다. 객차에는 당연히 창문이 있었지만 모두 봉인되어 있었다.

"그래도 우린 운이 좋아요. 객차에 탔잖아요. 화차에 타고 가는 사람들도 있는데."

아내 마리카가 슬며시 속삭였다. 정말이지 이들은 운이 좋았다. 독일인들이 어떤 착오를 일으켰는지는 모르겠지만, 플랫폼에 있는 이들 앞에 원래 타기로 된 유개화차가 아니라 여객용 객차가 왔다. 역에 있던 친위대원들도 당황했지만 다른 도리가 없었는지 그냥 출발하게 했다.

프랑크푸르트를 출발한 기차는 가다, 서다를 반복하면서 동쪽으로 움직이고 있었다. 가끔은 지선(支線)에 들어가서 하루 종일 서있기도 했다. 이런 식으로 1주일이 지나자 가족들은 언제 끝날지 모르는 여행에 지쳐 가고 있었다.

"폴란드로 넘어온 지 오래예요. 어디까지 가는 걸까요?"

"모르겠어. 아무 통보도 없이 갑자기 끌려나왔으니까."

전쟁이 계속되는 동안, 독일에서 유대인들은 학대와 멸시를 받았다. 배급은 모자랐고 매일 강제노역을 했다. 하지만 적어도 자기 집에서 지낼 수는 있었다. 풍문에 의하면, 폴란드에서는 유대인들이 집에서 쫓겨나 집단 거주구역인 게토에서 더럽고 비위생적으로 산다고 했다.

"엄마, 우리 집에 언제 가요? 기차 타기 싫어요."

네 살 된 딸이 졸랐다. 마리카는 아무 말 없이 품에 안은 딸의 머리카락만 쓰다듬었다. 전쟁이 끝날 때까지만 버티면 조금이라도 형편이 좋아질 줄 알았다. 이렇게 집에서 끌려나오게 되리라고는 두 사람 모두 생각도 하지 못했다.

"이 아이들은 전쟁이 일어나기 전 세상은 아무 것도 모르는데…게토에서 나머지 인생까지 보내게 하고 싶지는 않아. 여보, 우리 지금이라도 도망칠까? 마침 기차도 느리니까, 유리창을 깨고 한 번에 뛰어내리는 거야."

마침 열차 안에는 감시병이 없었다. 하지만 몸에 밴 경계심 탓인지 마리카는 일단 주위를 한번 살피고 나서 알프레트에게 속삭였다.

"기차 지붕 위에 기관총을 든 친위대가 있는 거 몰라요? 아이들까지 죽는다고요."

"우리가 뛰어내리면 다른 사람들도 같이 갈걸. 우리만 총을 맞지는 않는다고."

"이 차에 탄 사람이 몽땅 뛰쳐나가도 기관총 한 자루만 있으면 다 쏠 수 있을 거예요."

소곤대는 목소리였지만 그 안에 서린 두려움은 명백했다. 어른인 그들 부부는 혹시 몰라도 겨우 여덟 살, 다섯 살, 네 살 먹은 아이들은 총알을 피해 도망칠 수가 없었다.

"그럼 정거장에 내렸을 때 도망치자. 경계병이 있겠지만, 역에 있는 승객들 사이로 숨어들면 어떻게 될지도 몰라. 이대로 끌려가면 어디까지 가게 될지 모르잖아. 그냥 가다가는…"

알프레트는 차마 아이들 앞이라 말을 끝내지 못했다. 전쟁 중에 들은 소문, 폴란드에서는 수시로 반유대폭동이 일어나 유대인들이 무더기로 살해당한다는 이야기가 머릿속을 꽉 채웠다. 탈출에 대한 미련이 계속 눈앞을 떠돌았다.

"주님께서는 우리가 살아남게 해주셨어요. 조금만 더 견뎌 봐요."

마리카가 남편을 달래는 사이 또 지선으로 들어간 열차는 천천히 정거장에 도착했다. 다른 승객들이 창문에 바짝 고개를 붙이고 웅성거렸다.

"이번 역에서는 음식을 좀 주려나?"

"내려서 쉬게 해 주었으면…."

"여긴 도시가 아닌 걸. 노동캠프인 것 같은데."

알프레트가 불안한 표정을 지었다. 독일인들은 걸핏하면 유대인들을 잡아다 노동캠프에 처넣었다. 형편없는 식사와 사생활이라고는 없는 불결한 집단 숙소에서 지내야 했다. 한번 끌려간 사람은 좀처럼 돌아오지 않는, 언제 석방될지 알 수 없는 곳이었다.

"역도 아니네…도대체 어디지?"

마리카가 역명판도 없는 플랫폼을 보며 불안한 표정을 지었다. 이때 객차 문이 열리더니 친위대원들이 고함을 지르며 들어왔다.

"모두 하차해! 여기서 대기하다가 다른 열차로 갈아탄다. 서둘러!"

5백 명에 달하는 유대인들이 급히 차에서 내려 플랫폼에 줄을 섰다. 이 습관화된 일을 하는 사이, 텅 빈 열차는 다시 움직이더니 들어온 선로로 돌아갔다. 철조망 앞에 선 알프레트가 안타까운 표정으로 사라져가는 기차 꽁무니를 바라보았다.

"빨리 줄 서! 여기서 대기하는 동안 목욕과 건강검진을 실시한다. 아픈 사람 있으면 골라내기 전에 먼저 나와! 늦게 나오는 놈은 병동에 침대가 없을 거다!"

단상 위에 선 친위대 장교의 지시를 들은 부부는 잠시 눈을 마주쳤다. 이틀 전부터 둘째가 기침을 하고 있었지만 독일인들을 믿어도 될지 확신이 서지 않았다. 다른 사람들도 눈치만 볼 뿐 하나도 나서지 않았다. 친위대 제복 위에 흰 가운을 입은 사람이 피식 웃더니 소리쳤다.

"좋아! 그럼 지금부터 목욕탕으로 이동할 테니, 남자와 여자로 나눠어 줄을 서라! 목욕 후에 검진을 실시한다."

감시병들이 줄을 선 유대인들을 몰아댔다. 급히 움직이는 이들을 보며 감시병들이 지껄이는 잡담이 들려왔다.

"이번엔 수가 적네."

"마지막 기차라던데."

"뭐야, 여기 폐쇄되는 거야?"

"이젠 필요가 없잖아. 저 녀석들을 시켜서 철거할 거라는 이야기가 있더라."

"그럼 우리도 귀향할 수 있겠네. 아, 집에 가고 싶다."

"그래. 드디어 이 냄새나는 유대인 놈들을 처리하는 일에서 벗어나는 거지."

감시병들이 주고받는 대화는 무슨 의미인지 알 수 없었다. 알프레트 로젠바움은 기침을 하는 둘째 아이를 안고 걸음을 빨리 했다. 옆 길가에 걸려 있는 현수막에 적혀 있는 문구가 불길했지만, 크게 신경이 쓰이지는 않았다.

『Arbeit macht Frei.』[1] "

"마지막 이송 대상자들이 폴란드 각지에서 대기하고 있습니다. 출발 명령서에 서명을 부탁드립니다."

제국보안본부장이자 폴란드 총독, 친위대 최상급집단지도자 [2]라인

---

1 노동이 자유를 만든다"는 의미로, 아우슈비츠 정문을 비롯하여 독일이 건설한 학살수용소에 종종 걸려 있던 문구. 본래는 19세기에 출간된 소설 제목으로, 2차 대전 전에는 독일 사회에서 널리 쓰이는 격언이었으나 학살수용소에서 사용된 기만적인 용도 때문에 현대에는 사용이 금기시되어 있다. 일상에서는 물론 방송에서도 쓸 수 없다.

2 Oberstgruppenführer. 육군에서는 상급대장에 상당하는 친위대 계급이다. 본작에서는

하르트 하이드리히는 펜을 들어 자기 책상 위에 놓인 서류에 서명했다. 이 문제에 있어서는 그가 최고 결정권자였다. 베를린에 있는 되니츠나 힘러도 이 문제에 있어서는 결정권이 없었다.

"끝까지 이렇게 하셔도 괜찮으시겠습니까?"

서류에 서명을 받은 부관은 하이드리히에게 경례를 올리고 사무실을 나갔다. 이 장면을 옆에서 보고 있던 에른스트 칼텐브루너[1] 가 다소 애매한 표정을 지었다.

친위대 상급집단지도자[2] 로서, 칼텐브루너는 1942년 6월부터 독일경찰청장으로 임명되어 내무부 장관 빌헬름 프리크 휘하에서 독일 본국의 경찰력을 통괄하고 있었다. 하지만 실질적인 상관은 하이드리히나 마찬가지였다.

"독일 본국에서는 아직도 유대인들에 대한 반감이 강합니다. 전쟁 중에 유대인들에 대한 최종해결을 미룬 거야 전쟁이 최우선이었기 때문이지만, 이제 전쟁도 끝났는데 왜 유대인들을 그냥 살려 보내야 하느냐는 거죠."

하이드리히는 태연히 의자를 뒤로 젖혔다. 시선을 돌리자 창문 밖으로 라지비우 궁의 아름다운 정원이 보였다. 아직 겨울이 끝나지 않아서 풀과 나무에 새싹은 돋지 않았지만 그 모습만으로도 충분히 아름다

무장친위대 소속원의 계급은 고유 명칭을 따르지 않고 육군과 일치하게 "무장친위대 (육군 직급)"로 표기했으나, 하이드리히의 경우에는 군인이라 할 수 있는 무장친위대가 아니라 행정관료라고 할 수 있는 일반친위대 소속이므로 고유명대로 표기한다.

1   오스트리아 출신 나치. 독일-오스트리아 합병(안슐루스)을 오스트리아 쪽에서 주도했으며, 전쟁 초기에는 오스트리아 지역 관리를 맡았다. 하이드리히가 암살된 후에는 하이드리히가 맡고 있던 독일경찰본부장, 제국보안본부장 등의 직책을 인계받아 1943년부터 본격화된 유대인 학살을 총지휘했으며, 이 일과 포로 처형 명령 등으로 인해 전후 전범으로 처형되었다. 다만 유대인 학살 임무를 본격적으로 맡기 전에는 딱히 반유대주의적인 사상을 가지지는 않았다고 한다.

2   Obergruppenführer. 육군에서는 대장 계급에 상당한다. 1942년에 사망한 하이드리히도 실제로는 여기까지만 진급했다.

웠다.

"계속해 보게. 누가 불만을 갖고 있다는 거지?"

"괴벨스 총리나 친위대제국지도자[1] 같은 사람들 말입니다. 그들은 당신[2]이 결정한 처리방안에 대해 불만이 많습니다. 특히 친위대제국지도자는 국가사회주의에서 병균으로 규정한 유대인들은 완전히 이 세상에서 사라지도록 해야만 해가 되지 않는다고 연설했을 정도입니다."

"이 세상에서 완전히 없애란 말이지."

하이드리히는 평온한 어조로 칼텐브루너가 전한 힘러의 요구를 반복했다. 하지만 그 전언을 따를 의사는 딱히 보이지 않았다.

"총통께서는 유대인 문제에 대해 내게 전권을 위임하셨네. 나는 그 명령에 따라 이제까지 이 문제를 처리해 왔고, 누가 취소할 수 없는 이상 그 명령은 아직도 유효해. 혹시 친위대제국지도자가 총통이 가지고 있던 지위와 그 책임을 승계하기라도 했나?"

"아닙니다. 총통께서 가지고 계시던 지위는 아시다시피 대통령이 된 되니츠 제독과 총리가 된 괴벨스 장관이 나누어 승계했습니다. 친위대제국지도자는 본래 가지고 있던 친위대 사령관으로서의 지위만 유지하고 있습니다. 하지만 그는 어쨌든 우리 두 사람의 상관입니다."

하이드리히는 자리에서 일어서서 몸을 쭉 폈다. 바깥에는 눈발이 날리지만 집무실은 난로가 있어 따뜻했다. 타오르는 석탄에서 은은한 열기가 전해졌다.

"그렇지. 분명 친위대제국지도자는 우리 상급자야. 하지만 그는 우리와 달라. 총통을 향한 충성심은 확실하겠지만, 제대로 된 교육을 받

---

1 Reichsführer-SS. 친위대 최고위 직급이자 하인리히 힘러 한 사람만 가지고 있던 계급이다.
2 친위대는 '민주적인' 조직을 지향했다. 그래서 조직 내에서 존칭이나 경어를 쓰지 않았다.

지도 않았고 일선에서 세운 실적도 없어."

힘러는 대학에서 농업을 전공했고, 국가사회주의 운동에 갓 투신한 젊을 때는 양계장을 운영하려다가 경영능력 부족으로 말아먹은 전과가 있었다. 군대 경력도 실전 경험 없는 사관후보생이 고작이었다.

그에 비하면 칼텐브루너는 변호사 출신이고 오스트리아를 독일에 합병시켰다. 하이드리히는 정규 해군 장교 출신이고, 제국보안본부를 성공적으로 운영하며 정보업무에서 뛰어난 역량을 발휘했다. 히틀러 옆에 먼저 섰다는 점만 제외하면 두 사람보다 힘러가 나을 게 없었다.

나치가 중시하는 '전형적인 아리아인의 외모'에서도 하이드리히는 두 사람에게 상대가 되지 않았다. 하이드리히는 키가 191cm, 칼텐브루너는 201cm나 되고 머리카락 색깔도 금발에 가까웠다. 하지만 힘러는 고작 173cm[1], 흑발에다 몽골리안처럼 광대뼈가 튀어나와 있었다.

"허무맹랑한 고대신화 따위에나 빠져 있는 친위대제국지도자가 유대인 문제 해결 같은 중요한 문제를 관할하려 한다는 시도 자체가 망상이야. 총통께서는 일찍이 그자의 무능함을 꿰뚫어보셨기 때문에 애초에 가지고 있던 권한 외에는 전쟁 중에 어떤 권한도 주지 않으셨네."

힘러는 권력욕이 강했다. 전쟁 전까지 총통은 힘러가 원하는 바를 대부분 들어주었으나 41년 중엽부터 갑자기 힘러의 세력이 더 확장되지 않도록 제한하기 시작했다.

힘러가 독점하려고 시도했던 경찰력은 여러 사람이 나눠가졌다. 힘러가 괴링에게 넘겨받았던 게슈타포는 하이드리히 휘하에 들어오면서 실질적으로 독립했고 독일경찰청장 직책은 칼텐브루너에게 넘어왔다.

---

[1] 2차 세계대전 당시 독일군 사병 평균키가 163cm일 정도였으니 힘러도 작은 키는 아니었다.

게다가 내무장관 빌헬름 프리크 박사도 여전히 자리를 지키고 있었다.

힘러가 명성을 쌓으려고 생각한 또 다른 분야는 아예 좌절되었다. 힘러는 늘 군사령관이 되고 싶어 했지만 총통은 절대 힘러에게 군대 지휘권을 주지 않았다. 분명 힘러 예하에 있어야 할 무장친위대도 행정적으로만 친위대 소속일 뿐, 지휘권은 직업군인들의 손에 있었다.

결국 힘러는 더욱 더 총통에게 기대어 호가호위하면서 자신의 지위와 권력을 지키는 수밖에 없었다. 총통은 힘러에게 새 권한을 주지는 않았지만 이미 있는 권한을 더 빼앗지도 않았고, 누군가 그 자리를 넘보도록 용납하지도 않았다.

"하지만 이제 총통은 안 계시지. 즉, 총통께서 생전에 부여하신 내 권한과 임무를 취소시킬 수 있는 사람도 없다는 이야기네."

"알겠습니다, 최상급집단지도자. 하지만 과연 이런 방식으로 유대인 처리를 끝내도 괜찮을까요? 괴벨스 박사 같은 사람들이 끝까지 가만히 있겠습니까?"

칼텐브루너는 아직 좀 불안했다. 유대인을 싹 죽여 버려야 한다고 믿는 사람들은 지금도 잔뜩 있었다. 그 자신은 유대인에 대해 별 유감을 가지고 있지 않았지만 딱히 대세에 거슬러 가면서 유대인을 지키고 싶지는 않았다.

"그자들이야말로 잊고 있는 점이 있지. 총통께서는 리벤트로프 장관을 통해서 국제연맹에 재가입할 의사를 표하셨고, 지금 전 세계 국가에서 파견한 대표들이 제네바에 모여 국제연맹 규약을 재정리하기 위해 설전을 벌이고 있지 않나?"

"그렇습니다."

"국제연맹이 다시 출범하면 가맹국들이 벌이는 활동에 대해 또다시 잔소리와 간섭이 벌어지겠지. 제대로 배운 게 없는 제국지도자라면 모를까, 자네나 괴벨스 박사처럼 배울 만큼 많이 배운 사람들이 왜 이런 쪽에는 신경을 안 쓰는지 모르겠군."

국제연맹은 작년 12월 1일부터 새 규약을 제정하기 위한 회의를 시작했다. 교전국이었던 독일과 영국, 독일과 소련이 무섭게 으르렁거리고 그 사이에 낀 소국들이 눈치를 보는 건 전쟁 중이나 똑같았다. 하지만 적어도 그들 모두는 전쟁을 다시 시작하고 싶어 하지는 않았다.

"전쟁 중에는 혼란을 틈타 아무 일이나 할 수 있었지만, 평화로운 시기에는 사용할 수 있는 수단이 제한되게 마련일세. 우리 모두 잘 알지 않나? 그리고 총통께서는 41년 이후로 유대인들을 무조건 죽여 없애는 게 능사가 아니라고 누차 말씀하셨네."

"그건 그렇습니다. 다만 괴벨스 총리처럼 반대하는 사람이 많았지요. 그리고 총통께서도 이런 방법을 쓰라고는 하지 않으셨습니다만…"

총통은 분명히 유대인들을 게토에서 해방시킨다는 대원칙은 밝혔다. 하지만 괴벨스를 비롯해 반발하는 이들이 적지 않았던 데다가, 총통 자신이 충분한 시간을 가지고 실행 방안을 마련하지 못한 탓에 한동안 '최종 해결'은 답보상태였다.

여기서 하이드리히가 기가 막힌 해결방안을 내놓았다. 유대인을 소련에다가 '팔아'넘긴다는 계획이었다. 그리고 총통 생전에 위임받은 권력을 활용해서 소련 당국과 직접 협상하면서 이 사업을 일사천리로 진행시켰다.

"나로서는 내 방법이 총통의 뜻을 더 받드는 길이라고 생각하네. 유대인을 죽여 없애려면 가장 수고를 들여야 하는 게 누구인가? 그건 우리야. 사살하려면 탄약이 들고, 한때 연구했듯이 가스로 죽이려면 가

스실을 건설해야 하지. 그리고 사체를 처리하는 수고는?"

두 사람은 대소전 개전 초기에 몇 차례 있었던 대규모 유대인 학살을 떠올렸다. 힘러에게 직접 명령을 받는 특수임무부대, 아인자츠그루펜은 수십만에 달하는 유대인을 사살했고 지역 주민들을 동원해 시신을 매장했다. 그 짓을 또 할 수는 없었다.

"귀관도 기억할 걸세. 마다가스카르 계획. 그것도 나쁘지 않은 해결 방안이었지만, 전쟁이 끝나고 나니까 프랑스 정부도 입장을 바꿔버렸단 말일세. 게다가 마다가스카르로 보내려면 운송비도 많이 들어. 하지만 이렇게 하면 운송비보다 훨씬 큰 수익을 거둘 수가 있지."

하이드리히가 차갑게 웃었다. 칼텐브루너도 사실 그 점에서는 이의가 없었다. 솔직히 말하면 그런 방안을 구상한 하이드리히가 존경스러울 정도였다. 굳이 따지자면 받아들인 소련인들도 만만찮았지만.

"볼가 독일인과 흑해 독일인[1] 1명에 유대인 1명을 맞교환하는 거래는 절대 손해가 아니긴 합니다. 교환하고 남는 유대인은 1인당 석유 1톤…그것도 확실히 남는 거래기는 하지요."

"우리에겐 산업을 위한 석유가 필요하고, 저들에겐 복구를 위한 노동력이 필요하지. 상호 이해가 맞아떨어진 결과야."

하이드리히는 자리에서 일어나지 않은 채 창문 밖 눈 쌓인 정원을 바라보았다. 아직은 겨울이지만, 곧 봄이 오고 눈이 녹을 것이다. 그리고 나면 무조건적인 강경론을 외쳐대는 자들과 묵묵히 독일을 위해 일하는 자들 중 누가 더 도움이 되는지 확실히 드러나리라.

"상급집단지도자, 이 문제에 있어서는 내가 최종 결정권자라는 점을

---

1 18세기 러시아를 지배한 여제 예카테리나 2세 시절 러시아로 이주한 독일인들의 후예이다. 2차 세계대전 때는 독일에 동조할 수 있다는 우려 때문에 볼가 독일인 소비에트 사회주의 자치 공화국은 해체되었고 이들은 중앙아시아로 강제 이주되었다. 이들은 소련 해체 후 상당수 독일로 이주했다.

잊지 말기 바라네. 혹시 의구심이 생기더라도 그대로 따르도록."

"물론입니다."

칼텐브루너는 뒤꿈치를 부딪치면서 자세를 바로 했다. 눈앞에 있는 이 남자, 강철 심장을 가진 사나이는 착실하게 자기 입지를 확보해 나가고 있었다. 폴란드 총독으로서 폴란드인들이 보내는 지지를 받았고 유대인 문제 최종해결을 성공적으로 마무리했다.

독일인―유대인 교환협정으로 소련에서 돌아오는 독일계 주민들을 독일 지배권에 재정착시키는 일, 유대인 인도에 대한 대가로 받은 석유를 분배하는 일 모두 하이드리히의 권한이었다. 그렇지 않아도 강하던 하이드리히의 힘은 이제 더 커질 것이다.

"저는 총통의 유지를 이어 독일 국민의 번영을 위해 매진하는 최상급집단지도자, 당신께 언제나 충성하고 있습니다. 믿어주시기 바랍니다."

"좋아. 그럼 그만 돌아가 보도록. 베를린까지는 먼 길이 아닌가."

"알겠습니다."

차렷 자세로 서 있던 칼텐브루너가 오른팔을 뻗어 당에서 규정한 형태의 경례를 했다. 하이드리히가 고개를 끄덕여 답하자 칼텐브루너가 조용히 나갔다.

복도로 나간 칼텐브루너의 발걸음이 빨라졌다. 반발이 있건 어쨌건 간에 유대인 문제에 대한 '최종해결'은 하이드리히가 뜻한 대로 이루어졌다. 이대로 나가면 되니츠, 괴벨스, 보어만 같은 거물들에 비해서 정치적으로 전혀 뒤처지지 않게 될 것이다.

한때 총통의 황태자로까지 여겨졌던 하이드리히다. 대통령 자리에 앉은 되니츠야 어쨌건, 그 뒤에서 실세로 자리를 잡는 사람은 하이드리히가 되리라고 확신할 수 있었다. 칼텐브루너는 그 과정에서 생기는 기회를 아주 잘 활용할 작정이었다.

"오, 베를린으로 돌아가는 길이시오?"

"그렇소. 보고할 일이 있는 모양이구려?"

"나야 자주 온다오. 최상급집단지도자가 내 직속상관이잖소? 그럼 베를린에서 또 봅시다."

SD, 국가보안본부 제6국 국장인 발터 셸렌베르크가 인사를 하며 지나쳤다. 서류를 잔뜩 들고 있는 걸 보니, 뭔가 하이드리히에게 보고할 거리가 잔뜩 있는 모양이었다.

현관으로 나간 칼텐브루너는 대기하고 있던 승용차에 올라탔다. 운전사가 기차역으로 방향을 잡았다. 출장 기간 동안 책상 위에 쌓여 있을 업무가 칼텐브루너를 기다리고 있었다.

외전 5
안네의 일기

1943년 8월 14일

키티! 오늘은 놀라운 소식을 들었어. 세상에, 나치가 네덜란드를 해방시켜주겠다는 거야! 믿어지니? 벌써 3년이나 이 나라를 점령해 온 나치가, 네덜란드를 해방해 준다는 말을!

너무 놀라운 이야기라 아빠한테 다시 물어보았어.

"아빠! 정말이에요? 나치가 물러간다고요?"

"아직 공표하지는 않았어. 하지만 물러가겠다는 이야기를 하기는 한 모양이다. 코프하이스[1] 군이 그러더구나."

언젠가 예전처럼 살 수 있으리라는 희망 때문에 팔레스타인으로 갈 사람을 모집할 때도 응모하지 않고, 갈수록 심해진 팔레스타인 이주 지원 강요를 피하기 위해 은신한 우리에게는 흥분할 수밖에 없는 이야기였어. 아버지는 식료품을 가지고 온 코프하이스 씨가 전해준 소식을

---

1   오토 프랑크가 경영하던 회사 직원으로 프랑크 일가를 숨겨준 사람들 중 하나인 요하네스 클라이만(Johannes Kleiman). 안네는 훗날 일기를 출간할 생각이었기에 일기에 등장하는 사람들의 이름을 실제와 다른 가명으로 썼다.

우리에게도 알려 주셨어.

"영국이 항복하지 않으니까, 히틀러가 체념한 모양이야. 군대 뿐 아니라 네덜란드 정부가 정식으로 항복하고[1] 독일에 대항하지 않겠다고 약속하면 네덜란드를 해방시켜주겠다는 거야."

이상하지? 처음에 나치는 프랑스랑 영국과 전쟁을 하려고 우리 네덜란드를 침공했어. 그런데 이제 영국과 화해하고 싶으니까 우리를 놓아주겠다는 거야. 나도 이해가 가질 않아.

하지만 어떻게든 전쟁은 끝났으면 좋겠어. 전쟁이 일어나기 전, 자유롭게 지낼 때가 그리워. 지금은 외출도 할 수가 없어. 필요한 물건도 구하기 힘들고 친구들도 만날 수 없어. 정말 독일이 우리를 풀어주면서 전쟁이 끝날까? 나는 독일과 영국이 싸우는 데는 이제 관심이 없어. 내가 사는 네덜란드만이라도 평화로울 수 있다면 좋겠어.

1943년 8월 20일

키티! 오늘은 아빠에게 독일을 떠날 때 이야기를 들었어.

"아빠는 독일군 장교였잖아요. 독일을 위해 싸웠는데도 독일 사람들이 괴롭혔나요?"

"내가 군인이었기 때문에 독일이 졌다고 하더구나. 군대 안에 있는 유대인들이 의도적으로 독일이 패하도록 유도하는 반역행위를 했다는 거야."

말이 안 되지? 수십만 명이나 되는 유대인들이 독일 황제를 위해 싸

---

1 네덜란드는 독일군이 침공한지 5일 만인 1940년 5월 15일에 항복했다. 하지만 이 항복은 국가원수이자 전군 총사령관인 국왕이 직접 항복한 벨기에와는 달리 여왕이 영국으로 탈출한 상태에서 잔여 네덜란드군 병력이 항전을 포기하고 항복한 것으로, 엄밀히 말하자면 네덜란드 정부는 아직 독일과 전쟁 중이라고 할 수 있었다.

웠는데 그게 다 독일을 패하게 하려는 의도로 한 일이라는 거야. 만약 유대인들이 군대에 가지 않았다면 그 사람들이 뭐라고 했을까? 그땐 또 독일에 살면서 독일을 위해 싸우지 않으니까 유대인들은 반역자라고 했겠지? 도대체 어쩌라는 거야?

너도 알겠지만 우리 집에서는 모두 독일어를 써. 하지만 난 4살 때 독일을 떠났으니까 독일에서 어떻게 살았는지, 별다른 기억이 없어. 마르고트 언니는 7살 때까지 살았으니 이것저것 추억이 있겠지만 나한테 그 이야기를 해 주지는 않아.

가끔 궁금해. 만약 우리가 독일을 떠나지 않았으면 어떻게 되었을까?

하나는 확실해. 지금 네덜란드에서 겪는 일들이 7년 일찍 시작되었겠지. 노란별을 옷에 달고, 유대인 학교에만 다녀야 하고, 유대인은 어떤 교통수단도 이용할 수 없고, 가게에서 물건도 살 수 없다는 바보 같은 규칙을 지켜야 하는 상황 말이야. 유대인은 유대인끼리만 결혼해야 한다는 규정 같은 건 그에 비하면 우스울 거야.

우리 가족이 독일을 떠난 뒤에도 남아 있다가 38년에야 빠져나온 삼촌들 이야기는 끔찍했어. 넌 모르지? 독일 전역에 폭동이 일어났어. 몰려든 독일인들이 시나고그[1]를 불태우고, 유대인들이 경영하는 상점을 파괴했단다. 수많은 사람들이 강제수용소에 끌려갔고 말이야.

그 끔찍한 폭동이 왜 일어났을 것 같니? 물론 나치가 부추겼지. 하지만 도화선이 된 사건이 있기는 했어. 나치에게 가족을 잃은 어떤 유대인 청년이 파리에서 독일 외교관을 총으로 쐈는데, 그만 그 외교관

---

1 유대인들이 종교 및 사회생활의 중심지로 삼기 위해 모이는 곳. 보통 회당(會堂)으로 번역한다.

이 죽어버렸거든[1], 그 복수라는 거야.

우습지 않니? 물론 사람을 총으로 쏜 건 나쁜 일이지. 하지만 독일인들이 먼저 유대인들을 때리고 재산을 빼앗고 쫓아냈잖아. 그리고 총으로 사람을 쏜 데 대한 복수를 하고 싶다면 총을 쏜 그 사람만 잡아다가 벌을 주면 돼. 그런데 왜 유대인 전체에게 복수를 한다는 거지? 독일인 한 명이 지은 죄를 벌주기 위해서 독일인 전부를 투옥하라는 판결을 내린다면 그 재판은 옳은 재판일까?

지난번에 이야기한 해방 이야기를 더 해주고 싶지만 아직 더 듣지를 못했어. 코프하위스 씨도 별다른 이야기가 없는 걸 보면 그냥 희망 섞인 소문이었나 봐.

1943년 8월 25일

키티, 놀라운 소식이 있어! 독일군이 네덜란드를 해방시켜주겠다는 발표를 정말로 했어!

"프랑크 씨! 지난번 소문, 사실이었어요! 여기 신문입니다!"

행크[2] 씨가 신문을 들고 왔지 뭐야. 신문에는 네덜란드를 다스리는 독일군 최고책임자가 낸 성명서가 실려 있었어. 글쎄, 네덜란드 국민 전원이 참가하는 국민투표를 통해 수립될 신정부가 독일과 평화조약을

---

1 1938년 11월 8일, 헤어셸 그린츠판(Herschel Grynszpan)이라는 독일에 거주하던 폴란드계 유대인 청년(17세)이 파리 주재 독일대사관의 3등 서기관 에른스트 폼 라트(Ernst vom Rath)를 저격한 사건이다. 라트는 하루 후에 사망했고, 괴벨스의 선동으로 독일 전역에서 유대 회당 및 상점, 주택 등에 대한 대대적인 약탈과 방화가 일어났으며 유대인에 대한 폭행과 강제수용소 감금 등이 대대적으로 이루어졌다. 이때 깨진 유대인 상점의 유리창들이 길바닥에 흩어져 있던 모습을 반영하여 이 사건을 수정의 밤(Kristallnacht), 또는 1938년 11월의 포그롬(Novemberpogrome 1938, 포그롬은 주로 동유럽에서 일어난 물리적인 유대인 박해를 가리키는 명사)이라고 한다.

2 오토 프랑크가 경영하던 회사 직원들 중 하나인 얀 히스(Jan Gies).

체결하면 독일군은 물러나겠다는 거야!

우리나라는 원래 여왕님이 다스리셔. 우리 가족은 네덜란드에 온 지 얼마 되지 않아서 여왕님에게 그렇게 큰 애정을 느끼지는 않지만, 원래 네덜란드에 살았던 이웃들은 여왕님을 무척 사랑해. 여왕님이 독일군에게 굴복하지 않고 계속 맞서기 위해 영국에 가 계신 데서 희망을 얻는 사람들도 많아.

물론 우리 여왕님만 영국에 가신 건 아냐. 노르웨이 국왕도 최선을 다해 독일군과 싸우다가 영국으로 갔고, 우리 여왕님처럼 방송으로 국민들에게 나치에 맞서라고 격려하고 계신대. 유고슬라비아 국왕도 독일군에게 나라를 뺏기고 영국에 와 있다고 들었어. 이제 20살이 된 잘생긴 소년 임금님이래. 뭔가 동화 속 왕자님 같지?

그런데 독일이 침략한 나라 왕들이 다 영국으로 가진 않았어. 네덜란드보다 먼저 공격을 받은 덴마크는 하룻밤 사이에 전국에 독일군이 들어와서 임금님이 탈출할 시간도 없었다지만, 충분히 탈출할 시간이 있었던 벨기에 국왕은 영국으로 가지 않고 자기 나라에 남았어. 매일 말을 타고 거리를 거닐면서 시민들을 직접 만나 격려하고 계신다는 거야.

어떤 임금님이 더 좋은 임금님일까? 나는 잘 모르겠어. 적에게 항복하지 않고 탈출해서, 남아 있는 국민들에게 포기하지 말고 끝까지 싸우라고 격려하는 임금님이 좋을까? 적에게 항복했지만 혼자 도망치지 않고 국내에 남아서 자기 나라 국민들과 모든 고통을 함께 하면서 고난을 견디는 임금님이 좋을까?

우리보다는 안전한 곳에 계신다고 해서 영국에서 나치와 맞서고 계시는 여왕님을 억지로 데려와야 한다고 생각하는 건 아냐. 하지만 자기 나라 사람들과 함께 있기 위해서 언제 나치에게 끌려갈지 모르는 위험을 감수하고 있는 벨기에 임금님이 대단해 보이기도 해. 키티, 너라면 어떻게 판단하겠어? 과연 어느 쪽이 더 훌륭한 지도자일까?

1943년 9월 2일

키티, 한동안 해방에 대한 이야기를 적지 않았어. 내가 그 이야기를 들었을 때, 너무 놀라서 그 충격을 정리할 시간이 필요했거든.

독일인들은 확실히 여왕님을 국민들로부터 떼어놓으려는 생각인가 봐. 여왕님이 지금이라도 영국에서 돌아와 독일과 평화협정을 맺는다면 왕위를 인정하겠지만, 얼른 돌아오지 않으면 국민투표를 통해 새 정부를 수립하고 네덜란드를 왕국에서 공화국으로 바꿔버리겠다는 거야.

행크 아저씨가 갖다 준 신문 맨 앞면 전체에 이런 포고문이 실려 있었어.

『점령 네덜란드 지역 제국판무관부[1]에서 공고한다.

아돌프 히틀러 총통께서 내리신 명령에 따라 11월 1일자로 네덜란드 왕국 전역에서 국민투표를 실시한다. 투표권자는 1940년 5월 9일부로 선거인 명부에 등록이 되어 있는 모든 네덜란드 시민이며, 재산 및 인종에 따른 차등은 전혀 없다. 네덜란드 국내에 거주하고 있는 모든 네덜란드 시민은 9월 15일까지 거주구역 행정관서에 출두하여 선거인

---

1 Reichskommissariat für die besetzten niederländischen Gebiete(약칭 : 네덜란드 제국판무관부). 나치 독일이 네덜란드를 점령한 후 통치를 위해 설치한 행정기구이다. 기존 네덜란드 정부의 행정기구는 여기에 흡수되었다.

으로 신고하라.

해당일 투표에 참가한 모든 네덜란드 시민은 아래와 같은 선택사항이 기입된 투표용지를 수령하게 될 것이다.

1. 여왕이 계속 영국에 머무르며 독일에 대항하기를 원한다.
2. 여왕이 귀국하여 독일과 정식으로 강화조약을 체결하기를 원한다.
3. 강화를 거부하는 여왕 대신 독일과 강화를 체결할 새 공화국 수립을 원한다.

세 가지 선택사항 중 하나를 택하여 기표 후 제출하라. 비밀투표의 원칙은 지켜질 것이다. 모든 투표용지는 무작위로 제공되며, 기표자 신원을 확인할 수 있는 어떤 표시도 없다. 투표 결과에 대하여 어떤 불이익도 없을 것임을 총통의 이름으로 약속한다.

하지만 투표 당일에 합당한 이유 없이 투표소에 나타나지 않는 자는 당국에 불복종할 의도가 있는 것으로 판단하여 즉각 식량 배급 명단에서 제외되고 수배자 명단에 오르게 될 것이다. 이번 투표는 네덜란드 국민이 전쟁 종결에 대해 품고 있는 의사를 확인하여 시책에 반영하고자 함이니, 거동이 불가능한 환자를 제외한 전 시민이 참여하기 바란다.

네덜란드 주재 제국판무관 아르투어 자이스–잉크바르트[1]。

---

[1] 오스트리아 출신 나치당원. 오스트리아를 독일에 합병시키는 주역이었고, 네덜란드 판무관으로 전쟁이 끝날 때까지 있으면서 유대인을 포함해 20만 명 이상을 죽게 하는 잔혹한 통치를 했다.

이런 포고문을 보고 우리가 어떤 생각을 했을 것 같니? 우스울지 모르겠어. 우리는 유대인이 이 투표에 참가할 자격이 있을지, 그것부터 궁금해 했단다.

　"인종에 따른 차등이 없다고 하잖아요. 그럼 유대인도 참가할 수 있겠죠."

　"말도 안 돼. 가게에서 물건도 사지 못하게 하는 놈들이 우리에게 정치적 권리를 준다고? 그럴 리가 없어. 행여나 하는 마음에 노란별을 단 채 투표소에 갔다가는 모조리 체포되어 강제수용소에 가게 될 거야. 이건 숨어 있는 유대인들을 찾아내려는 어설픈 수작일 뿐이야."

　참, 점령 이듬해부터 독일군 당국은 잘못을 저지른 유대인들을 본격적으로 붙잡아 가기 시작했어. 도대체 그 '잘못'이라는 게 어떤 기준으로 정해지는지 모르겠지만 말이야. 유대인들이 해서는 안 되는 일들은 계속 늘어만 갔단다. 갈 수 있는 곳도 없고 할 수 있는 일도 없어졌어. 직장도, 학교도 다닐 수 없고 드러내놓고 장을 보러 갈 수도 없었지.

　독일군이 제정한 규칙을 어긴 죄로 붙잡힌 사람은 정해진 기간 동안 강제노동을 해야 해. 그래도 전에는 지정된 기간이 끝나면 집으로 보내 줬는데, 요즘은 독일에 있는 강제수용소에 보낸다고 해. 드렌터주[1] 베스터르보르크에 집단 수용소가 있는데, 여기 한 번 끌려가면 다시는 나올 수 없대. 사람들을 가득 실은 차가 수시로 나오는 걸 보면 어딘가로 데려가긴 하는 모양이라고 하는데, 아무도 행선지를 몰라. 아마 독일로 갈 거라고들 이야기는 하지만.

1　네덜란드 북동부에 있는 주.

그리고 이 수용소는 남녀노소를 가리지 않고 같은 방에서 겹겹이 누워서 자게 한데. 그래서 말로 표현하기 힘든 부도덕한 일이 많이 벌어지고, 성인 여자들은 물론 소녀들까지도 죄다 얼마 못 가서 임신을 한다는 거야. 생각만 해도 소름이 끼쳐.

"놈들에게 잡혀서 그런 곳에 가고 싶지는 않아요."

엄마가 미프[1]양에게 두려움을 털어놓았어.

"마르고트와 안네, 우리 두 딸이 겪을 고생을 생각하면 독일군 앞에 아예 나타나고 싶지 않아요. 어차피 우리는 식량 배급 같은 거 이미 안 받잖아요. 다른 유대인들도 마찬가지예요. 나가건 안 나가건 아무 상관이 없다고요."

"이웃 사람들은 우리가 다른 곳으로 이사를 간 줄 알고 있으니 투표소에 안 나타나더라도 의심하진 않을 거야. 그냥 무시해요."

우리 가족이나 판 단 씨 가족이나, 다들 이 투표를 하는 의도 자체를 의심했어. 투표하는 사람의 안전을 보장해 준다고 하지만, 일단 유대인들은 노란별을 달고 있단 말이야. 노란별을 달고 투표소에 갔다가 그대로 붙잡히면 무슨 수로 빠져나오겠어?

어른들은 유대인 위원회를 거론하면서 그쪽 관계자들을 맹비난하기도 했어. 자기들 안전만 생각하고 다른 유대인들이 입는 피해는 방관한다는 거지. 네덜란드 유대인을 지키기 위해 외국 출신 유대인을 넘겨준다고[2] 하지만, 우리는 모두 똑같은 사람이잖아. 모두를 구하려고 노력해야 하지 않을까?

---

1 오토 프랑크가 경영하던 회사 직원들 중 하나인 미프 히스(Miep Gies).
2 프랑스를 비롯한 많은 나라에서 유대인 사회를 이끄는 지도자들은 자기 나라 유대인 사회를 지키기 위해서 전쟁이 시작된 후 피난해 온 외국 유대인들을 독일에 넘기는 사례가 흔했다.

1943년 9월 11일

키티, 놀랍게도 아직 숨을 곳을 찾지 못하고 비유대인들 사이에 남아 있는 유대인들도 이번 투표에는 꼭 참여하라는 공고가 다시 나왔어. 몇몇 유대인이 용기를 내서 우리도 투표해야 하느냐고 행정당국에 물어봤다고 하네. 처음에는 물어보는 사람들에게만 대답해주던 당국자들이 지쳤는지 신문에 공고문을 다시 실었지 뭐야.

『전일 제국판무관부에서 발표한 공고에는 재산 및 인종에 따른 차등이 전혀 없이 국내에 거주하고 있는 모든 네덜란드 시민이 투표에 참여하라고 명시하고 있다. 유대인 역시 1940년 5월 9일자로 네덜란드 국적을 가지고 네덜란드 국내에 거주했음이 확인되는 자들은 투표소에 출두하여 투표에 참여하고 등록을 갱신해야 한다. 명확한 이유 없이 투표에 참가하지 않는 자는 포고령 위반 및 등록명령 위반을 범한 죄로 강력한 처벌 대상이 될 것이다.

네덜란드 민족지도자 겸 네덜란드 자치의회 의장 안톤 무세르트』

무세르트라는 사람은 독일군을 따르는 네덜란드인 나치 동조자들의 두목이야. *그와 그가 이끄는* NSB[1]*는* 국민들에게 지지를 별로 받지 못하지만, 점령 당국은 무세르트와 무척 친해. 당연히 이 패거리는 유대인들을 괴롭히는 일에도 앞장을 서지.

---

1 네덜란드 나치당(Nationaal-Socialistische Beweging). 안톤 무세르트(Anton Mussert)가 이끌었다. 독일군의 네덜란드 침공에 협력한 무세르트는 네덜란드가 점령되자 자신이 괴뢰정부를 수립하겠다고 히틀러에게 제안했다. 하지만 NSB는 지지율이 10% 정도밖에 되지 않았기 때문에 승인을 받지 못했고 이후로도 계속 홀대를 받았다. 전후 무세르트는 네덜란드 당국에 의해 반역죄로 총살되었다.

무세르트가 데리고 있는 깡패들은 길거리에서 유대인을 붙잡아 때리거나 집에서 쫓아내는 일을 아주 즐긴단다. 작년에 유대인들을 팔레스타인으로 보낸다고 할 때도 이 사람들이 길에서 마주치는 유대인들을 닥치는 대로 잡아 독일로 보내기도 했어.

사실 팔레스타인이 우리 유대인들의 옛 고향이라고는 해도, 가고 싶지 않아. 우리는 지금 여기 터를 잡고 살고 있잖아. 2천 년 전 조상들이 살던 곳이라는 이유로 사막 한가운데로 스스로 갈 사람이 얼마나 있겠어? 다만 은신처도 마련하지 못한 채로 여기 있으면 확실히 죽을 것 같으니까, 가족 중 한 사람을 희생시키고 나머지가 떠난 사람들도 있는 것뿐이야.

무세르트가 하는 일들에 대한 이야기를 들으면 한숨이 나. 물론 제대로 된 지성이 있고 네덜란드를 사랑하는 사람이라면 누구도 독일군을 따르지 않을 테니 당연한 일이겠지만, 히틀러는 어떻게 저런 무뢰한 같은 사람을 꼭두각시로 했나 모르겠어. 그렇게 허수아비로 내세울 사람이 없나?

하필이면 저런 사람이 나서서 투표를 하라고 윽박지르고 있으니 투표소에 가는 일이 두려워지는 것도 당연해. 결국 우리 가족 중에서는 누구도 이번 국민투표에 참가하지 않기로 결정했어. 사실 1년째 이웃들 눈앞에 나타나지 않고 있는데 지금 와서 나타난다면 다들 수상하게 생각할 거야. 숨어 있던 보람이 없어지겠지.

이미 우리는 실종 상태지만, 이번 선택 덕분에 확실히 수배자 명단에 오르게 되겠지. 위반하고 있는 법 규정이 더 늘어난 셈이야.

참, 행크 씨가 전해주는 말로는, 아직 은신처를 마련하지 못한 유대인들 중에는 투표에 참여할 사람도 있는 모양이야. 투표소에 가지 않으면 게슈타포가 네덜란드 경찰에게 안내를 받으면서 집으로 찾아올 텐데, 그럴 바에는 그 자리에서 체포되더라도 투표소에 가겠다는 거지. 그들에게 행운이 함께 하기를 빌어.

이번 투표에 대해서는 유대인이 아닌 네덜란드 사람들도 분개하고 있대. '여왕님과 우리 사이를 갈라놓으려는 이간질'에 불과하다고 말이야. 그도 그럴 것이, 나치를 환영하는 사람들은 거의 없거든. 독일에 동조하는 네덜란드 나치당이 있긴 하지만 이쪽을 지지하는 사람은 거의 없어. 나라를 적에게 판 사람들이잖아.

제국판무관이라는 사람이 투표 결과에 대해 보복하지 않겠다고 약속하긴 했지. 하지만 여왕님이 포기하지 않고 계속 맞서시기를 바란다고 하는 의견이 1위를 차지한다면, 과연 아무 보복이 없을까? 투표용지를 일일이 뒤져 1번을 택한 사람을 일일이 찾아 내지야 않겠지만, 그런 귀찮은 일 없이도 네덜란드 국민 전체를 상대로 하는 보복은 얼마든지 할 수 있어.

아니, 솔직히 이야기하자면 다수가 1번을 선택했다는 결과조차 공표되지 않을 거야. 투표를 운영하고 표를 집계하는 것 역시 나치들이 하는 일이야. 1번이 다수가 나왔다는 이야기는 우리 네덜란드 국민들이 여전히 나치를 증오하고, 저항을 포기하지 않았다는 의미잖아?

절대 나치가 투표 결과를 곧이곧대로 공표할 리가 없어. 어떤 결과가 나오든지, 분명히 2번 아니면 3번이 가장 많은 표를 얻었다고 공표할 거야. 여왕님을 압박하는 게 그 사람들의 목적일 테니까.

1943년 10월 8일

키티, 바깥에서는 여전히 국민투표가 화제란다. 선거인 명부에는 있
는데 이번 투표에 등록하지 않은 사람들이 꽤 있어서, 당국에서 유예
기간을 주면서 등록하라고 종용하고 있대. 참가율이 낮으면 투표를 하
라고 명령한 독일군이 담당자들에게 화풀이할까봐 그러는 모양이야.

신문에 나온 포고문을 보면 히틀러가 이번 투표를 명령했다고 했는
데, 도대체 무슨 생각으로 이런 계획을 생각해냈는지 모르겠어. 물론
독일군이 어서 물러가기를 바라는 사람들은 많지. 비록 독일군이 길에
서 사람을 함부로 쏘거나 하지는 않지만, 우리 네덜란드 사람들을 힘
들게 하는 건 사실이거든.

여름에는 대대적으로 독일군에 지원할 사람을 모으더니 이번 달부
터는 유대인이 아닌 사람들도 강제노동을 해야 한다는 포고령이 나왔
어. 영국 공군이 암스테르담은 건드리지 않지만 다른 곳에 있는 항구
나 도로, 철도를 폭격하고 있기 때문에 수리를 해야 한다는 거야.

우리 친구인 크라렐[1] 씨는 시외에 있는 독일군 비행장에 파인 구덩
이를 메우러 갔다 왔고, 코프하이스 씨는 운하를 청소하고 왔어. 저항
운동원들이 배를 폭파하는 바람에 은하가 폐쇄됐었다나.

그런데 코프하이스 씨는 저항운동원들을 매우 혹평하는 거야. 저항
을 하려면 제대로 해야 할 것 아니냐고. 무슨 말인지 이해할 수가 없어
서 물어봤지.

"왜요? 독일군을 방해하는 일을 하고 있는 것 아닌가요?"

코프하이스 씨가 하는 말이, 운하에 가라앉은 배가 제대로 사용하
는 배가 아니더래. 고철을 실은 폐선이더라는 거야. 가라앉아도 하나도

---

1 오토 프랑크의 회사 직원 중 한 사람인 빅토르 퀴홀레르(Viktor Kugler).

아까울 게 없는 그런 배 말이야.

"기껏 용기를 내서 저항운동을 한다는 사람들이, 기껏 폭파시킨 게 고물 값밖에 안 되는 폐선이라니…"

이야기를 들은 아버지가 변호를 하셨어. 너무 그러지 말라고, 그것도 그 사람들에게는 죽음을 각오하고 한 일이 아니겠냐고 하시더라고. 그리고 무슨 배를 폭파했든 운하를 폐쇄해서 독일군이 물자를 수송하지 못하게 했으면 된 거 아니냐고 말이야.

나도 아버지처럼 생각해. 저항운동에 가담한 사람들도 전쟁이 아니었으면 폭탄을 터트리는 일 따위는 상상도 하지 않았을 거야. 폭탄을 터트리고 사람을 죽이는 일이 얼마나 무섭고 괴로울까? 그 상대가 독일군이라고 해도 말이야.

어쩌면 그 사람들도 사람을 죽이고 싶지 않아서 일부러 빈 배를 폭파했는지도 몰라. 독일인이건, 독일을 위해 일하는 네덜란드인이건 말이야. 어서 전쟁이 끝나서 사람들이 서로 죽이지 않아도 되는 날이 왔으면 좋겠어.[1]

1943년 10월 22일

키티, 나치가 주관하는 국민투표 날이 점점 다가오고 있어. 가족들 모두 참가하지 않기로 했으면서 어떻게 아느냐고? 모를 수가 없단다. 독일군 트럭이 방송장비를 싣고 매일같이 거리를 누비고 있거든.

---

1 사실 이 시기 영국으로부터 지원을 받는 네덜란드의 레지스탕스 활동은 모조리 게슈타포가 조작한 것이었다. 영국에서 온 무전기와 무전사를 체포한 게슈타포는 이를 이용해서 영국 첩보기관을 속여 넘겼고, 저항운동을 하는 '척'하면서 2년에 걸쳐 막대한 양의 물자와 정보를 영국으로부터 뜯어냈다. 굳이 가치가 없는 폐선을 폭파한 것도 이런 파괴활동을 위장하려는 의도였다.

《11월 1일에 실시되는 국민투표에 전원 참여하세요! 네덜란드의 미래가 결정됩니다!》

두려워져. 과연 저 투표는 우리에게 어떤 영향을 끼칠까? 어른들이 소곤거리는 이야기를 들어보면 어떤 결과가 나와도 달라지는 건 없는 것 같아. 투표 따위는 그저 나치가 하는 수작에 불과하고 영국군과 미군이 와서 직접 나치를 몰아내는 수밖에 없을 거라고들 하셔. 문제는 미국이 일본과 전쟁을 하는데 바빠서 유럽에 올 여유가 없다는 거지만.

미국과 일본이 전쟁을 하는 이유 같은 건 모르겠어. 다만 미군이 어서 와서 독일군을 몰아내 주기를 바랄 뿐이야.

1943년 11월 3일

키티, 놀라운 일이 일어났어! 독일인들이 그저께 있었던 투표 결과를 공표했는데, 1번을 선택한 사람들이 65%나 되었단다! 2번은 18%, 3번은 14%밖에 되지 않았어! 나머지는 아무 선택지도 고르지 않았거나 복수 선택을 해서 무효표가 된 사람들이었고.

네덜란드 시민 거의 전부가 투표에 참여했어. 비밀투표가 정말로 보장되었다고는 하지만 수백만 명이 강압적으로 끌려 나왔는데, 그 사람들 대부분이 독일이 원하는 강화를 맺기는커녕 여왕님이 계속 저항하시기를 원한다는 데 표를 던진 거야. 코프하이스 씨에게 투표 결과를 전해들은 어른들도 놀라셨단다.

"독일군이 정말 보복하지 않으리라고 생각한 건가?"

"다들 비밀투표니까 자기 한 사람 정도는 1번을 적어도 들키지 않을 거라고 생각하고 하고 싶은 대로 투표했을 거예요."

"그보다는 어차피 독일군이 발표를 조작할 거라는 생각을 했겠죠."

"하긴 그래요. 설마 누가 1번이 가장 많이 나온 투표 결과를 보란 듯이 발표할 거라고 생각했겠어요."

"그나저나 이제 어떻게 될까요."

다들 걱정이 커. 네덜란드 국민 전원이 일치단결해서 독일인들에게 맞선 셈이니까. 속은 확실히 후련하지만, 후환이 걱정되는 건 사실이야. 첫 번째 보복은 어떤 형태가 될까? 역시 유대인들부터 혼을 내겠지?

엄마가 걱정하셨던 것처럼 투표소에 출두한 유대인들이 그 자리에서 체포되지는 않았대. 다만 유대인들을 위한 투표소는 네덜란드인용 투표소와는 따로 설치되어서 유대인들만 따로 투표를 해야 했어.

신문에는 유대인들의 투표율이 별도로 적혀 있었어. 유대인들 중에는 팔레스타인으로 떠난 사람들을 빼면 대부분이 몸을 피했거나 독일로 잡혀갔기 때문에 2만 명 정도[1]만 투표를 했는데, 1번은 사실상 없었고 2번이 압도적으로 많았어. 2번이 80%, 3번이 15% 정도 되더라.

유대인들 중에 당장 평화를 원하는 사람이 더 많은 건 당연해. 일반 네덜란드인들은 그래도 점령군이 내놓은 규칙을 웬만큼 따르기만 하면 재판도 없이 살해당할 염려는 없어. 하지만 유대인들은 언제 체포되어 수용소로 끌려가거나 사살당할 지 알 수가 없지. 길거리에서 무뢰배들에게 구타당하기도 해. 그런데 어떻게 평화를 바라지 않을 수 있겠어?

하지만 아빠는 이 투표 결과가 공개된 걸 보고 크게 근심하셨어. 유

---

1 전쟁 전 네덜란드의 유대인 인구는 10만 명 정도였다.

대인들과 비유대인인 일반 네덜란드인 사이를 갈라놓으려고 하는 술책이라고 하시는 거야.

"나치가 수를 쓰는 거야. 이런 상반된 투표 결과를 공개하면, 네덜란드인들이 유대인들을 배신자로 여기게 될지도 몰라. 힘들지만 모두가 굴복하지 않고 있는데, 유대인들은 포기하려고 한다고 말이야. 독일에서도 이런 것부터 시작했단다."

독일에서도 처음부터 유대인을 죽이거나 수용소에 보내지는 않았대. 별 것 아닌 사소한 부분에서 독일인과 유대인을 구분하기 시작했다고. 그렇게 해서 일반 독일인과 유대인 사이를 조금씩 벌려놓았다고 말씀해 주셨어.

"이렇게 사소해 보이는 일 하나하나에서 유대인에 대한 부정적인 감정을 갖게 하면, 사이가 좋던 두 집단 사이를 아주 멀어지게 만들 수 있단다. 그리고 서로를 죽이고 괴롭히는 일을 꺼리지 않게 되지. 전국 투표 결과에서 1번이 가장 많이 나온 것도 의도적인 조작일지 몰라."

아빠 말씀을 듣고 보니 걱정이 되었어. 이런 사소한 일들이 우리랑 유대인이 아닌 사람들 사이를 갈라놓을 수 있다니! 우린 이미 은신처에 숨어 있고 친한 사람들에게 보호를 받고 있으니까 당장 무슨 문제가 생기지는 않겠지. 하지만 아직 피할 곳을 찾지 못한 사람들은 더 고생하게 될 것 같아. 자기들을 숨겨줄 수 있는 네덜란드 사람을 찾기가 더 어려워질 테니까.

1943년 12월 10일
키티, 바깥세상에서는 독일군을 피해야 하는 유대인들의 생활이 갈

수록 어려워지고 있어. 아빠가 걱정하신 것처럼, 투표 결과를 보고 유대인에 대해서 적대감을 갖는 네덜란드인이 조금씩 늘어나고 있나 봐.

그런데 유대인들끼리도 패가 갈리고 있어. 독일군이 무슨 생각을 했는지 모르겠지만 투표에 참가했던 유대인들에게는 특별 신분증을 발급해서 통행 시간이나 장소, 종사할 수 있는 직업에서 보다 많은 자유를 주었거든.

이 특별 신분증을 가진 사람은 전차나 버스를 탈 수도 있고 식량 배급도 받아. 배급표만 있다면 가게에 들어가서 제한 없이 물건을 살 수도 있어. 이유 없이 체포되지도 않아. 옷에 노란별을 달았을 뿐, 사실상 일반 네덜란드인들과 같은 대우를 받고 있어.

하지만 네덜란드를 떠나지도 않았으면서 투표에 참가하지 않은 유대인들은 이제 포고령을 위반한 범법자가 되어 있어. 모두에게 포고령을 어긴 죄로 1인당 5길더[1]라는 현상금이 붙었지 뭐야. 우리 은신처에 숨어 있는 사람들을 모두 고발하면 40길더가 되는 셈이야. 포고령이 유대인들을 잡으려는 미끼라고 생각한 아빠의 의견이 반은 맞은 셈이지.

우리는 언제쯤 여기서 자유롭게 나갈 수 있을까? 역시 전쟁이 끝나고, 나치가 네덜란드에서 물러간 뒤에나 나갈 수 있겠지?

신문을 보면 히틀러가 한 발표가 종종 나와. 영국도 소련도 독일을 이기지 못하니, 조만간 전쟁이 끝날 거라는 거야. 자기는 유럽에 평화를 주고 싶은데 처칠 수상이 고집을 부리는 바람에 안 된다는 거지.

나는 독일이 정말 평화를 원한다면 자기가 먼저 네덜란드에서 물러나야 한다고 생각해. 네덜란드를 침략하지 않겠다고 한 약속을 어긴

---

1 전쟁 직후의 공식 환율로는 1달러 40센트 정도였다고 하는데, 전시 중의 특수한 상황임을 고려하면 현재의 화폐가치로 환산하기가 상당히 곤란하다.

게 자기 자신이니까. 자기부터 평화에 대한 의지를 행동으로 보여줘야 하지 않겠어?

1943년 12월 29일

키티, 상황이 점점 더 나빠지고 있어. 숨어있는 유대인에 대한 현상금이 10길더로 올랐고, 특별 신분증을 가진 유대인이 다른 숨어있는 유대인을 한 사람 고발하면 그 유대인의 가족이나 친지에게 특별 신분증을 한 장씩 추가로 발급해 준대. 그렇게 잡힌 유대인들은 모조리 베스테르보르크로 보내져.

이웃인 네덜란드인 뿐 아니라 동포인 유대인들까지 두려워해야 하다니, 정말 슬퍼. 여기서 더 나빠질 게 뭐가 있을까 염려가 돼. 그래도 우리 가족은 아직까지는 괜찮아. 조금 좁긴 해도 충분히 지낼 수 있는 공간과 조금 모자라긴 해도 굶주리지 않게 먹을 수 있는 음식이 있거든. 이야기를 나눌 가족도 있고 말이야.

사실 우리는 작년에 은신처로 숨기 전에 팔레스타인으로 떠날 수도 있었어. 하지만 가지 않았지. 익숙한 집을 떠나는 것도 싫었지만, 독일군에게 출발 허가를 얻으려면 가족 중에서 건장한 남자 1명씩을 노동자로 내놓아야 했으니까. 아빠를 두고 엄마랑 언니랑 나, 우리 셋만 안전한 곳으로 갈 수는 없었어.

이젠 차라리 독일이 이겨서 전쟁이 끝나면 저들이 만족하고 물러가지 않을까 하는 생각까지 들어. 영국이 전쟁을 포기하고 독일과 강화를 맺으면 여왕님도 독일과 화해하는 수밖에 없으실 테니까, 그러면 독일군도 기분이 좋아서 자기네 집으로 돌아가겠지.

1944년 1월 4일

키티, 미국이 일본을 언제쯤 쳐부술 수 있을까?

독일군은 승승장구하고 있어. 행크 씨가 종종 가져다주는 신문을 보면, 가끔 독일군이 패하는 기사가 실리기도 하지만 대개는 자기들이 어디서 크게 이겼다는 기사를 싣고 있어. 영국도 소련도 계속 지고 있다는 거야. 여왕님은 계속 영국에서 우리를 격려하시지만 힘을 낼 수가 없어. 희망이 보이지 않으니까.

언제 경찰이 은신처를 덮칠지 모른다는 걱정 때문에 요즘은 잠도 깊이 자지 못해. 우리에게 채소를 공급해 주던 채소장사 아주머니가 며칠 전 암거래를 한 죄로 체포되었어. 덕분에 우리는 음식을 그전보다 더 아껴 먹어야 하는 처지가 되었지. 배는 고프지만 견디지 못할 정도는 아니야.

더 무서운 건 언제 잡혀갈지 모른다는 두려움이야. 얼마 전에는 밤중에 창문으로 도둑이 들었는데, 빈집인 줄 알고 들어왔다가 인기척을 듣고는 허겁지겁 도망을 갔어. 경찰이 갑자기 들이닥친 줄 알고 놀랐던 우리도 기겁을 했지. 오늘 낮에는 은신처에 찾아온 코프하이스 씨가 문이 잘 안 열린다면서 문손잡이를 계속 흔드는 바람에 우리 모두 심장이 철렁 내려앉았었어.

투표 때 등록을 하지 않고 숨어 있었던 유대인에 대한 현상금은 이제 30길더로 올랐어. 남아 있는 유대인이 별로 없기 때문이지. 암스테르담 시내에 숨어 있는 유대인이 얼마나 될지, 나로서는 알 수가 없어. 독일로 끌려가지 않고, 특별 신분증을 받지도 않은 사람들은 거의 다 시외로 빠져나갔을 거라고 생각해.

유대인이 얼마 남지 않은 만큼 검색은 더 악랄해졌어. 암시장에 밀정을 들여보내서 숨어있는 유대인들을 찾기도 하고, 특별 신분증을 가진 유대인들을 앞잡이로 사용하기도 해. 그 사람들은 자기 가족을 위해 남의 가족을 팔아넘기는 거지. 우리 가족은 아예 다른 유대인들과는 접촉하지 않고 있어서 정말 다행이야.

1944년 4월 10일

키티, 지난번 투표 이후로 네덜란드인들이 유대인을 배신자라고 여길까봐 걱정하던 이야기 기억나니? 다행히도 그건 쓸데없는 걱정이었어. 모든 네덜란드인들이 독일인처럼 유대인을 혐오하는 세상은 아직 되지 않았거든. 대부분의 네덜란드인들은 그 투표 결과 자체를 조작이라고 생각한대. 1번이 많이 나왔다는 발표도, 정말로 1번이 많이 나와서가 아니라 애초에 정해져 있었다는 거지.

2번을 택한 사람들이 가장 많았다고 생각해 봐. 그러면 독일 정부는 여왕님께 항복 교섭을 제안해야 해. 하지만 여왕님은 투표 결과가 조작되었다고 생각하실 테니 당연히 독일이 보낸 교섭을 무시하실 테고, 독일인들은 망신만 당하겠지.

3번 안이 선정되어도 마찬가지야. 새 공화국을 세운다는 3번 안이 확정되면, 독일인들은 네덜란드 전역에 걸쳐서 후보자를 세우고, 선거를 치르고, 의회를 구성해서 정부를 수립하는 귀찮은 일을 해야 해. 그런 골치 아픈 일을 누가 하고 싶겠어?

하지만 결과가 1번이라고 하면, 독일군은 아무 일도 새롭게 할 필요가 없어. 지금까지 해 오던 것처럼 제국판무관부를 통해 네덜란드를 다스리면 그만이야. 결국 그 투표는 그저 네덜란드인들 사이를 갈라놓고 우리를 곯리려고 한 저들의 유희였던 거야. 우리가 반 년 가까이 고민한 일이 실은 독일인들에게 놀아난 행위였을 뿐이라고 생각하니 눈앞이 캄캄해.

1944년 5월 4일

키티, 오늘은 폭격이 있었어. 영국 공군은 작년까지만 해도 암스테르담을 전혀 폭격하는 일이 없었는데 올해는 벌써 여섯 번이나 왔어. 목표는 아무래도 항구인 것 같은데, 시민들도 피해가 많다고 해.

가끔은 우리 머리 위에 폭탄이 떨어지면 모든 고통이 한순간에 끝나지 않을까 하는 생각도 들어. 페터 때문에 마르고트 언니랑 겪는 갈등이나, 엄마와의 다툼 같은 것도 다 끝나겠지.

나는 지금 뭘 바라야 하는 걸까? 독일 공군이 증강되어서 영국 폭격기가 암스테르담에 오지 못하게 되기를 바라야 할까? 미군과 영국군이 전투를 벌여 독일군을 몰아내는 대신, 암스테르담도 로테르담[1]처럼 폐허가 되기를 바라야 할까?

하긴, 이런 종말을 맞이하기 전에 경찰에 체포될지도 몰라. 나는 요즘 밤마다 공포에 시달려. 우리가 지낼 수 있는 안전한 공간은 자꾸 좁아지고, 발밑에는 낭떠러지가 있고 머리 위에는 검은 구름이 있어. 다가오는 낭떠러지와 암흑을 보고 있으면 자꾸만 움츠러들어. 과연 우리가 갈 수 있는 곳은 어디일까.

---

1 로테르담은 독일군에게 항복을 거부하다가 1940년 5월 14일에 융단폭격을 받고 큰 피해를 입었다. 도심지 2.6㎢가 완전히 불타버리면서 시민 884명이 사망했고 85,000명에 달하는 이재민이 발생했다.

1944년 7월 17일

키티, 너와 만난 지도 벌써 2년이 되었구나. 전쟁이 시작된 지 3년이 되던 해였지.

5년 동안 전쟁이 계속되고 나니 이젠 전쟁이 끝난 뒤를 생각할 수가 없어.

전쟁이 끝나면, 전쟁이 끝나고 나치가 네덜란드를 떠난다면 어떻게 될까?

다행히 살아서 이 은신처를 나갈 수 있게 된다고 해도 무엇을 하면 좋을지 모르겠어.

아빠는 회사를 다시 운영하실 수 있을까? 나는 학교에 다시 나갈 수 있을까? 어쩌면 이 일대에서 살아남은 유대인 여자아이는 나뿐일지도 모르는데, 네덜란드인을 위한 학교에 나를 들여보내 줄까?

어쩌면, 어쩌면 전쟁이 끝나도 독일군이 계속 네덜란드에 주둔하면서 유대인들을 감시하고 억압할지도 모르겠다는 생각이 들어. 만약 그런 세상이 된다면, 우리는 영원히 이 이 은신처에서 나갈 수가 없겠지?

도와주는 친지들도 영원히 우리를 돌봐 줄 수는 없어. 과연 우리는 이 안에서 얼마나 더 버틸 수 있을까? 엄마와, 판 단 부인과, 그리고 가끔은 언니와 감정적으로 부딪힐 때마다 갈등하곤 해. 뒤셀 씨랑 한 방을 쓰고 있는 것도 정말 싫어. 정 방이 부족하다면, 차라리 페터랑 함께 지낸다면 모르지만…

가끔 아빠랑 언니와 함께 영어나 프랑스어 공부를 하고 책을 읽으면서 여유를 맛보기도 하지만, 곧 무력감과 공포감이 찾아와. 창문 밖 거리를 지나가는 순찰차가 내는 사이렌 소리를 들을 때마다 온몸에 소름이 돋고, 문가에서 소리가 날 때마다 흠칫거리며 모든 활동을 멈춰.

이게 사람이 사는 거라고 할 수 있을까? 도대체 언제쯤 끝이 날까?

"정말 무섭네요, 엄마. 정말 있었던 일이라고 믿어지지가 않을 정도예요."

이제 중학교에 들어간 미힐이 책장을 덮으며 몸을 떨었다. 아직 초등학교 2학년인 여동생 그레테도 소름이 끼치는 듯 할머니의 손을 잡았다.

"할머니, 독일 사람들은 지금도 유대인을 미워하나요?"

"그래. 지금도 미워한단다."

"그럼 우리가 독일에 가면 독일 사람들이 우리를 둘러싸고 때릴까요?"

그레테의 어린애다운 질문에 엄마 에반젤린이 미소를 지었다.

"아니, 그런 걱정은 할 필요가 없단다. 어디에 가든 우리는 분명히 네덜란드 시민이거든. 독일인들이 유대인을 싫어한다고 해도, 외국 국적을 가진 사람에게는 손을 대지 못해."

"휴우, 다행이다. 난 독일에 가고 싶지 않아요."

"널 억지로 독일에 보낼 사람은 아무도 없단다. 그러니까 걱정하지 않아도 돼. 잘 시간이 되었으니 그만 올라가서 자렴."

두 아이들은 고개를 끄덕이며 의자에서 내려왔다. 그리고 예의바르게 인사했다.

"안녕히 주무세요, 엄마. 안녕히 주무세요, 할머니."

"그래, 잘 자렴."

두 아이가 침실로 올라가자 할머니와 엄마는 미소를 지으며 서로를 마주보았다.

"저 아이들은 그런 비극을 겪지 않고 자라서 다행이어요, 엄마."

"그래, 저 아이들은 그런 이야기를 책 속에서 읽기만 하면 돼. 나 같은 사람에게는 아직도 현실이지만."

에반젤린은 어머니의 어두운 표정을 보며 어머니의 손을 잡았다. 그리고 맞잡은 두 손을 부드럽게 쓰다듬었다.

"전쟁이 끝난 지 50년이에요. 그런데 아직도 잊지를 못하세요?"

"머리로는 이해한단다. 전쟁은 이미 끝났고, 더 이상 유대인을 잡으러 다니는 나치 경찰이 없다는 사실도 알아. 이미 세상은 바뀌었고, 독일에서도 유대인이라는 이유로 비자 발급을 거절하지 않는 시대가 되었지. 하지만 내 몸은 저 다락방에서 보낸 3년 세월을 잊지 못한단다."

노부인은 깊게 주름이 진 얼굴을 벽 쪽으로 돌렸다. 안네 판 펠스가 옛 이름 안네 프랑크로 가족들과 함께 숨어 살았던 3년간의 기억이 그 벽 안에 있었다. 책장으로 위장한 비밀문은 여전히 책과 서류철을 가득 담고 있었다.

"모두 손 들엇! 반항하면 사살하겠다!"

공포에 떨면서 오지 않기만을 기다렸던 그 날이 찾아온 것은 은신처로 들어간 지 3년이 다 되어 가던 1945년 8월 11일이었다.

"이거 정말 오랜만인데? 아직도 암스테르담 중심부에 숨어 있는 유대인이 있었을 줄이야. 이봐, 5분 안에 짐을 싸도록 해! 네놈들은 모조리 수용소로 갈 테니까!"

나치 단속반원들은 싱글거리며 프랑크 일가를 다그쳤다. 누군지는 알 수 없지만, 그들의 위치를 알고 있는 누군가가 게슈타포에게 밀고한 것이다. 유대인 1인당 250길더까지 오른 포상금 때문에.

"호, 이봐, 프랑크 씨. 이거 당신 증명서 맞소?"

은신처에 들이닥친 나치 장교 중 하나가 작은 액자에 든 아버지 오토 프랑크의 독일제국군[1] 전역 증명서를 손에 들고 있었다. 아버지가 조용한 목소리로 대답했다.

"그렇소."

"제국군 포병 중위 출신이라. 어떤 전투에 참전했었소?"

"솜[2]과 캉브레[3]에 있었소."

"나도 두 전투 모두 참가했소. 격전이었지. 이번 전쟁과는 달랐어."

프랑크 씨와 비슷한 연배인 듯, 나이 지긋해 보이는 나치 장교는 전역 증명서에 붙은 프랑크 씨의 철십자 훈장[4]을 만지면서 뭔가 회상에 잠겼다. 잠시 후 고개를 든 장교가 부하들에게 지시했다.

"이들에게 짐 싸는 시간으로 1시간을 주겠다. 밑에도 그렇게 알려."

"예? 하지만 소령님, 그건…."

"말이 많다!"

"아, 예, 알겠습니다."

나치 장교의 '배려' 덕분에 프랑크 일가와 판 펠스 일가는 모든 귀중품을 챙겨 나갈 수 있었다. 그리고 베스터르보르크 임시 수용소는 거의 비어 있었기 때문에 그들 가족끼리 안정된 공간을 확보할 수도 있었다. 사실 이는 네덜란드에 거주하는 유대인, 그중에서도 특별 신분증

---

1 독일 제2제국(1871~1918)의 군대.

2 1916년 7월 1일부터 11월 18일까지, 프랑스 솜 지방에서 영국군이 독일군을 공격하면서 벌어진 격전. 양군이 낸 사상자 수 총합이 120만에 달한다.

3 1917년 11월 20일, 영국군의 공세로 벌어진 전투. 최초로 전차가 집중 운용되어 적 전선을 돌파한 전투로 유명하다.

4 독일군에서 지급하는 무공훈장. 오토 프랑크는 실제로 1차 대전에서 철십자 훈장을 받았다.

으로 거주등록을 갱신하지 않은 일반 유대인이 이미 거의 전멸했음을 의미했다.

이들은 이곳에서 언제 독일로 끌려갈지 모르는 채 공포에 떨어야 했다. 이들을 체포하러 온 나치들과 함께 있던 네덜란드 경찰관이, 16세가 넘는 유대인은 독일에 있는 노동수용소로 보내지고 16세를 넘지 않은 아이들은 재교육 수용소로 보내질 거라고 귀띔을 해줬던 것이다. 재교육 수용소에서는 유대인 아이들을 아리안족으로 다시 키워낼 거라고 했다. 이들은 가족이 갈라질 거라는 사실이 무엇보다 두려웠다.

"모두 짐 들고 나와!"

꼬박 1주일 동안을 갇혀 있은 뒤에 갑자기 옥사(獄舍)의 문이 열렸다. 여덟 사람이 주저주저하면서 문 밖으로 나서자, 뜻밖에도 이들을 체포했던 바로 그 소령이 눈앞에 서 있었다.

"석방이다."

"석방이라고요?"

가족들 모두가 귀를 의심했다. 은신처를 뒤져서 사람을 잡아온 게 겨우 1주일 전인데, 풀어준다고? 도대체 왜? 독일로 끌고 갈 거라면서?

가족들의 침묵을 앞에 두고, 소령은 간단하게 그 이유를 알려주었다.

"나흘 전 전쟁이 끝났다. 총통께서 지시하시기를, 아직 독일로 이송되지 않은 타 국적 유대인들은 그대로 주재국 정부에 신병을 인도하고 처분을 일임하라고 명령하셨다. 너희는 네덜란드 국적이니, 이대로 석방이다."

전쟁이 끝났다. 이제 자유다. 믿기지 않는 소식 앞에서, 안네를 비롯한 언니, 아버지, 엄마 등 8명의 유대인들은 아무 생각도 하지 못했다.

3년간의 고생, 그리고 마침내 얻은 자유 앞에서. 멍하니 서 있는 그들 앞에서, 소령이 잠시 생각하는 것 같더니 살짝 미소를 지어 보였다.

"축하한다, 프랑크 일가."

"정말이지 저 같으면 이 집에 발도 들여놓지 않았을 거예요. 이 집을 보기만 하면 그 고통이 생각났을 테니까요."

"나도 그럴 생각이었지. 하지만 그럴 수가 없었단다. 여기는 내가 가장 잊을 수 없는 시기를 보낸 곳이자, 네 아버지를 만난 곳이기도 하니까."

전쟁이 끝난 뒤 프랑크 씨는 사업을 다시 시작했다. 은신처가 있는 건물은 원래 회사 사무실로 쓰던 곳이므로 사무실로 되돌렸고 가족들은 본래 집으로 돌아갔다.

하지만 프랑크 씨가 1980년에 노환으로 사망하자 회사를 청산한 가족들은 한때 자기들이 숨어 살았던 그곳으로 돌아왔다. 그리고 후손들에게 자기들이 겪은 일을 알려주었다.

"그런데 엄마, 등장하는 사람들 이름을 가명으로 한 거야 사생활 문제가 있으니 어쩔 수 없었겠지만요, 아버지랑 있었던 일들은 왜 삭제하셨어요? 엄마가 성숙해가는 내면을 묘사한 부분들도 그렇고요. 그런 소소한 이야기들이 있으면 훨씬 인간미 있어 보이는 책이 됐을 거예요."

"생전에 네 아버지가 부끄러우니 밖에서 자기 이야기는 책에서 빼달라고 하도 호들갑을 떨어서 말이다. 그리고 우리 아버지, 그러니까 네 외할아버지가 옛날 분이다 보니 어쩔 수 없는 부분도 있었어. 자기 딸이 가지고 있던 성적인 흥미를 묘사하는 대목을 다른 이들이 가십거리로 삼는 광경은 도저히 못 본다며 지워야 한다고 강경하게 주장하셨었지."

"그럼 외할아버지가 돌아가신 뒤에 그 내용을 넣은 개정판을 내실 수도 있었잖아요?"

"네 외할머니가 계셨잖니. 외할머니는 책을 새로 내겠다니까 '네 아버지를 무시하겠다는 거냐'면서 무척 싫어하셨거든. 망설이는 사이 네 아버지가 먼저 세상을 뜨고 그 다음에야 네 외할머니가 저 세상으로 가셨지."

"그럼 이제 제대로 된 솔직한 일기를 출간하실 수 있겠네요."

"그렇지 않아도 원고를 정리하는 중이란다. 주석도 좀 달고 해야 요즘 사람들이 내용을 이해할 수 있을 테니까."

"하긴 그런 부분도 필요하죠. 어머, 벌써 12시네요. 저도 이만 자야겠어요. 안녕히 주무세요, 어머니."

"그래, 잘 자렴."

노부인은 딸을 침실로 보낸 뒤 조용히 책장 형태를 한 비밀문을 열고 계단으로 들어섰다. 50년 전 침실로 쓰던 작은 방에 들어선 노부인은 과거를 회상했다.

그래, 힘든 나날도 있었지만 행복한 나날도 있었어. 전쟁은 힘들었지만 전쟁이 끝난 뒤에는 결국 지나간 고생을 보상하듯 행복한 시간이 다시 돌아왔으니까.

이곳 네덜란드에서도 친독 성향을 가진 반유대주의자들이 전쟁 전보다 늘어나기는 했지만, 그런 자들은 어디까지나 극소수인 사회 내부의 불평분자들일 뿐이었잖아. 내일은, 내 손자손녀들에게는 지금보다 더 좋은 세상이 올 거야.

조용히 옛 침실 문을 닫은 안네는 다시 거실을 향했다. 계단을 내려서며 이번에는 처음 책을 내게 되었던 때를 떠올렸다.

전쟁 중에 쓴 일기를 정리한 〈Het Achterhuis(은신처)〉는 전쟁이 끝난 지 10년 뒤에 출간되었다. 언젠가 책으로 내겠다는 소망은 이루어졌지만, 부모님과 남편의 압력 때문에 여기저기가 삭제된 채로 발매되었기 때문에 평은 그리 좋지 못했다.

"혹시 내가 독일 수용소에서 죽었다면 비극성이 추가되어 책이 더 유명해졌을지도 모르지."

잠시 쓸쓸한 표정을 짓던 안네는 곧바로 고개를 저으며 입가에 미소를 지었다. 책이 유명해지면 좋았겠지만 그래도 죽는 게 나았다고 생각하지는 않았다. 그녀는 살아남았고, 그 자체로 충분히 칭송받을 가치가 있었다.

잠시 창밖을 보던 안네는 책상에 앉아 타자기를 두드리며 원고를 정서하기 시작했다. 어서 정리해서 출판사에 보내야 했다. 꽤 전부터 독촉이 심했다. 게다가 이번에 내는 〈완전판〉 은신처가 시장에서 어떤 반응을 불러일으킬지, 안네 본인으로서도 기대가 되는 터였다.

30장
모든 게 끝났…나?

1

"오빠, 일어나! 일어나라고! 벌써 6시란 말이야! 아까부터 계속 조금만 더 잔다고 하고!"

누군가 자꾸 내 귓가에서 소리를 지른다. 어린, 아니 10대 중반쯤 되는 여자애 목소리. 엘사나 베르타는 아닌데. 간호사인가? 비행기 추락 때문에 의식을 잃은 나를 깨우려고 하는 건가? 그런데 신기하게도 독일어가 아니라 한국어로 날 부르고 있다. 여긴 1945년 독일인데 설마 한국어일리가. 잘못 들은 거겠지.

"오빠! 오빠! 오빠~~~아!"

듣다 보니 어쩐지 귀에 익은 목소리다. 그러고 보니 좀 이상하다. 오빠라고? 난 독일 제3제국을 다스리는 총통이야. 절대적인 힘을 쥔 권력자라고. 그런데 내 귀에 대고 저렇게 무엄하게 고함을 지르는 어린 여동생이 있단 말인가?

비몽사몽간에 들려오던 고함소리는 어느 순간 갑자기 뚝 그쳤다. 내 귓가에 소리를 지르던 여자애는 무슨 생각을 했는지 침대 위에 걸터앉았다. 그리고 옆으로 누워 있는 내 어깨를 뒤에서 부드럽게 쓸어내리며 잔잔한 목소리로 말을 건넸다.

"오라버니~오라버니~? 외출하기 위한 준비를 시작하실 시간이 되었사와요~어서 일어나서 친구분들 뵈러 가셔야지요? 소녀가 한 시간 간격으로 벌써 세 번째 깨워드리고 있사옵니다~."

이런 말투는 매우 오래 전에 들어본 적이 있다. 하지만 실생활에서 들어본 적은 한 번도 없다. 라노베나 애니 자막에서나 볼 수 있었지. 잠깐, 라노베? 애니? 한국어?

나도 모르게 몸이 꿈틀거리고 팔이 앞으로 뻗었다. 잠에 취한 듯 제대로 돌아가지 않던 뇌도 점점 삐걱거리며 프로세스를 진행하기 시작했다. 마치 이런 내 움직임에 보조를 맞추듯이 이 어딘가 익숙하면서 낯선 목소리를 내는 여자애도 목소리에 힘을 주었다.

"오라버니~오라버니~제발 일어나세요~. 그리고 친구분들과 즐거운 시간을 보내시어요~."

이 말을 듣는 순간 머릿속에 번쩍 하고 번개가 치더니 그대로 눈이 떠졌다. 내 눈앞에 나타난 벽은 내가 기억하는 총통관저 내 방에 있는 목재 벽이 아니었다. 콘크리트 벽에 발라진 실크 벽지, 이미 기억도 흐릿해진 서울에 있는 내 방 벽지였다!

"오빠, 일어났지? 그럼 나 내 방으로 간다? 알아서 잘 나가고 약속은 꼭 지켜!"

내가 눈을 뜨자 나를 깨우던 여자애가 일어섰다. 그리고 나는 그 목소리가 누구 목소리인지 깨달았다. 4년 전 내가 낮에 잠시 게임을 하다 말고 낮잠이 들었을 때, 2시간 뒤에 깨워달라고 했던 상대. 바로 2016년 서울에 있을 내 여동생이었다. 나도 모르게 비명이 터졌다.

"다, 당신 누구야!"

2

그래, 지난 4년 동안 자다 깬 건 수천 번이고 기절했다가, 혼절했다가, 의식을 잃었다가 정신을 차린 게 수백 번이었지만 단 한 번도 집으로 돌아가지 못했다. 의식을 회복하면 언제나 베를린이었고 총통관저였다. 나는 히틀러가 되었고, 죽을 때까지 그 정체성을 가지고 살아야 한다고 각오했다.

그런데 지금 여긴 어디? 서울? 우리 집? 내 방? 내 눈앞에 있는 여동생? 아냐, 설마 돌아왔을 리가 없어. 이건 꿈일 거야. 그래, 비행기가 추락하면서 하도 큰 충격을 받아서 꿈을 꾸고 있는 거야.

내가 부들부들 떨고 있자 동생은 인상을 찌푸리더니 왼손으로 자기 얼굴을 더듬었다. 뭐 묻었는지 확인하나? 아무 것도 안 묻고 깨끗한데, 왜 저러지? 동생은 자기 얼굴을 만진 손을 뚫어져라 들여다보더니 갑자기 버럭 짜증을 냈다.

"기껏 깨워주니까 웬 헛소리야? 얼른 옷 챙겨 입고 나가. 6시에 약속이라며? 지금 6시야."

"약속? 6시?"

나는 멍청하게 동생으로부터 들은 말을 그대로 되뇌었다. 내가 6시에 사람을 만나러 나가기로 했다고? 그래, 그 말을 듣고 생각해 보니 확실히 외출 약속이 있기는 했던 것 같다. 하지만 어디서 누굴 만나기로 했는지, 그런 건 하나도 기억나지 않았다. 그보다는 4년 만에 내 방을 다시 보면서 느끼는 감흥이 훨씬 컸다.

내가 넋이 나간 얼굴로 방 여기저기를 보고 있으려니 동생이 기가 막힌다는 표정을 지으며 옆에 서 있었다.

그래, 어쩌면 쟤는 내 동생이 아닐 수도 있어. 우연히 동생이랑 닮은 동양인이 베를린에 온 거지. 오빠 운운하는 건 내가 잘못 들었을 거야. 여긴 병원인데 우연히 서울 내 방과 닮은 거고. 슈문트 대령을 불러오면 사태가 명확해지겠지. 일단 여기가 어딘지 물어보기나 하자.

"여긴 어디지? 당신은 일본인인가? 슈문트 대령은 어디 있나!"

"…마니아질하다가 드디어 정신이 나갔구나. 오빠, 이제 자기가 누군지도 몰라? 나보고 일본사람이냐고? 그리고 슈문트는 또 누구야?"

잘못 들은 게 아니다. 분명히 날 '오빠'라고 불렀다. 아돌프 히틀러를 오빠라고 부를 수 있는 사람은 세상에서 단 하나, 히틀러의 여동생 파울라밖에 없는데…. 내 눈앞에 있는, 키 크고 마르고 머리가 까만 이 동양인 소녀가 파울라일 리는 절대 없다. 파울라 히틀러는 49살이나 먹은 게르만 아줌마니까. 게다가 슈문트가 누군지도 모른다고? 그럼, 여긴, 여긴…!

"내 수석부관인 슈문트 대령을 모른다고? 그럼, 그럼 여긴, 정말로, 베, 베를린이 아니란 말인가? 서울? 서울? 정말 서울? 어서 대답하라!"

나는 애가 타서 죽을 지경인데 '동생'은 내 기분은 아무렇지도 않은 모양이었다. 그저 자기를 귀찮게 해서 짜증이 치솟는데, 무슨 이유에서인지는 몰라도 억지로 참고 있다는 태도만 확연했다.

"점점… 아, 장난 재미없으니까 그만해. 얼른 나 치킨이나 시켜 주고 옷 입고 나가라고. 괜히 내가 안 깨웠네 어쩌네 나중에 딴소리하지 마!"

동생은 신경질을 내며 일어섰다. 당황한 내가 침대에 앉은 채 동생을 붙들려고 했지만 반쯤 멘탈이 붕괴된 상태인 내 입에서는 제대로 된 논리정연한 문장이 나가지 않았다.

"아, 아니! 저, 그대, 아니, 당신, 아, 여기, 아, 여기!"

"아 그만하라고!"

동생이 문을 열어젖히고 방에서 나가려는 참에 어디선가 웅 하는 진동음과 덜덜거리며 책상을 두드리는 소리가 들렸다. 막 나가려던 동생이 소리가 울리는 방향을 쳐다보았지만 나는 소리가 나든 말든 신경도 쓰지 않았다. 저딴 소리가 어디서 나는지 확인하기보다 내가 지금 어디 있는지 확인하는 게 더 필요했다.

"오빠, 전화 왔잖아. 전화 받아."

"전화? 전화기가 어디 있단 말인가?"

동생이 내게 전화 받기를 채근했다. 하지만 그 말에 깜짝 놀라 방 안을 둘러보아도 전화기같이 생긴 것은 찾아볼 수 없었다. 내가 두리번거리기만 하고 있으니 동생이 발끈하더니 책상 위에 있는 납작한 유리판을 집어 들어 내 코앞에 들이밀었다.

"자, 여기 있어. 됐지? 그럼 전화 받아."

"이게 전화기라고?"

눈앞에 있는 파란 금속과 까만 유리로 만들어진 납작한 물건은 계속 진동하면서 빛과 소리를 토했다. 생각났다. 이건 분명 내 스마트폰! 지난 4년 동안 한 번도 보지 못하고 꿈에서만 그리던 물건이 분명했다.

말로 형언할 수 없는 감정이 북받쳤다. 〈마왕〉이라는 이름과 거대한 코뿔소 머리가 번쩍이며 어서 내 분노를 받으라고 콧김을 뿜고 있는데도 손이 움직여지지 않았다. 참다못한 동생이 전화를 받았다.

– 야 이 새끼야! 식당 예약 네가 해 놓기로 했잖아! 지금 자리 없어서 자리 날 때까지 30분은 기다려야 한다고!

동생이 스크롤을 밀자마자 대뜸 고성이 터져 나왔다. 동생은 화들짝 놀라 전화기를 귀에서 뗐는데, 소리가 얼마나 큰지 한 걸음 떨어져 있는 내가 귀가 멍할 지경이었다.

동생은 멍해진 상태로 자기만 쳐다보고 있는 내 얼굴을 힐끔 보더니 뭐라고 혼잣말로 투덜거리다가 전화기를 얼굴로 가져갔다. 그리고 방금 전 나한테 소리 지르던 때와 전혀 다른 애교스럽고 발랄한 목소리로 통화를 시작했다.

"아, 마왕님이세요? 지금 전화 받은 거 오빠 아니고 저예요. 오랜만에 뵙네요."

– 아! 이런, 실례했습니다. 뮐러, 아니 오빠 분 좀 바꿔주시겠습니까?

무슨 생각인지는 모르겠지만 동생이 전화기를 스피커로 켜 놔서 통화 내용이 다 들렸다. 방금 전까지 내게 고함을 지르던 낯선 여고생은 어디로 갔는지, 생글생글 웃으며 통화를 하는데 정말 어처구니가 없었다.

"오빠가 지금 상태가 안 좋아요. 아무리 깨워도 눈을 안 뜨더니 겨우 일어나서는 뚱딴지같은 소리만 하네요? 잠이 덜 깬 모양인데 얼른 정신 차리게 해서 보낼게요. 모임 장소가 명동 개벽 맞죠?"

– 네 맞습니다. 얼른 좀 보내주세요. 이놈이 예약을 빵꾸내는 바람에 아주 그냥~!

"네! 많이 혼내주세요!"

– 네, 동생분께서 허락하셨으니 아주 많이 혼내주겠습니다. 동생분

도 나오시죠?

"어, 저도 나가도 되나요? 오빠들 모임인데. 그리고 전 전쟁사 같은 거 잘 모르는데요."

갑자기 동생이 눈에서 광채를 발했다. 대화를 나누다 말고 입꼬리 한쪽이 비스듬하게 올라가더니, 입안에 침이 고이는 게 보였다.

― 아니에요, 나오셔도 됩니다. 벌써 몇 번이나 한번 모시고 나오라고 했는데 뭘러 놈이 죽어도 싫다고 매번 혼자만 나오지 뭡니까. 그럼 이따 뵐게요~.

동생이 전화를 끊는데 저쪽에서 '나와? 나온데?'하면서 환호하는 소리가 똑똑히 들렸다. 최상급 게르만 미녀 둘을 3년 동안 옆에 두고 살아선지 여자애 하나 나온다고 저 난리를 치는 인간들이 무척이나 미련하고 덜떨어져 보였다.

동생은 나오라니까 기분이 좋은지 큭큭거리고 웃으면서 나를 보는데, 난 아직도 저게 정말 내 동생인지, 그리고 여기가 우리 집이 맞는지 확신이 가지 않았다. 동생과 '마왕님'이 나누는 이야기를 듣다 보니 확실히 낮잠을 자기 전에 저녁 약속이 있었던 기억이 난다. 2차 대전 동호회, 블랙 크로스 모임이 명동에서 있었다.

하지만 빨리 나오라고 채근하는 전화가 지금 멤버들한테서 온다고 해서, 내가 정말로 낮잠 자고 일어난 것뿐이라고는 할 수 없다.

나는 히틀러로서 비행기를 타고 가다가 추락사고로 인해 중상을 입고 혼수상태에 빠진 무의식 상태에서 서울 집을 꿈꾸고 있는지도 모르지 않나. 집에 왔다고 막 좋아하다가 '아 씨발 꿈이었네'하면서 병원 침대에서 깨어나면 어쩌란 말인가.

내가 고민에 빠져 있는데, 갑자기 한숨 소리가 들렸다. 고개를 들었더니 동생이 내 앞에 선 채 인상을 팍 찌푸리고 있었다. 동생은 뭔가 신경 쓰이는 일이 있는 듯 잠시 혀를 차더니, 내 손목을 붙잡아 그대로 침대에서 끌어냈다.

"아 뭐해? 얼른 옷 입고 나가야지! 머리 감을 시간은 없으니까 얼른 빗질이라도 해!"

무슨 영문인지 침대 속이지만 나는 청바지 차림이었다. 덕분에 민망한 꼴은 면했다. 혹시라도 팬티바람으로 누워있었으면 동생 앞에서 좀 민망했을 텐데 다행이다.

동생은 내 위아래를 쓱 훑어보더니 몸을 돌려 책상 구석에 있는 빗을 찾아 들고 오면서 잔소리를 했다.

"거울 좀 보고, 머리도 좀 자기가 빗고! 언제까지 내가 챙겨줘야 돼? 이러니까 연애도 못 하지!"

내가 모쏠이었던 건 나도 안다. 그런데 방금 전까지만 해도 내 양옆에 엘프가 있었다고! 보고 싶은 엘사, 베르타! 하지만 그런 소리를 지금 해 봐야 씨알도 먹힐 것 같지 않았다.

나는 동생에게 아무 반박도 못 하고 끌어다 앉히는 대로 의자에 앉았다. 그런데 동생이 든 빗이 내 머리카락을 마구 잡아 뽑기 시작하자 갑자기 수염 생각이 났다. 무의식적으로 입가를 만져보고 나도 모르게 고함을 질렀다.

"내 수염! 내 수염 어디로 갔나?"

히틀러식 코밑수염은 솔직히 마음에 들지 않는 스타일이다. 하지만 지난 4년간 나는 그 수염으로 자신의 정체성을 잡아야만 했다. 그것이 갑자기 사라졌다고 생각하니 허탈했다. 지난 4년이 송두리째 사라진 느낌이 들어 한숨을 쉬는데 양말 뭉치 하나가 머리에 맞았다.

"수염 기르지도 않으면서 뭔 헛소리야. 닥치고 얼른 양말이나 신어."

서랍을 열어 꺼낸 양말을 내게 던져준 동생은 그대로 밖으로 나갔다. 많은 것이 너무 갑자기 바뀌다 보니 분명히 내 양말인 걸 알겠는데도 손이 나가지를 않았다. 또 멍하니 앉아 있는데 동생이 다시 들어왔다. 자기 방에서 화장을 하고 온 듯 얼굴이 깔끔하게 손질되어 있었다. 동생은 아무 것도 하지 않은 나를 보고 인상을 팍 썼다.

"여, 여기 내가 사는 집 맞나? 그리고 정말 네가 내 동생…?"

"얼른 나가야 되는데 아직도 헛소리야? 이제 그만 좀 해, 쫌!"

내가 주저주저하면서 막 질문을 하려는데 동생이 빽 소리를 질렀다. 나는 침을 꿀꺽 삼킨 다음 용기를 내어 질문을 던졌다.

"아니, 여기 정말 집 맞냐! 너는 내 동생이 맞아? 그리고 내가 왜 여기 있지? 나는 분명히 5분 전까지 독일 제3제국을 통치하는 총통이었단 말이야!"

"제3제국 좋아하시네. 빨리 거기 있는 양말 안 신어? 빨리 신어! 지금 당장 나갈 준비하지 않으면 오늘 집에 들어오지 않는 편이 나았다고 후회하게 만들어 줄 테니까!"

동생은 내 질문을 가차 없이 무시했다. 게다가 동생은 키도 크다. 물론 내가 일어서면 나보다 작지만 침대에 앉아 있는 나보다는 훨씬 크다. 그렇게 높은 자리에서 인상 팍팍 쓰고 내려다보면서 소리를 지르니까 솔직히 쫄렸다. 반항해 볼까 생각하면서 잠시 입을 우물거렸지만 아무래도 하지 않는 게 좋을 것 같았다. 나는 고개를 푹 숙이고 양말을 신었다.

꿈인지 현실인지도 알 수 없는 상황에서 동생에게 갈굼을 당한다고 생각하자 두 손이 부들부들 떨렸다. 하지만 동생은 내 기분이야 어쨌건 그저 외출준비가 다 된 것만 기쁜지, 안도의 한숨을 쉬며 나를 현관으로 잡아끌었다.

그런데 현관까지 나가서 막 신을 신으려는데 동생이 입은 핫팬츠와 거의 팬티선까지 드러난 하얀 다리가 갑자기 눈에 들어왔다. 동생이 입은 숙녀답지 못한 복장을 보자 느닷없이 분노가 치밀었다.

"아니, 그러고 보니 너 옷차림이 왜 이래? 어떻게 이런 저속한 복장을 입었냐? 맨다리를 다 드러내고 겉옷도 안 입고, 네가 클럽 댄서야? 속옷이나 다름없는 옷을 입고 대낮에 밖에 나가겠다고? 너 미쳤냐! 너 같이 입은 년하고는 창피해서 같이 못 다녀!"

"아, 닥치고 잠 좀 깨!"

3

"어머 오빠 분들 죄송해요~ 저희 오빠가 오늘 상태가 좀 많이 안 좋네요. 계속 횡설수설해서 데리고 나오는데 애를 좀 먹었어요."

"아, 괜찮습니다! 어서 앉으세요!"

모임 장소인 명동에 소재한 중국음식점 2층 별실에는 뉴비인 고등학생부터 올드비인 30대 중반까지 8~9명이나 되는 남자들이 가득 들어차 있었다. 원탁을 사이에 놓고 앉아 뭔가 자기들만의 이야기로 왁자지껄하게 떠들어대고 있던 이 밀덕후들은 내 얼굴을 보고는 잡아먹을 듯이 으르렁대더니 동생 얼굴을 보고는 180도 태세를 전환해서 알랑방귀를 뀌어댔다. 동생 역시 내숭질을 시전했다. 그리고 불벼락은 나한테만 떨어졌다.

"감히 이렇게 착한 여동생에게 수고를 끼치다니! 기꺼이 저희가 대신 혼내드리겠습니다. 야, 뭘러! 너 이리 좀 와봐!"

내가 뭐라고 항변할 틈도 없이 형들 셋이 날 붙들고 커다란 연회용 원형 테이블 반대편으로 끌고 갔다. 동생이 '계획대로'라는 표정을 지으며 씩 웃는 모습이 보였다. 오는 동안 나 때문에 곤욕을 좀 치렀는데 그걸 앙갚음할 기회라고 여긴 모양이다.

사실 여기까지 오는 길에는 정말 수많은 난관들이 있었다. 일단 아파트 현관을 나서자마자 4년 만에 보는 빌딩 숲을 보고 내 발이 굳어버렸다. 한참 만에 겨우 발을 떼어놓기 시작했더니 동생처럼 헐벗은 여자애들이 거리에 넘쳐났다.

팬티가 보일까말까 하는 미니스커트나 핫팬츠에 나시티를 입은 애들에게 내가 삿대질을 하려고 하자 동생은 그대로 내 입을 틀어막은 다음 끌면서 도망쳤다. 그러면서 이 새끼 미쳤냐고 나한테만 들릴 정도로 욕지거리를 퍼부었다.

지하철을 탈 때도 문제가 있었다. 4년 만에, 기술적으로는 70년 만에 전철을 타려니 일단 게이트를 통과할 수가 없었다. 전철 타는 법을 잊어버린 내가 눈만 멀뚱멀뚱 뜬 채로 서 있자 동생이 내 핸드폰 케이스에서 끼워 놓은 체크카드를 꺼내 개표기에 체크를 하고 밀어 넣어야 했다. 당연히 다른 승객들이 움직이는 데 방해가 되었다. 동생은 전철을 타고 오는 내내 이 말을 입에 달고 다녔다.

"죄송합니다, 죄송합니다! 저희 오빠가 생긴 건 멀쩡한데 뇌에 장애가 있어서 일상생활을 제대로 못 해요. 양해 부탁드립니다! 정말 죄송해요!"

내가 1945년에 있다가 2016년으로 복귀했다는 사실을 스스로 깨달을 만큼 적응기간을 가졌다면 좀 나았을 거다. 하지만 70년이라는 세월을 갑자기 초월하는 건 너무 힘들었다. 본의 아니게 길을 가로막고,

다른 사람과 부딪혀도 눈치 채지 못할 만큼 멍해 있기 일쑤였다. 4년 동안 길가다 비킬 필요가 없는 상황으로 살았는데 어쩌겠는가. 내가 나서기만 하면 없던 길도 생겼던 4년이었다.

오는 동안 생겼던 온갖 트러블은 동생이 나 대신 사과하면서 수습했다. 고생한 데 대한 대가라고 생각하는지, 동생은 벌써 테이블 위에 놓인 요리들을 신나게 자기 개인접시에 퍼 담고 있었다. 먹기 위해 산다는 신조를 실천에 단단히 옮길 심산인 모양이었다.

동생 옆에 마침 볼프강 형이 앉아서 이야기를 걸고 있었는데 설마 수작부리는 건 아닌가 싶었다. 주변이 하도 시끄러워서 그쪽에서 오가는 이야기 소리는 들리지도 않았다.

4

중국집 오프는 오랜만이라서인지 다들 술잔을 부딪혀가면서 신나게 먹었다. 다만 나는 선뜻 손이 가지 않았다. 4년 만에 보는 '한국식' 중국음식이다 보니 무척 먹고 싶었지만, 4년 동안 독일 음식만 먹고 살았더니 이쪽 음식 맛이 낯설어져버렸다. 게다가 4년 만에 만나는 회원들 얼굴 보면서 저게 누구더라 기억해 내는 것만으로도 바빴다. 예약 안한 것 때문에 갈굼 좀 당하고 나서는 별 터치도 없었으므로, 조용히 남들이 하는 이야기를 듣기만 했다.

내가 아는 사람들, 즐거운 추억을 가진 사람들이 먹고 마시며 즐겁게 이야기하는 모습을 보니 확실히 내가 2016년으로 돌아왔다는 사실이 실감났다. 엽차는 뜨거웠고 배갈은 독했다. 입술을 꼬집어보니 확실히 아팠다. 꿈은 아닌 모양이었다.

그런데 듣다 보니 사람들이 하는 이야기가 좀 이상했다. 영국 본토 항공전까지는 내가 아는 이야기들을 하는데, 묘하게 그 뒤부터 내가 아는 내용과 다른 이야기들을 나누기 시작하는 게 아닌가.

"만약에 말이야, 히틀러가 모스크바 전방에서 절대사수를 명령했으면 어땠을까요? 제가 보기엔 히틀러가 죽어도 버티라고 했으면 진지 붙들고 버티면서 전선 유지하는 게 가능했을 것 같거든요. 동계장비도 일찍 보급했고, 진지도 축성해놓고 있었고요."

뭔 소리야? 동계장비를 일찍 보급해? 모스크바 정면에서 동복이 없어서 러시아인들 민가에서 뺏은 시트랑 여자 옷가지 겹겹이 두르고 다닌 게 독일군인데? 그리고 유연한 후퇴 허용? 그건 도대체 어느 세상 히틀러 이야긴가?

"히틀러가 겁을 먹어서 그랬겠지. 41년 12월부터 히틀러가 수립한 전략을 보면 무척 소극적이야. 꼭 이 전쟁은 이길 수 없다고 미리 선을 긋고 싸우는 것 같단 말이지. 모험을 걸어 볼 만한 상황에서도 공세를 펼치지 않고 수세로 일관하고, 공개적으로 평화협상 제안하고."

평화협상이라니? 히틀러는 영국 본토 항공전 개시하기 전에 영국 쪽에 제안한 거 말고는 평화협상을 제안한 적이 없을 텐데? 전쟁 후기로 갈수록 히틀러는 외곬수가 되어 '승리 아니면 죽음!'을 외쳤다. 그런데 평화협상이라니…?

한 마디 하고 싶었지만 다른 멤버들, 나보다 밀덕력이 압도적인 형들도 아무 말 안 하는데 내가 뭐라고 하기는 좀 그래서 가만히 있었다. 내가 갈등하는 사이 이야기 주제는 어느새 독일-일본 관계로 옮겨가 있었다.

"독일이 일본과 손을 단호하게 끊은 건 정말 잘 한 일이야. 덕분에 미국이 겨눈 창끝이 유럽을 향하지 않았거든. 유럽이 만약 일본처럼 폭격을 맞았다고 생각하면, 끔찍하다 야."

독일이 일본과 손을 끊어…? 그게 무슨 소리야? 앞에 나온 이야기들은 그냥 듣고 넘겼지만, 이 이야기까지는 도저히 그냥 듣고 있을 수가 없었다.

"마왕형, 독일이 일본이랑 손을 끊긴요? 일본이 진주만 폭격하자마자 히틀러가 부하들이 전부 반대하는 거 무시하고 미국한테 공개적으로 선전포고했잖아요? 그리고 한 번도 패한 적이 없는 동맹국이 생겼다면서 좋아했는데?"

마왕형은 코뿔소 뿔같이 생긴 커다란 코로 흥 하고 콧바람을 크게 불더니 갓난애 머리통만한 주먹으로 내 머리를 쥐어박았다.

"임마! 그런 말도 안 되는 소리는 어디서 듣고 온 거야? 독일은 미국한테 선전포고 따위 하지도 않았어. 전쟁 기간 내내 둘이 얼마나 짝짜꿍이 잘 맞았는지 알기나 해?"

둘러앉아 있던 다른 멤버들도 당연한 이야기라며 고개를 끄덕거렸다. 독일은 일본과 동맹을 맺었으면서도 막상 일본이 일을 벌이자 일본을 버렸다고, 일본은 그 누구로부터도 도움을 받지 못하고 혼자서 미국과 싸웠다고 말이다.

"그놈들이 저지른 짓을 생각하면 마땅한 결과지. 그렇지 않아도 미국이 관전하면서 참전 여부를, 아니 참전 시점을 조율하고 있는데 일본군이 진주만을 기습하는 바람에 전격적으로 참전하게 되어버렸으니까. 히틀러가 재빨리 일본을 손절매하지 않았으면 독일도 미국을 상대로 싸워야 했을 거야."

쥐어 박힌 머리가 아팠다. 하지만 머리에서 느껴지는 아픔보다 내가 아는 역사가 여기서는 맞지 않다는데서 오는 충격이 더 컸다. 독일과 미국이 싸우지 않았다고? 히틀러가 일본을 버렸어? 내가 혼란에 빠져 있는 사이, 멤버들은 어느새 화제를 바꾸어 자기들끼리 다시 이야기꽃을 피우고 있었다.

"히틀러가 전쟁 중반 이후에 내린 전략적 판단을 보면 대체로 소극적인데, 의외로 스탈린그라드 전투를 보면 도박사적인 기질도 있긴 했던 것 같아요. 병력이 훨씬 더 많은 A집단군을 구하기 위해서라지만, 제대로 요새화도 되지 않은 스탈린그라드에 1개 군을 밀어 넣다뇨. 포위되기 전에 철수할 기회도 있었는데."

"나라면 그런 모험을 하지 않고도 A집단군과 제6군 모두 구해냈을 걸. 여기 지도를 봐. 강을 잘 활용해서 방어선을 편성하면 충분히 A집단군이 철수할 때까지 버틸 수 있었다고. 그나마 막판에 포위를 뚫고 탈출하라는 명령을 내린 걸 보면, 자기가 저지른 실수를 수습할 마음은 있었던 모양이야."

스탈린그라드 전투는 애초에 A집단군을 구출하려고 벌인 전투가 아니잖아. 캅카스로 진격하면서 측면 방호거점을 구축하고, 스탈린이 이름을 붙인 도시를 빼앗아 심리적인 타격을 주려고 벌인 자존심 싸움이 길어진 거였다고. 그리고 히틀러는 끝까지 후퇴 명령 따위 내리지 않았다고.

"그런데 쿠르스크 전투에서 승리한 뒤 히틀러가 곧바로 2차 공세를 시도하지 않고 그 뒤로 2년 가까이 수세로만 일관한 이유는 도저히 모르겠어요. 전력에서도 우세했고, 후방도 상당히 안정돼서 충분히 공세를 펼칠 수 있었는데 말이죠."

"내 생각에는 히틀러가 그 시점부터 진심으로 강화를 생각한 것 같아. 협상을 시도하는데 소련이 응하지를 않으니까 본의 아니게 대기 상태가 길어진 거지."

사람들이 하는 이야기를 듣고 있으려니 점점 혼란스러워지기 시작했다. 처음에 들은 이야기만 해도 해석에서 빚어진 차이일 수 있었다. 독소전 첫해 겨울에 전선 유지에 실패한 건 사실이고, 히틀러가 내린 진지 고수 명령이 담당한 역할에 대해서도 논란이 있는 건 사실이니까. 그리고 히틀러가 보인 태도가 적극적이었는지 소극적이었는지도 보는 사람에 따라 다르게 판단할 수 있으니까 말이다.

하지만 히틀러가 일본을 버리고 대미 선전포고를 하지 않았다고? 스탈린그라드에서 포위를 뚫고 탈출하라는 명령을 내렸다고?

이건 내가 살았던, 히틀러가 뻘짓만 하다 패망한 그 세계에서 당연하던 역사 상식이 아니었다. 혼란스러워지는 머리를 주체할 수 없어 말도 안 되는 소리를 한번 던져보았다.

"그러고 보니 나도 이상한 게 있어. 히틀러는 왜 하렘을 만들지 않았을까? 게르만 미녀, 슬라브 미녀가 손만 내밀면 얼마든지 들어왔을 텐데 말이야. 무솔리니한테 부탁하면 라틴 미녀도 구할 수 있었을 테고."

히틀러가 고자였는지 아닌지는 모르지만 여자를 가까이하지 않은 건 분명하다. 내연관계라고 할 수 있는 에바 브라운도 정신적인 연인으로만 남겨두었고, 끝내 한 번도 동침하지 않았다. 여기 있는 양반들이라면 히틀러가 여자들과 연애를 했는지 여부정도는 아니까, 이런 개소리를 들으면 개처럼 갈궈서 내가 제대로 된 현실로 돌아왔다고 인식하게 해주리라. 하지만 멤버들이 보인 반응은 정반대였다.

"니가 낮잠을 너무 많이 자더니 개념을 상실했구나. 너 왜 이렇게 됐니."

"우리가 알던 뮐러가 아닌 것 같은데."

"재교육 캠프에 들어가서 학습 좀 받아야겠군."

어안이 벙벙해졌다. 이 반응은 뭐지? '히틀러가 고자라서'내지는 '암살당하면 어쩌게?'라거나, '에바가 바가지를 긁으니까' 정도 반응이 나와야 정상인데, 이 반응은 내가 알고 있는 멤버들이 가진 지식 및 성향과 전혀 달랐다. 어안이 벙벙해 있는 나를 향해 볼프강 형이 비웃음 섞인 비아냥을 날렸다. 제길, 이 양반은 어느새 동생 옆에서 이쪽으로 옮긴 거야?

"너 정말 기억 안 나? 물론 전 유럽을 아우른 하렘을 만들지는 않았지만, 에바 브라운 따돌리고 장막 뒤에서 여비서나 부관들이랑 얼마나 질펀하게 놀았는지 모르는 사람 지금 아무도 없잖아. 히틀러 그렇게 죽고, 전쟁 뒤까지 살아남은 부관이 히틀러가 자기 포함한 다른 부관들이랑 벌인 행각을 낱낱이 까발린 회고록 나온 게 벌써 10년이다. 너도 갖고 있잖아."

이건 정말 말도 안 되는 일이다. 히틀러가 여비서는 그렇다 치더라도 부관들이랑 어울려서 혼음했다고? 히틀러가 거느린 부관들은 슈문트나 권세를 포함해서 남자밖에 없었는데 도대체 누구랑 어울린단 말인가? 양성애자라서 남녀를 가리지 않고 난봉질을 했단 말인가, 부관과 비서들이 모두 뒤엉켜서 난교파티를 벌였단 말인가.

게다가 난 그런 난잡한 내용이 적힌 회고록 따위는 입수한 적이 없다. 히틀러 주변인이 쓴 회고록 중에 내가 가진 거라면, 비서인 트라우들 융에 여사가 쓴 것 하나뿐이다. 그리고 이 책에 나온 히틀러는 자기 주변 사람들에게 지극히 자상하고 배려심 깊은 친절한 사람이었다. 절대 부관이나 비서들과 어울려 난교를 벌이는 음란대마왕이 아니었다.

머리가 너무 혼란스러웠다. 여기는, 도저히 내가 원래 살았던 내용 그대로인 역사를 가진 그 세계가 아니다. 아무래도 나는 잠이 깨서 집으로 돌아온 게 아니라 어딘가 다른 세계로 떨어진 모양이었다. 그래, 이건 또 다른 악몽이 분명하다. 비행기 사고 때문에 충격을 받고 악몽을 꾸고 있는 게다.

얼른 집에 돌아가서 침대 속으로 들어가야겠다. 그러면, 잠이 깨면, 뮌헨이나 어디 그 근방에 있는 병원에서 눈을 뜰 수 있을 거다. 난 지금 해야 할 일이 정말 많은데 유유자적하게 누워서 악몽이나 꾸고 있을 여유 따윈 없다. 결심을 굳힌 나는 비틀거리며 자리에서 일어섰다.

"저, 저 먼저 좀 들어갈게요. 오늘 아무래도 몸 상태가 좋지 않아서요."

"어? 오빠! 벌써 들어간다고?"

저만치 떨어진 자리에서 신나게 음식을 퍼먹던 동생이 동그래진 눈을 해가지고 날 쳐다보았다. 그래, 신나게 처넣어라. 어차피 환상 속이니, 네가 지금 여기서 아무리 손 가는 대로 처먹어도 체중은 늘지 않을 테니까.

"야, 좀 있다가 2차 갈 거야. 독일맥주 직접 만드는 호프브로이 하우스. 너도 좋아하잖아? 뷔르거브로이켈러 갈 거다. 네가 가야 동생분도 가시지."

볼프강 형이 꼬드기는 말을 듣자 잠깐 아리송했다. 그런 집이 명동 근처에 있었던가?

상호도 처음 듣는 상호지만 내가 아는 호프브로이 하우스는 모두 강남, 종로, 마포, 신촌에 있다. 여기서 그 먼 거리를 이동할 작정이란 말인가. 게다가 장소가 어디든 같이 갔다가는 몇 시간은 더 잡혀 있어야 할 거다. 단연코 그러고 싶지 않았다. 어서 베를린으로 돌아가야지. 난 어딘가 어설픈 그 짝퉁 독일맥주들 말고 진짜 독일 본토 맥주를 뮌헨에서 마실 거란 말이다.

"가고는 싶은데, 오늘 컨디션이 좀 별로네요. 저 그냥 지금 갈 테니까, 쟤는 1차만 마치고 적당히 보내 주세요. 명색이 고등학생인데 혼자 집에 가는 정도는 할 수 있겠죠."

"흠…. 가겠다니 말리진 않겠다만, 너 어째 평소랑 좀 다른 건 알지? 술은 안 마셔도 개벽 요리라면 환장을 하던 녀석이 음식에 손도 안 대고, 다른 사람들이 안 간다고 해도 뷔르거브로이켈러 끌고 가는 예찬론자였으면서 컨디션 핑계 대고 빠지고, 평소에 데리고 나오지도 않던 미소녀 여동생을 어딘가 위험한 변태 군사애호가 18명이 있는 틈에 두고 간다고? 누구라곤 말 않겠지만, 우리 중에 일본산 로리타물이나 여고생에 헉헉대는 변태가 있는 거 잊었어? 우리 인격을 믿기엔 너무 지나친 모험 아니냐?"

멈칫 망설여졌다. 그래, 이건 내가 원래 있던 세계에서도 그랬다. 밀덕이라고 다 밀리터리만 파는 거 아니고, 다른 덕질도 허다하게 겸하다 보니 일본 애니나 게임에 빠져 있는 사람이 많았다. 그리고 일본산 19금 성인물 중에는 미성년자를 공략 대상으로 삼은 게 많으니까.

그리고, 음…. 테이블 저편에 앉아 있는 여동생을 보니, 오빠라는 선입견을 제외하고 보면 꽤 예쁘게 생기긴 했다. 쓰리 사이즈 같은 건 정확히 모르겠지만, 일단 늘씬한 몸매에 키는 170 정도 되고 피부도 희고 겨드랑이까지 내려오는 까만 생머리에 미모도 상위권이니까.

물론 저 외모 밑에 어떤 알맹이가 들어 있나 하는 문제에 이르러서는 여기 있는 사람들 중 아무도 짐작 못 하겠지. 여기 놓고 간다고 무슨 일 생길지 모른다는 걱정은 절대 안 한다. 여차하면 여기 있는 오타쿠들 중 절반은 때려눕히고도 남을 년이다.

"아…, 뭐 걱정 안 돼요. 설마 여기서 제 동생인 줄 알면서 건드릴 사람 있겠어요? 그럼 이만 갑니다. 정말 컨디션 별로네요."

"그래, 알았다. 잘 가라."

자리에서 일어선 나는 나가기 전에 동생에게 체크카드를 건네주었다.

"이걸로 내 회비 내라. 그리고 괜히 쇼핑하지 마. 잔고 바닥난 카드니까."

"알았어!"

대답은 쾌활했지만 신뢰는 안 갔다. 내가 경고했지만 이 년은 분명히 이 카드로 뭔가 긁어보려고 시도하리라. 내 기억이 틀리지 않았다면 잔고가 6만원 좀 넘게 남았을 텐데 이 모임 회비가 매인당 3만원, 지각 벌금 3만원이니까 내가 낼 돈이 딱 6만원이다. 한도 초과된 카드라고 가게에서 망신을 당하든 말든 자업자득이지(…).

5

8월이지만 비가 온 지 얼마 되지 않았는지 바깥 공기는 시원했다. 당장 집에 가서 잠자리에 들겠다고 결심은 했지만, 결심을 곧바로 실천에 옮기기에는 4년 만에 보는 서울 거리가 너무나 반가웠다. 그래, 거리 구경만 좀 하고 가자. 머릿속에 서울 거리도 좀 남길 겸.

처음에는 정처 없이 명동을 맴돌았다. 하지만 익숙한 길을 따라 걷다 보니 어느새 마음이 조금씩 안정됐다. 그래, 어쩌면 내가 뭔가 착각했는지도 모른다. 4년 동안 히틀러가 된다는 말도 안 되는 경험을 하고 나서, 그것도 그 꿈이 깬 직후에, 내가 무슨 제대로 된 인지능력을 발휘하겠나?

멤버들이 나눈 이야기도 그저 내가 흥분 상태에서 잘못 들었을 거다. 오랜만에 혼자 밤길에 나섰으니, '돌아온' 서울 시내에서 밤공기나 실컷 만끽하고 집에 들어가자.

마음이 편안해지자 발걸음도 경쾌해졌다. 어느새 발길이 남대문로를 향하고 있었다. 걷다 보니 익숙한 풍경이 눈에 들어오기 시작하는데, 내가 기억하는 형태와 조금 미묘하게 다른 모습이 보였다.

"명동에 중국음식점이 이렇게 많았던가…?"

명동이 원래 차이나타운이었던 건 안다. 하지만 세월이 흐르면서 바뀌어 내 기억 속에 남아 있는 명동은 원래 있던 중국음식점들보다 한류에 기댄 화장품전문점이 더 많은 거리였다. 하지만 지금 이 거리에는 그런 건 없고 내 기억보다 훨씬 많은 중국음식점이 있었다. 그것도 분명 중국인이 경영하는 곳들이 말이다. 한국인이 경영하는 가게라면 저렇게 금색과 붉은색으로 떡칠을 해 놓을 리가 없으니까.

그에 반해 떼거지로 몰려다니며 떠들어대는 게 특징이던 중국 관광객들은 하나도 찾아볼 수 없었다. 밤이라 그런가? 그 대신인지 이젠 명동에서 거의 사라진 줄 알았던 일본인들이 눈에 많이 띄었다. 다만 여유 있게 돌아다니며 구경하기보다는 뭐에 쫓기는 듯 바쁘게 움직이는 사람들이 대부분이었다. 옷차림도 관광객이라기보다는 평범하게 밖에 나온 서울사람 같았고.

내가 기억하는 명동 풍경 중 아예 안 보이는 것도 두어 가지 있었다. 먼저 누구천국 누구지옥을 외치는 영감님들이 하나도 없었다. 본토에서 탄압받는 종교단체를 홍보하는 중국인들도 없었고, 길 한가운데를 쫙 메우고 있던 노점이 하나도 없었다. 뭔가 좀 이상했지만 걷기 좋은 환경 만든다고 구청이나 시청에서 단속을 한 모양이다 싶었다.

발길 가는대로 걷다 보니 을지로입구역이 나왔다. 역시 정비가 된 건지 6번 출구 계단 밑에 늘 터를 잡고 있던 노숙자도, 노점상도 없었다. 잠시 망설였지만 곧바로 전철을 타는 대신 광화문까지 걸어서 가보기로 마음을 먹었다. 지하도로 내려가서 사거리를 건너면 세종로는 금방이니까.

계단을 내려가는데, 코스프레[1] 중인지 독일군 플렉탄 위장복을 착용하고 역내를 돌아다니는 애들 네 명이 보였다. 현용 독일군장을 아주 제대로 착용하긴 했는데 총이 G11[2]인 걸 보니 냉전이 계속되는 세계관을 설정한 모양이다. 멈춰서 좀 더 구경할까 싶었지만 현용 독일군장에는 별 관심이 없어서 그냥 지나쳤다.

지상으로 올라가 걷다 보니 곧 서울광장 잔디밭이 나오고, 그 위에 앉아서 휴식중인 사람들이 보였다. 옛 외관을 그대로 간직하고 있는 서울시청 건물 앞을 지나쳐 세종대로로 접어드니 저만치 멀리 우뚝 솟아 있는 이순신 장군 동상이 보였다. 아, 정말 내가 서울로 돌아왔구나. 그런데 교보문고 앞에서부터 광화문 앞까지 쭉 뻗어 있는 닭장차 대열이 보였다. 요즘 별다른 이슈도 없는데?

의아해하면서도 충무공 존안을 뵈러 오랜만에 광화문광장으로 들어섰다. 그런데 미묘하게 광장 분위기가 그전과 달랐다. 뭐 내가 와볼

---

1 취미에 따라 다양한 군복이나 창작물 속 캐릭터로 분장하고 노는 것. costume play의 일본식 줄임말 표기이다.
2 통일 전 서독군이 개발하던 무탄피 소총. 냉전이 끝나면서 군사비가 삭감되어 채용이 취소되었다.

때마다 광장을 꾸민 모양이 달라지긴 했었지만, 어째 충무공 동상 앞이 아무 것도 없이 허허벌판인 모습은 처음이었다. 늘 다른 사람들에게 자기 입장을 알리는 사람들이 몇은 꼭 있었는데, 아무도 없었다. 그냥 행인들밖에 없었다. 고개를 갸웃거리며 시선을 드는데 나도 모르게 두 눈이 휘둥그레졌다.

"어? 동상이…?"

좌대 위에 있는 충무공 이순신 동상도 확실히 전과 달랐다. 나도 늘 씹어 까 마지않았던 일이지만, 원래 여기 있던 동상은 중국식 갑주와 일본식 칼을 착용한 고증오류 덩어리였다. 그런데 지금 내 눈앞에 있는 충무공 동상은 두정갑을 걸치고 오른손에는 등채[1]를 들고, 왼손에는 활집에 든 활을 잡고 서 있었다. 환도는 띠돈을 써서 허리에 매달고 말이다. 내가 알기로는 해군사관학교에 있는 충무공 동상이 저렇게 생겼다.

"씨발! 나름 역덕이라고 역사 관련 뉴스는 거의 다 챙겨봤는데 내가 이 동상이 바뀌는 걸 몰랐다고? 말이 돼?"

어처구니가 없었지만 엄청 기습적으로 바뀌었나보다 할 수밖에 없었다. 내가 아무리 역덕이라고 해도 365일 역사 뉴스를 다 뒤쫓을 수는 없으니까. 허탈해진 기분으로 발길을 돌리니 늘 변함없는 교보빌딩이 나를 반겨주었다.

"광화문 찍고, 신간 좀 사가야겠다. 한참 전부터 나온다더니 슈코르체니 회고록 번역본이 나왔나 모르겠네."

유럽에서 가장 위험한 사나이 슈코르체니, 나는 꿈속에서 그놈을 중국으로 보내버렸던 생각이 나서 혼자 낄낄거리며 웃었다. 그 꿈 속

---

1 조선시대에 장수들이 사용하던 지휘봉.

세계에서는 슈코르체니가 한국인들에게 어떤 존재로 남았을까? 우리 역사에서 스코필드 박사[1]가 차지하는 위치 정도를 무력이라는 면에서 차지하지 않을까 싶긴 하다.

교보빌딩을 지나 광화문 쪽으로 가려다 보니 줄줄이 서있는 닭장차, 전경버스 옆을 지나치게 됐다. 차량마다 앞에 의경 너덧 명이 기동복 차림으로 근무를 서고 있었다. 늘 방구석에 있는 나랑은 예전부터 별 상관없던 대상들이라 무심하게 지나치는데, 갑자기 문이 열린 버스 안에서 꺄르르 하는 웃음소리가 들렸다.

"홍희선 수경님, 그러시면 안 되지 말입니다?"

"말입니다 쓰지 말라지 않았냐?"

"대위님이 너무 멋있어서 안 쓸 수가 없지 말입니다!"

전경버스에서 여자 목소리??!! 세상에! 너무 놀라서 발걸음이 멈췄다. 그 자리에서 뒤로 돌아 웃음소리가 난 쪽을 바라보니 단발로 머리를 자른 여자애들이 닭장차에서 내려서는, 마침 도착한 승합차에서 간식을 수령하고 있었다. 개중에 짬밥이 높아 보이는 두어 명이 깔깔거리며 잡담하는 중이었다.

놀라서 발길을 멈춘 채 보고 있으려니, 지나가는 행인들은 여자애들이 기동복을 입고 전경버스에 탄 모습을 보면서도 별 관심 없이 지나치고 있었다. 옆 버스 앞에 서 있는 남자 의경들은 여자 의경들 쪽을 흘깃거리고 있긴 했지만 그건 상대가 '여자'니까 보는 거지, 여자 의경이라는 존재 자체를 신기하게 여기는 눈빛이 아니었다.

정말 당황스러웠다. 차라리 여군들이 단체로 서있었다면 그런가보

---

1 프랭크 윌리엄 스코필드, 한국명 석호필. 영국계 캐나다인으로 개신교 선교사로 한국에 왔으나 한국 독립운동을 지원하여 건국훈장을 받았다.

다 하고 넘어갔으리라. 하지만 의경에 여자애들이? 이건 또 도대체 무슨 세상이야?

좀 진정되던 머리가 또 혼란스러워졌다. 정신없이 앞으로 걸어 그 자리를 벗어났다. 아, 아무래도 내가 아직 지각능력이 회복되지 않은 모양이다. 여자 의경이라니, 여성징병제가 시행되는 웹툰 속 세상도 아니고 말이 안 되잖아.

그래, 저 차에 타고 있던 여자들은 직업 경찰관일 거야. 서울경찰청에 여경기동대 있잖아. 아마 예상되는 시위 상황에 여성 시위자가 많이 있을 것 같아서 동원되었나 보지.

다시 안도의 한숨을 쉬면서 광화문을 향해 걸었다. 그런데 지나가면서 골목 안쪽으로 잠깐 눈길을 돌렸더니 또 냉전기 독일군 코스프레를 한 애들이 지나가는 게 보였다. 이번에 보이는 애들도 전원 G11을 장비하고 있었다. 뭔가 좀 상황이 이상하다.

"아까 을지로입구역이야 그렇다 치더라도, 이 동네가 저런 밀덕 코스프레 같은 걸 하고 돌아다닐 수 있는 데가 아닌데…? 저렇게 수상하게 입고 돌아다니는 녀석들을 왜 경찰이 손도 안 대는 거지?"

경찰 뿐 아니라 지나다니는 행인들도 그 코스플레이어들을 신기하게 여기지 않았다. 만약에 보기 힘든 일이라면 다들 호들갑을 떨거나 사진을 찍어댈 텐데. 애써 생각해 보니 불가능한 상황은 아니지 싶었다.

"아마…아마, 무슨 공연이나 행사가 있었을 거야. 그래서 저러고 돌아다니는데 아무도 안 잡는 거겠지. 신기해하지도 않고. 이따 집에 가서 오늘 무슨 행사가 있었는지 봐야겠다."

뭔가 이상한 장면을 볼 때마다 애써 마음을 다잡으면서 세종문화회관, 세종대왕 동상을 지나 광화문을 바로 보는 위치에 섰다. 이제 정부 종합청사를 지나면 광화문이다. 좀 이상한 광경들을 보긴 했어도 나는 집에 돌아왔다. 서울에 돌아왔다고 뿌듯해하면서 기지개를 켰다. 그리고 고개를 좌우로 돌려 세종로공원, 미국대사관을 한 번씩 돌아보았다. 고개를 오른쪽으로 돌린 순간 내 몸은 그대로 화석처럼 굳었다. 눈이 점점 커지고 온몸이 부들부들 떨렸다.

'미국대사관' 앞 국기게양대에 커다란 하켄크로이츠[1]가 매달려 있었다. 성조기가 아니라.

6

『…독일 총통 아돌프 히틀러는 1941년 겨울 전역에서 선제적으로 방어에 들어갔다. 하지만 일본이 진주만 기습으로 미국과 전쟁을 시작하면서, 일본을 경계할 필요가 없어진 소련군이 대거 시베리아에서 유럽으로 이동했다. 이들이 가한 반격으로 밀려난 독일군은 간신히 전선을 유지했고, 1942년 여름에는 모스크바 대신 아스트라한을 노렸으나 실패했다….』

어떻게 뛰었는지도 기억나지 않는다. 세종대왕 동상에서 교보문고까지 미친 듯이 뛴 나는 곧바로 인문서적 코너 세계사 파트로 뛰어들어 손에 잡히는 대로 책을 뽑아들었다.

『…독일이 일본과 동맹을 맺었다는 이유로 아돌프 히틀러가 미국과 곧바로 전쟁에 돌입했다면 2차 세계대전은 추축국이 참패하는 결과로 마무리되었을 것이다. 하지만 히틀러 스스로가 일본이 자위적 차원에서가 아닌 침략전쟁을 벌였음을 주장하면서 연계를 거절함에 따라 미

---

1 나치 국기인 갈고리십자가 깃발.

국이 발한 분노는 오직 일본을 향했다. 종전 60년 뒤에 공개된 문서에 따르면 히틀러는 미국 측에 일본에 대한 군사정보를 제공하도록 비밀 라인을 통해 직접 지시했으며, 전후 영국이 반대했음에도 불구하고 미국이 독일에 대해 전면적인 재정원조를 단행한 배경에도 독일의 적극적인 대일전 협조에 대해 감사하는 의미가 있었던 것으로 알려지고 있다…』

『…영국 해군은 호송선단을 호위하는 작전에서만 전체 톤수 중 약 20%를 상실했다. 잠수함 성능 개량, 규모 확충 등으로 인해 44년부터 독일이 대서양 전투에서 승기를 잡음에 따라 영국을 향해 출발한 선박 중 무사히 목적지에 입항하는 선박은 60% 정도로 격감했다. 그럼에도 영국 국민들은 히틀러가 '평화병기'라는 역설적인 이름을 붙인 보복병기 세례까지 맞으면서도 1년을 더 견뎌냈다. 하지만 소련이 마침내 단독강화를 선택하고 먼저 전열에서 탈락하면서 영국인들도 인내심이 바닥났다. 7월 총선에서 처칠이 이끄는 보수당이 전쟁 지속을 주장하자 300석 차이라는 막대한 의석 차이로 보수당에게 패배를 안긴 것이다…』

손에 들고 있던 교양세계사 책이 바닥에 떨어졌다. 곧바로 다리에 힘이 풀리며 나 역시 바닥에 그대로 주저앉았다. 이거 뭐야? 나, 내 세계가 아니고 내가 만든 그 세계로 떨어진 거야? 독일이 2차 세계대전에 승리한 그 세계로?

주체할 수 없이 온 몸이 부들부들 떨렸다. 옆을 지나가던 학생이 걱정스러운 눈빛으로 날 봤지만 신경도 쓰이지 않았다. 잠시 생각하다가 심호흡을 하고 책장에서 독일사 책 한 권을 다시 뽑아들었다. 손은 여전히 크게 떨렸다.

『…1945년 11월 8일, 전후처리에 힘쓰던 히틀러는 국방군총사령부 작전부장 요들 상급대장 및 부관들을 거느리고 뮌헨 봉기 22주년 기념일을 맞아 항공편으로 뮌헨을 향했다. 이 비행기에 독일 육군 대령인 클라우스 폰 슈타우펜베르크 백작이 서류가방으로 위장한 시한폭탄을 실었다…』

슈타우펜베르크가! 망치로 머리를 맞은 듯한 충격이 온몸을 울렸다. 나는 그대로 눈을 감고 책장에 몸을 기댄 채 숨을 가쁘게 몰아쉬었다. 왜? 왜? 도대체 슈타우펜베르크가 왜 나를 암살해! 그렇게 배려해 줬는데!

기가 막혔지만 계속 읽지 않으면 알 수 없다. 나는 다시 한 번 심호흡을 하고 눈을 떴다.

『…슈타우펜베르크 일당이 히틀러를 암살한 이유는 바로 대소전 종결이었다. 수백만 독일 장병이 소련을 타도하기 위해 싸우다 죽었는데, 히틀러는 너무도 간단히 소련과 강화를 맺었을 뿐 아니라 소련 영토조차 독일이 차지하지 않고 모조리 독립시켜주고 말았다. 뿐만 아니라 군비를 축소하여 장래 소련이 전쟁을 재개할 경우 독일을 위험에 빠트릴 수 있게 만들었다.

이에 불만을 품은 육군 내 과격파들과 골수 나치 집단이 연합하여 히틀러를 암살하기로 결의하였다. 이들은 히틀러를 암살한 후 아직 해체가 진행되지 않은 군 조직을 활용하고 해산한 예비역 장병들을 재소집하여 소련을 다시 침공할 계획이었다. 슈타우펜베르크는 전쟁 재개에는 찬성하지 않았으나 총통이 보여준 행동이 전사한 장병들에 대한 배신이라고 여겨 동참한 것으로 알려지고 있다…』

기가 차서 웃음도 나오지 않았다. 씨발, 미친 꼴통 새끼들이 그렇게 많았단 말인가. 그리고 나는 그 꼴통들과 손잡은 병신 새끼를 믿고, 폭탄을 내 손으로 받아서 내가 탄 비행기에 실었단 말이지? 요들에 엘사에 베르타에, 조종사들까지 되다 길동무로 삼고?

"푸, 하핫! 푸하하핫!"

갑자기 내가 웃음을 터트리자 지나가던 사람들이 이상하다는 눈으로 쳐다보았다. 그러거나 말거나 멍한 표정으로 앉아 있다가 다시 눈을 책으로 돌렸다. 뒷이야기를 봐야 하지 않겠나.

『…히틀러가 타고 있던 비행기가 폭발한 사실은 호위기 조종사 에리히 하르트만이 보고하면서 곧바로 알려졌다. 베를린에서 대기하고 있던 슈타우펜베르크 일당은 곧바로 전군에 비상을 걸고 '유대인 공산주의자가 총통을 암살했으며, 지금 소련군이 다시 침공을 개시했다'면서 대소공격작전을 개시하려고 했다. 하지만 기갑군 총사령관 구데리안 원수가 총통이 남긴 생전 명령에 따라 모든 장갑부대는 자기 명령에만 따라야 한다고 지시하면서 쿠데타군은 기갑부대를 전혀 동원할 수 없었다.

여기에 제국보안본부장 라인하르트 하이드리히 친위대 상급대장이 음모자들이 총통 암살음모를 기획하고 실행했음을 입증하는 증거를 제시하면서, 상황을 모르고 수동적으로 음모자들이 내린 명령에 따르던 장교 및 병사들이 모조리 이탈했다. 이제 음모자들 편에는 한 줌 정도 되는 핵심 음모세력밖에 남지 않았다. 그로스도이칠란트 사단 예하에 속한 전차대대가 음모자들이 틀어박힌 벤틀러슈트라세를 포위했지만 음모자들은 끝내 투항을 거부했다. 판터 전차들이 포격을 시작했고 슈타우펜베르크 백작을 비롯한 음모자 전원은 사살되었다….』

이젠 웃음도 나오지 않았다. 그래서? 그 뒤는?

『…히틀러가 만약을 대비해 만들어두었던 유언장에 따라 해군총사령관 칼 되니츠 대제독이 후임 대통령으로, 선전장관 괴벨스 박사가 총리로 임명되었다. 정치적으로 무당파인 되니츠는 처음에는 모든 파벌로부터 지지를 받았으나, 얼마 안 가서 괴벨스를 비롯한 골수 나치에 대한 부담감을 느껴….』

도저히 더 읽지 못하고 책장을 덮었다. 내 유언장? 되니츠를 후계로 한 내 유언장이라고? 그러고 보니 그게 어디서 튀어나왔을지 생각이 났다.

1945년 4월 30일, '히틀러'가 자살했던 날에 나는 베를린 교외에서 엘사와 베르타와 함께 유유히 피크닉을 즐겼다. 그러다가 문득 술기운이 오르면서 '히틀러'가 오늘 죽었다는 생각이 들자, 가지고 있던 연필과 종이로 '히틀러'가 끄적거렸던 유언장 내용을 대충 쓴 다음 엘사가 입고 있는 속옷 속에 쑤셔 넣었다. 그리고 그 종이쪼가리에 대해서는 말끔하게 잊어버렸는데, 나름 의미가 있는 종이라고 생각한 엘사가 보관해 놓았던 모양이다. 이런 제기랄.

멍하니 앉아있으려니 대충 그 뒤에 벌어진 일들이 연상이 됐다. 되니츠가 어떻게든 명목상으로 대통령 자리를 유지하고, 그 밑에서는 괴벨스, 힘러, 하이드리히 같은 놈들이 실권을 잡으려는 암투를 벌였을 게 뻔하다. 그리고 미국은 정보제공에 대한 대가를 갚을 겸, 유럽에서 공산주의가 반격을 가하는 사태를 막을 겸 해서 마샬 플랜을 독일에 제공한 거겠지. 이거 정말 환상적인 종말이로구만. 내가 폭탄 테러로 뒈져버린 것만 빼면 말이지.

내가 만든 세계가 이어진 상황이 이 미래라면, 어디에 하소연할 곳도 없는 셈이다. 교보문고 바닥에 주저앉은 채 넋을 놓고 있던 나는 한

참이 지나서야 엉덩이를 털며 자리에서 일어섰다. 그리고 한국사 코너로 가서 제일 두꺼운 책을 뽑아들었다. 설마, 설마 이쪽도 바뀌었을까.

『…임시정부는 1945년 9월이 되어서야 중국에서 귀환했으나 권위 이외에 별다른 권력은 발휘할 수 없었다. 근본적으로 너무 작은 규모가 문제였다. 임시정부는 조선총독부가 거느리고 있던 방대한 행정기구를 인계받을 능력이 없었고, 국내에서 협력세력을 규합할 수밖에 없었다. 하지만 여운형이 조직한 건국준비위원회가 임시정부가 귀환하기 전에 먼저 지방 행정을 장악했고, 임시정부는 명목상 수위권만을 부여받았다.

군 조직에 있어서도 마찬가지였다. 중국에서 귀환한 광복군 병력은 모두 합쳐도 일본에서 활동하던 제4지대 인원보다 적었고, 신 한국군 조직에 있어서도 주도권을 잡지 못했다. 슈코르체니를 고문으로 파견해 일본에 대한 특수작전을 도왔던 독일은 총통이 남긴 유지라면서 장개석에게 파견했던 고문단을 모조리 한국으로 보내고, 강화를 맺은 소련 영토를 지나는 시베리아 철도로 대규모 군사원조를 보냈다. 독일 장비와 독일 고문단을 받은 신 한국군은 급속도로 독일 색채를 띠었으며, 정치적으로는 임시정부와 함께 돌아온 광복군 본대가 아닌 제4지대 편에 서게 되었다….』

총통이 남긴 유지라…내가 쓰던 메모가 추락 현장에서 발견되기라도 한 건가. 이런 식으로 우연이 겹치면 내가 할 말이 없어진다. 제기랄, 그럼 일본은 어떻게 됐어?

페이지를 마구 넘기자 일본이 겪은 종말에 대한 서술도 있었다.

『…일본이 벌인 본토결전은 시체더미와 불바다를 남기고 끝났다. 미군은 1945년 11월까지 도쿄 이서, 시모노세키에 이르기까지 일본 전 지역을 제압했고 그 과정에서 30만에 달하는 사상자를 냈다. 마츠시로 대본영에 틀어박혔던 히로히토 천황은 45년 7월 마츠시로가 함락 위기에 처하자 도피하였으나 그 후 생존을 확인할 수 없게 되었다.

미군은 45년 12월부로 도호쿠 지방에 대한 일제공격을 실시할 예정이었다. 이 기간 동안 동북 지역은 계속해 폭격을 받았으며, 농경지에는 소이탄과 고엽제가 살포되었다. 공습을 받는 와중에 서부 지역에서 빚어진 참상에 대해서도 알게 되고, 천황이 실종되었다는 사실도 알게된 동북 지역 주둔 일본군과 민간인들은 크게 사기가 떨어졌다. 여기에 광복군 특공대에 사로잡힌 츠구노미야 아키히토 명의로 된 항복 권고문이 살포되자 마침내 본토에 잔류하고 있던 일본군이 항복 의사를 표해왔다. 1945년 12월 24일에 완전히 불타버린 황궁 폐허에서 잔여 일본군이 항복문서에 서명했다.

일본 본토 결전에서 사망한 미군은 7만, 부상자는 25만 정도였다. 이에 반해 일본군은 확인된 전사자만 민병대를 포함해서 384만, 포로는 400만에 달했다. 민간인 사망자는 전후 생존자 규모를 통해서 간접적으로 추산할 수밖에 없는데, 본토 결전이 시작되기 전 7천만으로 어림잡을 수 있었던 일본 본토 지역 인구는 1946년 3월에 미군이 집계했을 때는 2천 5백만 명밖에 남아있지 않았다. 포로 4백만을 포함해서 말이다.

본토 주둔 일본군이 괴멸되자 미군은 본격적으로 중국 주둔 일본군을 소탕할 준비에 착수했다. 인접한 한반도 주둔군이 이미 항복했고 본토가 함락되었다는 소식을 접한 중국 파견군은 혼란에 빠져 미군이 공격하기도 전에 조직이 반쯤 와해된 상태였다. 또한 한반도에 포진한 미 육군항공대 및 서해와 동중국해 일대에 자리를 잡은 미국 항공모함 항공대가 반 년 가까이 맹폭격을 퍼부어댄 효과도 있었다. 장개석군과 모택동군도 미군 항공기로부터 지원을 받으며 일본군을 맹타했다.

결국 제대로 된 조직으로서 조직적인 항전을 할 수 없게 된 관동군 및 중국 파견군은 연합군에게 항복했다. 관동군은 한반도에서 북진한 미군에게 항복했고, 중국 파견군은 장개석 정권에게 항복했다. 하지만 대일전 와중에 이미 대규모 병력과 무기를 확보해 놓은 팔로군은 관동군 및 만주군 예하 소부대 중 상당수를 손에 넣으면서 이를 기반으로 1946년 여름부터 내전을 일으켰다.

이미 아시아에서 철수할 태세를 갖추고 있던 미군은 중국 내전 초반에는 전혀 개입하지 않았다. 압도적으로 우세한 전력을 갖추고 있던 장개석 정권은 당장이라도 공산군을 압살할 듯했으나 시간이 흐르면서 온갖 허점이 나타났다. 부패와 무능으로 점철한 장개석군은 내부에서 단결되어 있지도 않았고, 주요 전략거점이 차례로 팔로군에게 넘어갔다. 장개석군이 대만이라도 확보할 수 있었던 배경은….』

숨이 막혀서 도저히 더 읽을 수가 없었다. 그러니까 중국 본토는 확실히 공산화가 됐고, 우리 역사에서처럼 장제스는 대만으로 튀었다고? 그리고 중국 주둔 일본군은 와해됐고?

잠시 이를 악물었다가 페이지를 다시 넘겼다. 아까 읽다가 말았던 정식 정부수립과 군 편성에 대한 부분이었다.

『…일본으로부터 항복을 받고 2년 동안은 건국준비위원회가 임시정부로부터 지도를 받으면서 국내 행정을 담당했다. 각 정파가 국민들에게 지지를 얻기 위해 정쟁을 벌이는 가운데, 조선총독부 및 조선군으로부터 항복을 접수한 장본인인 이우는 정쟁에는 관심을 보이지 않고 북부 국경을 방어하고 일본군으로부터 치안권을 회수할 조직으로서 대한방위군을 조직하는 작업에 곧바로 착수하였다.

귀국하여 국가 주석이 된 김구는 오직 광복군이 해방된 조국에 존재하는 유일한 무력기관이라고 선포하여 대한방위군을 해체하고 국군을 재조직하려 시도하였다. 그러나 대한방위군은 미군으로부터 후원을 받아 이미 5만 명이나 되는 병력을 확보하여 훈련에 착수했으며, 무장해제가 유보된 일본군에게도 지지를 받고 있어 김구가 지시한다고 해도 쉽게 해체할 수는 없었다. 관동군 일부가 압록강을 넘어 침입하려다가 대한방위군에게 저지당해 이우가 더 높은 국민적인 인기를 확보하면서 대한방위군 해체는 더더욱 불가능해졌다. 광복군 출신인 이청천이 군무장관에, 이범석이 총사령관에 취임하는 정도로 타협을 보는 수밖에 없었다.

만주 및 중국대륙에 있던 일본 파견군이 붕괴하자 한반도 내에서는 국내파, 임정파, 미주파 등 여러 파벌이 뒤엉켜 정권 수립을 위한 정치적 움직임이 가속화되었다. 1947년 3월 1일에 실시된 제헌의회 의원 선거에서는 37개 정당이 상원과 하원에 후보를 내놓았고, 상원의원 140명과 하원의원 300명을 뽑기 위해서 5천 명이 넘는 후보가 출마했다. 제1당이 된 당은 뜻밖에도 정객들이 이끄는 당이 아니라 이우를 따른다고 선언한 이들이 모인 해동평화당이었다.

옛 복벽주의자들, 강경한 반공주의자들, 부국강병을 추구하는 군국주의자들이 모두 이쪽으로 모여들었고 이우가 세운 군공에 감탄한 이들도 이쪽으로 모여들었다. 그리고 이 여세를 몰아 이우는 8월 29일에 실시한 대총통 선거에서 압도적인 표차로 당선되었다. 때를 같이하여 아직까지 임시조직이던 대한방위군은 대한민국 국방군으로 정식 개편

되었다.

6년 임기를 가진 대총통 자리에 오른 이우는 진행되고 있는 중국 내전에서 중립을 지키기 위해 압록강 및 두만강 일대에 병력을 집중 배치하고, 함경도 일대에서 이미 진행되고 있던 공산주의 게릴라 운동에 대한 탄압을 실시하였다. 미국 정부와 교섭을 벌여 반공을 위한 울타리로서 독일과 함께 경제원조도 제공받았다.

군사력 강화를 명분으로 일본 본토로 돌아가지 않고 한반도에 정주하기로 한 일본인 중 전직 장교 및 하사관 2만 명을 국방군에 받아들이기도 했다. 이 조치는 상당한 반감을 불러일으켰으나, 지원자 전원이 혈서로 대한민국 대총통에 대한 충성을 서약하고 일본군 시절 착용하던 피복을 불사르는 상징적인 행사를 치름으로써 가라앉았다.

이우는 경제 및 정치적 업적을 쌓음으로서 1953년에 실시된 2차 대총통 선거에서 무난하게 재선되었다. 하지만 이후….』

이어서 나올 내용이 너무 빤하게 보여서 덮어버렸다. 그래, 젊은 나이에 업적을 쌓은 통치자가 할 일은 뻔하다. 장기집권 추진해야지. 아니 그럼 설마 30대에 은퇴해서 30년 동안 뒷방에 박혀있겠는가.

어쩌면 자기 휘하에 있는 군대를 동원한 친위쿠데타를 일으켰을지도 모르겠다. 애초에 국방군 자체가 이우가 조직한 기구고, 이우 한 사람에게만 충성하는 일본인 간부요원 다수가 편입된 데다 본래 파시즘적인 성향이 있던 국방장관 이범석은 이우와 죽이 아주 잘 맞았을 거다.

이런 배경을 가진 이우가 친위쿠데타를 일으켜 영구집권을 선언하기는 손바닥 뒤집듯 쉬웠으리라. 대다수 국민들도 황실 후손이기까지 한 이우가 대통령 자리에 좀 오래 앉아 있어도 아무도 뭐라고 하지 않았을 테니까. 게다가 공산주의 중국과 바로 국경을 맞댄 상황 아닌가.

허탈한 기분으로 고개를 드니 책장에 죽 꽂힌 책들이 보이는데, 상당수가 권위주의 통치를 미화하는 책이었다. 심지어 어중이떠중이에게 참정권을 주는 보통선거 따위는 필요 없다고 주장하는 책까지 있을 정도였다.

역사책을 한 번 더 펼치면 지난 60년 동안 '대한민국'이 어떤 나라를 만들어왔는지 알 수 있으리라. 하지만 그러고 싶지 않았다. 그냥 모르고 싶었다.

뽑았던 책을 다시 꽂은 뒤 기운 없는 발걸음으로 서점 밖으로 나오려는데 문득 아까 사려고 했던 책 생각이 났다. 내가 살던 원래 세계에서 곧 출간될 예정이던 슈코르체니 자서전, 그거 혹시 이쪽 세상에도 지금 출간이 되었을까?

검색용 컴퓨터로 찾아보니 뜻밖에도 30년 전에 이미 정식 번역본이 나온 책이었다. 어처구니없는 기분으로 판수를 확인하니 무려 30쇄본. 표지에는 〈유라시아에서 가장 위험한 사나이〉라는, 정신이 안드로메다로 날아갈 듯한 제목이 적혀 있었다. 아니, 이건 도대체 누가 지었지?

자리에 선 채로 몇 페이지 읽어 보니, 전쟁 중에 벌어진 이우 구출작전이나 731부대 폭파작전 따위를 정말 손에 땀을 쥐도록 써 놓았다. 내가 받아보던 보고서랑 어조가 너무 달라서 기분이 나빠질 지경이었다.

좀 더 읽어보니, 슈코르체니는 전쟁이 끝나고도 독일로 돌아가지 않았다. 대신 빈에 있는 가족을 한국으로 불러왔고 한국군 특수부대를 인솔해서 수시로 만주로 월경작전을 나갔다. 장제스군 소속 반공 게릴라인 척 위장하고 공산군 시설을 수시로 폭파하고 다녔는데 이 짓을 1965년까지 했다고 한다. 그 뒤에는 "나는 이제 늙어서 그만뒀다"고만 적어서, 한국 국방군이 월경작전을 계속 했는지 안 했는지 아리송하게 만들었다.

이건 사서 읽으면 재미있을 것 같아 한 권 뽑아들었다. 그리고 계산대 쪽으로 가려는데 갑자기 새빨갛게 표지를 칠한 책 한 권이 내 눈에 들어왔다.

〈히틀러가 총애한 여부관이 남긴 고백 : 총통과 보낸 뜨거운 3년〉

시발, 아까 볼프강 형이 말한 책이 바로 이 책이었구나. 분명히 내 여자 부관들은 다 나와 함께 비행기에 타고 있다가 죽었을 테니 회고록을 쓸 사람 자체가 없는데 도대체 어떤 사기꾼이 이런 말도 안 되는 소리를 썼을까?

책을 뽑아보니 저자가 여자였다. 한나 피셔. 이게 누구야? 표지를 넘기자 안쪽 날개에 저자가 젊을 때 사진을 박아 놓았는데, 그 얼굴을 보는 순간 입이 절로 딱 벌어졌다.

"이 씨발년이었어?!"

제기랄, 존재 자체를 잊어버리고 있었다. 이 망할 고문관 년이 내가 엘사랑 베르타 데리고 셋이서 소풍을 나갔다고 에바한테 사실 그대로 토설하는 바람에 내가 겪은 곤욕을 생각하면 지금도 이가 갈린다. 그래서 그 뒤로 2년 동안 사실상 투명인간 취급했다.

슈타우펜베르크가 폭탄을 안긴 마지막 비행에 엘사와 베르타만 데리고 나갔던 것도 내 마음에 드는 애들이랑 편하게 뮌헨에서 밤을 보내면서 뭔가 일을 만들어볼 셈이어서였다. 고문관 취급받아서 안 죽고 살아난 년이 혼자 살아남았다고 나를 난봉꾼으로 만들고 지 동료들을 난교에 환장한 개년으로 만들다니, 이런 썩을 년이 있나.

그냥 온몸에 힘이 쫙 빠졌다. 나는 계산을 마친 슈코르체니 자서전을 손에 든 채 터덜거리며 전철역으로 발걸음을 돌렸다. 이런 한국, 파시즘에 물든 대한민국을 만들려고 그렇게 노력한 게 아니었다는 생각이 들어 괜히 슬퍼졌다.

"이러려고 일본을 그렇게 만든 게 아니었는데…."

"갔다 왔다."

"응. 오빠, 우편물 왔더라."

내가 광화문과 교보에서 시간을 끄는 사이 동생이 먼저 집에 들어와 있었다. 여전히 내 침대 위에 엎드려 만화책을 읽고 있었다. 이건 이쪽 세계에서도 똑같군. 아까 준 카드는 책상 위에 놓여 있었다.

"우편물? 뭔데?"

내 기운 없는 대꾸에 동생도 심드렁하게 대꾸했다.

"응, 병무청에서 온 재소집영장. 내가 뜯어봤어."

"음, 재소…뭐라고!"

기운 없이 책을 내려놓고 양말을 벗으려던 참에 갑자기 정신이 번쩍 들었다. 재, 재소집이라고?! 말도 안 돼!

"야, 난 분명 병장까지 마치고 만기전역했어! 전쟁이 난 것도 아닌데 웬 미친 재소집이야!"

"오빠 디스크라고 22개월 만에 상병 4개월 차에 조건부 조기전역했잖아."

동생은 뒤를 돌아보지도 않은 채 다리를 흔들며 대답했다.

"디스크 완치 통지 병원에서 받았다고, 7일 안에 원대복귀해서 남은 복무기간 14개월 채우래. 오빠는 좋겠다. 이 더운 8월에 시원한 혜산에 가서 월급 180만원이나 받으면서 복무하고. 음, 그래도 난 겨울 추위가 더 견디기 힘드니까 신검 때 1급 나오거든 남해안으로 복무 신

청해야지."

동생이 뭐라고 계속 지껄였지만 내 귀에는 전혀 들어오지 않았다. 제, 제기랄, 그러니까 여기는 군대가 36개월이라 이거지? 그리고 난 22개월만 마쳤으니까 나머지 14개월을 두만강변 최전선에서 보내야 하고?

온몸에 힘이 쭉 빠졌다. 내가 무너지듯이 바닥에 주저앉자 그 소리에 놀랐는지 동생이 고개를 돌리더니 내 표정을 보고 깜짝 놀라서 달려왔다.

"오빠, 오빠! 오빠답지 않게 왜 그래? 응? 군대 한 번 더 가는 게 그렇게 충격이야? 오빠! 오빠! 엄마! 오빠가 이상해요!"

내 어깨를 마구 흔들던 동생은 이렇게 해서는 안 되겠다 싶었는지 내 따귀를 마구 갈기기 시작했다. 양 뺨에서 불이 나는가 싶더니 곧 무감각해졌다.

"오빠! 오빠! 정신 차려, 응? 정신 차려!"

몽롱해지는 정신 속에서 나는 동생에게 부탁하고 있었다. 제발 더 때려줘! 제발 더 때려서 기절시킨 다음, 차라리 히틀러로 돌아가게 해줘!

제기랄, 군대를 또 가라니! 그것도 개마고원이라니! 오, 하느님! 이건 진짜 악몽이야!

외전 6
오빠가 미쳤어요!

1

"오빠, 일어나! 일어나라고! 벌써 6시란 말이야! 아까부터 계속 조금만 더 잔다고 하고!"

이 오빠라는 인간은 자기가 깨우라고 해 놓고 매번 도무지 일어나지를 않는다. 깨우다 지쳐서 안 깨우면 나중에 일어나서는 왜 안 깨웠냐고 난리를 치기 때문에 정말 귀찮은 존재다. 치킨만 아니면 깨워준다는 소리도 안 하는 건데, 제기랄.

"오빠! 오빠! 오빠~~~아!"

어차피 오늘은 부모님도 집에 안 계시니 오빠 머리맡에서 소리를 지른다고 뭐라고 할 사람도 없다. 그런데 이 인간이 일어나야 말이지. 얼른 깨워 일으켜야 치킨이 보장된다. 얼마만의 치킨인데!

이를 악물면서 방법을 강구하다가 생각다 못해 침대에 걸터앉았다. 그리고는 벽을 보고 누워 있는 오빠의 어깨를 부드럽게 쓸어내리며 잔잔한 목소리로 오빠의 각성을 촉구해 보았다.

"오라버니~오라버니~? 외출하기 위한 준비를 시작하실 시간이 되었사와요~어서 일어나서 친구분들 뵈러 가셔야지요? 소녀가 한 시간 간격으로 벌써 세 번째 깨워드리고 있사옵니다~."

온몸에 닭살이 돋고 목구멍에는 가시가 돋치며 뱃속에서는 오바이트가 올라오려고 했다. 하지만 이게 저 오빠라는 인간이 이렇게 한번 깨워줘 보라고 던져준 매뉴얼이니 이를 어쩌랴. 다행히 이 방법이 통하는지 이불 밑에서 뭔가 꿈틀거리는 게 보인다. 조금만 더 하면 일어날 것 같아 한층 더 힘을 내서 깨웠다.

"오라버니~오라버니~제발 일어나세요~. 그리고 친구분들과 즐거운 시간을 보내시어요~."

가기 전에 나 치킨 시켜주는 건 잊지 말고. 당연히 뒷말은 속으로 삼켰다. 온몸에 닭살이 돋아가며 깨운 보람이 있는지 마침내 오빠가 눈을 떴다. 안도의 한숨이 절로 나왔다.

"오빠, 일어났지? 그럼 나 내 방으로 간다? 알아서 잘 나가고 약속은 꼭 지켜!"

이제 오빠가 일어났으니 한 마디 던지고 일어나서 나가려는데 갑자기 생각지도 못한 일이 일어났다. 이 동생님의 어여쁜 목소리를 들은 오빠가 갑자기 화들짝 놀라더니, 벌떡 일어나서 내 얼굴을 보고 잔뜩 겁을 먹은 목소리로 외치는 게 아닌가.

"다, 당신 누구야!"

2

내 얼굴에 뭐가 묻었나? 나는 순간적으로 왼손으로 얼굴을 더듬었다. 하지만 당연히 아무 것도 안 묻어 있었다. 잠이 덜 깼는지 헛소리를 하는 오빠를 보자 짜증이 확 치솟았다.

"기껏 깨워주니까 웬 헛소리야? 얼른 옷 챙겨 입고 나가. 6시에 약속이라며? 지금 6시야."

"약속? 6시?"

마치 남의 집 구경을 하는 사람처럼 방 안을 여기저기 둘러보던 오빠는 처음 듣는 이야기라는 듯 내 말을 반복했다. 그리고는 어처구니 없는 말을 내뱉었다.

"여긴 어디지? 당신은 일본인인가? 슈문트 대령은 어디 있나!"

"…덕후질하다가 드디어 정신이 나갔구나. 오빠, 이제 자기가 누군지도 몰라? 나보고 일본사람이냐고? 그리고 슈문트는 또 누구야?"

"그대는 도대체 누구기에 내 수석부관인 슈문트 대령을 모른단 말인가? 잠깐, 그러고 보니 나를 오빠라고 불렀나? 그대가 파울라라고? 아니야, 그럴 리가 없어. 파울라는 분명히 독일인인데 그대는 아시아인이 아닌가! 아, 일본인이라고 했는데 화를 내는 걸 보니 일본인이 아닌가? 그럼 중국인인 게로군! 아니, 그러고 보니 지금 내가 무슨 언어로 지껄이고 있는 거지? 독일어가 아니잖아! 지금 내가 하고 있는 건 도대체 무슨 말인가! 그대, 어서 대답하라!"

개 풀 뜯어먹는 소리를 참아주는데도 한계가 있다. 내 인내심 게이지는 한계를 넘어 계속 치달았다. 하지만 폭발시킬 수는 없다. 왜? 치킨이 날아가잖아! 나는 폭발하려는 분노 위에 필사적으로 뚜껑을 덮었다.

"점점…아, 장난 재미없으니까 그만해. 얼른 나 치킨이나 시켜 주고 옷 입고 나가라고. 괜히 내가 안 깨웠네 어쩌네 나중에 딴소리하지 마!"

신경질만 내고 일어서는데 오빠는 계속해서 엉뚱한 소리만 했다. 외출 준비는 할 생각도 안 하고 도무지 알아들을 수 없는 소리만 하는 오빠를 두고 내 방으로 돌아가려는데 갑자기 책상 위에 놓여 있던 오빠 핸드폰이 울렸다. 하지만 오빠는 책상 위에서 진동하고 있는 전화기를 집어들 생각도 하지 않았다.

"오빠, 전화 왔잖아. 전화 받아."

"전화? 전화기가 어디 있단 말인가?"

이건 뭐 초딩도 아니고, 유딩도 아니고 뭐야. 자기 핸드폰도 못 찾아? 하도 기가 차서 내가 방 안쪽으로 도로 들어갔다. 그리고 오빠 핸드폰을 집어 들어 오빠 얼굴 앞에 갖다 댔다.

"자, 여기 있어. 됐지? 그럼 전화 받아."

"이게 전화기라고?"

오빠는 핸드폰을 코앞에 들이밀었는데도 전화를 받을 생각은 하지 않고 계속 진동하는 액정 화면을 들여다보기만 했다.

"이 까만 유리판이 전화기란 말인가? 말도 안 돼. 분명 뭔가 웅웅거리고 있기는 하지만 이게 전화라고?"

〈마왕〉이라는 이름과 거대한 코뿔소 머리가 번쩍이며 어서 내 분노를 받으라고 콧김을 뿜고 있는데도 오빠는 전화를 받을 생각을 하지 않았다. 보다 못해서 내가 그냥 전화를 받았다.

— 야 이 새끼야! 식당 예약 네가 해 놓기로 했잖아! 지금 자리 없어서 자리 날 때까지 30분은 기다려야 한다고!

받자마자 대뜸 고성이 터져 나왔다. 귀가 멍할 지경이라 화들짝 놀라 전화기를 귀에서 뗐다. 하아, 하긴 오후 내내 잠만 처 잔 저 인간이 식당 예약을 제대로 했을 리가 없지. 아 그렇게 눈 크게 뜨고 멍한 표정 지으면서 쳐다보지 마! 더 바보 같잖아! 잠시 투덜거린 나는 미소녀다운 내 목소리를 한껏 가다듬고 상대에게 설명을 시작했다.

"아, 마왕님이세요? 지금 전화 받은 거 오빠 아니고 저예요. 오랜만에 뵙네요."

― 아! 이런, 실례했습니다. 밀러, 아니 오빠분 좀 바꿔주시겠습니까?

역시 미소녀 여고생이 전화를 받는데 화를 낼 인간은 없지. 나는 생글생글 웃으며 오빠의 상태를 전했다.

"오빠가 지금 상태가 안 좋아요. 아무리 깨워도 눈을 안 뜨더니 겨우 일어나서는 뚱딴지같은 소리만 하네요? 잠이 덜 깬 모양인데 얼른 정신 차리게 해서 보낼게요. 모임 장소가 명동 개벽 맞죠?"

― 네 맞습니다. 얼른 좀 보내주세요. 이놈이 예약을 빵꾸내는 바람에 아주 그냥~!

"네! 많이 혼내주세요!"

― 네, 동생분께서 허락하셨으니 아주 많이 혼내주겠습니다. 동생분도 나오시죠?

"어, 저도 나가도 되나요? 오빠들 모임인데. 그리고 전 전쟁사 같은 거 잘 모르는데요."

불감청이언정 고소원이라고, 기다리고 기다리던 반가운 소리다. 하지만 미소녀 체면이 있는데 대뜸 받아들일 수 있나? 일단 점잖게 사양하는 대답을 했다. 하지만 저쪽이 볼 수 없는 액정 이쪽에서 입꼬리가 절로 올라가면서 입안에 침이 고이는 건 나도 어쩔 수가 없었다.

― 아니에요, 나오셔도 됩니다. 벌써 몇 번이나 한번 모시고 나오라고 했는데 밀러 놈이 죽어도 싫다고 매번 혼자만 나오지 뭡니까. 그럼

이따 뵐게요~.

전화를 끊는데 저쪽에서 '나와? 나온데?'하면서 환호하는 소리가 똑똑히 들렸다. 풋, 평소 여자 구경도 못하는 밀덕후들이라 미소녀 여고생이 나온다니까 난리가 나는구만. 까짓 거, 얼굴 한번 비쳐 주고 저녁 실컷 얻어먹어야지. 큭큭큭.

기분이 좋아져서 전화를 끊고 오빠를 보니, 여전히 여긴 어디며 난누구고 넌 누구냐는 표정으로 날 보고 있을 뿐이다. 절로 짜증이 치솟으며 한숨이 나왔지만, 그래도 5분 안에 이 인간을 사람 꼴을 하게 꾸미며 데리고 나가야 한다. 그래야 내가 저 밀덕후들한테 면이 서겠지.

"아 뭐해? 얼른 옷 입고 나가야지! 머리 감을 시간은 없으니까 얼른 빗질이라도 해!"

오빠 손목을 잡고 그대로 일으켰다. 이 게으른 인간, 옷도 안 벗고 침대에 들어가서 잤어? 오전에 편의점 갈 때 입은 청바지를 그대로 입고 있네? 다행이다. 덕분에 오빠한테 바지까지 입히는 민망한 수고는 안 해도 되겠다. 티셔츠는 오늘 아침에 갈아입었으니 그냥 나가면 되겠고, 머리만 좀 빗기면 되겠네. 양말 정도는 자기가 신겠지. 나는 책상 구석에 있는 빗을 찾아 들고 오면서 잔소리를 했다.

"거울 좀 보고, 머리도 좀 자기가 빗고! 언제까지 내가 챙겨줘야 돼? 이러니까 연애도 못 하지!"

여전히 멍한 상태인 오빠는 내가 끌어다 앉히는 대로 앉아서는 계속 멍하니 앉아 있었다. 그러다가 갑자기 입가를 더듬더니 비명을 지르기 시작했다.

"내 수염! 내 수염 어디로 갔나!"

"수염 기르지도 않으면서 뭔 헛소리야. 닥치고 얼른 양말이나 신어."

침대 위에서 비명만 지르고 있는 꼬락서니를 보자니 양말도 자기 손으로 안 찾을 것 같아 서랍에서 아무거나 하나 꺼내서 던졌다. 돌돌 말린 양말이 오빠 머리에 맞아 튀는 걸 보고 내 방에 가서 간단한 기초화장만 하고 돌아왔는데, 그만큼 시간이 지났는데도 오빠는 아직도 침대 위에서 비명만 질러대고 있었다.

"도대체 여긴 어디야? 슈문트, 슈문트! 어디 있나! 내 수염을 어느 놈이 잘라갔다!"

아직도 잠이 덜 깼나. 짜증이 확 치솟았다. 나 배고프다고!

"얼른 나가야 되는데 아직도 헛소리야? 이제 그만 좀 해, 쫌!"

빽 소리를 지르자 오빠가 비명을 멈췄다. 그리고 경악과 의문을 담은 눈으로 나를 쳐다보더니 또 헛소리를 쏟아내기 시작했다.

"도대체 그대는 누군가! 누구기에 내 동생이라고 자칭하는가? 그리고 여긴 어디며, 나는 왜 여기 있지? 어서 답하라! 나는 제3제국의 총통이란 말이다!"

"제3제국 좋아하시네. 빨리 거기 있는 양말 안 신어? 빨리 신어! 지금 당장 나갈 준비하지 않으면 오늘 집에 들어오지 않는 편이 나았다고 후회하게 만들어 줄 테니까!"

내 키는 170cm, 서 있는 오빠보다는 작지만 그래도 침대에 앉아 있는 오빠보다는 훨씬 크다. 내려다보면서 소리를 지르니까 내 압박이 통했는지 마침내 오빠가 쫄았다. 잠시 입을 우물거리며 반항할 움직임을 보이던 오빠는 고개를 푹 숙이더니 양말을 신었다.

오빠 손이 부들부들 떨리는 걸 보니 내가 좀 심했나 하는 생각도 들었지만, 마침내 외출 준비가 된 것 하나만으로도 기뻤다. 나는 안도의 한숨을 쉬며 오빠를 현관으로 잡아끌었다. 이제 신발만 신으면 된다!

그런데 현관까지 나온 오빠가 핫팬츠를 입은 내 다리를 보고는 갑자기 버럭 화를 냈다.

"아니, 그러고 보니 그대는 총통인 내 앞에서 어찌 이리 저속한 복장을 하고 있는가! 맨다리를 다 드러내고 겉옷도 입지 않았다니, 혹시 그대는 클럽 댄서인가? 게다가 그런 속옷이나 다름없는 차림으로 백주에 밖에 나가려 하다니, 미친 게로군! 절대 안 될 말이다. 나를 어디로 끌어가려는 건지 모르겠으나, 나는 지금처럼 천박한 몰골을 하고 있는 그대 같은 이와는 결단코 함께 움직일 수 없다!"

"아, 닥치고 잠 좀 깨!"

3

"어머 오빠분들 죄송해요~저희 오빠가 오늘 상태가 좀 많이 안 좋네요. 계속 횡설수설해서 데리고 나오는데 애를 좀 먹었어요."

"아, 괜찮습니다! 어서 앉으세요!"

모임 장소인 명동의 중국음식점 2층 별실에는 내 동년배로 보이는 고등학생부터 아저씨라고밖에 부를 수 없을 30대 중반까지 8~9명의 남자들이 가득 들어차 있었다. 원탁을 사이에 놓고 앉아 뭔가 자기들만의 이야기로 왁자지껄하게 떠들어대고 있던 이 밀덕후들은 170cm에 52kg, 34-24-34의 미소녀가 나타나자 당연히 환호했다.

둘러앉은 사람들 외모를 살짝 스캔하자 머릿속에서 절로 한숨이 나왔다. 혹시나 했지만 역시나 평소라면 아저씨라고 부르기도 껄끄러워 피해 다닐 상대들이 태반이다. 하지만 오늘은 얻어먹으러 왔으니 내가 한 수 접고 들어가야 한다. 인심 썼다! 아무리 상태가 안 좋아도 오빠 친구들이긴 하니까 몽땅 오빠로 퉁쳐 주지!

"감히 이렇게 착한 여동생에게 수고를 끼치다니! 기꺼이 저희가 대신 혼내드리겠습니다. 야, 밀러! 너 이리 좀 와봐!"

내가 뭐라고 할 틈도 없이 오빠는 내 '오빠들'이라는 서비스멘트에 혹한 20대 후반에서 30살쯤 된 아저씨들 셋한테 붙들려서 테이블 저쪽으로 끌려갔다. 말려 줄까 하는 생각도 들었지만 오는 동안 나한테 끼친 폐를 생각하면 비오는 날 먼지가 날 만큼 맞아도 싸다는 생각이 들어 내버려 뒀다.

아아, 여기까지 데리고 나오는 동안 내가 겪은 고생을 열거하면 그것만 가지고도 책 한 권이 될 거다. 아파트 현관을 나서서 밖에 나오자마자 '여긴 정말 어디지? 베를린이 아니잖아!'라고 소리를 지르더니 입을 떡 벌리고 발을 떼지 못했고, 지나가는 여자애들이 입은 미니스커트나 핫팬츠를 보고 나한테 했던 속옷만 입고 어쩌고 하는 헛소리를 또 시작하는 바람에 급히 입을 막고 끌면서 도망쳐야 했다. 젠장, 중국 요리만 아니면 버리고 도망갔을 텐데!

오빠는 지하철을 탈 때도 개찰구 앞에서 눈만 멀뚱멀뚱 뜨면서 움직이지 않았다. 결국 내가 또 나서서 오빠 핸드폰 케이스에 끼워 놓은 체크카드를 꺼내 개표기에 체크를 하고 밀어 넣어야 했다. 당연히 다른 승객들이 움직이는 데 방해가 되었다.

"죄송합니다, 죄송합니다! 저희 오빠가 생긴 건 멀쩡한데 뇌에 장애가 있어서 일상생활을 제대로 못 해요. 양해 부탁드립니다! 정말 죄송해요!"

남들 길을 가로막고, 다른 사람과 부딪혀도 사과라곤 하지를 않으니 계속 내가 사과를 해야 했다. 명동까지 움직이면서 도대체 몇 번을 이렇게 굽실거리면서 사과했는지 모르겠다. 그나마 얼짱 미소녀인 내가 대신 사과를 하니까 통했지. 오빠 혼자 이러고 다녔으면 정말 개처럼 처 맞았을 거다.

오빠를 저편으로 떠나보낸 내가 빈자리에 앉자 전에 본 적은 있는데 이름이 기억 안 나는 비쩍 마른 아저씨가 옆에서 웃으며 인사를 건넸다. 한 서른 살쯤 된다고 들은 것 같은데.

"마침 요리 나오자마자 오셨네요. 어서 드세요."

새우, 닭고기, 돼지고기, 소고기, 해물, 채소…가족끼리 먹으러 나올 때는 기껏해야 한두 가지 시키는 요리가 여섯 개나 있었다. 아아, 역시 사람 숫자가 많아야 여러 가지를 시켜서 다양하게 먹는단 말이야. 게다가 동네 중국집보다 맛도 훨씬 좋잖아! 흠흠, 그래도 미소녀 체면에 사양하는 말 한 마디 정도는 해야겠지?

"사실 점심을 좀 늦게 먹었어요. 그런데 초대해 주셨는데 안 나오기도 그래서…조금만. 그냥 조금 맛만 볼게요."

"많이 드셔도 괜찮은데. 천천히 드시고 계세요. 저희는 그동안 뭘러 놈, 아니 오빠분을 좀 징치하겠습니다."

"얼마든지요. 혼 좀 나야 하는 오빠거든요."

나는 생긋 웃어준 다음 젓가락을 들어 크림새우 한 마리를 입으로 집어넣었다. 아, 이 고소하고 느끼하면서 부드러운, 말로 형용할 수 없는 맛이라니. 저녁 내내 치른 고생이 다 보상을 받는 느낌이었다.

4

"아차. 오빠, 저기 제가 뭐 하나만 물어볼게요."

웬만큼 먹고 나자 문득 궁금한 게 생겼다. 아까 오빠가 떠들어대던 그 이름, 슈문트 대령? 하여간 그 사람 이름을 여기 독빠 밀덕후들은 알 것 같았다.

"네, 그러세요. 뭐가 궁금하세요?"

저쪽에 가서 오빠를 갈구다 돌아온 비쩍 마른 아저씨가 내 이야기를 듣더니 생긋 하고 웃으며 자기 주변에 핑크색 오라를 피웠다. 그 미소 속에 비치는 뱀파이어의 송곳니 같은 덧니를 보는 순간 곧바로 등줄기에 소름이 돋았지만 나는 참았다. 참아내고야 말았다.

"저, 슈문트 대령이라는 사람 혹시 아시나요? 누구 수석부관이라고 하던데요."

"슈문트 대령이라면 독일을 지배하던 독재자, 아돌프 히틀러가 거느리고 있던 수석부관 이름이군요. 그런데 동생분께서 그 사람 이름은 왜 궁금하신가요?"

"아, 아까 오빠가 잠에서 깨더니 막 슈문트 대령을 찾으면서 난리를 쳤거든요. 여기가 어디냐면서, 막 잠에서 깬 어린애가 엄마 찾듯이 슈문트 대령을 찾더라고요."

"여기가 어디냐…고 했다고요?"

'뱀파이어 아저씨'는 고개를 갸웃거리며 이상한 표정을 지었다. 나는 내친김에 오빠가 오늘 보인 이상한 증세들을 죽 나열했다.

"자다 깨서 제 얼굴을 보자마자 '넌 누구냐!'고 했고요, 자기가 제3제국의 총통이라면서 슈문트 대령을 불러오라고 난리를 쳤어요. '여긴 어디? 난 누구?'하는 소리를 최소 300번은 들은 것 같고요. 오는 도중에 빌딩 보느라 스무 번은 넘어질 뻔 했고, 지나가는 여자들 팔이랑 다리 드러난 거 가지고 얼마나 참견을 하는지 제가 죽을 뻔 했어요."

"허허, 거 참."

뱀파이어 아저씨, 아니 길다. 뱀프씨로 줄여 부르자. 뱀프씨는 잠시 삐죽한 자기 턱을 쓰다듬었다. 잠시 생각하던 뱀프씨가 내게 질문을 하나씩 던졌다.

"오빠분이 낮잠 자고 일어났는데 갑자기 사람이 변했다고요?"

"네. 잠들기 전까지만 해도 평소랑 똑같았어요."

"흐음."

이번에는 양파 한 조각을 입에 넣은 뱀프씨는 생양파를 아삭아삭 씹으면서 잠시 생각에 잠겼다. 이 인간이 무슨 있지도 않은 가오를 잡 겠다고 저러나 생각하는데, 양파를 다 삼킨 뱀프씨가 천천히 입을 열 었다.

"빙의라고 들어본 적 있으세요?"

"귀신이 몸을 뺏었을 때 쓰는 말이잖아요. 우리 오빠 몸에 히틀러 귀신이라도 들어왔다는 말씀이신가요?"

공포영화 같은 데서 귀신이 사람 몸에 들어가서 그 사람을 도구로 써서 다른 친구들을 마구 죽이는 장면이 떠올랐다. 어, 혹시 나 나치 귀신이 씌인 오빠한테 잔인하게 죽게 되는 거야? 안 돼! 나 같은 미소 녀가 세상에 나가 한번 화려하게 살아 보지도 못하고 오빠같은 찐따한 테 죽다니!

"아, 아닙니다. 귀신 따위는 세상에 없어요. 제가 말씀드리려던 것도 귀신 따위에 대한 이야기가 아닙니다."

"그럼요?"

뱀프씨는 내가 무서워하는 눈치를 챘는지 급히 나를 진정시키려고 들었다. 그리고는 나한테 다시 질문을 했다.

"빙의는 꼭 귀신이 몸에 들어오는 경우만 가리키는 게 아닙니다. 소 설이나 만화 같은 서브컬처에서는 살아있는 사람의 혼이 들어갈 곳이 바꾸어 다른 육체에 들어가는 경우도 빙의라고 불러요. 동생분께서는 혹시 친구인 남녀가 혼이 바뀌어 남자의 혼이 여자 몸에, 여자의 혼이 남자 몸에 들어가는 설정의 만화나 드라마를 본 적이 있으세요?"

곰곰 생각해 보니 내 돈 주고 본 적은 없지만 오빠 방에 쌓여 있는 만화책 중에는 그런 설정인 작품들이 있었다. 끝까지 다 읽은 다음, 이런 만화를 사다 놓다니 이 인간은 변태가 틀림없다고 확신했었지. 내가 고개를 끄덕이자 뱀프씨가 싱긋 웃어 송곳니를 드러내더니 이야기를 계속했다.

"특히 우리나라 대체역사물에서는 그런 게 종종 나와요. 과거를 바꾸기 위해 작가가 만든 장치로 자주 등장하죠. 과거 역사를 바꾸고 싶은데, 역사가 이루어진 과거 그 순간에 있던 사람들은 자기 행동이 빚어낼 결과를 모르잖아요? 그런데 현대에 있는 우리는 과거 사람들이 내린 선택과 그 결과를 알아요. 게다가 과거 사람들은 몰랐던 현대지식과 과학기술을 알고 있죠. 만약 과거에 대해 잘 알고, 현대에 대해서도 많은 지식을 갖춘 사람이 과거로 갈 수 있다면 어떤 일이 일어날까요?"

"역사가 바뀌…겠죠."

뱀프씨가 하는 이야기는 좀 어렵기는 해도 이해하기 쉬운 편이었다. 그런데 문득 한 가지 궁금증이 일어났다.

"그런데요, 지금 사람의 혼이 옛날 사람 몸속으로 간다면 몸 주인이 가지고 있던 원래 영혼은 어디로 가는 거죠?"

내 질문을 받은 뱀프씨가 환한 미소를 짓더니 어깨를 으쓱하며 두 팔을 펼쳐 보였다. 덧니인 양쪽 송곳니가 확 도드라져 보이는 바람에 무의식적으로 움찔했지만 다행히 알아채지 못한 것 같았다.

"그건 아무도 몰라요. 과거인이 가지고 있던 본래 의식이 그대로 허공으로 사라져 버리고 미래인의 의식이 들어갈 수도 있고, 양자가 같은 몸 안에서 공존하게 되는 수도 있을 수가 있어요. 가끔은 과거인이 사망하여 의식이 소멸한 직후에 현대인의 의식이 들어가서 눈을 뜨는, 말 그대로 부활을 하게 되는 경우도 있죠. 작품에 따라 다르긴 하지만."

놀라운 이야기였다. 혹시 정말로 그렇게 해서 역사를 바꾼다면…잠깐, 지금 중요한 건 그게 아니잖아! 내 목소리는 내가 듣기에도 부들부들 떨리고 있었다.

"잠깐, 잠깐만요! 그럼 의식이 빠져나간 미래인의 몸은 어떻게 되는 거예요? 혼이 없는 빈 몸이니까 온갖 잡귀가 몰려들어 서로 차지하려고 싸우다가 이긴 놈이 사는 건가요? 아니면 죽, 죽는 건가요? 오빠가 지금 어딘가 이상한 게, 남의 혼이 들어와서 저러는 건가요? 호, 혹시 히틀러의 혼이?"

설마 오빠가 죽거나 살인마가 되는 건 아니겠지? 일단 죽진 않았으니 살인마인가? 갑자기 영화나 만화에서 본 나치의 온갖 나쁜 짓이 머릿속에 떠오르기 시작했다. 강제수용소, 가스실, 대량학살, 강간, 고문, 방화, 약탈….

싫어, 싫어, 싫어! 히틀러 같은 괴물, 악당, 살인마가 몸속에 들어오면 그건 악마지 오빠가 아니잖아! 오늘은 부모님도 집에 안 계시는데, 악마가 된 오빠와 단둘이 집에 있게 되면 혹시 오빠가 나한테 이것도, 저것도, 그것도, 그밖에 상상할 수 없는 모든 짓을 할지도…!

"거기에 대해서도 여러 가지 견해가 있어요. 일단 대개의 작품에서는 현대인이 잠이 든다거나, 사고로 의식불명이 된다거나 하는 상태가 되죠. 이럴 때는 현대인이 어떻게 지내는지, 그 모습 자체가 묘사가 되지 않아요. 간혹 양자의 의식을 맞바꿔서 과거인의 의식이 현대에서 눈을 뜨게 되는 경우가 있는데, 과거로 간 현대인은 그나마 적응이 쉽지만 현대로 온 과거인은 말 그대로 멘탈이 붕괴되는 상황을 겪게 되죠. 모든 게 낯설고, 언어도 안 통하고, 내가 어디 있는지 하는 것도 알 수가 없거든요. 하지만…."

뱀프씨는 내가 속으로 떨고 있는 걸 아는지 모르는지 태연하게 이야기를 계속했다. 나는 침만 삼키면서 뱀프씨의 다음 말을 기다렸다. 하지만, 하지만 뭐? 어서 말을 해봐!

"…사실 그건 다 작가들이 지어낸 구라예요, 구라! 우리가 영혼, 영혼 하지만 사람이 영혼이 있기는 한가요? 인간은 결국 DNA가 움직이는 생체로봇일 뿐이에요. 영혼 교환? 빙의? 타임슬립? 전부 개구라죠. 하하!"

한참 동안을 떨게 해 놓고는 재미있는지 자기 혼자 박수를 치며 웃어대는 뱀프씨를 보고 나는 이를 악물 수밖에 없었다. 아니, 사람을 그렇게 겁을 줘 놓고 그게 다 구라라고? 그러니까 당신 같은 사람이 여자친구가 없는 거야! 나 같은 미소녀는 둘째 치고 우리 반 최고 찐따도 당신, 아니 너 같은 새끼랑은 안 사귈 거다!

5

열 받은 티를 내지 않으려고 고개를 팍 숙이고 깐풍기를 씹고 있는데 갑자기 저쪽에서 와 하는 소리가 나더니 저쪽에 있던 사람들이 뱀프씨를 급히 불렀다.

"형, 형! 빨리 와 봐요! 뮐러가 이상해! 갑자기 천재가 된 것 같아!"

"뭔 소리야?"

"뮐러 녀석 제일 약한 부분이 폴란드전이랑 프랑스 전격전 독일 쪽 자료였잖아요? 그런데 모르는 게 없어! 심지어 국내는커녕 영어판으로도 나온 적이 없는 자료를 알고 있다고요!"

"뭐야?"

벌떡 일어선 뱀프씨가 원탁 저편으로 달려갔다. 뭔 일인가 싶어서 그쪽을 보니, 모임에 나온 회원 8명이 죄다 오빠를 둘러싸고 질문을 퍼붓고 있었다. 어차피 못 알아들을 소리들만 주고받고 있을 게 뻔하니 나는 그냥 귀를 닫고 젓가락만 놀렸다. 한참 먹고 있는데 유독 질문 하나가 크게 내 귀에 들렸다.

"야, 좋아. 그럼 하나 더 물어보자. 뮐러야. 모스크바 전투에서 독일군이 패한 결정적인 원인이 뭐라고 생각하냐?"

묻거나 말거나 입에다 마지막 남은 팔보채를 집어넣는데 갑자기 오빠가 지르는 고함, 아니 절규 소리가 들렸다. 그 괴성에 막 씹으려던 팔보채가 다시 입 밖으로 튀어나갔다.

"말도 안 돼! 모스크바 전투가 실패하다니? 우리 국방군은 지금 모스크바에 대한 최종공세를 시작도 하지 않았다! 시작도 하지 않은 공세를 어떻게 실패할 수 있단 말인가!"

급히 입을 닦으며 주변을 둘러보니 다들 오빠의 절규 때문에 정신이 나갔는지 내 쪽은 아무도 보지 않고 있었다. 미소녀로서 가지고 있는 자부심을 지키기 위해 급히 내가 뱉은 것들을 닦는데, 오빠가 절규를 계속하는 소리가 들려왔다.

"남부집단군을 지원하느라 중부집단군이 정지하게 된 것은 사실이나, 이는 측면을 안정시키기 위한 불가피한 조치였다! 하지만 우측방을 위협하는 소련군을 정리하고 나면 모스크바 진격을 재개할 것이고, 기필코 겨울이 오기 전에 함락시킬 것이다!"

급작스런 고함에 놀라서인지 오빠가 그렇게 소리를 지르는데도 아무도 입을 열지 않았다. 마왕씨가 맨 먼저 피식거리더니 놀리듯이 질문을 던졌다.

"아, 그래. 그럼 뮐러, 네가 독일에 대해 공부를 하기는 더 한 모양이니 하나 더 물어보자. 만약 히틀러가 베를린공방전에서 죽지 않고 만약 알프스로 탈출했다면 전쟁을 얼마쯤 더 끌 수 있었을까?"

"베를린공방전이라니! 제3제국은 결코 패배하지 않을 것인데 그 무슨 말도 안 되는 소리인가? 그리고 나는 죽어도 베를린에서 죽을 것이다!"

오빠가 하는 엉뚱한 대답에 피식거리던 회원들은 식사로 나온 짜장면이랑 짬뽕이 불어가고 있는 것도 모르는지 음식은 팽개쳐 둔 채 오빠에게 뭔가 하나씩 번갈아가면서 질문을 했다. 몇 개는 쉽게 대답했지만 대부분의 질문에 대해 오빠는 "모른다", "그런 일은 일어나지 않았다", "왜 일어나지도 않은 일에 대해 묻는가?"하는 식으로 대답하고 있었다. 각자 두어 개씩 질문을 한 회원들은 하나같이 고개를 내저었다.

"이상해, 이상해. 뮐러가 모를 수가 없는 걸 모르잖아."

"어떻게 41년 8월 이후에 대해서는 애가 깡통이 됐냐. 진짜 아무 것도 모르네."

"그 전에 있었던 일도 독일 쪽만 빠삭하지 연합군 쪽은 허당이고."

아무래도 수상한 태도를 보이는 오빠 때문에 분위기가 요상해질 조짐을 보였다. 그런데 바로 이참에 마왕씨가 벌떡 일어서더니 손뼉을 쳐서 일동의 시선을 모았다.

"자, 여기서는 이쯤하고, 우리 2차를 갑시다. 이제 접시도 다 비었으니 2차 가서 맥주라도 마시면서 밀러를 좀 제대로 조져 보자고."

"예? 다 비어요? 얼마 먹지도 않았는데."

아저씨들은 탁자 위로 의혹에 찬 시선을 돌렸지만 요리 접시는 정말로 이미 다 비어 있었다. 나는 그저 조용히 스마트폰을 들여다보며 평범한 미소녀 여고생으로서의 모습을 보여주고 있을 뿐이고, 거의 새것인 내 앞접시에는 후식으로 나온 리치가 하나 올라와 있을 뿐이니 아저씨들도 딱히 의심을 할 수도 없었다. 잠시 수군거리던 아저씨들은 별 말 없이 각자 짐을 챙겨 일어섰다.

"동생분도 같이 가실 거지요?"

뱀프씨가 다가와 또 송곳니를 드러내 보였다. 이 작자가 아까 좀 이야기했다고 친해진 줄 아나 본데, 그거 큰 착각이야 아저씨. 내가 그래도 오빠 친구니까 속으로라도 험한 말 안 쓰는 거 다행인 줄 알아!

"어머, 어떡하죠? 저 미성년자잖아요. 맥주 드시러 가시는데 제가 끼면 곤란하죠."

젠장, 내가 스무 살이라도 니들 패거리랑 같이 술은 안 마신다. 어디 술 마실 데가 없어서 아저씨 밀덕후들이랑 술을 마셔? 내 밥은 얻어먹었다만 술은 절대 사절하겠어.

"그리고 아무래도 오빠가 상태가 많이 안 좋은 것 같아요. 오늘은 오빠를 좀 일찍 데려다 재워야겠어요. 친절하게 대해주셨는데 정말 죄송합니다."

우웨에에엑.

"아닙니다, 와주셔서 저희가 즐거웠죠. 그럼 다음에도 또 놀러오세요."

"네, 다음에 또 뵐게요."

중국집 문간에서 인사를 하고 있으려니 다른 아저씨들이 오빠를 끌고 왔다. 오빠는 여전히 뭐라고 소리를 지르며 발악을 했지만 쥐어 박힐 뿐이었다.

"야, 밀러! 여동생 얼굴을 봐서 오늘 발광한 건 넘어가 준다. 다음엔 정신 좀 차리고 나와, 임마!"

오빠는 내 얼굴을 보더니 약간 안심이 되는 듯 난리치던 걸 멈췄다. 이제 인사를 하고 가려는 참인데 뱀프씨가 오빠를 붙들었다.

"야, 회비 내고 가야지. 6만원이다."

"6만원이나요? 좀 많은 것 같은데요? 우리가 60만원 어치를 먹은 것 같지는 않은데."

제정신이 아닌 오빠 대신 내가 끼어들자 뱀프씨가 조금 난감한 표정을 지었다.

"그게, 저 녀석이 예약을 빵꾸낸 데다 지각까지 해서 벌금이 붙은 겁니다. 다른 사람들은 3만원이거든요."

의심스럽다. 아무래도 내가 많이 먹었다고 2인분을 물리는 것 같은데…빵꾸낸 것도 사실이고 지각한 것도 사실이니 할 말이 없네. 투덜거리며 아까 뺏어둔 오빠 지갑을 살폈다. 이 인간 정신상태를 보니 아무래도 잃어버릴 것 같아 핸드폰이랑 같이 내 백에 넣고 왔다.

"어, 오빠가 현금이 없네요. 여기 체크카드로 낼게요."

"아, 그럼 밀러 체크카드로 결제를 하고, 걷은 회비를 동생분께 드리죠. 밀러가 정신 차리거든 돈 전해주세요."

"네, 그럴게요."

6

"오빠! 하나뿐인 귀한 여동생을 이렇게 고생시키고, 여동생 덕에 살아나기까지 한 데 대해서 뭐 느끼는 거 없어?"

"닥쳐라! 나는 지금 그대와 논쟁을 할 기분이 아니다!"

"웃기고 있네."

모임에서 빠져나와 집으로 가는 전철을 타러 가는데 오빠는 계속 시무룩했다. '모스크바 패전? 베를린 공방전? 말도 안 돼. 있을 수가 없어'라는 소리만 계속 되뇌는 오빠를 보자 기껏 좋은 음식 먹고 달랬던 속에서 다시 천불이 나기 시작했다. 뭐라고 한 마디 할까 하는데 갑자기 내 백 속에 들어 있는 오빠 지갑과 그 속에 있는 24만원 생각이 났다. 그리고 번개처럼 좋은 생각이 하나 떠올랐다.

"오빠, 오빠가 오늘 날 수고스럽게 한 데 대해서 보답은 해야겠지?"

"무슨 소리를 하는 겐가?"

"알았어. 오빠도 기분 안 좋으니까 돌려서 이야기하지 않고 솔직하게 말할게. 기왕 명동 나왔는데 나 티셔츠 하나만 사주라. 어차피 오늘 치킨 사주기로 했었잖아."

"그대 마음대로 하라. 나는 아무 것도 신경을 쓰고 싶지 않다."

세상에, 이 짠돌이가 선뜻 돈을 쓰다니! 물론 자기가 직접 쓰는 건 아니지만 그게 그거다. 나는 오빠가 또 변덕을 부리기 전에 얼른 자주 가는 아울렛 매장으로 끌고 갔다. 그리고 이것저것 몸에 대 보면서 오빠에게 의견을 물었다.

"오빠, 이거 어때? 이거 괜찮아?"

"마음대로 하라니까. 나는 지금 이야기할 기분이 아니라고 하지 않았나."

조금 빈정이 상했지만 상관없다. 마침내 티셔츠 세 개를 놓고 고르게 되었는데, 혹시나 싶어 오빠에게 조금 애교스럽게 물어보았다.

"오빠, 이거 사실 이거 얼마 안 하는데, 그냥 세 개 사주면 안 될까~? 세 개 사면 할인도 해줘. 오빠, 인심 좀 써 주라. 응?"

"마음대로 하라고 하지 않았나!"

오빠가 빽 하고 고함을 지르는 바람에 매장 안에 있던 사람들이 죄다 우리 쪽으로 시선을 돌렸다. 어쩔 수 없이 내가 또 정신에 문제가 있는 오빠에 대해 주변 사람들에게 사과를 해야 했다. 바로 옆에서 우리 대화를 들은 몇 사람이 의심스러운 표정으로 쳐다봤지만 눈 딱 감고 외면했다.

티셔츠 세 개를 4만원에 계산하고 오빠 손을 잡고 아울렛을 나왔는데, 나오면서 오빠 태도를 보니 어쩌 좀 더 크게 베팅을 해 봐도 될 것 같다는 생각이 들었다. 헛기침을 몇 번 한 뒤 큰맘 먹고 시험을 한번 해 보기로 했다.

"오빠, 오빠, 소리 지르지 말고 내 말 들어. 오빠, 난 오빠의 사랑하는 동생이고 요즘 남들 앞에 입고 나설만한 게 없어서 너무 괴로워. 오빠 내가 저속하게 입는다고, 헐벗었다고 아까 나무랐지? 사실 입을 옷이 없어서 그래. 나도 제대로 된 옷이랑 신발 좀 가지고 있으면 얼마든지 얌전하게, 아니 정숙하게 입고 돌아다닐 수 있을 거야. 오빠, 그러니 내게 입을만한 옷을 좀 마련해주지 않겠어? 복잡하게 생각할 것도 없어. 그냥 아까 아울렛에서처럼, 알아서 하라고 한 마디만 해주면 돼."

평소에도 종종 그랬지만 오늘 오빠는 이상하게 구닥다리 말투를 쓰고 있으니, 나도 그에 맞춰서 세계문학전집에나 나올 단어와 문장으로 내 요구를 전했다. 내가 집에서처럼 소리를 지르지 않고 차분하게, 조용하게 긴 문장으로 의사를 전달하자 오빠는 놀란 듯 내 얼굴을 들여다보더니 고개를 끄덕였다.

"좋다. 뜻대로 하라."

나는 곧바로 오빠 손목을 잡고 눈앞에 있는 또 다른 아울렛으로 줄달음쳤다. 괜히 시간을 끌다가 오빠가 의사를 번복하게 할 수는 없었다. 각 층을 누비며 신발, 셔츠, 바지, 재킷, 치마 따위를 눈에 드는 대로 바구니에 담았다. 그동안 침만 삼키던 고급 속옷 세트도 하나 담았다. 마구 담다 보니 계산이 얼마가 나올지 짐작도 안 갔지만 상관없었다. 오빠 지갑에 현금과 체크카드가 있잖은가. 계산대로 가니까 점원이 이년 호구잡았구나 하는 눈빛을 보이며 카드를 긁더니 고개를 들어 사무적인 어조로 문제가 생겼다고 알렸다.

"고객님, 죄송합니다. 카드 한도가 초과되었네요. 혹시 다른 카드 있으신가요?"

아까 밥값 계산하고 카드깡으로 받은 현금 20만원에 체크카드까지 긁었는데 돈이 모자란다고 한다. 내 체크카드 계좌는 개털이라 소용이 없다.

"저, 이 카드로 얼마 어치까지 결제할 수 있나요?"

"저희는 계좌에 있는 잔액까지는 확인이 안 됩니다, 고객님. 남은 금액으로 결제를 할 수 있는지, 없는지만 확인이 돼요."

아, 어떡하지. 오늘이 지나면 이런 날이 언제 올 수 있을지 모르는데. 그때 갑자기 기가 막힌 아이디어 하나가 또 번갯불처럼 머릿속을 스쳤다.

"아, 저, 그럼 물건 하나씩 결제하면서 한도 다 떨어질 때까지 계속하는 건 가능하죠?"

"아, 네…그렇게 하시는 것도 가능하십니다, 고객님."

너 같은 독한 여우년이랑 저놈 같은 진짜 개호구는 내 여기서 일하면서 정말 처음 본다는 눈빛이 다시 점원의 눈에서 쏟아졌다. 그러거나 말거나 나는 가져온 물건들을 하나씩 하나씩 계산대에 다시 올려놓았다. 영수증이 쌓여갔고, 마침내 결제는 한 계절 미리 구입한 가을 스카프에서 종료되었다.

"감사합니다, 고객님. 또 오세요."

점원에게 인사를 받으며 문을 나서는데 그렇게 즐거울 수가 없었다. 아아, 저녁에 고생 좀 하긴 했다만 이정도면 충분한 보상이다. 맛있는 중국 음식 배터지게 먹고 50만원어치인지 60만원어치인지 모르겠다만 쇼핑까지 신나게 하다니!

"오빠, 빨리 와! 집에 가야지!"

오빠는 여전히 고개를 숙인 채 뭐라는지 도무지 알 수 없는 말을 중얼거리며 내 뒤를 따라왔다. 아까처럼 손목을 잡고 끌고 갈까 하다가 기분도 좋은 김에 팔짱을 끼어 주기로 했다. 쇼핑백을 전부 왼손에 모아 쥐고 오른팔로 오빠의 왼팔에 팔짱을 끼자 오빠가 깜짝 놀라 비틀거렸지만, 뭐 상관은 없었다. 잔뜩 굳은 오빠의 팔짱을 끼고 전철역을 향해 걷다 보니 문득 이런 생각이 들었다.

오늘 오빠 괜찮은데? 우리 오빠가 늘 이랬으면 좋겠다!

〈끝〉

V +007

글 : 덕 우 / 그림 : 곰곰E
가격 : 9,000원